폭력과
모독을
넘어서

폭력과 모독을 넘어서 김명인 비평집

초판 1쇄 발행 2021년 1월 15일
초판 2쇄 발행 2021년 6월 15일
지은이 김명인 **펴낸이** 박성모 **펴낸곳** 소명출판 **출판등록** 제13-522호
주소 서울시 서초구 서초중앙로6길 15, 2층
전화 02-585-7840 **팩스** 02-585-7848
전자우편 somyungbooks@daum.net **홈페이지** www.somyong.co.kr

값 22,000원 ⓒ 김명인, 2021
ISBN 979-11-5905-565-2 03810

폭력과 모독을 넘어서

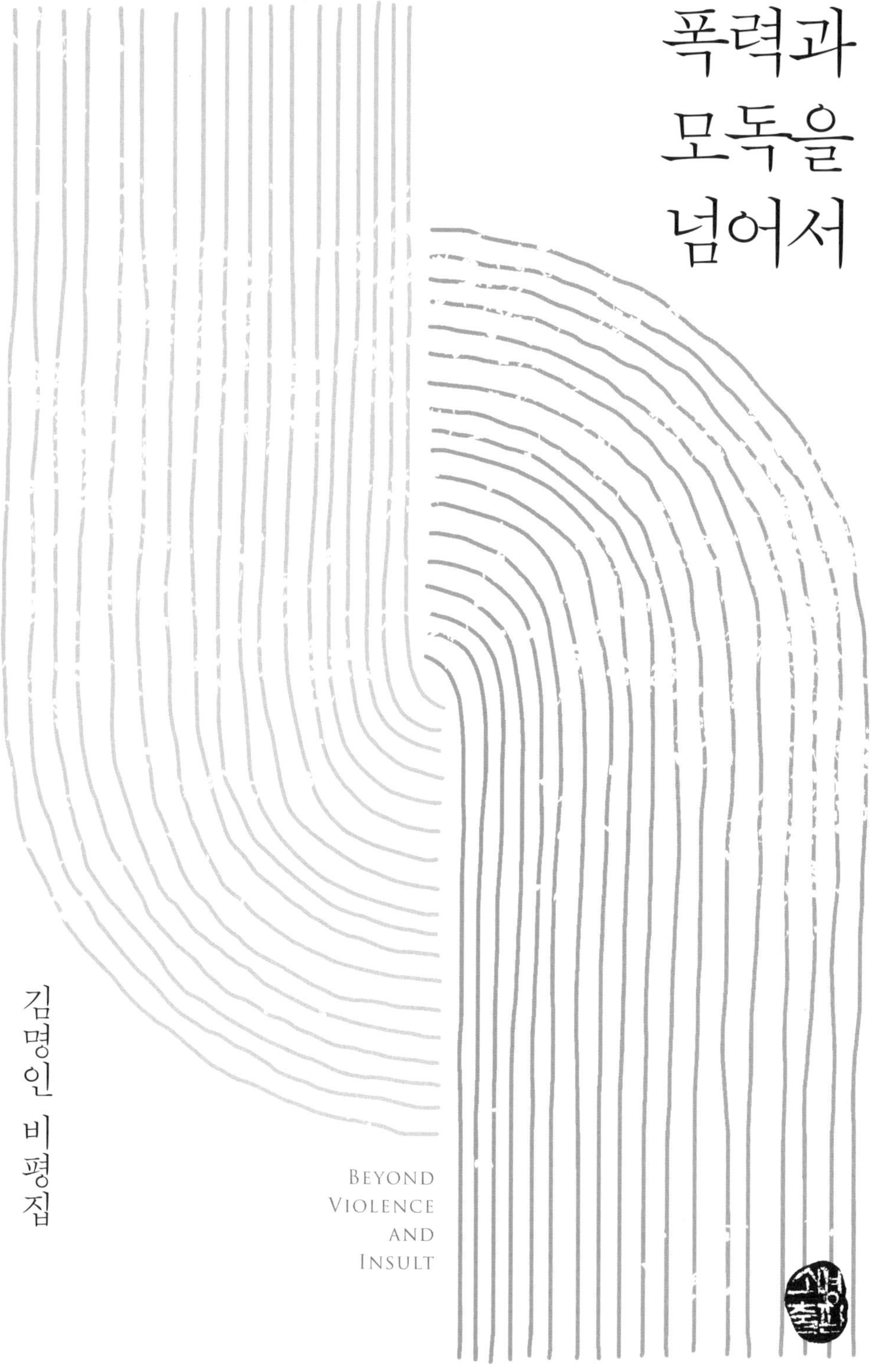

김명인 비평집

BEYOND VIOLENCE AND INSULT

1.

다시 비평집을 낸다. 2004년 『자명한 것들과의 결별』을 낸 이후 거의 17년 만이다. 그 사이에 공저서나 편저서를 제외하고 네 권의 책을 내기는 했으나 논문집 한 권, 칼럼집 한 권, 여행산문집 한 권, SNS에 쓴 잡문을 모은 산문집 한 권이 고작이다. 그러니 그동안 비평집을 못낸 것이 '학문연구'에 정진하느라 그런 것은 아님은 분명하고 나머지는 그 사연은 어쨌든 간에 전부 잡문들을 끌어 모아 엮은 책들이니 그 긴 시간 동안 문학비평은 확실히 내 본업에서 비켜나 있었던 것이 틀림없다. 2006년에 냈던 칼럼집 『환멸의 문학, 배반의 민주주의』에는 이른바 '문학칼럼'들이 적지 않은 분량을 차지하고 있어서 적어도 그 무렵까지는 한국문학과 한국문학장에 대해 관심도 많았고 하고 싶은 말도 많았다고 할 수 있겠지만, 그 이후로도 자그마치 15년이란 세월이 흘렀다.

아닌 게 아니라 그동안 나는 스스로 '폐업평론가', 혹은 '전직비평가'를 자처해온 것이 사실이다. 그것은 그 15년 남짓의 기간이 공교롭게도 대학 선생으로 취직해서 살아 온 기간이기는 했지만 비평보다 연구논문에 더 기울어 있었다거나 밥벌이로서의 문학교육에도 소홀히 할 수 없었다거나 하는 구차한 직업상 사정 때문도 아니고, 50대에 들면 현장비평가로서의 감각도 세대적 감수성도 퇴행할 수밖에 없다는 흔해빠진 세대론적 이유 때문도 아니다. 내가 문학비평이라는 일손을 놓은 것은 전적으로 동시대의 한국문학에 대한 환멸 때문이었다. 그 환멸은 이미 지난 세기 1990년대 중·후반부터 시작된 것이니 새로울 것도 없었지만 2000년대 초반까지는 그나마 그 환멸을 감각하고 그 환멸을 환멸이라 부를 결기나 억하심정 정도는 남아있었지만 2000년대 중반 이후부터는 그마저도 시나브로 사라져 버렸다. 그 무렵엔 솔직히 말하자면 동시대 문학과 나를 연루시키는 것조차 싫었다. 도대체 당시의 한국문학이 무엇을 얼마나 잘못했기에 이처럼 나로부터 오래도록 버림을 받아온 것일까.

나는 이미 1990년대 초반에 한 차례 절필을 선택한 적이 있었다. 그것은 변혁운동의 퇴조와 고립이라는 역사적 상황 속에서 세계관과 방법론 전반에 걸쳐 닥쳐온 위기를 맞게 된 비평가로서는 불가피한 궁경의 선택이었다. 그로부터 7~8년이 지난 2000년대 초반부터 나는 다시 비평가로서 동시대 문학들과 마주했지만 그 조우는 오래 가지 못했고 나는 그 후 몇 년 지나지 않아 거의 자동적인 절필 상태로 다시 빠져들게 되었다. 물론 그것은 일차적으로는 당시 한국문학에 대한 환멸의 결과였다, 그 당시 한국문학은 90년대라는 과도기를 거쳐 본격적인 세대적 전환이 이루어지는 중이었고 그 와중에 80년대까지 한국문학의 흔적은 가뭇없이 사라져가고 있었다. 그 새로운 세대의 문학은 어떤 대문자주체에도 의지하지 않고 각자도생하는 미시적 개인들의 자기 연민과 나르시시즘으로 자욱한 바야흐로 신자유주의시대의 문학이었다. 게다가 그 문학들이 서식하는 문학장 역시 남김없이 자본화된 채로 매우 협소해진 공간이었다.

나는 그런 당시의 문학을 '지성이 없는 문학'이라 불렀고, 당시의 문학장을 상업주의가 다 잡아먹었다고 질타했다. 게다가 울고 싶은 데 빰 때려준 격으로 이웃 일본의 한 비평가가 그런 상태를 '문학 쪽에서도 세상이 어떻게 되든 상관하지 않고, 세상 쪽에서도 문학이 어떻게 되든 상관하지 않는 상태'라고 불렀다. 그것이 바로 동시대 문학에 대한 내 환멸의 내용이었다. 환멸을 느꼈다는 사실에 무슨 잘못이 있겠는가, 하지만 그 환멸은 사실은 매우 비겁한 것이었다. 90년대 초반의 1차 절필의 이유는 '불을 찾아서'였다. 90년대의 바뀐 정치, 사회, 문화지형에 걸맞은 세계인식과 비평적 방법론을 찾아서 돌아오겠다는 뜻이었다. 하지만 나는 사실 빈손으로 입만 가지고 돌아왔으며, 그 결과 2000년대 초반 나의 비평은 여전히 80년대적 감상과 90년대의 바뀐 현실에 대한 억하심정으로 가득한 '계몽주의적 꼰대질' 이상도 이하도 아니게 되었다. 그런 나의 무지성과 나태를 은폐하기 위해서라도 나는 새로운 세대의 창작과 비평 모두를 지성 부재의 문단상업주의의 산물들로 몰아세워야 했고, 싸잡아 환멸이라는 딱지를 붙여야 했다. 아마도 그것이 『환멸의 문학과 배반의 민주주의』를 지배하던 주된 정조였을 것이다.

내가 신자유주의체제가 언제 어떻게 한국사회에 당도했고 또 한국사회를 어떻게 바꾸어놓았는지를 알게 된 것은 그로부터 얼마 후의 일이지만 그렇다고 그에 대한 올바른 대응의 방안이랄까 전략이 바로 얻어진 것도 아니었고 그러한 인식을 한국문학과 문학장에 적용하는 일은 더더구나 쉬운 일일 리가 없었다. 나의 나태와 피로와 환멸에 찌든 정신으로는 그간 별다른 진전을 보이고 있지 못하던 동시대의 한국문학을 제대로 따라잡는 것조차 역부족이었다. 대신 나는 한편으로는 신자유주의 체제 이후의 한국사회의 동향과 구조를 살피는 사회비평적 글쓰기를, 다른 한편으로는 나 자신의 삶을 지배해 온 트라우마들과 마주하는 매우 사적인 문체의 에세이적 글쓰기들을 써 나가기 시작했다.

하지만 이 두 방향의 글쓰기가 도착하는 지점은 늘 나 자신이었다. 사회비평적 글쓰기들은 나름 논리적, 분석적으로 신자유주의체제 하의 한국사회의 역사적 성격을 파악해 나가려는 의도로 시작되었지만, 글을 쓰는 동안 나는 그에 대한 어떤 대안도 없고, 설령 있다고 해도 그것을 실천으로 연결해 나갈 수 없다는 현실적 한계 앞에서 종종 허망과 무기력 상태에 빠져들었고, 그것은 이내 나의 삶 전체가 후회와 부끄러움으로밖에 남지 않았다는 격심한 자책으로 이어지곤 했다. 그 외의 글들은 더 말할 것도 없었다. 이른바 '민주화세대'의 일원으로서 청춘을 민주화투쟁에 다 바쳤다는 말은 내게는 모욕처럼 들렸다. 그 대신 나는 광주민중항쟁의 희생자들을 비롯한 민주화투쟁 과정에서 정말 이름도 빛도 없이 스러져간 존재들과 민주화가 되었다는 세상에서 여전히 고통받고 희생당해온 사람들, 특히 용산참사와 세월호참사의 희생자들을 비롯한 신자유주의체제에서 버림받은 모든 사람들에 대한 죄의식을 내 모든 글의 화두로 삼았다. 그 15년여 동안 문학과 관련된 글을 전혀 쓰지 않은 것은 아니었다. 나는 가끔씩 내게 오는 평론 원고 청탁의 대부분은 거절했지만, 이 죄의식과 부끄러움이라는 화두와 접점을 이룰 수 있는 글감에 한해서는 여건이 되는 대로 청탁을 수락하고 글을 썼다. 그 글들은 전부 '나'를 화자로 삼는 일인칭의 글쓰기였다.

어쩌면 이러한 글쓰기는 신자유주의 체제에서 나 나름의 도생의 방식이었을 것이다. 나의 그 동안의 글쓰기라는 것은 어떠한 연대도 없이, 아니 어떠한 연대에의 희망도 없이 죄의식과 부끄러움을 연료로 하여 홀로 나 자신을 거듭 불태워 나간 기록이었던 것이다. 그리고 겉으로는 죄의식과 부끄러움을 내세우면서도 사실은 무기력한 자기연민과 그에 수반되는 나르시시즘을 동전의 양면처럼 지닌 이러한 글쓰기는 내가 그렇게 비판해 마지않았던 2000년대 이후 문학의 존재양식과 매우 닮은 것이기도 했다. 실제로 나는 나의 이러한 글쓰기가 '문학비평하기'를 포기한 자의 '문학하기'가 아닌가 하는 생각을 하기도 했었다. 이 책에 실리는 글들에서 만나게 될, 비평이라는 이름으로 묶이지만 사실 매우 자기회귀적인 일인칭의 독백적 글쓰기들은 어쩌면 적절한 매개를 잃은 비평이 도달한 '창작+비평'의 자웅동체적 글쓰기의 특이한 실예라고 할 수도 있을 것이다.

그러므로 이 책은 사회비평집이고 문학비평집임에 틀림없지만 동시에 비평하는 주체의 자기고백집이기도 하고 자기비평집이기도 하다. 이 책의 이러한 다중성은 기본적으로는 내 삶을 지배해온 트라우마와 그로부터 비롯된 자기연민이 만들어낸 결과이기도 하지만, 동시에 한 약관의 청년에게 사회의 총체적 변혁이라는 과중한 짐을 지웠다가 냉혹하게 내팽겨치고 결국 평생 진퇴유곡의 삶을 살게 한, 지난 40년 동안의 잔인한 한국사와 세계사가 만들어낸 결과이기도 할 것이다.

2.

많은 생각 끝에 이 책의 제목을 『폭력과 모독을 넘어서』로 정했다. 이 책을 지배하는 기본적인 정동은 앞에서도 말한 바와 같이 죄의식과 부끄러움이므로 이 책의 진짜 제목은 『죄의식과 부끄러움을 넘어서』가 되어야 더 정확할 것이다. 하지만 그 죄의식과 부끄러움이라는 정동은 사실 흔히 트라우마라고 불리는 외상 후 스트레스 장애Post Traumatic Stress Disorder가 낳는 가장 기본적인 증상이다. 그리고 그 증상은 그 죄의식을 가진 자, 부끄러워하는 자의 내부에서 비롯된 것이 아니라 그 증상을 불러일으킨 외부로부터의 감당하기 어려운 충격에서 비롯되는 것이다. 그런 점에서 문제는 죄의식과 부끄러움에 있는 게 아니라 그 죄의식과 부끄러움을 강제한 외적 충격의 본질인 각종의 비정상적 폭력과 그 폭력이 피해자에게 가하는 탈인격적 탈존재적 모독에 있다. 그러므로 나는 '죄의식과 부끄러움을 넘어서'가 아니라 '폭력과 모독을 넘어서'를 이 책의 제목으로 삼는 것이 올바른 선택이라고 생각한다.

생각해 보면 한국 근현대사의 전 과정은 폭력과 모독의 역사라고 할 수 있다. 식민주의와 전쟁과 냉전체제와 군사독재와 신자유주의적 자본주의, 그리고 편협한 민족주의와 완고한 가부장제는 한국사회 구성원들 대부분에게 돌이킬 수 없는 폭력을 저질렀고, 그 피해자의 인격과 존재에 역시 지속적인 모독을 가해왔다. 민족해방, 계급해방, 젠더해방, 생태해방 등 모든 해방적 기획의 최심부에는 약자와 반대자들에게 가해지는 부당한 폭력과 모독으로부터의 해방이라는 근원적 기제가 가로놓여 있다. 이 책에 실리는 글들이 쓰인 지난 15년여 동안 신자유주의 한국사회는 다시 말하면 이러한 폭력과 모독이 강도는 낮을지라도 매우 완고하게 전면화되고 일상화된 사회였다. 이 기간 동안 한국사회의 절대다수 구성원들은 전쟁과 같은 특수상황도 아닌 평범한 나날의 삶 속에서 끝없이 이러한 폭력과 모독 속에 노출되어 있었다고 할 수 있다. 그나마 지난 10년간 사람들이 더 이상 이러한 폭력과 모독 아래서 견딜 수 없음을 자각했고, 그에 따라 행동을 시작한 것은 다행스러운 일이었다. 촛불혁명과 정권교체, 그리고 페미니즘과 젠더전쟁의 대두는 그 명백하고 적극적인 결과물이었다. 나의 글쓰기 역시 이러한 변화에 힘입어 죄의식과 부끄러움의 기록에서 점차 폭력과 모독에 대한 연대투쟁의 기록으로 바뀌어가는 중이며, 이 책은 그러한 변화의 기록이기도 하다. 그리고 이 책을 죄의식과 부끄러움의 기록이 아니라 폭력과 모독에 대한 거부의 기록이라고 불러야 나는 이 책 이후에도 계속해서 세상을 위해 조금이라도 더 나은 글을 써낼 수 있는 힘을 얻을 수 있을 것이다.

3.

이 책은 세 개의 부분으로 나뉘어져 있다. 1부에는 문학과 문학장에 관한 일반론적인 글들이 실린다. 최근의 젠더소설들을 중심으로 90년대 이후 한국소설의 변화과정을 추적한 가장 최근의 글 「여자들이 온다」를 비롯해서 문학의 존재와 기능에 대한 나름의 성찰과 근래의 표절사태, 문단 성폭력 사태들에 관한 글 등 다섯 편의 글들이 그것이다. 2부에는 김탁환, 한강, 김하경, 조세희, 김원일 등의 소설에 대한 평문과 박영근 시인의 전집에 대한 서평, 그리고 전태일에 대한 단상 등, 말하자면 실제비평에 해당하는 글들이 실린다. 하지만 내용상으로는 전태일 분신, 인혁당 사건, 광주민중항쟁, 세월호참사 등 비평의 형식을 빌려 내 생애의 트라우마들을 마주보는 나 자신의 매우 고통스러운 임상기록에 가까운 글들이다. 3부에는 사회비평적 글들이 실리는데 여기엔 신자유주의체제에 대한 나름의 분석과 자기 비판, 새로운 변혁주체의 모색, 세월호 참사를 어떻게 받아들일 것인가 하는 문제, 조국 사태의 의미 등을 다룬 글들이 포함된다. 앞에서 말했듯 이 글들 역시 사회비평이면서 동시에 자기비평으로 회귀되는 글들이다. 각 부별로 글이 게재되는 순서는 실제 발표된 순서의 역순으로 배열되어 있으므로 정순으로 읽거나 역순으로 읽거나 그것은 독자들의 선택에 맡긴다.

2000년에 두 번째 비평집 『불을 찾아서』를 낸 이후 20년 만에 다시 소명출판에서 네 번째 비평집을 낸다. 원고를 넘겨주겠노라 약속한 지는 벌써 2~3년 된 것 같은데 그 사이 원고 채근을 받은 것은 한두 번이나 되었을까? 그동안 예기치 않은 병을 얻어 적지 않은 시간을 허비했지만 자기 자신도 지병으로 입퇴원을 반복하느라 동병상련의 정 때문인지 묵묵히 기다려 준 박성모 사장의 깊은 배려에 다시금 고개를 숙인다. 더불어 적지 않은 양의 원고를 받아 세모의 분주한 와중에도 빛의 속도로 멋진 책을 묶어 준 소명의 편집진들에게도 깊은 감사의 뜻을 전한다.

그리고, 그림자 같이 헛된 것들을 상대로 한 기약 없는 싸움에 매달리느라 몸도 마음도 기진맥진하여 갈수록 잦은 병치레에 시달리는 남편을 37년째 보듬어 안고 함께 아파해 준 아내 유윤숙에게 가장 먼저, 또 가장 나중까지 이 책을 바친다.

2020년 12월 31일

김명인

차례

3

1

폭 력 과
모 독 을
넘 어 서

여자들이 온다

새로운 국면에 접어든 한국소설

1. 한국소설사와 주체의 문제

1990년대부터 2010년대까지 지난 30년간의 한국소설사를 어떻게 읽을 것인가. 1980년대 후반에서 1990년대 초반까지 격렬했던 혁명적 낭만주의의 영향력을 고려할 때 일단 이 기간 동안의 한국문학을 포스트 낭만주의, 혹은 포스트 정치주의 시대의 문학이라 불러도 좋을 것이다. 그 30년 동안 한국소설은 민중, 혹은 노동자계급 등 1980년대적 대문자 주체의 강력한 구속에서 벗어나 새로운 주체를 찾아나가는 과정을 겪어 왔다. 근대소설이 근대적 개인의 자기/세계 발견의 여정을 기록한 것이라는 진술은 부르주아 혁명을 겪은 서구의 역사 경험이 짙게 투사된 것으로 상대적이고 불균질한 다양성을 가진 근대 세계 전체에 선불리 적용되어서는 안 될 것이다. 그러나 전근대 혹은 비근대의 서사 양식들과 달리 세계와 맞서는 개인 주체의 내적/외적 투쟁 기록으로서의 근대소설이 서사 양식의 역사에서 완연히 새로운 경지를 개척하고 있음은 부인할 수 없다. 이런 점에서 거기에 '서구' 혹은 '서구적'이라는 단서를 붙이더라도, 일단 개인 주체의 양식으로서 근대소설이라는 하나의 기준은 최소한 18세기 이래 인류 서사 양식의 역사를 가늠하는 데 상당히 유효하다고 볼 수 있다. 이런 기준에서 볼 때, 개인 주체보다는 민족, 민중, 노동자/농민, 혹은 시민 등 집단 주체가 더 강조되었던 한국의 20세기 소설사는, 위와 같은 이념형적 근대소설과는 일정한 거리를 유지하는 이른바 제3세계적 소설 전통, 혹은 '식민지 근대적' 소설 전통 위에 놓여 있다고 할 수 있다.

20세기 초반의 한국소설에는 이광수, 현상윤, 나혜석, 양건식을 거쳐 염상섭, 김동인, 현진건, 나도향에 이르기까지 전근대-식민지 근대 전환기의 우울과 매혹에 사로잡힌 채 자기 주체를 정립하고자 안간힘을 쓰는 개인 주체들의 표상이 넘쳐났다. 하지만 이러한 초기 한국 근대소설의 낭만적 개인주의는 3·1운동을 건널목으로 하여 이내 민족해방, 계급해방을 부르짖는 집단주의에 자리를 내주게 되었고, 1930년대의 철 이른 유사 모던 풍경과 더불어 이상, 박태원 등을 통해 다시 나타나 도시를 배회하던 과민한 개인 주체들은 제국주의 전쟁과 분단이라는 시대적 격랑 속에서 가뭇없이 사라져 갔다. 이렇게 사라졌던 한국소설에서의 개인 주체는 이범선, 장용학, 손창섭, 서기원, 박경리 등의 '전후소설'들에서 과잉 결정된 실존적 주체들의 형상으로 잠시 돌아왔고, 4·19혁명의 섬광과 그 짧지 않은 잔광 속에서 최인훈, 김승옥 등을 통해 그 미약한 계보를 이어갔지만, 그 역시 1970~80년대에 다시 돌아온 민중 주체들에게 소설사적 주류의 자리를 내어주지 않을 수 없었다.

근대적 주체로서의 개인은 그가 사회적으로 어떤 계급이나 계층에 속해 있다고 할지라도 바로 그 집단을 호명하는 대표단수로서 살아가는 것이 아니라, 일단 국가, 사회, 계급, 지역, 가족 등 어떤 크고 작은 집단으로부터도 자기 자신을 분리해 대립시킬 줄 아는 단독자로서 자각을 가진 개인이다. 한국의 근대사가 그랬듯, 한국의 근대소설사는 민족, 민중의 집단적 생존의 위기 아래서 이러한 '문제적 개인'의 출현을 오래도록 억압해왔다. 그리하여 한국 근대사회가 '주체적 개인들의 자유로운 연대와 결사로서의 사회'라는 성숙한 양상을 지니지 못한 것과 마찬가지로, 한국 근대소설에서도 집단, 사회, 국가 전체와 맞섬으로써 자기를 고양시키고 세상을 반성하게 만드는 강력한 개인 주체의 등장은 계속 지연되어왔다. 엄밀히 말하면 「만세전」의 이인화, 『광장』의 이명준, 그리고 이들보다는 조금은 허약하지만 그만큼 영리한 「무진기행」의 윤희중 정도가 이에 해당될 수 있을까? 그 외 한국 근대소설 속 대부분의 '개인'들은 그들이 개인으로서 세상에 대해 어떤 의문을 품었든 간에 결국 그 대답을 얻지 못해 마냥 허둥대다 마는 모습을 보이거나, 결국 국가와 민족, 계급 등 집단의 소명 속에 자기를 용해시켜버리는 방식으로 그 의문을 해소시켜버리곤 했다.

이러한 맥락에서 볼 때, 한국사회에서 집단적 주체의 이름 아래 행해졌던 제3세계형 근대 기획이 신자유주의라는 새로운 지배이데올로기의 미만과 더불어 소멸의 길을 가기 시작했던 1990년대 이후의 한국소설의 행방은 자못 문제적인 것이었다. 1980년대부터 1990년대 초반에 이르도록 한국사회 전체를 개변할 기세로 출렁였던 낭만적 변혁운동이 고작 '민주화' 혹은 '직선제 개헌 쟁취'라는 일종의 전술 목표의 성취단계에서 주저앉고 그 동력을 잃은 후, 그 변혁운동의 '상상적 주체'였던 민중(그리고 노동자계급)은 그 '민주화'와 신자유주의 초반의 호경기의 산물로 주어진 얼마간의 생활 및 신분 향상에 만족하여 더이상의 투쟁을 중단하였다. 그 '실질적 주체'였던 이른바 변혁운동 세력(지식인, 학생, 노동운동가 들)은 민주변혁의 성취는커녕 고작 직선제 개헌 쟁취라는 작은 성공에 내부 동력을 잃고(당시 세계적 규모의 신자유주의 공세에 의한 현실사회주의권의 몰락은 '울고 싶은데 뺨 맞은 격'이었다) 뿔뿔이 흩어져 공공연한 내적 청산 절차에 돌입했다. 이러한 상황을 1990년대 소설은 어떻게 감당했던 것일까.

혁명이 가능한 주객관적 조건은 사라져버리고 혁명적 몽상의 여운과 관습만 남아있는 상황에서 이 시기의 소설들이 후일담의 양상을 띠는 것은 피할 수 없었다. 우선 '운동권' 출신이라고 할 수 있으나 1980년대 후반에야 작품 쓰기를 시작했던 김영현, 공지영 등의 소설들은 등장부터 '후일담적 상황'에 처해 있었으니 말할 것도 없다. 하지만 성급한 1990년대 비평가들에 의해 1980년대와는 다른 새로운 감수성의 선발주자로 각광받았던 신경숙, 은희경, 윤대녕, 김영하, 김연수 등 1980년대적 세대 경험을 가졌으나 어떤 집단적 상상력과도 구별되는 새로운 개인주의적 소설 문법들을 가진 대표적인 1990년대 작가군들의 작품 세계 속 개인들도 적어도 1990년대 전반기까지는 1980년대의 그림자 속에서 허우적거리는 후일담적 인물들이었다. 이들의 작품들에는 1980년대와 그 이전, 이른바 '공적이고 집단적인 유토피아의 꿈'이 살아 있던 시대에 대한 노스탤지어와 그 종언의 충격, 그리고 1990년대라는 새로운 시대에 대한 '낯가림'이 주를 이루고 있는 것이다. 심지어 배수아 같은 명백한 1990년대 키드조차 일부 작품 속에서는 여전히 1980년대의 낭만적 도그마들과 밀고당기기를 벌이지 않을 수 없었을 정도로 1980년대까지의 집단주의적 혁명적 낭만주의와 그 좌절의 여운은 길고 긴 것이었고, 이는 문자 그대로의 '문제적 개인'이 탄생하는 데는 여전히 지속적인 장애가 되지 않을 수 없었다. 1990년대 소설사는 흔히 생각하듯 역사 대신 일상, 집단 대신 개인, 거시 대신 미시…… 이런 식의 전환이 일어나 완전히 1980년대와 이별한 시기가 아니라, 1980년대 및 그 이전의 집단 경험이 우세한 소설사에서 2000년대 이후 개인 경험이 우세한 소설사로 서서히 자리를 옮겨가는 꽤 장기간의 과도기라고 하는 편이 더 옳을 것이다.

1995년 '해고의 자유'를 명문화한 노동법 개악과 1997년 IMF 외환위기 사태로 비롯된 구조조정과 대량해고, 비정규직 제도의 탄생 등 신자유주의 '개혁'이 풍문을 넘어 현실로 도래한 이후에야 한국소설은 비로소 집단주의라는 과거의 기억에서 자유로워질 수 있었다. 그 이전 세대들은 말할 것도 없거니와 방현석, 정화진, 김남일, 정도상 같은 1980년대 소설의 아이콘들도 변화된 상황에서 장기 침묵에 돌입하고 장기간의 후일담 시대가 지속되는 동안 어느새 한국소설은 1980년대의 기억에서 자유로운 새로운 세대들의 몫이 되었고, 그들은 바야흐로 점증하는 자본의 압박 속에서 물리적으로나 정신적으로나 의존할 어떤 준거집단도 없이 각개약진으로 살아남아야 하는 고립된 개인들의 세계를 자기 소설의 기본 환경으로 삼지 않을 수 없었다.

그렇다면 그 무렵 한국소설은 어떤 집단의 신화에도 의지하지 않는 진정한 개인 주체 서사의 시대로 접어들었던 것일까? 그 개인들은 과연 능히 자기를 둘러싼 환경과 '맞짱'을 뜰 수 있을 만큼 강력한 주체성을 지니고 있었을까, 아니 지닐 수 있었을까? 포스트 후일담 시대라고 할 수 있는 1990년대 후반 이후 한국소설들에 '억압된 것의 귀환'으로서 오랫동안 사라졌던 개인들은 돌아왔지만, 그 개인들이란 18~19세기 서구의 낭만주의와 사실주의 시대의 패기발랄한 주체들도, 20세기 초반 한국의 우울했지만 내심 세상 전체와 맞섰던 주체들도 될 수 없었다. 신자유주의 총자본은 한편으로는 고용과 생계 불안 속에서 자기의 좁은 세계 외에는 들여다볼 어떤 여유도 없는 각자도생의 개인들로 이들을 원자화시키며, 다른 한편으로는 어떤 집단과 공동체로부터도 독립된 자기경영 주체로서 자기 마음대로 살아갈 수 있다는 허위의식을 심어 이들을 자유로운 소비자로 떠받들고 부추긴다. 이 개인들은 그렇게 분열된 개인들이고, 그 개인주의는 내부에서 오는 것이 아니라 외부로부터 강요된 개인주의였다. 이런 상황에서 1990년대 중반 이후부터 대략 2000년대의 10년에 가까운 시기의 한국소설은 자기연민의 나르시시즘에 허우적거리는 왜소한 개인들의 파노라마를 연출하지 않을 수 없었다. 이 시기를 대표한다고 할 수 있는 김애란, 박민규의 초기 단편들에 등장하는, 비좁은 가족사와 생활세계 속에 갇혀 비극과 유머를 왕복하는 조울증적 주인공들의 표상은 바로 이런 자기연민에 빠진 왜소한 개인들의 나르시시즘의 전형을 보여주고 있다.

이러한 왜소한 개인들의 나르시시즘에 변화가 오는 것은 대략 2010년을 전후한 시기로 보인다. 소설 전체의 왜소화에 대한 점증하는 내적 반성에도 변화의 원인이 있었겠지만, 사회적 맥락에서 2008년 용산 철거민 참사의 경험이 그 변화의 단초를 열었고, 2014년 세월호 참사라는 진저리 쳐지는 사건은 한국소설이 이런 나르시시즘에서 빠져나와 바깥을 보고 타자를 생각하고 더 큰 어떤 맥락에 눈을 돌리도록 한 하나의 변곡점이 되었다고 할 수 있다. 이 두 개의 비극적 사건은, 오로지 이윤과 효율성만 중시하고 그 외의 어떤 것들도 모두 비용으로만 환원시키는 냉혹한 신자유주의 질서의 심화는 머지않아 인간 말살의 파국으로까지 치달을 수밖에 없음을 극명하게 보여주었다. 그것은 동시에 '각자도생'과 '자기경영' 이데올로기의 허구성이 적나라하게 드러난 사건들이기도 했다. 이 체제의 착취적 성격은 피도 눈물도 없이 삶의 모든 것을 거덜나게 하는 것이며 이에 순응한다는 것은 곧 스스로를 마지막 한 방울까지 고갈시킨다는 것이라는 사실, 그리고 이 세계는 이렇게 속절없이 고갈되어가는 단독자들로 가득하다는 사실, 이 단독자들이 혼자만의 세계에 갇혀 그저 '가만히 있는' 동안에는 이 세계는 도저히 변화될 수 없다는 사실. 어떤 집단적 응전의 경험도 가지고 있지 못한 2000년대 세대들이지만, 다행히도 젊은 작가들은 이 사실들을 아프게 깨달았고, 마침내 자기 바깥으로, 타자들에게로 눈을 돌리고 그들을 향해 손을 내밀기 시작했다.

2. 2010년대 소설의 변화 : 참사와 혁명이 낳은 것

김애란은 이런 변화의 징후를 자기 소설의 발전 과정 속에서 가장 잘 보여주고 있는 대표적인 작가이다. 2000년대를 관통하며 발간된 그의 소설집 『달려라, 아비』(2005), 『침이 고인다』(2007), 『비행운』(2012), 『바깥은 여름』(2017)을 따라 읽노라면, 그의 소설들은 앞서 말한 대로 자기 연민의 나르시시즘에서 점차 빠져나와 사람과 사람 사이의 관계에 대한 성찰, 특히 사람들 각각의 즉자적 개인주의가 어떻게 타자에게 폭력이 되는가에 대한 성찰로 이어지고, 나아가 이렇게 각각의 존재가 타자에게 폭력이 되는 상황이 단지 개인들의 윤리적 결격에서 오는 것이 아니라 그들을 그렇게 만든 어떤 사회적 구조에서 비롯된다는 것에 대한 발견과 그에 대한 정당한 분노로 이어지고 있음을 잘 보여준다.

첫 작품집 『달려라, 아비』에 실린 「나는 편의점에 간다」와 「노크하지 않는 집」이 보여주는 자기를 둘러싼 적대적 세계에 대한 예민한 인식과, 「달려라, 아비」와 「스카이 콩콩」이 보여주는 너그러운 유머 감각의 공존은 사실상 세계의 적대성에 의해 강제된 '수동적 나르시시즘'의 표현으로 읽히며, 『침이 고인다』에 실린 작품들 역시 이러한 나르시시즘과 자기 연민의 '작은 방'들에 갇혀 아직 제대로 된 입사식入社式도 치르지 못한 동시대의 불행한 젊은 세대들의 이야기로 채워져 있다. 하지만 세 번째 작품집 『비행운』에 이르면 이러한 나르시시즘적 자기연민의 소우주에는 균열이 발생한다. 이미 직전 작품집의 표제작 「침이 고인다」에서도 그 징후가 드러나고 있었지만 이 작품집에서는 「너의 여름은 어떠니」나 「큐티클」, 「호텔 니약 따」, 그리고 「서른」이 잘 보여주듯, 이처럼 짓눌린 존재들 각자의 닫힌 소우주들이 상호간섭 없이 공존하는 것이 아니라, 서로 갈등하고 충돌하며 상처를 주고받는 양상이 나타나기 시작하고, 그 상호 갈등의 기억은 「벌레들」이나 「물속 골리앗」처럼 하나의 상징적 징벌이나 재난으로, 「하루의 축」처럼 자기 존재에 대한 끔찍한 이화감異化感으로 재현되고 있다. 그리고 그 배후에는 이러한 충돌과 징벌과 재난과 소외를 끝없이 생산하는 어떤 '사회적 전체'가 가로놓여 있다는 것을 이 작품들은 자연스럽게 암시하고 있다.

그리고 『바깥은 여름』에 이르면 작품 속의 인물들은 비극적이거나 혹은 꼭 비극적이지는 않더라도 누군가에게는 폭력으로 다가올 불행한 어떤 사건들에 휘말려 혹은 가해자로 혹은 피해자로, 또는 그 중 어느 편인지 모호한 상태에서 그 각각의 주체가 겪음직한 혼돈과 트라우마를 앓는다. 그 혼돈과 트라우마는 분명히 어떤 윤리적 판단을 요청하고 있으며 그 윤리적 판단은 곧 사회적 판단으로 이어질 수밖에 없다. 그런 점에서 이 작품집은 '용산 참사'와 '세월호 참사' 이후 한국문학이 떠안게 된 질문, 즉 '이 참사의 고통을 함께한다는 것은 무엇인가', 그리고 '이 참사가 반복되지 않기 위해서 무엇을 할 것인가'라는 질문을 그 중심 내용으로 하고 있다고 할 수 있다.

김금희의 변화 역시 비슷한 경로를 그리고 있다. 첫 소설집 『센티멘털도 하루 이틀』(2014)에서 두 번째 소설집 『너무 한낮의 연애』(2016), 그리고 장편 『경애의 마음』(2018)을 거치는 동안 소설의 주인공들은 좁은 문틈으로 세상을 바라보다가 점차 한 걸음씩 더 나아가 크고 작은 사람들의 관계 속에서 부대끼며 어렴풋이나마 옳고 그름에 대한 사회윤리적 판단 앞에 직면하게 되고, 결국 그 판단에 수반되는 행동 혹은 실천의 자리로 나아가는 것이다. 특히 그의 장편 『경애의 마음』은 세월호 참사와 마찬가지로 구조가 가능했던 상황에서 사망 56명, 부상 78명의 억울한 피해를 냈던, 하지만 세월호 참사와 달리 모든 책임을 가을축제를 마치고 생맥주 한 잔을 마시러 간 청소년 피해자들에게 뒤집어 씌웠던 20년 전 1999년의 동인천 인현동 호프집 화재 참사를 다시 소환하여 그 20년에 걸친 '참사의 역사'를 되짚음으로써 바로 그 시기 동안 신자유주의에 의해 유린된 한국사회사를 부감한다.

이 소설은 1999년 동인천 호프집 화재 사건에서 공통의 절친(혹은 연인)을 잃고 그 이후 20년 동안 각자의 삶의 무게를 짊어지고 방황하며 살아오던 두 남녀가, 사실은 서로가 매우 깊은 관련 속에서 서로의 것들을 나누며 살아왔다는 것을 알게 되고 사랑에 이르게 된다는 이야기 구조의 잘 짜인(때로는 어쩔 수 없이 우연에 종종 의존하게 되는) 한 편의 연애 소설이라고 할 수 있다. 하지만 제대로 인간과 세상의 각축을 다룬 장편 소설에서 연애담 구조를 빼놓을 수 없듯이, 이 소설에도 결국 그 연애를 가능하게 혹은 불가능하게 하는 세상의 법칙이나 논리, 구조가 삼투되어 있지 않을 수 없다. 그런 면에서 『경애의 마음』은 사실 연애의 서사가 아니라, 그 연애를 가능/불가능하게 한/하고 있는 지난 20년간 한국사회의 건강성을 묻고 있는 사회적 서사이다. 이 소설은 서로 다른 두 사람의 사랑이 결실을 맺기 위해서는 먼저 두 사람의 사랑, 아니 삶 자체를 방해하고 훼손해온 적대적이고 몰윤리적인 세상이 바뀌지 않으면 안 된다는 사실을 우리에게 설득하고 있기 때문이다. 아니 세상은 바뀌지 않더라도 그렇게 바뀌지 않는 세상을 그대로 받아들여서는 안 된다는 것, 즉 사람 이라도 '나'부터라도 먼저 바뀌어야 한다는 것을 말하고 있기 때문이다. 이 작품은 그 이전까지의 거대담론들인 제국주의-민족해방, 자본지배-노동해방, 반민주독재-민주회복 같은 대쌍의 프레임으로는 잘 읽히지 않는, 전혀 새로운 독법을 요구하는 당대사에 대한 탐구였다. 이 소설의 제목에 들어 있는 '마음'은 문제적이다. 작가는 자신이 경험했을 20년 전의 그 참사의 기억을 담지한 주인공 경애가 벌이는, '모든 사람을 죽음으로 내모는 시스템'에 대한 질긴 저항의 동력을 '마음'이라 불렀다. 그것은 아직은 뭐라 이름 붙이기 힘든 새로운 싸움의 슬로건에 대한 잠정적 호명이며, 민족, 민주, 노동이라는 대의로는 환원될 수 없는, 하지만 어쩌면 모든 반인간적 체제에 저항하는 가장 본원적 거점의 다른 이름일 것이다.

황정은의 변모 역시 비슷한 맥락에서 문제적이다. 두 번째 소설집 『파씨의 입문』(2012), 장편 『계속해보겠습니다』(2014)까지만 해도 학벌이나 재산, 지위는 고사하고 어떤 사회적 목소리도 가지지 못한, 그의 소설 제목처럼 '아무도 아닌' 것이나 마찬가지인 비주류 청년세대들이 그 누추하고 보잘것없는 한계적 혹은 경계적 삶 속에서 혼자 읊조리는 작은 중얼거림들과도 같았던 그의 소설들은 중편소설집 『디디의 우산』(2019)에 이르러서 완연한 비약을 이룬다. 「d」에서는 사고로 배우자를 잃은 택배 노동자 d와 그의 룸펜 친구 사이의 대화중에서 갑자기 '혁명'이라는 말이 튀어나오고 있으며, 「아무것도 말할 필요가 없다」는 제목과 달리 역설적으로 그동안 차라리 기피해왔다고 해도 좋을 정도로 주류적 담론이나 지식 체계, 역사적 사건들을 소설 속에 반영한 적이 없었던 작가가 지난 30~40년 동안 한국사회를 격동하게 만들었던 여러 정치사회적 사건들(6월항쟁에서 연세대 한총련 사건, 용산참사와 세월호 참사, 박근혜 탄핵에 이르는)을 잘 무장된 젠더적 관점과 작가소설적 기술 방식의 교직 속에서 매우 세련된 지적 능변의 형식으로 기억하여 재구성하고 있는 것이다. 이 작품은 1996년 연세대 사태에서 극적으로 드러난 87년 체제의 모순과 피로, 그로 인한 이 세대의 '사회적인 것'들로부터의 대규모 탈출과 개인으로의 침잠, 이전 세대를 상대로 한 '아버지 죽이기'의 충동과 실행, 동성애를 포함한 새로운 형제애의 모색을 매우 잘 보여주는 문제작이라고 할 수 있다. 이 중편집의 두 작품은 내용적으로나 형식적으로 어떤 연관은 없다. 하지만 작가가 굳이 두 작품을 연작으로 묶은 것은, IMF 사태부터 '이명박근혜' 10년까지 환멸과 넌센스로 가득한 시기와 맞물린 신자유주의 시대의 '억울한 청춘기'와, 그럼에도 불구하고 광우병 사태, 용산 참사, 세월호 참사, 촛불혁명으로 이어져온 강력한 비극적 저항의 에너지가 공유되어 있기 때문일 것이다. 이로써 황정은은 마치 미운 오리새끼가 우아한 백조로 탈태하듯, 오랜 주변인적 견인과 내성적 독백의 어눌함을 벗어던지고 그것이 사실은 마침내 판을 갈아엎는 '혁명'의 필요를 말하기 위한 오랜 내적 투쟁의 과정이었음을 극적으로 보여 주고 있는 것이다.

그 점에서 이 연작은 김금희의 『경애의 마음』과 더불어 이 세대가 드디어 자기 세대의 시대 경험을 '역사적으로', 혹은 낡은 표현이지만 '총체적으로' 사유하는 힘을 얻었다는 징표가 된다. 나는 세월호 이후 한국소설이 바뀌는 징후를 여러 작가의 작품 속에서 목격하고, 이제 조만간 이 끔찍한 세상과 그 속에서의 삶에 대해, 전 세대의 선배들처럼 근대 사회과학의 언어나 바깥으로부터의 분석에 의지하지 않고 자신들의 방법과 언어로 말하는 작품들이 나오지 않을까, 아니 그래야 하는 것 아닐까 생각해왔다. 『경애의 마음』은 아마도 그들의 첫 대답이 아닐까 싶다. 이 소설이 신자유주의의 양극화를 말하고 차별받는 소외계층을 말하는 데서 시작하거나 이야기를 끌고나가는 대신 '마음'에 주목한 것, 세상이 아무리 어지럽고 엉망이라도 그리고 그 얼토당토않은 '세상의 이치'를 강요하더라도 도저히 아닌 것에 고개를 숙일 수는 없는 '마음'의 움직임을 읽어내고, 그로부터 자신도 바꾸고 세상도 바꾸는 힘을 일구어내는 것이 바로 그 대답의 핵심일 것이다.

한국문학사에서 개인 주체는 곧잘 억압되거나 집단 주체의 한 부분으로 호명되어 왔으며 2000년대 이후에야 다시 회귀했지만 그 역시 해방의 결과라기보다는 또 다른 억압과 강제의 결과라고 앞서 말한 바 있다. 하지만 생각해보면, '사회와 대립하는 자유로운 개인'이라는 표상은 근대 낭만주의 시대의 산물로서, 제대로 된 낭만주의를 경과하지 못한 우리 역사 속에서는 늘 그리운 표상이기는 하지만 이제는 어쩔 수 없이 낡고 공허한 표상이라고 할 수 있다. 세상에 자유로운 단독자로서의 개인은 존재하지 않는다. 개인은 모두 어떤 사회적 정황 속에서 연역되고 구성된 것이다. 길게 보아서 1990년대 이후 한국문학, 소설사는, 소설의 최종 심급이자, 다른 것으로 환원될 수 없는 존재로서의 개인에 봉착하기는 했으나, 한동안 그 개인이 어떤 전체(?)로부터 연역된 것인지, 그리고 그 상태를 넘어서기 위해서는 다시 어떻게 구성되어야 하는지를 알지 못하다가 이제 와서 이 문제를 고민하기 시작했다고 보아야 한다. 그리 하여 이제 다시 개인이 호명된다면 그것은 공허하고 추상적인 낭만적 절대 주체도 아니고, 민족, 민중 같은 20세기적 집단 주체의 한 반영물도 아닌, 다르게 구성되기를 원하는 새로운 주체로서의 개인일 것이다.

3. 여자들이 온다

2016년 겨울에서 2017년 봄 사이 한국사회는, 후에 '촛불혁명'이라고 명명된 또 한 번의 강렬한 직접민주주의적 대중저항을 경험했다. 이 저항운동은 일차적으로는 당시 박근혜 정권에서 발생한 사상초유의 국정 농단 사건에 대한 분노에서 촉발된 것이었지만, 조금 더 들여다보면 그것은 두차례에 걸친 보수정권, 아니 사실상 도둑정권Kleptocracy

의 연이은 부정과 무능에 대한 단호한 징벌의 행동이었다. 그리고 조금 더 멀리 본다면 그 것은 1990년대 중반 이후부터 한국사회를 지배해온 절대 구조인 신자유주의 체제, 즉 자본 이동의 자유와 노동유연화로 위기에 처한 총자본의 이익을 극대화하는 대신 노동자계급을 비롯한 절대다수 사회구성원들의 삶의 질을 방기하는 말기적 자본주의 체제의 오랜 지배에 대한 대중의 염증이 국정농단 사건이라는 정치적 분출구를 찾아 폭발한 것이었다. 사실상 이 두 정권의 실정과 신자유주의 체제가 가중시켜온 고통은 불가분의 것이기도 한데, 2008년의 '용산 참사'가 이명박 정권기에, 2014년의 '세월호 참사'가 박근혜 정권기에 일어난 국가범죄였다는 점에서 그렇다. 국가의 작위 혹은 부작위에 의해 국민의 일부가 냉혹하게 버려진 그 두 개의 사건은, 국가와 사회는 자본의 이익에 방해가 되는 어떤 구성원의 고통에 대해서도 책임지지 않는다는 신자유주의 이데올로기의 정점을 찍는 사건이었기 때문이다.

그러므로 이 '촛불혁명'이 단지 한나라당-새누리당으로 이어지는 수구 정권에 대한 심판이고 대신 민주당 정권이 집권하면 그 목표가 달성되는 것이라는 생각은 넌센스라고 할 수 있다. 이 혁명은 사실상 신자유주의 체제 전체의 전복을 겨냥한 것이며, 그 대상에는 해방 후 이승만-박정희 시대부터의 수구 세력뿐만 아니라 1970년대 이래의 민주 세력들도 온전히 포함되는 것이었다. 조금 극단적으로 말하면, 그 두 세력 모두 경제개발을 이루었든 민주화를 이루었든, 그것을 신자유주의의 야만으로 귀결시켰다는 점에서는 다를 게 없다고 할 수 있기 때문이다. 그리고 이 혁명 주체들 중 가장 급진적이고 예민한 부분들이 갈아엎고 싶어한 이 야만의 세계는 곧 한국적 근대성 전체가 동원되어 만든 괴물 같은 세계였으니, 그런 점에서 이 혁명의 목표는 훨씬 먼 곳을 향해 있으며 그것에 잠재된 에너지는 훨씬 더 급진적인 것이었다.

이 촛불혁명이 그 기나긴 과정 속에서 쉽사리 특정 주체의 리더십을 허락하지 않은 것은 그 때문이다. 리버럴 우파 정치세력이 주도하면 그것은 단순한 정권 교체로 끝날 것이고(결국은 그게 현실이 되었지만), 노조 세력이 주도한다 해도 얼마간의 조합주의적 개량으로 끝날 것이 분명한 상황이었다. 그때 더 먼 곳을 바라보고 있지만 바로 목전의 주체로는 나설 역량을 가지지 못한, 아직 이름도 가지지 못하고 진정 자신들이 원하는 것이 무엇인지조차 아직 말할 수도 없던 다수의 혁명 주체가 할 수 있는 일은 오직 이 혁명이 기성의 정치 주체나 운동 주체에 의해 참칭되지 못하도록 막는 일뿐이었다.

이름도 언어도 가지지 못한, 이 억울한 주체들을 무엇이라 불러야 할지는 아직 알 수가 없다. 한때는 민중이나 민주시민으로 불렸으나 이제는 그도 낡아버려서 누구는 '다중'이라 부르고, 누구는 '을乙들'이라고 부르고 누구는 '소수자'라고도 부르는 그들은 아직 무엇을 어떻게 해야 할지는 몰랐으나, 여기서 멈춰서는 안 된다는 것은 본능적으로 알았고 자신들이 이미 실패한 무수한 혁명적 기획에 동원된 바 있는 그 낡은 주체들의 이름으로 불려서는 안 된다는 것은 잘 알고 있었다. 그들은 누구인가? 그들은 과연 자신들에게서 한국사회에 도래하고 있는 새로운 혁명의 주체로서의 정체성을 찾아낼 수 있을까. 아마도 앞에서 살펴본 김금희와 황정은의 소설 속 주인공들인 '경애'나 '디디'들이 그들일 텐데, 그들은 과연 어떻게, 어디로 다음 발걸음을 내딛을 것인가.

2016년은 국정농단과 촛불혁명의 해로 기억되겠지만, 그해에 한국사회를 바꾸는 기폭제가 된 중요한 사건이 하나 더 일어났음도 기억해야 한다. 그해 5월 강남역 부근의 한 빌딩 남녀공용 화장실에서 한 남성이 생면부지의 한 젊은 여성을, 여자들이 자기를 무시한다는 이유로 잔인하게 살해한 '강남역 살인사건'이 바로 그것이다. 그 범인이 조현병을 심하게 앓던 환자라는 사실은 형량을 정하는 데는 참조할 수 있을지 몰라도, 이 사건이 넓고 깊게 환기한 '여성혐오misogyny'라는 한국사회가 앓고 있는 거대한 증상이 지닌 의미를 생각하면 그것은 고려 대상이 될 수 없다. 오히려 조현병의 폭력적 분출구가 힘없는 여성이라는 사실은 이 '여성혐오' 증상의 심각성을 더 확고하게 입증해준다고 할 수 있다.

이 사건을 계기로 한국사회의 여성들은 더이상 '가만히 있는' 존재이기를 거부하고 나섰다. 한국사회의 여성혐오가 위험수위를 넘은 상태로 지속되어온 것은 벌써 오래전이지만, 그 사이에 의식과 일상 양면에서 부쩍 성장한 여성들의 주체적 자각이 이제 더이상은 그 지속을 용납할 수 없는 단계에 이른 것이다. 각각 혼자 이 혐오/폭력을 견뎌오던 여성들은 이 사건을 맞닥뜨리면서 이제는 서로 손을 잡기 시작했고 강력한 연대행동으로 떨쳐나서기 시작했다. 이처럼 한번 둑을 무너뜨린 물결은 더 이상 멈추지 않고 이 물결의 힘은 곧이어 '메갈리아'와 '미러링' 같은 젠더 언어학의 격랑을 낳았으며, '미투' 사태 같은 젠더를 둘러싼 사회적 위치 에너지의 극적이고 전복적인 변화를 촉발했다.

근대적 사유는 '인간'을 세계의 중심에 놓고 나머지 모든 것을 그 원근법 위에 배치한 사유라고 할 수 있는데, 그 '인간'은 무성 혹은 중성적 존재가 아니라 처음부터 '남성'이었다. 그 '남성/인간'이 비인간의 세계에 무수한 차이를 만들고 그 차이를 토대로 비인간의 세계를 유린해나가는 과정 속에서 여성은 한편으로는 남성/인간의 지배와 성취를, 다른 한편으로는 비인간 전체의 소외와 고통을 자기 존재 안에 모순적으로 양립시 켜온 반半인간적 존재라고 할 수 있다. 바로 이 모순성 때문에 여성은 남성/인간에 편입되지도 비인간의 영역에 버려지지도 못한 채 오랜 시간 동안 '차연된 존재'로 가만히 남아 있어 왔다고 할 수 있다.

때때로 여성이 이러한 자기모순을 뚫고 남성/인간과 다른 욕망, 다른 시선, 다른 기획을 드러낼 때마다 남성/인간은 같은 인간임을 내세워 인간해방, 민족해방, 계급해방 등 무성적 슬로건으로 여성의 이러한 에너지를 탈젠더화시키고 무력화하거나, 여성 지위 향상, 양성평등 같은 위선적 슬로건으로 현혹시키거나, 여성을 가부장제 아래 복속시키는 온갖 법, 제도, 문화, 관습, 이데올로기 등 자본주의 가부장체제의 가용가능한 모든 무기를 동원하여 통제하거나, 마지막으로는 날것의 폭력을 휘둘러서라도 이러한 여성의 '차이의 정치학'이 현실의 힘이 되지 못하도록 가로막아왔다.

이처럼 오래도록 여성 억압의 역사가 지속되는 동안, 여성은 남성/인간의 세계에 자신들의 어긋난 존재 형상을 강제로 두드려 맞춰 살아올 수밖에 없었다. 그것은 가부장제 존속을 위한 기본조건이라 할 수 있는 '여성혐오'의 두 측면, 즉 여성에 대한 과도한 숭상과 신비화를 이 남성/인간 세계의 환대로, 반대로 여성에 대한 폭력과 착취를 그 환대의 거부에 따르는 징벌로 받아들이는 노예의 착각을 내면화하는 삶이었다. 그리고 그러한 삶보다 더 무서운 것은 여성이 남성/인간의 세계와는 어긋나고 균열된 것일 수밖에 없는 자기 존재의 형식에 맞는 자기의 언어를 가지지 못한 채 살아왔다는 사실이다. 남성/인간의 위계와 차이를 생산하는, 비인간에 대해 적대적이고 권위적이며 단정적인 언어 체계(과학과 정치의 언어 체계가 그렇다)는 기본적으로 그들에 의해 차별받고 지배받는 비인간, 혹은 반半인간인 여성의 세계를 담아낼 수 없다. 또한, 남성이 여성과의 관계 속에서 구사하는 아부 혹은 희롱이거나 아니면 경멸과 금지와 폭력으로 양극화된 반대화적 언어 체계 역시 여성에게는 근원적으로 낯선 것이 아닐 수 없다. 이런 언어 세계에서 여성이 발화하는 언어는 남성/인간 언어의 복제품이거나, 주저와 말줄임표로 점철된 반半언어이거나, 아니면 침묵일 수밖에 없었다.

강남역 살인사건 이후 한국 여성이 보이고 있는 놀랄 만한 생명적 에너지와 충격적으로 비쳐지는 언어 양상은, 더이상은 남성/인간의 세계와 형상에 자신의 삶을 두드려 맞춰 살지 않겠다는, 이제는 자신의 언어로 자신을 말하겠다는 강력한 선전포고로 이해되어야 한다. 위에서 언급한 지난 촛불항쟁의 주축이었던 '이름도 언어도 가지지 못한, 억울한 주체들'의 새로운 세상을 위한 투쟁이 어떻게 전개되어 나갈지 아직 알 수 없지만, 아마도 이 강력한 여성 주체들이 시작하고 있는 이제까지 '한 번도 경험하지 못한 투쟁'은 그중 가장 먼저 자기의식되고 세력화된 투쟁으로 이 촛불혁명이 제기한 과제를 선도적으로 이끌어나갈 것이다. 바야흐로 여자들이 오고 있는 것이다.

이 시기 이후 한국소설의 흐름은 급격하게 '여성화'하였다. 이미 앞서 김애란과 김금희, 황정은 등의 예에서 본 바와 같이, 용산과 세월호라는 두 참사를 겪은 이후 한국소설의 변화, 즉 자기연민의 독백 상태에 빠져 있던 개인들이 타자를 향하여, 그리고 타자와 함께 나아가는 변화를 이끈 것은 주로 여성 작가였다. 이는 문학 생산 주체의 젠더적 성격에 관한 논의가 더 필요한 지점으로서 더이상 전과 같이 큰 주제, 큰 서사, 큰 담론이 존재할 수 없게 된 21세기 한국사회의 성격에서 비롯된 것일 수도 있다. 하지만 거꾸로 지난 20~30년간의 한국사회는 대문자 담론으로부터 연역될 수 있는 것보다 더 주밀하게 작은 일상에서부터 새롭게 귀납되어야 할 것이 더 많은 사회가 되었고, 그렇게 새롭게 귀납되어야 할 것들, 즉 지금까지의 근대적 전망과는 전혀 새로운 사회를 향한 전망을 탐지하는 능력은 근대의 지배적 주체였던 남성, 혹은 남성적인 것들로부터는 얻어지기 쉽지 않다는 데서 그 이유를 찾는 것이 온당하다고 생각 된다.

하지만 앞서 살펴본 김금희, 황정은, 김애란 등 1970년대생(김애란은 1980년생이지만 이른 등단으로 인해 1970년대생 작가들과 그 감수성과 어법을 대체로 공유한다고 봤다) 작가들의 경우 세상을 보는 시각에서 젠더적 지향은 두드러지게 드러나지 않는다. 그들은 그들의 젠더적 특수성에 의해 동시대 남성 작가들이 보지 못하는 것을 보고 말하지 못하는 것을 말하는 것은 분명하지만, 그 주제에서 의식적으로 젠더 지향성을 굳이 드러내지는 않는다. 그것은 여전히 남성 주류의 비평이 주도하는 문학장의 영향이기도 하며, 아직은 여성적 관점과 언어가 사회적으로든 문학적으로든 시민권을 획득하지 못한 데서 오는 조심스러움, 혹은 주저함 때문일 수도 있을 것이다.

물론 1970년대생 작가들이 전부 그런 것은 아니다. 2016년에 간행된 조남주의 장편 『82년생 김지영』은 본격소설보다는 소설화된 여성 생애 임상보고서에 가깝다는 한계에도 불구하고 그 사회문화적 파괴력으로 지금 같은 젠더 주제 소설의 독서 시장에서 약진과 성취를 선도했다. 그리고 젠더 의식화된 새로운 세대가 기존의 가부장적 가족제도 아래서는 더이상은 인간다운 삶을 영위할 수 없음을 절실하게 보여준 윤이형의 「그들의 첫 번째와 두 번째 고양이」 역시 2019년 이상문학상 대상을 수상함으로써 '젠더 소설'(이것은 잠정적인 용어이다, 페미니즘 소설 혹은 여성 소설이라고 해도 무방하지만 용어나 개념의 정착은 연역적으로 서두르기보다 납득할 만한 경쟁과 인정투쟁을 통한 폭넓은 귀납적 과정을 거쳐 이루어지는 것이 좋을 것이므로 여기서는 이렇게 잠정적인 용어를 사용한다)의 주류화라는 선언적 의의를 획득했다. 이런 면에서 이 두 작품들의 기여는 특별히 기억되어야 한다.

이들보다 더 젊은 1980년대생 여성 작가들은 앞 세대들과는 달리 조심스러움이나 주저함에서 벗어나 강남역 살인사건 이후 한국사회의 요동치는 젠더 지형에 몸을 싣고 훨씬 과감하고 공격적으로 여성 주체성을 구현해나간다. 강화길, 김세희, 박민정, 최은영, 최진영을 비롯한 많은 여성작가가 지난 수년간 성폭력을 비롯한 가부장제 사회가 여성에게 가하는 직간접적 폭력의 양상, 그러한 폭력을 넘어서는 여성들의 투쟁, 여성에 적대적인 세계와 맞서는 여성들 간의 동성애를 포함한 여성 연대의 서사들을 철저히 여성적 당파성의 관점에서 거침없이 써왔다.

이들의 작품 속에는 더이상 나르시시즘적 자기연민에 갇힌 왜소한 개인은 존재하지 않는다. 이들 소설 속의 여성 인물은 자신이 맞서 싸워야 할 대상이 무엇인지 정확히 알고 있으며, 이 싸움은 매우 힘겹고 결코 혼자 수행할 수 없는 장기전이라는 것도 잘 알고 있다. 그들은 21세기 한국 소설이 다시 만난 '문제적 개인'들로서 자기 존재의 존엄과 자율을 위해 적대적 세계를 향해 문제를 제기하고 싸움을 수행해 나간다. 그것은 또한 가부장제 자본주의 세계의 폭력과 억압에 의해 고통 받는 모든 타자의 해방을 위한 문제제기이며 싸움이기도 하다. 이들 중에서도 박민정은 성폭력을 포함한 가부장제가 여성에게 가해온 정신적·신체적 폭력의 문제를 집요하게 천착해 왔다는 점에서, 최은영은 그 폭력이 낳은 상처와 트라우마를 겪는 여성들의 연대의 양상에 집중하고 있다는 점에서 조금 더 깊이 주목해보고자 한다.

2014년에 나온 박민정의 첫 작품집 『유령이 신체를 얻을 때』는 대상을 보는 시각의 평면성이나 이야기를 이끌고 나가는 기량의 미숙성 등으로 인해 전반적으로 거칠고 다듬어지지 않은 느낌이 있는데도 불구하고 '아버지들'의 위선을 폭로한다든가 성폭행, 납치, 유괴 등 각종 폭력의 가해-피해 상황과 그로 인한 후유증을 집중적으로 다룬다든가 하는 제재와 주제의식이 매우 강렬하게 다가오는데, 이는 가히 소설집의 형식으로 묶인 젠더 폭력 백서라고 할 만하다.

교수들이 여학생들을 일상적으로 성적 대상화하고(「생시몽 백작의 사생활」), 친족 성폭력이 저질러지고(「고해 마지막 의식」, 「옛날 옛적 미국에서」), 남자들이 여성 편력이라는 이름으로 어떤 죄의식도 없이 여성들을 유린하고(「유령이 신체를 얻을 때」), 아동 성폭행과(「기념일들」) 아동 유괴극이 일어나고(「실내극 이후」), 군대의 선임병이 후임병을 성추행하고(「장물의 내력」), 약자인 젊은 여성들은 생존을 위해 폭력이거나 그루밍이거나 둘 중 하나를 선택해야 하는(「굿바이 플리즈 리턴」) 이 소설 속의 세계, 그것은 기본적으로 여성들을 비하하고 성적으로 대상화, 혹은 도구화하는 성적 폭력과 더불어 약자에 대한 각종의 폭력들이 예비되거나 행사되는 끔찍한 가부장적 젠더 폭력의 세계이다.

하지만 이 젠더 폭력의 세계는 매우 적나라하고 혐오스럽긴 하나 공포스럽거나 위협적으로 다가오지는 않으며, 그 어떤 '관음증적 호기심'도 유발하지 않는다. 그것은 이 소설집에 수록된 작품들 속 폭력의 피해자들이 가해자들과 그 피해 사실 자체에 압도당하거나 이를 자신의 탓으로 돌리지 않고, 오히려 가해자들의 위선적 본질을 정확히 파악하고 이를 관조하거나 아니면 거꾸로 어떤 방식으로든 복수를 꾀하거나 실행하는 적극성을 보이는 데서 연유한다. 피해자들은 더이상 '가만히 있지 않'고 이 만연한 폭력에 저항하며 이 폭력적 상황을 객관화하며 전복하는 것이다. 「생시몽 백작의 사생활」에서 자신을 성적 대상화하는 대학교수들의 위선적 모습들을 냉소적으로 관찰하고 고발하는 여대생, 「고해 마지막 의식」에서 자기를 버린 아버지와 그 대신 자신을 거둔 신부 등 '아버지들'을 여지없이 탈위계화하는 '되바라진' 어린 딸, 「유령이 신체를 얻을 때」에서 낙태를 강요한 남자에게 복수하는 여자, 「옛날 옛적 미국에서」처럼 부모에게 돌아가지 않는 딸 등이 그렇다.

앞서 이 작품집이 각종 젠더 폭력의 백서를 방불케한다고 했는데, 그 표현은 단순히 비유에 그치지 않는다. 이제까지의 소설들에서 이런 종류의 폭력은 대개 매우 저항하기 힘든 외력으로 작용하여 그 이후에도 제대로 고발되거나 극복되지 못하며 가해자는 여전히 안전한 상태로 남고 오히려 피해자에게 모든 후유증이 전가되어, 소설의 전개는 주로 피해자의 트라우마 혹은 우울증의 임상보고와 같은 형태로 이루어져왔다고 할 수 있다. 하지만 이 작품집에서는 성폭력을 비롯한 모든 가부장적 폭력은 저항 불가능한 무소불위의 어떤 것이 아니라, 명백히 범죄이며 그 후과는 피해자가 지고 가야 할 것이 아니라 온전히 가해자에게 처벌의 형태로 향해져야 한다는 전제가 설정되어 있다. 그러니까 말 그대로 이 작품집의 소설들은 처음부터 사건백서 같은 냉정한 형사적-임상보고적 감각으로 서술되었으며, 그렇기 때문에 기왕의 소설 문법과는 다른 문법으로 수행될 수밖에 없었을 것이다. 어쩌면 이 소설들에 대해 들었던 '거칠고 다듬어지지 않았다'는 첫 느낌이야말로 이러한 전복적인 전제와 그에 따른 서사 전개가 주는 낯설음 혹은 새로움이 일으킨 일종의 착시 같은 것인지도 모른다.

하지만 사람들의 삶과 일상세계의 복잡함과 풍부함에 대한 좀 더 세심한 관찰과 깊은 성찰을 통해 세계의 진실을 귀납적으로 추론해낸다는 소설에 대한 폭넓은 합의에 기초해 볼 때, 박민정의 첫 소설집 『유령이 신체를 얻을 때』가 대체로 어떤 입장이나 관념이 먼저 선행하고 삶과 세계의 자료들이 그것을 뒷받침하는 듯한 연역적인 글쓰기에 가깝다는 느낌은 피할 수 없다. 하지만 이후 박민정은 점차 이러한 약점을 극복해나가며 기왕의 문제의식을 보다 심화·확장해가고 있다.

첫 작품집 이후의 소설들에서도 폭력은 기본 제재로 유지되지만, 첫 작품집에서의 친족이나 학교 같은 비교적 협소한 일상공간을 넘어 국가나 민족 같은 '초개인적' 영역으로 확대되고, 시간적으로도 동시대를 넘어 시대와 세대를 가로지르는 '역사적' 차원의 문제로 확장된다. 일본 내 한국인 자이니치에 가해지는 차별, 한일 간의 식민-피식민 관계의 지속을 보여주는 '현지처'라는 이름의 비정상적 혼인관계와, 이로부터 야기되는 국경을 넘는 혐오살인, 그리고 성매매, 성고문 등등의 사건들이 고직되어 젠더 폭력이 국가·민족·인종 간의 식민주의적 비대칭 관계에 의해 더욱 악화된 형태로 나타날 수 있음을 잘 보여준「행복의 과학」과「A코에게 보낸 유서」 연작, 성폭력과 아동학대 및 그 피해자의 기억상실이라는 사건 이 중심에 놓여 있지만 그 사건의 배후에는 소련연방의 해체와 사회주의 혁명에 대한 집단 모욕, 한국 민주화운동 세대의 타락이라는 역사적 사실이 작동함으로써 젠더 폭력은 은밀한 개인간의 사적 폭력이 아니라 더 큰 공적(국가적, 사회적, 계급적) 폭력들의 야비한 반영이기도 하다는 점을 말해준「당신의 나라에서」 같은 작품이 바로 그런 작품이다.

그리고 젠더 폭력이나 페미니즘적 주제에 대한 천착에서도, 박민정은 기왕의 가해-피해-복수 등의 단선적인 프레임을 넘어 좀더 심화되고 입체적인 성찰로 나아가고 있다. '성적 촬영물의 비동의 유포'라고 하는 폭력 범죄가 단지 일부 비정상적인 남성들에 의해 저질러지는 일회적이거나 예외적인 것이 아니라, 일반적 남성 사회의 일상적 문화습속들 중 하나이고 그것은 마치 조감도나 판옵티콘처럼 여성들의 일상 속에 주밀하게 작동하고 있으며(「버드 아이즈 뷰」), 온라인 상에서 벌어지는 온갖 젠더 폭력이나 혐오 발언 등의 주체들은 어떤 주체로서의 자각에서가 아니라 어쩌면 단지 새로운 미디어라는 기술 발전에 종속적으로 적응하는 객체들로서 자동화된 행동을 하는 것일지도 모른다는 것을(「바비의 분위기」), 유년 시절 '비동의 유포 성적 촬영물' 피해를 입은 피해자가 자신의 피해 사실을 철저히 망각하거나 부인함으로써 그 끔찍한 기억에서 벗어나려는 것이야말로 이런 젠더 폭력이 낳는 가장 심각한 PTSD(외상후 스트레스 장애)의 증상이라는 것을(「모르그 디오라마」), 설사 아무리 용인할 수 있는 상황에서라도, 또 그 피해자가 아무리 그럴 만한 여지를 주었다고 할지라도 자신이 원하지 않는 일을 강제로 당하는 것은 폭력 그 자체임을 설득력 있게 보여주며, 그런 젠더 폭력의 피해자로서 여성들은 어쩌면 '만국의 노동자들'이 그랬듯이 '만국의 여성들'로 연대할 수 있음을(「세실, 주희」) 첫 작품집의 작품들보다 훨씬 더 높은 서사적 완성도를 통해 보여줌으로써 젠더 폭력의 깊고 광범한 피해와 그 후유증에 대한 가장 높은 수준의 문학적 형상화에 이르고 있다. 다른 한편으로는, 동성 결혼이 합법화된다 할지라도 가족 내의 가부장적 위계를 지탱하는 자본주의적 가족경제 구조의 동시적 변혁 없이는 여전히 자본주의적 젠더 위계는 온존할 것임을 암울하게 보여준다든지(「아내들의 학교」), 젠더 폭력이나 위계에 의한 성적 착취 같은 사안을 바라보는 관점도 계급적 처지에 따라 얼마든지 왜곡될 수 있음을 날카롭게 성찰한다든지(「청순한 마음」) 하는 식으로 평면적 젠더 인식이나 구호화된 페미니즘의 이면까지도 입체적으로 들여다보려는 성찰적 노력도 보여주고 있다.

박민정의 소설들이 젠더 폭력의 다양한 양상을 제재로 삼음으로써 오랫동안 감춰져 있던 한국사회 젠더 지형의 일그러진 민낯을 폭로하는 '젠더적 계몽투쟁'을 수행하고 있다면, 최은영의 소설들은 가부장적 젠더 폭력을 포함한 모든 폭력적 관계들로부터 피해를 입은 존재들이 겪는 다양한 고통과 그들 사이의 오해와 갈등, 그리고 위로와 치유에 더 집중하고 있다. 그러므로 둘 다 젠더 상황을 다룬다고 해도 박민정의 소설들은 충격과 각성을 더 유발하고 최은영의 소설들은 연민과 공감을 더 유발하는데, 둘 다 이야기의 역할이기는 하지만 후자의 경우가 보다 더 예술적 감응력을 가지게 마련이며, 그런 점에서 최은영의 소설들이 더 높은 평판을 얻고 있는 것으로 보인다. 하지만 이러한 연민과 공감이라는 효과는 종종 그 작품들에 '다소 감상(주의)적이지 않은가'라는 단서를 붙일 수도 있는 이유가 되기도 한다.

박민성의 소설들이 '젠더 폭력 백서'에 방불하던 것과는 달리 최은영의 소설들에는 일견 예민한 젠더적 문제의식은 거의 드러나지 않는다. 첫 작품집 『쇼코의 미소』(2016)에 수록된 여덟 편의 소설에는 가족 구성원 간의 내적 불화 혹은 소통 부재와 그로 인해 축적되는 고통(「쇼코의 미소」), 독일에서 만난 한국인 가족과 베트남인 가족 사이의 소수자로서의 친밀감과 가해-피해의 역사적 기억으로 인한 단절(「씬짜오, 씬짜오」), 먼 인척 자매 사이의 육친성을 넘어선 깊은 사랑과 신뢰가 불가피하게 경원과 단절로 이어지는 과정(「언니, 나의 작은, 순애 언니」), 서로 다른 국적과 인종을 가진 남녀간의 깊은 정신적 사랑과 그 갑작스럽고 불가해한 끝남의 오랜 여운(「한지와 영주」), 남녀공학 대학의 여성 선후배 간의 우정과 교감, 이해와 오해의 기록(「먼 곳에서 온 노래」), 세월호 참사 국면을 둘러싸고 엄마와 딸들, 혹은 할머니와 손녀들 사이에 벌어지는 애증의 드라마(「미카엘라」, 「비밀」)가 들어 있을 뿐, 여기서 젠더적 문제의식이 표면적으로 돌출하는 작품은 2000년대 초반 여전히 '민주화투쟁'이라는 명분 아래 가부장적 위계 문화가 폭력적으로 작동하던 대학의 분위기를 날카롭게 짚어내는 「먼 곳에서 온 노래」 한 편 정도일 것이다.

두 번째 작품집 『내게 무해한 사람』(2018)에 실린 일곱 편의 작품에서도 남아선호라는 가부장제 위계 제도의 폭력성을 정면으로 마주보는 「601, 602」를 빼고는 그 점에서는 별다른 변화가 없다. 세 여성 사이의 동성애적 삼각관계에 개입되는 계급 차이의 문제(「그 여름」), 친자매 사이의 애증의 기록(「지나가는 밤」), 친구 사이인 두 여자와 한 남자 사이에서 다양한 이유로 일어나는 친소의 기록(「모래로 지은 집」), 세 여성 단짝 친구 사이에서 이해와 관용이라는 이름 아래 일어나는 비극적 파국(「고백」), 자신을 키워준 숙모와의 애증 관계(「손길」), 각기 다른 이유로 상처 받은 두 남녀의 치유를 위한 고투(「아치디에서」) 등이 그렇다. 이처럼 최은영의 소설들이 다양한 이유로 상처를 입거나 혹은 서로 상처를 입히는 사람들 사이의 애증 관계의 전말에 대한 기록물들로서 독자들의 심금에 미치는 그 울림만큼 젠더적 문제의식을 예민하게 드러내는 텍스트로 읽히는 것은 지체된다고 할 수도 있다.

하지만 조금 각도를 달리해서 그 상처를 입은 사람들, 상처를 서로 주고받는 사람들의 성별과 그 상처들의 기원에 주목한다면 이야기는 달라진다. 최은영 소설들에서 상처를 받고, 그 상처 때문에 서로 애증을 주고 받는 사람들은 거의 전부 여성이다. 그리고 그 상처의 기원은 거의 모든 경우에 가부장제의 제도적, 문화적, 개인적 폭력이다. 다만 그것이 대부분이 작품 속에서 굳이 의식적으로 돌출되거나 강조되지 않았을 뿐이다.

「쇼코의 미소」에서 서로 교감하는 한국과 일본의 두 젊은 여성의 행복하지 못한 삶은 각자의 할아버지로 대표되는 가부장제 가족 질서의 숨은 위력에서 비롯되고 있으며, 「손길」에서 혜인이 숙모의 삶에 짐이 된 것도 둘 사이에 애증이 얽힌 것도 무능하고 무책임한 아버지의 존재에서 비롯된 일이었고, 「미카엘라」에서 엄마의 그 어딘가 공허한 한없는 오지랖과 그에 대한 딸의 염증의 배후에는 민주화운동을 한다고 가장의 책무에 무능한 아버지라는 딱한 가부장이 자리 잡고 있다. 가부장제의 억압과 피해는 이처럼 그것이 '부작위'로 나타날 때도 그 심도가 전혀 옅어지지 않기 때문에, 「601, 602」에서 그리는 숫제 노골적인 남아선호나 「아치디에서」 속 '약한 아들'(이 소설의 브라질 청년 '랄도'는 두 작품집에 나오는 유일한 상처받은 남성이기도 하다)에 대한 가부장의 폭력적 불만족 같은 노골적인 '작위'는 차라리 쉽게 설명이라도 할 수 있어서 다행스럽다고 할 수 있다. 또한「먼 곳에서 온 노래」에서 대학 동아리를 휘감고 있는 가부장 문화의 악영향이 아주 직접적인 것은 아니라 할지라도 선배의 유학과 죽음, 화자의 우울과 무기력을 낳고, 무엇보다도 둘 사이의 힘겨운 애증을 발생시킨 가장 큰 원인이 되고 있는 것도 주목하지 않으면 안 된다.

「언니, 나의 작은, 순애 언니」에서 두 친척 자매의 사랑과 그것을 단절시킨 원인이 된 국가폭력이나「씬짜오 씬짜오」에서의 두 다른 나라 가족의 좋았던 관계를 돌이킬 수 없는 것으로 만든 전쟁이라는 이름의 원시적 폭력의 말할 수 없는 잔혹함도 사실은, 이 세계를 지배하는 '남성적' 가치 체계의 가장 극악한 산물이라는 점에서도 문제지만 언제나 그 가장 큰 피해는 가부장 세계 질서의 밑바닥을 떠받치는 여성들에게 돌아가며 이 피해자/여성들에게 한층 더 가혹하게 작동한다는 점에서 더 문제가 된다.

다시 말하지만 최은영의 소설들은 직접적인 젠더 폭력은 물론 가부장제의 폭력성에 대해서도 목소리를 높이지 않는다. 대신 가족, 친지, 선 후배, 친구 등 다양한 관계로 서로 엮여 있는 여성들이 이러한 가부장제의 종적 위계와 폭력에 의해 상처받고 시달리는 다양한 양상과 그들이 횡적으로 서로 상처를 입히다가도 결국 손을 맞잡고 이러한 폭력과 억압을 견디고 치유하며 이겨내는 이야기를 조근조근 전해준다. 이 이야기를 듣는 것, 즉 최은영의 소설을 읽는 것은 그 오랜 세월 동안 은폐되거나 억압되어왔던, 아니 여성들에 의해서조차 제대로 발화되어오지 못했던 '서발턴'으로서의 피해자/여성들의 이야기를 듣는 것이며, 피해와 상처를 입은 여성들의 거대한 자매애sisterhood적

연대를 확인하는 과정이 된다. 많은 여성 독자가 최은영의 소설에서 한많은 공감과 위로를 얻는다면 남성 독자들은 이 소설들을 통해 그동안 제대로 귀 기울여 듣지 못했거나 들으려 하지 않았던 피해자/여성들의 고유의 언어와 목소리를 듣고 반성하지 않을 수 없을 것이며, 그동안 눈에 띄지 않았던 그 피해자/여성들의 풀뿌리처럼 질긴 연대의 보편성 앞에서 겸손해지지 않을 수 없을 것이다.

4. 다시, '해방의 문학'을 기대하며

앞에서도 언급했지만 박민정과 최은영 말고도 지금 한국소설은 목하 젠더 전쟁 중이라 할 만큼 젠더적 주제들로 차고 넘친다. 그리고 「우럭 한 점 우주의 맛」의 박상영, 비록 구설에 휘말려 유감스럽지만 「그런 생활」의 김봉곤 등 두 젊은 남성 작가는 남성 동성애라는 제재를 과감하게 소설화하여 젠더 전쟁의 범위를 확장, 심화시키는 데 매우 중요한 역할을 수행했다는 점 또한 언급하고 넘어가야 할 것이다. 이러한 '젠더 소설'의 대두는 일정한 상업적 성취를 동반하지만 상업적으로 기획된 일시적 현상이 아님은 분명하다. 한국문학의 편에서 본다면 이것은 아마도 1970년대 민중문학의 시대 이후 동시대 다수 대중의 일상적 삶에서 가장 중대한 문제가 문학 속에 육박해 들어온 형국이라고 할 수 있으며, 전체 한국사회의 동향이라는 측면에서 본다면 문학이 다시 동시대의 사회적 의제의 한복판으로 개입해 들어온 형국이라고 할 수 있다.

다만 마치 1920년대 중반 '신경향파' 소설들이 그랬던 것처럼 현재 봇물이 터진 것처럼 쏟아져 나오는 '젠더 소설'들 상당수가 다양한 젠더 현실에 소재주의적으로 접근해 들어가는 양상이며, 목전의 가부장적 현실과의 미시적 일상 투쟁에 주로 집중되어 있다는 점에 대해서는 약간의 참견이 필요할지도 모른다. 너무 오랜 시간 동안 퇴적되어온 가부장 질서의 두께와 무게를 뚫고 이제 막 자기의 목소리, 자기의 언어로 시작된 여성들의 이러한 해방적이고 전복적인 글쓰기의 향연은 당연히 더 크게, 더 많이, 더 오래 지속될수록 좋다. 그리고 그러한 양적 축적 속에서 현재의 가부장적 자본주의 질서를 넘어설 수 있는 더 넓고 깊은 인식과 행동의 진전이 있으리라는 것을 믿어 의심치 않는다. 하지만 모든 '자연발생성'은 '목적의식성'이라는 말로는 다 담을 수 없는, 보다 높은 차원의 어떤 전체에 대한 통찰을 통해 연단되고 안내되는 과정에서 더 깊은 성취로 이어질 수 있다. 앞에서도 말한 바와 같이 현재의 치열한 젠더 전쟁이 단순히 여성해방을 위한 투쟁을 넘어서 촛불혁명이 명확히 제기한 신자유주의 체제 아래 신음하는 모든 소수자의 삶의 해방을 위한 투쟁을 선도하고 있으며, 또 그럴 책무를 가지고 있다고 한다면 그것은 즉자성과 자연발생성을 넘어서는 역사철학적 안목과 지성에 의해 섬세하게 제어되고 인도되는 것이 바람직하다고 할 수 있다. 이는 경험적 일상의 세계 안에서 그 너머의 가능성을 발견하는 문학의 영역에서는 더욱 요긴한 부분이다.

이 글에서 박민정과 최은영을 주목하는 이유도 이와 무관하지 않다. 박민정과 최은영은 젠더의식에 충실한 작품들을 생산해내면서도 그 바깥이나 너머, 혹은 그 확장에 대한 성찰과 상호참조를 놓치지 않는다. 박민정은 「행복의 과학」과 「A코에게 보낸 유서」, 「당신의 나라에서」, 「세실, 주희」에서 젠더 폭력의 문제에 역사적이고 월경越境적인 상상력을 더함으로써 그 깊이와 입체성을 획득한 바 있고, 「아내들의 학교」나 「청순한 마음」에서는 젠더 문제에서 가부장제 극복의 내적 곤란이나 계급적 위치에 의한 차이 등에 주목함으로써 스테레오타입화된 젠더 의제에 성찰적으로 접근하는 모습을 보여준 바 있으며, 최은영도 「씬짜오, 씬짜오」나 「언니, 나의 작은, 순애 언니」, 「먼 곳에서 온 노래」 등에서 과거의 역사적 기억들과 그 이월로서의 현재의 상처들을 병치하고, 「미카엘라」나 「비밀」에서 모녀, 혹은 조모녀의 여계 서사에 세월호 사건이라는 동시대의 트라우마를 결합하여 젠더 문제의 역사성과 보편성을 입체적으로 부감하는 데 성공하고 있기 때문이다.

특히 1980년대 초반 민주화투쟁 국면에서 소중한 두 사람을 잃고 평생 트라우마를 앓아왔지만 그런 자신을 비겁한 방관자라고 비난하는 딸을 둔 한 여성 화자의 이야기를 담은 박민정의 「천사는 마리아를 떠나 갔다」와, 부모 세대의 투쟁과 고난이 지닌 의미와 한계를 자신의 피할 수 없는 과제로 깨닫게 되는 젊은 여성 화자의 이야기를 담은 최은영의 「미카엘라」는 모녀 서사이면서 동시에 이른바 '민주화 세대'인 부모 세대와 현재의 '촛불 세대' 사이의 비판적 상호침투를 수행하고 있는데, 이는 한국사회가 안고 있는 '민주화 이후의 민주화'라는 절실한 과제와 관련하여 희미하게나마 세대간 연대의 가능성을 시사한다는 점에서 소중한 의미를 갖는다고 할 수 있다.

이처럼 목하 한국문학의 새로운 주류로 부상하고 있는 젠더 소설들은 한국문학이 오랫동안 일구어내는 데 실패했던 '해방의 문학'으로서의 가능성을 풍부하게 지니고 있는 것으로 판단된다. 그들의 일상적 절실함에서 비롯된 이 문학적 성취들이 곧 그들의 해방의 무기가 되는 것, 말하자면 "우리가 기다리던 사람들은 바로 우리다"라는 지젝의 말이 현실이 되는 것은 아마도 그리 먼 미래의 이야기는 아닐 것이라고 본다. 그동안 한국 사회는 여성들에게 너무나 많은 악행을 저질러왔는데 이제는 또 그들에게 새로운 세상을 열어달라는 무거운 짐을 지워주고 있다. 참으로 못되었다. 하지만 어쩌랴, 여자들이 저렇게 기어이 살아오고 있는 것을….

당위의 문학에서 존재의 문학으로

1

얼마 전 재직중인 대학에서 학생들의 추계 학술제의 일환으로 작가 초청 강연회가 있었다. 초청 작가는 2천년대 대표작가 중의 한 명이라 할 수 있는 김애란, 강연제목은 "제 자리는 어디입니까? - 소설 속 젊은이들의 공간"이었다. 대산 대학문학상 수상작인 「노크하지 않는 집」에서 근작 「입동」에 이르기까지 그의 소설의 주요한 제재였던 '공간'을 키워드로 삼아 자기 소설의 흐름을 정리해 나간 강연으로 한 30대 작가가 세상을 바라보는 관점, 혹은 방식을 잘 엿볼 수 있었던 기회였다.

김애란이 말하는 공간이란 사람이 하루의 일정이나 노동을 마치고 휴식을 취하며 자기를 재생산할 수 있는 사적인 거주공간을 말한다. 그 공간은 전통적으로는 '집'이라 불려왔지만 현재의 2~30대 청년세대들에게는 더 이상 그렇게 불리기 어렵다. 그것은 흔히 자취방이라 불리지만 그 형태는 고시원, 원룸, 오피스텔, 연립주택 반지하방,

옥탑방 등으로 다양하며 통칭 '방'으로 불린다. 그의 소설들은 그 중 가장 열악한 형태인 독서실 칸막이방이나 반지하방에서부터 서울 변두리의 소형 평수의 아파트에 이르는 이들의 거주공간을 배경으로 하여 청년세대들의 다양한 삶을 부감한다. 주된 거주공간이 '집'이 아니고 '방'이라는 것. 그것은 이제 그들의 삶은 '집'을 중심으로 영위되는 가족 단위의 공동체적 삶이 아니라 오직 한 칸의 방에서 영위되는 고독한 개별자의 삶이라는 것을 의미한다. 그리고 그러한 개별자의 삶이란 것은 의지에 의해 감행된 탈가족의 결과물이 아니라, 대부분 가족으로부터 부양받을 수도, 또 가족을 부양할 수도 없는 조건에 의해 강제된 빈곤의 결과물이라는 점에서 일종의 유기遺棄이자 새로운 자폐에 가까운 것이다.

「노크하지 않는 집」에서 김애란의 관심은 획일성과 몰개성성 등 도시의 집, 혹은 방이라는 공간 자체의 비인간적 물성 자체에 더 초점이 맞춰져 있었지만 「성탄 특선」, 「도도한 생활」, 「자오선을 지날 때」, 「기도」, 「침이 고인다」와 「물속 골리앗」, 「서른」 등을 거치는 동안 그의 관심은 그 열악하고 남루한 공간을 유일한 지상의 거처로 삼아 살아갈 수밖에 없는 사람들에 대한 연민과 공감으로 옮아가고 결국, 도대체 왜, 무엇 때문에, 이 수많은 사람들이 이 비좁고 불안한 거처를 전전하며 살아가야 하는가에 대한 물음으로 이행해 가는 양상을 보인다. 그리고 강연 내내 김애란은 그 이행과정을 이야기하면서 자신이 그 이야기들을 조금 더 잘 할 수 있게 되었으면 좋겠다는 간절함을 피력했다.

나는 통통 튀는 80년대생들의 감수성을 대변한다던 이 작가가 이제 서른 후반이 되어 우리 시대의 이 수많은 타자들에 대한 성찰을 진지하게 수행하는 작가로 이행하는 과정을, 90년대 후반 이후 우리 동시대의 문학이 어떤 공동체의 테두리로도 보호받지 못한 채 과잉주체화되어 내팽겨쳐진 신자유주의 시대의 개인들의 자기연민, 혹은 어쩌면 자기도취라는 나르시시즘의 세계에서 빠져나오는 과정, 그리고 그 사이에 자기 내면만큼이나 황폐해져 거대한 사막처럼 되어버린 자기 밖의 거대한 세계로 눈을 돌려 인간과 세계의 관계에 대한 새로운 물음을 던지기 시작하는 과정으로 보고 있다. 고마운 일이다.

김애란 외에도 근래에 관심을 가지게 된 젊은 작가들이 있다. 『쇼코의 미소』의 최은영과 『아내들의 학교』의 박민정이 그들이다. 최은영의 소설들에는 그것이 만남이든 어긋남이든 사람과 사람의 관계가 얼마나 소중한 것인가에 대한 깊은 통찰이 들어 있고, 박민정의 소설들에는 민족, 국가, 젠더 등의 문제에 대한 녹록치 않은 이해와 상투성이나 관습성에 빠지지 않는 날카로운 지성의 흔적이 두드러진다. 무엇보다 이들의 소설은 동년배의 다른 작가들에게서는 좀처럼 발견할 수 없었던 드문 특징이 있는데 그것은 곧 전 세대의 역사적 경험에 대한 관심이라고 할 수 있다. 물론 그것은 추상적인 기록으로서의 역사가 아니라 등장인물들의 구체적 삶 속에서 환기되고 재생되는 '기억'으로서의 역사이다

최은영의 「신짜오 신짜오」에는 이국 독일에서의 한국, 베트남 두 가족의 만남과 헤어짐의 이야기 속에 베트남전쟁 중 한국군에 의한 양민학살이 배경서사로 가로놓여 있으며, 「언니, 나의 작은, 순애 언니」에는 먼 친척 간 자매의 따뜻하면서도 쓸쓸한 일생에 걸친 자매애 속에 인혁당 사건이라는 역사적 비극이 교직되어 있다. 그리고 박민정의 「천사는 마리아를 떠나갔다」에서는 80년대의 집단적 외상들인

고문과 분신 등 이미 한 세대 전의 비극적 역사경험의 기억들이 오늘의 일상 속에서 다시 환기되고 있다. 이러한 역사적 기억의 재전유는 곧 '역사적 통찰력'의 회복을 뜻한다. 이는 자기 당대의, 혹은 자기 개인의 문제를 역사적 맥락 속에서 사유할 수 있는 힘이라 할 수 있으며 이런 힘의 회복은 지난 20년 이상 많은 동시대의 작가들이 나르시시즘에 빠져 도달하지 못했던 지점이기도 하다.

그리고 최근 들어 뚜렷한 흐름을 형성하고 있는 페미니즘 소설들에도 주목하지 않을 수 없다. 30대 여성들이 페미니즘의 시각으로 재구성하여 차별과 혐오의 역사로 다시 써내려간 '여자의 일생'인 조남주의 『82년생 김지영』, 성폭력 피해여성이 자신에게 들씌워진 끔찍한 기억과 싸워나가는 과정을 그린 강화길의 『다른 사람』은 그 소설미학적 완성도 면에서는 미흡한 측면이 많음에도 불구하고 여성 작가들이 2016년 5월 강남역 살인사건을 계기로 폭발적으로 분출하기 시작한 한국의 젊은 여성들의 자기해방의 열망을 적극적으로 형상화하기 시작했다는 점에서 그 의의가 각별하다. 현재의 추세대로라면 페미니즘 문학이 이들의 이러한 '신경향파적'(?) 고발과 문제제기를 딛고 예술적 성취까지 더해 한국사회에 새로운 젠더적 감수성의 전면화를 이루는 시기가 조만간 도래하리라 예상할 수 있을 것이며, 이는 이미 앞서 언급한 박민정의 「청순한 마음」이나 「아내들의 학교」 등에서 그 맹아가 싹트고 있는 것으로 보인다.

2

이처럼 근래에 들어 새삼 동시대의 소설들에 관심을 가지게 되면서 비평가로서는 사실상 폐업에 가까웠던 나의 지난 시간들을 돌아보게 된다. 지금으로부터 25년 전인 1992년에 나는 '불을 찾아서'라는 비장한 레토릭을 앞세워 비평의 절필선언을 한 적이 있다(「불을 찾아서」, 실천문학, 1992년 여름호). 그것은 당시의 내가 80년대형 민족민주운동의 극적인 퇴조가 문학판에 몰고 온 후폭풍을 견디지 못했기 때문이다. 1991년의 '분신정국'과 뒤 이은 '공안정국' 시기에 광주민중항쟁 이후 눈덩이처럼 굴러 자가발전하면서 한국사회와 동시대인들의 심상구조를 휩쓸었던 격렬한 혁명적 낭만주의는 급격히 식어갔고, '민중민족문학'이라는 깃발 아래 이러한 혁명적 낭만주의의 감수성을 정치적으로 조직화하려 했던 일련의 거창한 시도들은 정치적 민주화와 경제적 풍요라는 두 바퀴를 장착한 이른바 1987년체제의 도래와 함께 가뭇없이 설 자리를 잃어갔다. 근미래에 조만간 도래할 듯 했던, 아니 도래해야만 했던 '혁명'은 그것을 향한 모든 사다리를 잃었고, 한갓 '몽상'과 이음동의어의 수준으로 주저앉고 말았다. 그때의 나의 절필은 그러므로 주체적인 결단이 아니라 객관적 강제였다. 쓰지 않겠다는 선언이 아니라 쓰지 못하겠다는 고백이었던 것이다.

그로부터 7년 후인 1999년에 나는 「다시 비평을 시작하며」(현대사상 8집, 1999)라는 글을 발표하며 비평업으로의 복귀를 알렸다. 그 글에서 나는 감히 '정치적 계몽비평의 복권'을 말하며 "기획과 실천과 비판의 결합, 징후와 전망의 결합, 해체와 형성의 결합, 내성內省과 과학의 결합" 위에서 내 비평을 시작하겠노라고 또 다시 '선언'했다. 하지만 그 이후 4~5년간 내가 쓴 것들은 이러한 선언의 이행과는 거리가 멀었다. 정치적 계몽비평을 말했지만 1987년 체제와 그때 막 본격적으로 가동을 시작한 신자유주의 체제로서의 1997년 체제의 한국사회에서의 복합적 작동방식조차 제대로 이해하지 못한 상태에서 나는 그 정치적 계몽의 내용이 무엇인지 올바로 설명할 수 없었다. 비판은 가능했지만 비판을 넘는 계몽의 기획은 준비되지 않았고, 징후는 알았지만 전망을 몰랐으며, 해체는 흔했지만 그로부터 어떻게 무엇을 형성할 것인가는 알지 못했다. 그러므로 그 선언은 철저히 공허한 선언이 될 수밖에 없었다.

그 당시 나는 한편으로는 80년대적인 변혁적 전망의 미망 혹은 미련을 버리지 못하고 여전히 계급적 당파성의 신화에 매몰되어 있었으며, 1987년 이후를 미완의 혁명의 시기, 혹은 혁명의 배반의 시기로 간주하고 있었다. 동시에 다른 한편으로는 당대의 현실 전체를 송두리째 거부하는 환멸의 시선을 가지고 있었다. 변혁의 꿈을 버리지 않았다면 그 변혁의 토양인 당대 현실을 정확히 읽어내는 작업을 성실히 수행해야 마땅했지만 당대 현실 전체에 진저리를 내는 환멸의 시선으로는 그런 작업을 시작할 수도 없었다. 그것은 결국 아무것도 할 수 없고, 아무것도 할 용의가 없었던, 사실은 부정과 환멸의 부작위를 내세워 이 정치적 빈곤과 경제적 풍요의 시기에 교묘히 영합했던 나 자신을 합리화하는 궤변적 태도에 다름 아니었다.

나의 그런 궤변적 자기합리화는 그 시기의 문학에 대한 태도에서도 그대로 나타났다. 비평을 다시 시작한다고 했으면서도 그 무렵 나는 본격비평 대신 주로 월평이나 칼럼의 형식으로 당대 문학에 대한 매우 고압적인 인상비평을 남발했는데, 그 인상이란 주로 개인주의, 몰지성 등 이른바 90년대 작가군들에 대한 상투적 편견에 근거한 것이었다. 당대에 산출된 작품들을 대상으로 한 본격비평으로는 거의 유일한 「비극적 세계인식의 회복을 위하여」(실천문학, 2000년 봄호)에서 나는 '비극적 세계인식'의 유무를 기준으로 윤대녕, 신경숙, 은희경 및 그 이후의 90년대 등단 작가들과 박범신, 공지영, 김별아를 나누어 놓고, 전자에 대해서는 탈공공성, 미시성, 정치성과 비극성의 부재라는 딱지를 붙이고, 후자에 대해서는 단 몇 작품만 예로 들어 인간과 세계를 아우르는 비극적 세계인식의 담지작들이라는 상찬을 보낸 바 있다. 지금 다시 읽어보면 이 글은 매우 편파적이고 불성실한 비평이 아닐 수 없다. 이 글은 거론하고 있는 작가들의 대부분의 작품들을 충분히 섭렵한 후에 나온 글이 아니라, 해당 작가들의 일부 작품들을 대상으로 하여, 전자의 작가들에 대해서는 정치성, 비극성의 부재에 해당하는 작품들에 대한 인상에 근거한 평가를 내리고, 후자의 작가들에 대해서는 그들 작품들 중에서 정치성, 비극성을 띤 작품들을 중심으로 평가를 내리고 있다는 점에서 그렇다. 비록 그것이 환멸에서 기인한 것이라 해도, 불성실하고 편파적인 텍스트 선택과 읽기는 결코 올바른 비평적 태도는 아니다.

이 시기에 90년대 이후 문학에 대한 나의 환멸과 경원, 그리고 텍스트들에 대한 부당한 편견과 매도는 90년대 문학장에 대한 매우 신경질적이고 공격적 태도로 분출되기도 하였다. 90년대 중반 이후, 한국의 문학장이 이념의 굴레에서 벗어나 본격적인 상업주의적 재편을 시작했다고 생각한 나는 탈이념적 개인주의를 추구하는 90년대의 대중적 지향에 대응하는 개인성, 일상성에 고착된 90년대 문학이 붐을 일으키게 되고, 이것을 출판자본들이 상업주의적으로 고착시켜 확대

재생산하는 시스템을 구축한 것으로 보았고, 여기서 이른바 일부 인기작가들의 스타시스템과 신화화가 비롯되는 것으로 보았다. 그리고 이 시스템을 고착시키고 또 확대재생산하며 불가침의 성역으로 만드는 세력을 '문학권력'으로 간주하여 격한 비판을 퍼부은 바 있다.(「단자單子, 상품, 그리고 권력」, 월간 건축인 포아, 2002년 6월호., 「신화는 어떻게 만들어지는가-신경숙 소설비평의 양상과 그 문제」, 『주례사비평을 넘어서』, 한국출판마케팅연구소, 2002) 지금도 나는 90년대의 한국문학장에 대한 이러한 견해를 철회할 생각은 없지만, 이러한 비판이 당대 문학들에 대한 성실한 접근과 이해를 통과한 내재적 비판이 아닌 철저히 당대 문학장의 바깥에서 수행한 외재적 비판이었다는 사실에 대해서는 스스로 유감의 뜻을 표하지 않을 수 없다. 그 '외부자'로서의 가차없는 시선은 어쩌면 80년대 비평가로서 내가 90년대 문학에 불가피하게 남긴 80년대의 유산들에 대한 무책임성, 혹은 '내부자'의 가짜 부재증명과 맞바꾸어진 것일 수도 있기 때문이다.

작년 1학기 대학원 수업을 통해 나는 90년대 소설들을 차분하게 다시 읽을 기회를 가질 수 있었다. 90년대 초반에서 중반에 걸쳐 간행되었던 김영현, 공지영, 윤대녕, 신경숙, 은희경, 김소진, 김연수, 김영하, 배수아 등의 첫 소설집들(김영현 『깊은 강은 멀리 흐른다』, 공지영 『인간에 대한 예의』, 윤대녕 『은어낚시통신』, 신경숙 『풍금이 있던 자리』, 은희경 『타인에게 말걸기』, 김소진 『열린 사회와 그 적들』, 김연수 『스무살』, 김영하 『호출』, 배수아 『푸른 사과가 있는 국도』)을 읽으면서 나는 그동안 90년대 소설에 대해 내가 막연하면서도 완강하게 지니고 있던 '역사에서 일상으로, 공동체(집단)에서 개인으로, 정치에서 탈정치로, 거대서사에서 미시서사로'라는 일반화가 매우 거칠고 성기며 상투적인 것이었음을 새삼 깨달을 수 있었다. 90년대 소설은 김영현, 공지영 등의 '후일담 소설'과 양귀자 등의 '소설가소설'의 시기를 잠깐 거쳐 이내 탈정치화, 미시화, 개인화 등의 포스트모던적 전환의 흐름 속으로 빨려들어간 것이라는 나의 오랜 선입견은 수정되어야 했다.

90년대 소설은 매우 오래도록, 90년대가 거의 기울어가는 후반부에 이르기까지 사실상 장기적인 '후일담의 시대'였던 것이다. 김영현, 공지영 등 80년대 변혁운동을 얼마간이라도 경험한 이들에 의해 쓰인 좁은 의미의 후일담만 후일담이 아니라, 아마도 완전한 90년대 세대들의 새로운 삶의 감각에서 시작한 배수아를 제외하고는 여기 거론된 모든 작가의 90년대 전, 중반에 나온 소설 속 인물들은 많건 적건, 두텁건 엷건 80년대적인 것들이 드리운 기나긴 그림자와 고투하는 양상을 드러내고 있었다. 배수아조차도 2000년대에 쓴 『독학자』나 『에세이스트의 책상』에서 자기 나름의 방식으로 80년대를 다시 불러내고 있다는 점에서 이러한 후일담의 세계는 80년대를 겪었던 작가들을 매우 오랫동안 비끄러매었던 세계였다고 할 수 있다. 그렇게 보지 않으면 이들 작품들 속에 전반적으로 나타나는 환멸감과 상실감, 허무감 등을 설명할 길이 없다. 비록 개인성과 일상성, 미시성과 탈정치성이 하나의 기본값으로 전제된다고 하더라도 그들 대부분은 20대 혹은 30대에 80년대라는 불의 터널을 통과한 사람들로서 각자 나름의 후일담을 쓰지 않을 수 없었던 것이다. 90년대 후반이 되어서야 한국소설은 본격적으로 80년대의 그림자에서 벗어나 명실상부하게 탈정치화된 개인주체들의 욕망의 각축을 중심 사건으로 삼아 포스트모던의 형식과 내용을 획득하게 된다.

아마도 90년대 소설사를 이처럼 기나긴 후일담의 시대로 규정하는 것에 대해서는 별도의 논의가 필요하겠지만, 그 시기에 사실은 내 자신이 그랬던 것과 똑 같이 80년대적인 것과 90년대적인 것의 충돌과 혼돈 속에서 자기 생의 악전고투를 수행했던 동시대의 작가들을 한 두름에 엮어 냉소의 대상으로 삼고 제대로 돌아보지 않은 나의 직무유기에 대해서는 여기서 특별히 강조하지 않으면 안 된다고 생각한다. 그들은 어쨌든 소설이라는 텍스트에 그 악전고투를 기록했지만 나는 '불을 찾는다'는 그럴싸한 레토릭의 뒤에 숨어 비평가로서의 책임과 의무를 완전히 방기했었기 때문이다.

변명의 여지가 없는 것은 아니다. 앞서 언급한 「다시 비평을 시작하며」에서 쓴 것처럼, 내가 문학을 하나의 업으로 삼고자 결심했던 80년대 초반 무렵 나에게 문학은 나 자신과 나를 둘러싼 세상을 바라보고 드러내는 언어로 이루어진 미적 실체 같은 것이 아니라 처음부터 "혁명의 사상과 의지를 보존하고 성숙시키는 하나의 전략적 거점"이었고, 비평과 메타비평은 "과학과 문학을 아우르는 전술적 거점'이었다. 그러므로 문학과 비평이 그러한 거점으로서의 역할을 멈춘다면 나에게 문학은 아무것도 아니게 되는 것이다. 그러니까 90년대 들어 문학에서 혁명의 기미가 사라져 버렸다고 생각했을 때, 나는 문학을 버려도 좋다고 생각했던 것이다. 나의 절필은 그러므로 어느 면에선 절대적인 것이었다. 90년대 말 다시 비평을 시작하겠다고 했을 때도 그것은 문학을 통한 정치적 계몽의 가능성을 타진하겠다는 뜻 이상의 의미를 가지지 않았다.

다시 비평을 시작하겠노라 했지만 주관적으로 나는 불성실했고, 객관적으론 당시의 한국문학은 바야흐로 본격적으로 포스트모던의 흐름 속으로 휘말려 들어가는 중이었다. 뒤늦게 당대의 소설들을 거르지 않고 읽는 일에 착수했지만 당시의 한국소설은 정말로 지리멸렬했다. 당시에 쓴 한 문학칼럼(「눈높이를 낮추고」, 한겨레, 2004.7.28.)에서 나는 당시의 소설들에 대해 이렇게 썼다. "이런 비낭만적 수동성(작가건 인물이건간에)이 부르주아 서사시로서 기본적으로 낭만적일 수밖에 없는 소설이라는 옷을 입고 있는 이 기묘한 역설을 어떻게 이해해야 할지 당혹스럽기까지 하다. 하지만 여기까지도 눈높이를 낮춰보기로 한다. 작가는 탐색하지 않아도 소설은 탐색한다는 사실을 새삼스레 명심하면서……." 하지만 이 무렵 나는 결국 동시대의 소설 읽기를 멈춘다. 이 무렵에 가라타니 고진은 '영구혁명 중인 사회의 주체성'으로서의 근대문학의 죽음을 선언했고, 나는 그의 이 선언을 발화맥락과 상관없이 마치 울고 싶은데 뺨을 맞은 기분으로 기꺼이 받아들였다.

그리고 나는 이듬해 대학에 자리를 잡으면서 현업비평가로서의 활동을 완전히 접게 된다. 대학 선생인 나에게 문학은 이제 살아있는 지금 이곳의 산 텍스트로서가 아니라, 과거의 문화적 유물로서, 아카데미즘의 구조 속에 똬리를 튼 죽은 텍스트로서만 남게 되었다. 지난 식민지시대로부터 80년대에 이르기까지 한국문학사를 명멸해 간 수많은 문학적 자취들을 들여다보면서도 나는 여전히 '영구혁명중인 사회의 주체성'의 흔적을 찾아 나섰고, 그 작업도 한번 인생을 걸어볼 만한 커다란 과제일 것이라 생각하지 않은 바는 아니었으나, 그것은 어찌되었든 '오늘의 일'이 될 수는 없었다. 그러는 동안 시나브로 다시 또 10년이 넘는 시간이 흘러갔다.

3

그 10여 년 동안, 나는 문학에 대해 생각하는 대신, 문학이라는 매개 없이 직접적으로 인간과 세계를 생각해 왔다. 그리하여 1987년체제와 1997년체제의 복합작용이 1990년대와 2000년대의 한국사회를 규정하고 그 구성원들의 삶을 어떻게 지배해 왔는지 비로소 이해할 수 있게 되었으며, 동시에 90년대 초에 나에게 닥쳐왔던 미증유의 혼돈과 곤경에서 벗어날 수 있었다. 그 결과 나는 어떤 유보도 없이 80년대를 혁명적 낭만주의의 시기라고 부르게 되었으며 그 혁명적 낭만주의의 기원과 소멸의 역사적인 전 맥락을 냉정하게 설명할 수 있게 되었다. 그리고 내 마음 속에서 '혁명'을 지웠다. 아니 보다 정확히 말하면 '혁명에 대한 강박적 갈망'을 지웠다. 나는 여전히 7~80년대 내내 나를 사로잡았던 무모한 주관주의적 인식론과 그에 의해 촉발된 말과 행동 때문에 고통 받았던 수많은 사람들에 대한 부채감을 내려놓지는 못했지만, 내 시대가 가장 불행한 시대이고, 내 시대에 모든 게 끝나야 한다거나 끝날 수 있다거나 하는 과잉결정의 조급증에서는 벗어났다. 세상은 나의 주관적 집착으로 어떻게 해볼 수 있는 것이 아니라는 것을 마침내 배운 것이다. 그것은 쓸쓸한 일이긴 했지만 보다 냉정하게 나 자신과 세계를 바라보기 위해서는 꼭 필요한 일이기도 했다.

지난 10년 가까운 '반동기'는 설명은 가능했지만 설명하는 일이 무의미할 정도로 우울한 시간이었다. 세상은 갈수록 더 극악해지는데 할 수 있는 일은 거의 없었고, 설사 무거운 몸을 일으켜 어떤 일을 도모하더라도 그것은 대개 메아리도 없이 무거운 무기력과 무관심의 늪 속으로 빨려 들어가곤 했다. 기껏 획득한 역사와 시간에 대한 냉정한 인식이 자칫하면 허무주의로 변질될 수도 있는 위기의 시기이기도 했다. 하지만 그 늪 속에서는 사람들의 소리 없는 아비규환이 차고 넘쳤고, 그것이 어떤 임계점에 이르자 마치 기적처럼 세상은 다시 변화를 시작했다. 그 임계점이 된 시간을 나는 2014년 4월 16일이라 생각한다. 그날의 그 '사건'은 전복된 민주주의와 황폐화된 일상세계가 손을 잡고 만들어 낸 최악의 합작품이었고 이 비정한 세계에 대한 사람들의 인내심은 그 순간 완전히 고갈되어 버렸던 것이다. 비록 그 후로도 2년 이상 세상은 더 교착상태에 놓여 있었던 것으로 보이지만, 그것은 모든 것이 어떤 결정적 순간을 향해 조용히 고조되어나간 시간이었다. 작년 가을에서 올해 봄까지 일어났던 이른바 '촛불항쟁'은 역사 속에는 의도되거나 기획되지 않았지만 피하거나 거스를 수는 없는 어떤 힘이 작동한다는 것을 잘 보여주었다. 그것은 어긋난 지층에 오랜 응력應力이 쌓이면 지진이 일어나거나 화산이 분출하는 것과 마찬가지의 일일 것이다. '혁명'이라 부르면 오히려 그 무게와 의미가 삭감되는 종류의 그런 일.

나는 이 항쟁은 민주주의의 후퇴와 경제적 불평등의 심화가 일으킨 사건이 아니라. 우리 사회의 구성원이 집단적으로 경험한 모욕과 부끄러움이 일으킨, 정치적 사건이 아닌 정신적 사건이라고 생각한다. 인간은 이렇게 살 수는 없다, 이렇게 취급받아서는 안 된다는 감각이 만든 사건인 것이다. 그리고 이 순간 내가 떠올린 것은 정치가 아니라 문학이었다. 이것은 정치보다 먼저 문학의 일이라고 생각했다. 나는 4.16을 경험하고도 문학이 여전히 아무것도 아닐 수는 없다고 생각했다. 문학이 변할 것이라 생각했다. 설사 정치적으로 실패할지라도 문학은 오랜 침잠에서부터 일어서리라 생각했다. 그것은 확신에 가까웠다. 그리고 그때부터 다시 한국문학을 읽기 시작했다. 그리고 앞에서 거론한 김애란과 최은영, 박민정 들은 바로 내 확신에 찬 탐색에 대한 한국문학의 응답 중의 일부라고 할 수 있다.

한국문학은 앞으로도 더 많은 좋은 작품들을 산출하게 될 것이다. 적어도 지난 20년 동안 한국사회에 엄청난 응력이 쌓여온 이상 그것은 불문가지라 생각한다. 지금도 수많은 젊은 작가들이 이 응력의 토대 위에서 그동안 억눌렸던 것, 억압받았던 것들의 귀환을 실천할 준비를 하고 있으리라 믿는다. 문학에게는 이런 시기가 제격이다. 지금은 다시 새로운 문학을 예감하는 시간이다. 내가 다시 비평을 본격적으로 시작하게 될지는 알 수 없지만 이런 상황에서 내가 다시 비평을 시작한다면 그 전에 먼저 동시대의 문학에게, 그리고 나 자신에게 한 가지 약속을 하려 한다. 그것은 더 이상 '당위sollen의 문학'을 말하지 않으리라는 약속이다. 이젠 문학에서 혁명을 구하는 일 같은 건 더 이상 하지 않겠다는 것이다.

나는 아직도 공감능력에 바탕을 둔 지성과 윤리를 문학하는 일의 기본이라 생각하지만, 그것은 당위의 명령으로는 얻어질 수 없다. 더 이상 견딜 수 없을 때가 되면, 여기가 한계라고 생각되면 사람도 변하듯, 문학도 그렇게 변할 수 있으리라 믿는다. 그것이 뭇 존재의 살아가는 방식이라면, 문학도 그럴 것이다. 그런 문학은 아마도 '존재(sein)의 문학'이라 불러도 좋을 것이다. 그렇게 되면 내 비평이 할 일은 아마도 새로운 문학들을 기다리는 일이 될 것이다. 마치 신부가 등불을 걸고 신랑을 기다리듯이, 벌통 속의 벌들이 잉잉거리며 꽃이 피는 것을 기다리듯이.

(『인문예술』 3집, 2017년)

죽은 시인의 사회*

작가의 윤리와 도덕

1

바람 잘 날이 없다, 고 해도 좋겠다.

2015년의 일파만파 신경숙 표절사건에 이어 2016년에는 성추문 연쇄 사태다. 단순한 언어희롱에서 매우 질 나쁜 성폭력에 이르기까지, 일회적인 것부터 연쇄적 상습적인 것까지 다종다양한 성추문들이 백화점식으로 연일 보고되고 있다. 한국문단은 이제 작품의 산실이 아니라 추문의 산실이 되어버린 느낌이다. 이런 추문이 끊이지 않는다는 것은 그만큼 한국문단이 정체를 넘어 어떤 위기 상태에 도달해 있음을 방증한다고 볼 수도 있다. 근대문학이 시작된 이래 한국 정신사의 중심 줄기를 잡아왔던 한국문학이 이제는 그런 문화적 권위를 잃고 그저 여러 예술 문화 미디어 중의 하나로 주변화되어 생기를 잃

* 이 글은 『서울신문』 2016년 11월 4일자에 실린 필자의 칼럼 「문단 유감」을 확대 재집필한 것임을 밝혀 둔다.

으면서 나타나는 일종의 부패현상이라고 본다 해도 변명의 여지가 쉽지 않기 때문이다. 그리하여 "표절에, 성추문에 문학한다는 것들이 잘한다, 잘 해, 쯧쯧!" 하는 소리를 들어도 뭐라 할 말이 없어 보이기는 한다. 이처럼 두 개의 추문으로 한국문단이 연이은 자독自瀆 상태에 빠져 있기는 하지만, 2015년의 표절 사태와 2016년의 성추문 사태는 그 기원이나 작동 메커니즘에서 서로 이질적인 사건으로 좀 구분할 필요가 있다고 생각한다.

어차피 체면은 다 구긴 터에 둘 중에 어느 것이 더 악질인가를 견주는 것이 무슨 의미가 있겠는가. 하지만 문학의 위기라는 측면에서 볼 때, 둘 다 문단 내의 사건이기는 하되 표절은 문학 내부에서 싹트고 발효된 사건이고 성추문은 문학 내부의 일은 아니라는 점에서 표절 쪽이 훨씬 더 악성이라고 할 수 있다. 표절 사건은 한편으로는 해당 작가 개인의 윤리와 작가적 자존심에 대한 자해행위이지만, 동시에 한참 낙양의 지가를 올리고 있던 인기 작가에게 겹치기 청탁으로 과부하를 걸고, 정당한 비판의 가능성을 음으로 양으로 봉쇄해 온 문학 출판 및 저널리즘에 의해 야기되었다는 점에서 단순히 문단적 사건을 넘어 창작과 비평, 출판과 유통을 모두 아우르는 한국 문학장의 총체적 왜곡상을 알려주는 징후적 사건이다.

비록 지금은 소강상태라고 하지만 이 사건은 아직도 열려 있는 상처다. 사건이 터진 이후 그 작가의 표절행위와 직·간접적으로 관련되어 있는 문학지나 출판사들 중에서 일부는 비교적 신속하게 문제의 심각성을 인지하고 자기 쇄신의 행보를 보인 바 있다. 하지만 해당 작가의 작품을 초대형 베스트셀러로 보유하고 있는 어떤 출판사는 표절 사실 자체를 좀처럼 인정하지 않으려 하는 납득할 수 없는 행태를 매우 조직적으로 반복 지속하면서 결국 '구렁이 담 넘어가듯' 이 문제에 대한 책임에서 벗어나려는 실망스러운 작태를 보이고 있다. 이러한 행태에 대한 해당 출판사의 발본적 성찰과 사과는 앞으로도 좀처럼 기대하기 어려운 것 같다. 하지만 그 출판사는 그렇게 함으로써 극단적으로 말하면 한국문학 전체를 일종의 '인질 상태'로 붙잡고 있는 중이라는 것을 알아야 한다. 마치 책임자로부터 진정한 사과를 받지 못해 영원한 마음의 형벌을 받고 있는 4·3 유가족, 5·18 유가족, 그리고 세월호 유가족들처럼 한국문학은 치유될 길을 못 찾고 떠돌고 있는 형국인 것이다.

2

문단 내 성추문도 분명 끔찍한 사건임에는 틀림이 없다. 일단 추문의 내용들이 추행에서 폭행까지 범죄적인 것이라는 점에서 조금만치의 변명의 여지도 없다. 이로써 작가들은 보통 사람들보다는 훨씬 더 도덕적이어야 한다는 일반대중의 인식은 돌이킬 수 없는 상처를 입었고 그것은 불가피하게 한국문학의 총체적 타락을 웅변하는 또 하나의 징후로 읽혀지지 않을 수 없었다. 하지만 이 문제에 관해서는 좀 더 섬세한 접근이 필요하다고 할 수 있다. 작가들에 관한 한 '도덕' 혹은 '도덕성'이라는 준거는 일반적으로 통용되는 것과 동일한 것은 아니기 때문이다. 또한 대체로 같은 의미로 쓰이긴 하지만 '도덕'과 '도덕성'에 대해 말할 때는 '윤리' 혹은 '윤리성'을 함께 생각하지 않을 수 없다. 약간은 자의적인 구분이기는 하지만 우선 작가의 윤리나 윤리성이란

보다 넓은 의미에서 '선한 것'으로서의 공공적 진리를 추구하는 태도를 말하는 것으로 그가 쓰는 작품이나 공공적 실천을 통해서 구현되는 것이라고 할 수 있다. 반면 작가의 도덕이나 도덕성이라고 할 때는 좁은 의미에서의 기성사회의 관습적 규범, 특히 개인적 차원에서 확인되는 사회 상규의 준수 여부를 뜻한다고 할 수 있다.

이런 의미에서 볼 때, 작가에게 우선 필요한 것은 윤리 혹은 윤리성이라고 할 수 있다. 어떤 작가가 개인적으로 도덕적이며 동시에 작가로서의 윤리성을 견지한다고 할 때, 그것이 꼭 이상적인 것인가는 다시 따져봐야 한다. 그가 작가로서의 윤리에 충실하다고 한다면 개인적으로 도덕적인가 여부는 상대적으로 부차적 문제라고 할 수 있다. 때로는 그가 추구하는 작가로서의 윤리가 기존 사회의 관습적 윤리규범이나 사회 상규와 충돌을 일으키는 경우도 있을 수가 있으며, 그것 때문에 극단적으로는 엄청난 도덕적 비난을 받을 수도 있다. 문학이란 기본적으로 기존의 세계 너머를 지향하는 것이기 때문에 문학적(작가적) 윤리를 실천하는 일은 왕왕 기존의 도덕가치와 충돌하게 되고, 그것은 작가에게는 하나의 영예로운 훈장과도 같은 일이다. 그렇기 때문에 작가에게 '도덕성'이란 필요충분조건일 수는 없는 것이다.

이런 견해를 '낭만주의 문학관'이라 일축할 수도 있겠지만, '지금 이곳의 세계'를 부정하고 넘어서기를 추구한다는 점에서 문학은 기본적으로 낭만적인 것일 수밖에 없고, 그러한 문학을 실천하는 작가 역시 낭만적 존재일 수밖에 없다. 그는 늘 기존 세계와 불화를 일으키고, 기존 세계의 경계를 넘나드는 위태로운 행보를 보이는 것이며, 또 그것을 그의 문학을 밀고나가는 기본동력으로 삼게 되는 것이다. 이럴 때 기존 도덕이나 관습의 부정은 곧 그의 작가적 윤리가 되고, 그것으로 인한 비난이나 피해는 그의 작가적 윤리라는 입장에서 본다면 하나의 순교적 행동이 된다고 할 수 있다.

물론 쉬운 문제는 아니다. 그가 속한 사회의 사회 상규나 관습이 어떤 것인가에 따라서 그의 작가적 윤리의 실천, 즉 기존 도덕이나 관습에 대한 위반 행위는 때로는 허용 가능하거나 많은 사람의 지지를 얻는 창조적 교란행위로 인식될 수도 있고, 때로는 용납 못할 패륜행위이자 사회적 파괴행위로 인식될 수도 있기 때문이다. 그것은 그 사회의 민주화나 개방성의 정도에 따라 상당한 스펙트럼을 가질 수밖에 없다. 한 작가의 작품이나 실제의 삶이 어떤 '도덕적 문제'를 일으킬 때, 그것이 윤리적으로 정당화될 수 있는가 아닌가를 판정하는 기준을 정하는 일은 이처럼 생각보다 간단한 일이 아니다.

3

이렇게 볼 때, 작가는 도덕적이어야 한다는 기존의 대중적 인식은 일종의 우상에 가까운 것이다. 그리고 이런 관점에서 본다면 이번에 알려진 일련의 성추문 사건들은 그러한 우상에 흠집을 냈다는 점에서 일말의 긍정적인 측면도 없지 않다고 할 수 있다. 하지만 성추문 사건의 긍정적 의미는 딱 거기까지만이다. 최근 알려진 성추문 사건들은 기본적으로 해당 작가들의 작가적 윤리 실천의 적극적 결과물이 아니라, 기본적으로 비열한 범죄행위에 가까운 것들이기 때문이다. 그것이 왜 비열한 범죄행위에 불과한 것인가 하면, 그 대부분이 문단이라는 특수사회에 존재하는 각급의 비대칭적 권력관계를 이용한, 약자에 대한 성적 착취행위이기 때문이다. 이것은 기존 도덕률이나 관습체계에 대한 의도된 위반이나 저항과는 무관한 것이며, 오히려 기존의 추악한 관습체계에 적극적으로 기생한 것으로 앞에서 이야기한 '작가적 윤리'에 정확하게 배치되는 행동인 것이다.

여기서 해당 사건들의 개별 '범죄자들'의 도덕성, 아니 윤리성을 문제 삼는 것은 별로 의미가 없다. 어느 사회, 어느 인간집단에나 그러한 '쓰레기들'은 있기 마련이기 때문이다. 그러므로 여기서 문제 삼아야 할 것은 그러한 인간들이 서로 얽혀 의존하고 있는 특수사회, 즉 '문단'이라는 특수한 인간집단의 윤리와 건강성이다. 자, 그렇다면 한국에서 문단이라는 곳은 얼마나 건강한가. 작가들은 문학이라는 창조적이고 예술적인 글쓰기를 업으로 삼고 사는 사람들이다. 이들은 겉으로 어떻게 보이거나 상관없이 다들 속으로는 자기만의 우주 하나씩을 가지고 사는, 매우 자존심 높은 부류들이다. 따라서 이런 사람들이 함께 모일 때에는 각자의 문학적 자유와 명예를 서로 존중하는 '따로 또 같이'의 평등한 문학세계의 시민정신이 가장 많이 요구된다고 할 수 있다. 문학의 왕국에서는 네 남 없이 모두가 왕이기 때문이다. 한국의 작가들이라고 소우주의 왕으로서의 자긍심이 없을 리가 없고, 각자의 자유와 명예를 일부러 침해하거나 구속할 리는 없겠지만, 한국의 문단이라는 곳은 자유로운 시민작가들의 살롱이나 평등한 결사체라는 느낌보다는 그 안에 굉장히 다양한 위계와 그에 따른 미시권력들이, 즉 크고 작은 '갑을 관계'가 작동하는 복합적 권력체계라는 느낌이 더 강하게 다가온다. 왜 그럴까?

그것은 한국 문단이 본질적으로 그 구성원들이 이상으로 삼는 다가올 미래사회의 인간관계를 추구하는 대신, '지금 이곳'의 한국사회가 가지는 인간관계나 여러 사회적 관계들을 그저 수동적으로 나태하게 재현하고 있기 때문이다. 우선 나이 한 살이라도 더 먹으면 바로 형이나 오빠 대접을 받아야 하는 연공서열과, 등단 순서를 따지는 등단 연공서열, 거기에 중앙, 즉 서울의 유수 일간지나 매체를 통한 등단이냐 아니면 지방 등단이냐를 따지는 지역서열, 또 지금은 매체나 동인들 간의 차이가 많이 희석되어 버렸지만 아무튼 어떤 매체, 어떤 스쿨 출신인가를 따지는 파당주의, 다른 집단보다는 덜 하지만 그렇다고 절대 무시할 수 없는 학연과 지연 등, 이런 것들이 촘촘하게 가로 세로 작동하여 그 구성원들 간의 관계를 구속하는 곳이 굳이 오늘만이 아니라 이미 100년의 역사를 지녀온 한국 문단이라는 곳이다.

이런 곳에서 이를테면 매년 각종 과정을 통해 신인들이 새롭게 진입하고, 각종의 문학상 제도 등을 통해 수백만에서 수 천만 원의 상금이 내걸리고, 각종의 문학출판사나 매체들이 상업적 필요에 의해 '잘 나가는' 작가들과 계약을 맺고 하는 일종의 '이권' 관계가 발생하게 될 때, 이 문단 내부의 복잡한 '갑을 관계'들은 매우 역동적으로 요동치게 된다. 그리고 그 과정에서 이러저러한 갑을 관계의 분비물로서의 협잡이나 타협이 진정한 문학적 평가를 대신하는 결과도 종종 생겨나게 된다.

요즘 빠른 속도와 폭으로 점차 번져나가고 있는 문단 내의 성추문은 한국 문단이 이처럼 오랜 관행과 습속으로 스스로 굳혀 온 미시권력관계망의 존재를 논외로 하고는 절대 이해할 수 없는 일이라 할 수 있다. 어떻게 작가들이 그럴 수 있느냐고? 맞다 작가들은 그러면 안 된다. 문인들은 일상적으로 도덕적인 존재는 아니기 때문에 종종 일반인의 눈으로 보기엔 놀라운 도덕적 일탈을 저지를 수 있고, 또 그런 경우가 전설처럼 많이 전해져 내려온다. 하지만 문인들이란 동시에 고도의 윤리적 존재이기 때문에 그런 도덕적 일탈을 하더라도 기성의 권력관계, 갑을 관계에 비열하게 기생하는 약자에 대한 가해의 행동은 절대 해서는 안 된다.

그런데 작금에 들려 오는 문단 내 성추문의 대부분은 미시적 권력관계에 기생한 약자에 대한 수탈의 형식을 띠고 있다. 하지만 이것은 어제 오늘의 일이 아니다. 한국 문단이 100년의 역사라면 아마도 이 같은 미시권력에 기생한 성 착취의 역사 역시 100년일 것이다. 나혜석, 김명순 등 초기 여성 작가들이 주위에 임립한 남성 작가들 틈에서 굴욕의 조리돌림을 감내해야 했던 20세기 초반이나 문학을 사랑하고 작가를 지망하는 수많은 젊은 여성들이 기성 작가의 문하생으로서, 문인교수의 제자로서, 문인 작가단체의 '막내'로서, 문학출판사의 베스트셀러 작가 '접대' 여사원으로서 명백한 권력체계의 하부구조에서 일상적으로 남성 작가들의 성적 대상화되고 있는 오늘날 21세기 초반이나, 그 형식은 좀 더 세련돼졌을지 몰라도 내용상으로는 별반 달라진 것이 없다고 할 수 있다.

다만 달라진 것은 이제는 그동안 착취와 폭력을 감내해 오기만 했던 '서발턴'인 여성들이 더 이상 참지 않고 입을 열어 말을 하기 시작했다는 사실 뿐이다. 근래에 들어 형식적이고 이데올로기적인 차원에서는 성평등 의식이 진전된 것처럼 보이면서도 일상성 속에서는 이중적인 성의식과 가부장적 문화가 여전히 지배적인 한국사회의 위선적 젠더지형이, 마그마처럼 끓어오르는 여성들의 분노의 힘에 의해 바야흐로 지각변동을 맞게 된 것이다. 판도라의 상자가 열린 것이다.

문단 내 성추문 역시 유구한 전통이 그 새로운 흐름 속에서 자연스럽게 수면 위로 그 추하게 이끼 낀 모습을 드러낸 것에 불과하다.

4

식민지시대 이래 한국문학은 여러 겹의 굴곡을 거치면서 나름의 역사적 정체성을 형성해 왔다. 식민지 근대를 거치고, 냉전질서와 분단체제, 군사독재와 야만적 시장주의 체제 등 곤핍하고 적대적인 환경을 통과해 온 것을 고려할 때 그래도 비인간적인 세계질서에 대한 비판적 입장을 잃지 않고 한국사회의 성찰을 수행하는 주요한 문화적 거점의 노릇을 해 왔음은 인정받을 만하다. 문단사적 측면에서 보아도 1980년대를 거치면서 권력의 시녀 노릇을 하던 문인협회 체제를 극복하고 자유실천문인협회-민족문학작가회의-한국작가회의로 이어지는, 점차 온건 보수화해오기는 했지만 적어도 보수적 정치권력과의 긴장관계를 잃지는 않는 흐름이 주류를 이루게 된 것 역시 마땅히 긍정적 평가를 받아야 한다.

하지만 그렇게 긍정적 전통을 수립해 왔다고 할 수 있는 지난 30여 년의 시간 동안, 초기의 긴장감은 완연히 이완되고 민족과 민중을 내세우던 진보적 전통은 시나브로 하나의 낡은 훈장처럼 빛바래 갔으며, 그 대신 신자유주의 시스템에 포섭된 상업주의 문단질서가 어느새 강고하게 자리 잡게 되었다. 이 과정에서 동시대에 대한 어떠한 빛나는 통찰과 대안도 시원하게 내놓지 못하고 있는 한국문학은 한편으로는 여전히 민족/민중/민주 같은 낡아빠진 표상을 반추하는 공허한 대문자주의와, 소인주의와 쾌락주의의 미시세계에 자족하는 자폐적 소문자주의로 나뉘어 오래도록 정체되어 왔다고 할 수 있다. 그리하여 전체 사회와 문화지형 속에서 점점 왜소화되고 주변화되며 스스로 그늘진 존재로 머물러왔던 것이다. 그러니 그 그늘 속에서 이런 음습한 일들이 벌어지는 것은 어쩌면 예견된 일이었는지도 모른다. 그리고 이런 '사건'들이 자기 존재의 토대를 위협함에도 불구하고 시나브로 스스로 '윤리적 아노미'에 빠져들게 된 한국문단으로서는 그저 무기력하고 소극적인 대응에 머무를 수밖에 없을 것이다.

생각해 보면 누구 탓을 할 일이 아니다. 70년대까지의 '문협' 시대에 여성 문인들의 등단과 관련하여 각종의 성추문들이 전설처럼 회자되고 전승되었지만, '자유 실천'을 외치고 '민족 민주'를 부르짖으며 정의의 투쟁을 펼쳤던 80년대 이후에도 문단 내에서의 여성들에 대한 성적 대상화, 성희롱, 성추행 등이 특별히 줄어들었다는 정황은 그다지 접하지 못했다. 아니 왠만한 성희롱이나 성추행 정도는 사건 축에도 들지 못할 정도로 당시의 젠더의식 수준은 저열하기 짝이 없었고, 또 그 수준은 최근까지도 크게 개선되지 않았다고 해야 옳을 것이다. 어용문학 진영이든, 민족문학 진영이든, 자유주의 문학 진영이든 이 문제에 관한 한 별 차이가 없었다고 보아야 한다.

각종 문단 행사의 뒷풀이 때나, 아니면 이런저런 회식 자리에서나 시간이 지나 취기들이 오르고 분위기가 질펀해지기 시작하면 거의 예외없이 작가건 기자건 출판사 관련자건 여성들은, 언어에 의한 것이건 언어 이상의 행동에 의한 것이건 각종의 성적 희롱과 추행을 감내하지 않으면 안 되었고, 그들의 방어수단이라야 일찍 자리를 피하는 것 외엔 없었다. 고백하거니와 나도 그런 자리가 내심 매우 불편하면서도 그 자리의 '가해자들'을 한 번도 제대로 제재하지 못했고, 소극적인 문제제기조차 손에 꼽을 정도였다. 결국 나도 공범이거나 최소한 방조자였던 것이다. 아마도 이른바 문단밥을 먹고 살아온 모든 남성 작가들은 이 문제에 관한한 전부 '잠재적 용의자'이거나 최소한 '방조자'였다고 해야 할 것이다. 지금은 명백히 범죄인 언행들이 일종의 문화이자 관행이라는 이유로 오랫동안 그렇게 용인되어 왔고, '문단'이 사회적으로 어느 정도 그 자율성을 보호받았기 때문에, 또는 주변화되었기 때문에, 다른 집단이나 사회 같으면 벌써 문제되었을 일들이 뒤늦게까지 음지식물처럼 살아남아 왔다가 근래에 들어서야 '내부고발'의 형식으로 터져나오게 된 것이다.

많은 문인들에게 그간 마치 공기처럼 자연스러웠던 '문단'이라는 존재가 이처럼 낯설고 부끄러운 적이 별로 없었을 것이다. 어두운 그늘에 있던 것들은 백일하에 꺼내놓으면 그만큼 추하고 낯설게 보이기 마련이다. 이런 일이 생기면 그러한 일부 몰지각한 인사들을 골라내고 '자정선언'도 해서 '정화'를 하면 할 일을 다 하는 것처럼 생각하는 사람들이 있다. 하지만 이 낯설음과 부끄러움과 추함은 그렇게 쉽게 사라질 일이 아니다. 앞서 말한 것처럼 하나의 기득권제도이자 비즈니스의 세계가 되어 각종의 미시권력 관계가 가로세로 얽혀있는 현재의 한국문단의 기본 구조 속에서 이와 비슷한 일들은 언제든지 재발하게 되어 있다. 좀 더 발본적인 사유가 필요한 시점이다.

과연 '문단'이라는 것이 자유와 평등과 해방을 그 존재의 사명으로 하는 문학에 종사하는 사람들에게 결코 잘 어울리는 공간이라고 할 수가 있을까? 각종의 인맥과 서열 관계, 그로부터 발생하는 크고 작은 미시권력들이 다른 사회집단과 다를 바 없이 촘촘하게 존재하면서, 동시에 '자율성'의 이름으로 은폐되거나 보호받는 이 '문단'이라는 '죽은 시인의 사회'는 이제 해체되어야 할 때가 되었다고 생각한다. 그 대신 어떤 위계도 차별도 발 들여놓을 수 없는 진정으로 자율적이고 독립적인 문인 작가들의 수평적 네트워크를 상상할 때가 되었다. 그것이 문제 해결의 진정한 출발점이다.

(『시작』 59호, 2017년)

유체이탈의 현상학

표절 사건과 세월호 참사는 무엇이 다른가

'세월호' 이야기를 쓰려던 중이었다.

벌써 1년하고도 석 달이나 더 지난 일이지만 나는 여전히 그 참사에 대해 골몰하고 있다. 구구하게 이유를 말하고 싶지는 않지만 그 일이 있은 후 지금까지 나는 그 일에 연루된 나의 죄에 대해 생각하고 또 생각해 왔다. 그리고 그것을 제대로 밝혀야 하겠다는 생각에 도달했다. 그 일에 대해 무슨 말을 하려면, 특히 그 일과 관련하여 누군가를, 무엇인가를, 그것이 단수이건 복수이건, 비판하거나 저주하기 위해서라면 무엇보다 나 자신을 돌아보지 않으면 안 된다고 생각했다. 그런 다음에 어쩌다가 그런 일이 생기게 되었는지 찬찬히 따져보고 그 과정에서 어떤 힘들이 작용했는지 어떤 작은 원인들이 어떻게 엮이면 그런 지독한 일이 일어날 수 있는 것인지, 그 과정에서 수많은 '보통사람들'은 무슨 역할을 했는지를 들여다보고 싶었다. 아울러 그 일과 관련하여 이른바 '자본'과 '국가'가 무엇을 하고 무엇을 하지 않았는지, 도대체 왜 그러거나, 그러지 않았는지를 묻고 싶었다. 마지막으로는 다시 그 이야기의 첫머리로 돌아가 그 일에 깊이 연루된 나 자신과 또 다른 사람들이 앞으로 어떻게 살아야 그런 일을 저지르는 데 한 몫 하지 않을 수 있는지, 자본과 국가의 그물망 속에 살면서 그것들에 대해 어떤 태도를 취하고 어떤 행동을 도모해야 다시는 그런 죄에 빠져들지 않을 수 있는지에 대해 진정 전심전력으로 생각해 보고 싶었다. 그리하여 자료들을 모으고, 책들을 사들여서 생각을 고르며 읽어나가던 중이었다.

그러던 지난 6월 중순, 일 때문에 제주도 출장을 가서 공항에 내려 셔틀버스를 타고 중문 쪽으로 향하던 길에 두 차례의 전화를 받았다. 온라인 언론매체 한 곳과 종이신문사 한 곳의 기자들이 내게 연락을 해서 그 전날 한 인터넷 언론매체에 발표된 이응준의 신경숙 표절 사실 '폭로' 기사에 대한 나의 견해를 묻는 것이었다. 처음엔 왜 나지? 하고 의아해 했는데 그 기자들이 13년 전 내가 썼던 글 「신화는 어떻게 만들어지는가?–신경숙 소설비평의 양상과 그 문제」라는 글을 언급했다. 아, 그랬군, 그래서 내게 코멘트를 요청한 것이었군. 그때서야 납득이 갔다. 아마도 그들은 이 사건에 접하고 그들이 잘 알고 있을 몇몇 현역비평가들에게 먼저 연락을 했을 것이다. 그리고 아마도 그들에게서 시원한 답변을 얻어내지 못했을 것이다. 그리고 수소문 끝에 그들로서는 아마도 이름도 들어본 적 없었을 몇몇 이름들을 어찌어찌 겨우 알아냈을 것이다. 그런 끝에 비평업을 폐업한 지 이미 10년이나 된 나를 그렇게 소환해 내고서야 그들이 잘 아는 현역비평가들에게서는 들을 수 없는 말들을 들을 수 있게 되었을 것이다. 나는 그들의 물음에 이렇게 대답했다.

첫째, 명성을 유지하고자 하는 내외의 강박과 모노스타일로 일관하면서

발생한 자기 것의 고갈 현상이 한 원인일 수 있다는 것

둘째, 하지만 작가의 표절은 남으로부터도 자기로부터도 용서받을 수 없는 자멸행위라는 것

셋째, 따라서 본인이 뼈를 깎는 반성의 모습을 보이든 아니든 이제 작가 생명을 스스로 접고 은퇴하는 것이 그나마 가장 바람직한 대응이라는 것

넷째, 사실은 베스트셀러 작가들을 아떤 비판도 불가능한 불가침의 성역에 올려놓고 오래도록 그 재능을 착취해 온 주류 출판자본들에 더 근본적 책임이 있으므로 그들이야말로 가장 먼저 반성해야 한다는 것

다섯째, 하지만 출판자본들은 결코 반성하지 않을 것이며 다시 새로운 착취대상을 찾아 나서리라는 것

마지막으로 작품을 출판해도 오천 부도 채 못 파는 '상품성 없는' 수많은 재능들이 이 사건의 가장 큰 피해자들일 수 있다는 것

〈페이스북〉, 6월 17일 오후 3시 06분

문제의 단편 「전설」은 1994년에 발표되었다. 그녀는 1985년에 등단하였고, 1990년에 첫 창작집을 상재했지만 그다지 큰 반향을 얻지 못했다. 그러다가 1993년에 두 번째 창작집을 간행하면서 문단의 신데렐라로 떠오르게 된다. 그 사이에 그녀의 작품세계나 스타일은 달라지지 않았지만, 세상이 많이 달라졌다. 여기서 그때 세상이 어떻게 달라졌는지를 다시 말하고 싶지는 않다. 아무튼 숨이 끊어질 듯 더듬거리며 행간을 헤매는 그녀의 조심스럽고 내밀한 말들은 들끓는 광장에서 갑자기 혼자의 방으로 퇴각해 들어온 그 무렵 사람들의 내면풍경과 잘 어울렸고 사람들은 그녀의 소설을 새로운 감수성으로 열광하며 받아들였다는 것 정도는 말해 둘 수 있겠다. 갑자기 책이 잘 팔

리기 시작하고 두 개의 상을 받고 장편 연재 제의가 들이닥친다. 그리고 당연히 여기저기서 작품 청탁이 들어오기 시작한다. 그런 상황에서 문체적 특성상 일필휘지형의 작가일 수 없는 그녀가 그 모든 주문에 응해서 작품을 만들어내는 게 쉬운 일일 수 없다. 나는「전설」의 탄생을 그렇게 '이해'하기로 했다.

문제는 그 이후다. 신경숙이 문학과지성사, 창비, 문학동네 등 세 개의 대형 문학출판사를 번갈아 애태우며 한창 지가를 높여가고, 그와 함께 그녀에 대한 비평적 찬사의 수위도 끝간 데 없이 높아만 가던 2000년 무렵부터 다른 한편에서는 그녀의 작품 자체와 그녀의 작품을 둘러싼 비평과 출판 등 문학장의 문제들에 대한 이의를 제기하는 목소리가 조금씩 들려오기 시작했다. 하지만 그 목소리들은 어떤 반향도 얻지 못하고 그대로 묵살되었다. 물론 앞에 거론했던 2002년에 쓴 내 글도 다른 목소리들과 함께 보기 좋게 묵살되고 말았다.

이런 얘기를 길게 늘어놓는 것도 구차스럽다. 나는 "그 2000년 무렵에라도 신경숙이나 그 '호위무사들', 혹은 '전주錢主'들이 문제의 심각성을 알았더라면 지금의 사태에까지 이르지 않았을 것을, 쯧쯧" 하는 따위의 말을 하고 싶은 것이 아니다. 내가 표절은 용서받을 수 없다거나 은퇴하라거나 그 배후의 출판자본과 권력이 문제라거나 하는, 당사자들이 듣기에는 야멸찬 말들을 거침없이 내뱉은 것은 그냥 나는 제정신을 가진 사람이라면 누구나 할 만한 '상식적 논평'을 한 것에 지나지 않는다. 나는 문학의 타락이 안타깝기도 하고 그것에 대해 일말의 부채감이 없을 수는 없는 처지이긴 하지만 그 동네에 대해서 어떤 '인간적 연루감' 같은 것을 가지고 있지는 않다. 더구나 '복수심' 같은 것은 눈곱만치도 들어 있을 여지가 없다. 기본적으로 나에게 이번 사건은 그다지 호들갑을 떨 만큼의 관심사가 아니다. 나는 이번 일로 기존의 한국 문학장에 어떤 변화가 올 수도 있으리라는 기대를 별로 하지 않기 때문이다. 그야말로 내게 이것은 그쪽 동네의 일인 것이다. 제주도에 가 있는 이박 삼일 동안 각종의 언론매체로부터 이루 헤아릴 수 없는 취재요청을 받았지만 나는 다만 번거로울 뿐이었다. 그 이후 신경숙이 두 차례에 걸쳐 어떤 변명을 내놓았고, 창비가 어떤 대응을 했는지를 안다면 나의 이러한 냉소적 거리감이 대강은 이해될 것이다.

아침 경향신문에 신경숙 인터뷰가 실렸다는 사실도 모르고 보리(우리 강아지)와 긴 산책을 하고 와서 늦은 아침을 먹고 있는데 신문사, 인터넷뉴스, 공중파 TV 등에서 연이어 연락이 왔다. 가히 메뚜기 한 철이다. 한국문학에 대한 환멸 때문에 오랫동안 평필을 놓아온 '전직비평가'로서는 좀 난데없는 일이 아닐 수 없다.

이제 신경숙에 대해서는 더 말할 것이 없어 보인다. 좀 늦은 감이 있지만 어쨌거나 모습을 드러내서 '결과적 표절'이라는 답변을 하고 사과를 했으니 미흡하게 느끼더라도 어쩌겠는가. 그것은 그의 몫이고 자기 그릇의 크기만큼의 결론일 테니 말이다. 다만 글쓰는 사람으로서의 자의식 혹은 자존심이 거기까지밖에 안 되는 작가가 시나브로 동시대의 최고 작가 반열에 올라가 있게 된 한국문학의 상황에 쓴 웃음을 지을 뿐이다.

문제는 이미 여러 번 말한 바대로 이런 현상을 낳은 한국 문학장의 시스템일 텐데 지금으로선 새삼스럽게 세 개의 대형 문학출판자본+중요 문학계간지 결합체가 협업적으로 굴려나가는 '그들만의 리그'가 해체되거나 갱신되어 문학장의 개변이 일어날 가능성은 거의 없어 보인다. 그러려면 출판사 창비로부터 계간지 『창작과비평』이, 문학과지성사로부터 『문학과 사회』가, 문학동네로부터 『문학동네』가 분리되어거나, 아니면 그에 필적할 만한 정당한 권위를 갖춘 독립 문학저널이 만들어져 독립적이고 자유로운 비평적 소통과 담론 형성이 가능해야 할 텐데 그게 현재로서는 난망이라는 말이다.

아마도 이 한바탕의 소동이 지나가면 언제 그랬냐는 듯 제2 제3의 신경숙을 찾아내 팔아먹으면서 지금의 행복하고 안정된 '레짐'은 지속되고 번영할 것이 틀림없다. 문학이 뭐기에, 뭐가 그리 대단한 위의를 가진 것이기에 이런 안정을 깨고 성찰이네 혁신이네 하는 모험을 하겠는가. 그러면 '돈'이 된다는 말인가?

문학이 나서서 도움을 준다면 마다할 것은 없지만, 이제 굳이 문학을 불러내서 이 더러운 세상과 맞서는 데 앞장을 서라고 할 이유는 없다. 문학이 한 시대의 진보적 아이콘이던 시절은 지나갔으며 그런 시절이 다시 오리란 예측도 그리 쉽지는 않다. 왜냐하면 지금 문학하는 자들 스스로도 그런 '계관'을 달가워하지도 굳이 찾아 쓰려고도 하지 않기 때문이다. 문학판에서 진보, 양심, 사명... 이런 말들만 들으면 절로 썰렁해지게 된 게 어제 오늘의 일이 아닌 것이다. 용산참사, 세월호 참사 등을 겪으며 이제야 '문학과 정치' 운운하며 마치 잠에서 갓 깨어난 아이들 옹알이하듯 조금씩 그런 눈치들을 보이고 있지만 그것은 아직은 아주 미미한 '기척'에 불과할 뿐, 주류의 양상은 여전히 혼곤한 반수면 상태에 머물러 있다.

그러니 표절이 대수인가. 어떻게든 온갖 방법을 동원해서 새로운 '상품미학'을 만들어 내고 그것에 비평적 포장을 해서 한 바탕 잘 팔아먹고, 그 약발이 다하면 다시 새로운 '상품성'을 찾아 나서서 그것을 '문학성'의 이름으로 분식하여 다시 또 팔아먹고 하는 이 잘 만들어진 순환체계를 쉽사리 버릴 이유가 없다. 왜? '돈'이 되니까!

그러므로 나는 한국문학에 별로 기대를 하지 않는다. 처음부터 문학 아니면 죽음을 달라는 식으로 문학에 발을 들여놓은 것도 아닌데 내가 왜 문학 쪽 사정에 목을 매고 애달캐달 해야 하겠는가. 세상과 맞서고 세상을 바꾸는 데 좀 더 도움이 되면서도 좀 더 효율적인 매개가 있다면 나는 언제든 말을 바꿔 탈 용의가 있고 또 그러고 있는 중이기도 하다. 이를테면 권성우 같은 순정파 비평가에게는 조금 미안한 말이지만 나는 『객지』의 동혁의 말을 빌려서 이렇게 말하고 싶다, "꼭 문학이 아니라도 좋다"라고.

아니 어쩌면 여전히 글쓰기를 무기로 삼는다는 점에서 나는 조금 더 넓은 의미에서의 문학의 가능성을 꿈꾸고 있는지도 모르겠다. 아무튼 지금의 '한국문학'의 풍경 속에서 내가 낄 자리는 별로 없다. 그리고 거기 끼고 싶은 생각도 없다. 그러니 작금의 표절사태를 두고 그렇게 안타까워한다거나 분노한다거나 하는 것도 원래의 내 할일은 아니다. 그것은 그들의 일이다. 어떤 욕을 먹건 어떤 평가를 받건 수단과 방법을 가리지 말고 잘들 해 먹을 수 있을 때까지 해 먹어라. 어차피 적당히 폼 잡고, 적당히 수입 잡고, 그러면서 (신경숙처럼 악착같이) 살아남으면 되는 사업 아닌가, 문학이란 게. 이제는.

〈페이스북〉, 6월 24일, 오후 12시 49분

이런 냉소적 거리감의 저변에 '환멸'이 도사리고 있는 것은 분명하다. 그리고 이 환멸은 어떤 '기대'의 여지도 남겨두지 않는 환멸이기 때문에 더 지독한 것이다. 그리고 실제로 이 글을 쓰고 있는 지금까지 계속 벌어지고 있는 일들은 나의 이런 환멸을 더욱 공고한 것으로 만들어주기에 충분하고도 넘친다.

6월 25일, 공교롭게도 그 전 주에 이어 1년에 한 번 정도 가 보기도 쉽지 않은 제주도에 다시 발을 들여놓은 날 저녁, 그 전까지는 일면식도 없던 문학동네의 한 인사로부터 전화가 왔다. 이제는 한 때의 해프닝으로 끝난 그 문학동네 주최의 좌담회 초청(?) 전화였다. 어떤 형식이 되었든 이야기를 걸어오면 마다하지 않겠다는 입장이었던 터라 선선히 그러마고 그 초청에 응했다. 하지만 전화를 마치고 조금 알아보니 언론 등에 알려진 저간의 사정과 이른바 '공개초청장'의 도도한(?) 내용과 문체가 또 다른 문제를 야기하고 있는 중이었다.

그들은 말하자면 청맹과니들, 혹은 우물 안 개구리들이었다. 하긴 아무리 좁은 동네라 할지라도 그 동네에서 20년이 넘도록 이른바 '미시권력'으로서 많은 것을 누려온 그들로서는 자기 객관화가 쉬운 일은 아닐 것이다. 그들의 성정이나 문학적 입장 여하와 상관없이 그들이 처해 온 위상이 그들의 말과 행동을 규정하는 것은 자연스러운 일일 것이다. 그들 개개인들을 보면 (전부는 아니겠지만) 이른바 '문학적 진정성'에 어떤 하자가 있을 만한 사람들이 아니고 그야말로 멀쩡하게 '좋은 글'을 무수히 써대는 친구들인데 놀랍게도 그것도 하나의 '집단'이라고 그 '집단'의 논리 속에 들어가는 순간 그런 식으로 천하의 바보들이 되고 마는 것이다. 물론 조금 더 깊이 들어가서 하나 하나 따져보면 그들의 '문학'에도 이러한 미시권력을 행사해 온 소집단 소속원으로서의 아비투스가 어떤 식으로든 삼투되어 있을 법 하지만, 그것까지는 너무 가혹한, 그리고 약간은 어려운 일이니 언젠가 필요하다면 그때 다시 언급하도록 하자.

아무튼 나는 이후 그 초청을 최대한 정중하고 완곡하게 거절의 뜻을 밝히면서 표절 문제에 관한 집단논의의 형식과 절차 등에 대한 내 견해를 따로 밝혔다. 문학동네 편집위원들과 나를 포함한 비판적 문제 제기자들 만의 만남이 아니라, 이른바 '문학권력'의 대표자들(창비, 문동, 문지)과 비판적 문제 제기자들과 자의반타의반으로 침묵하고 있는 작가들이 함께 참여하는 자리여야 한다는 취지였다. 그리고 한편으로는 물밑에서 한국작가회의 주관으로 이러한 형식의 자리를 만들기 위한 논의도 시작되는 중이었다. 그게 지난 6월 30일의 일이었다. 그런데 그 이후로 삼 주일이 더 지나도록 그런 형식의 자리는 만들어질 기미가 보이지 않는다. 대신 문학판의 바깥이라고 할 수 있는 '문화연대'에서 6월 23일과 7월 15일 두 차례에 걸쳐 발빠르게 긴급토론회를 개최했을 뿐이다. 물론 그것은 비판자들의 모임이었을 뿐 주최 측의 거듭된 요청에도 불구하고 당사자들은 청중의 자리에조차 모습을 보이지 않았다. 창비, 문학과지성, 문학동네 등 당사자들은 약간의 입장 차이들은 있겠지만 여전히 소극적이고 한국작가회의 측도 당사자들의 소극성에 기대어 더 이상의 적극적 행동을 해 나가지 못하고(않고) 있는 것이다. 아마도 나름 잡지쟁이들이라고 이번에 나오게 되는 자신들의 가을호 잡지들을 통해 얼마간 말문을 열 모양이지만, 그 말들은 어떤 것이 될까? 과연 이미 놓쳐버린 반성의 시기와 잃어버린 반성의 형식을 상쇄할 만한 치열한 자기성찰의 말들을 그곳에서 발견할 수 있게 될까?

'문학권력'과 관련해서라면 창비, 문학과지성, 문학동네 등 적건 많건 메이저 3사 모두 깊이 연루되어 있을 수밖에 없다. 3사 모두 잡지, 출판사, 그리고 양자 모두에 관여하는 비평가들로 구성된 편집 및 기획위원 시스템을 가지고 있으며 바로 나는 바로 이 삼각구조가 상품미학을 탄생시키는 원천이 되고 있다고 보기 때문이다. 하지만 3사 각각의 특수성과 차이를 무시하고 이들을 무조건 '한 통속'으로 몰아붙이는 것도 그리 온당한 태도는 아닐 것이다. 문화연대 주최 두 번째 토론회에서 발제로 나선 천정환에 의하면, 2014년 기준으로 문학동네의 연매출액은 255억 원, 창비가 222억 원, 문지는 40억 원 정도라고 한다. 이렇게 볼 때 일단 문지는 지난 20년 전체를 따지자면 이런저런 혐의가 없지 않지만, 현존하는 문학권력으로는 '자격미달'로 보인다. 그렇게 된 것에 대해서는 따로 분석이 필요하겠지만, 어쨌든 결과적으로 그들은 최소한의 자존심을 지키다보니 그렇게 되었다고 할 수 있을 것이니 나로서는 그들에 대해서는 얼마간의 응원이라도 하고 싶은 심정이다. 그리고 문학동네는 어제도 말했지만 첫 출발부터 어떤 문학적 이념을 내세운 것이 아니라 내놓고 장사를 하겠다고 시작한 것이니 문학권력임에는 분명해도 윤리적 비난을 할 여지는 별로 없다, 게다가 문제의 신경숙/남진우 부부가 그 '회사'의 대주주라고 하는 말을 듣고 나서는 차라리 맥이 빠지는 기분이다. 그 두 사람을 제외하고 거기 관여하고 있는 비평가와 작가들의 처지가 조금 딱하기는 하지만 어쩌겠는가, 먹고 살다보니 그렇게 되었다고 하면 일관성은 있으니 비난할 여지는 거의 없다고 본다. 그러니 어쩔 수 없이 가장 문제가 되는 것은 창비다.

만일 이번 일에 창비가 연루되지 않았다면 이 문제가 이 정도의 파장을 일으키지는 않았을 것이며 나 역시 이런 글까지 쓰겠다고 나서지는 않았을 것이다. 왜 그러한가에 대해 이 자리에서 구구한 설명을 하고 싶지는 않다. 창비 아닌가? 그 정도 반문이면 족할 것이다. 지난 20년 동안 창비가 변모해 가는 모습을 바라보면서 마치 변심하여 다른 남자에게 가 버린 연인을 바라보듯 체념 반 쓸쓸함 반의 심정이었다. 90년대 초반 『동의보감』이 잘 팔리자 그 작품에 애써 문학적 분식을 하려고 애쓰는 모습을 보았을 때, 얼마 후 백낙청 선생이 신경숙의 『외딴 방』에 '초절정'의 찬사를 보내고 곧이어 그녀에게 선뜻 만해문학상을 주었을 때, 그리고 그 다음부터는 문지, 문학동네와 마치 사이좋은 친구들처럼 신경숙, 은희경, 김영하, 김연수 등등 잘 팔리는 작가들을 돌려가며 나누어 가지기 시작했을 때, 창비 편집위원이 누구인지 더 이상 궁금하지 않게 되고 창비가 점점 더 재미없어지다가 어느 순간부터는 배달이 되어 와도 금방 책을 열어보지 않게 되었을 때, 이런 저런 일로 파주 사옥에 가면 마치 뭔가 낯선 곳에 와 있는 것 같은 느낌을 점점 더 깊게 느끼게 되었을 때, 그럴 때마다 그랬다. 뭐 별 수 없는 거지. 사랑은 움직이는 거니까, 하는 심정이었다고나 할까?

그런데, 이번 신경숙 일이 터지고 창비가 할 수 있는 최악의 대응을 하는 것을 지켜보면서 이제 완전히 한 시대가 끝났구나! 하는 생각이 들지 않을 수 없었다. 올 것이 온 것이긴 하지만 그것을 이렇게 직접 목도하는 것은 차라리 잔인한 일이다. 창비가 이렇게까지 되어도 좋은가, 게다가 문제는 창비라는 말은 바로 문제는 백낙청이라는 말이다.(수사학적으로가 아니라 문자 그대로 백낙청은 창비의 시작과 끝이다.) 나는 천하의 백낙청 선생이 이런 식으로 그 바닥을 보이리라곤 정말 예상하지 못했다. 어쩌면 천정환이 조심스럽게 시사한 대로 그의 '변혁적 중도론'조차 한국사회의 변혁을 위한 사상적 고투의 의식적 결과물이 아니라 '체제에 안주하게 된 중견출판업자'라는 존재조건이 작동시킨 무의식적 결과물일 수도 있다, 고 생각하니 어쩐지 모골이 송연하기까지 하다.

지금까지 창비가 내놓은 반응이 워낙 졸렬하기 짝이 없기 때문에 이상과 같은 끔찍한 추론조차 설득력 있어 보이는 것이다. 하나의 우스개로 전락해 버린 첫날의 대응은 생각하고 싶지도 않지만 두 번째 창비 사장 이름으로 나온 문건에서 "이 문제에 대한 논의가 자유롭고 생산적으로 진행될 수 있도록 토론의 장을 마련하고 언제나 공론에 귀기울이겠습니다. 현재 제기된 사안에 대해서는 작가와 논의를 거쳐 독자들의 걱정과 의문을 풀어드리기 위해 노력하는 동시에, 내부의 시스템을 재점검하고 필요한 후속조치를 마련하는 일도 게을리하지 않겠습니다"라고 한 부분과 관련해서는 그래도 약간의 기대를 했던 바가 없지 않았다. 그러나 적어도 이 글을 쓰고 있는 지금까지 창비는 이러한 약속을 존중하고 있다는 어떠한 기미도 보여주지 못하고 있다. 창비가, 그리고 백낙청 선생이 진정 반성에 값하는 어떤 자세가 되어 있다면 지금과 같이 시간의 흐름에 모든 것을 맡기는 듯한 모습을 보일 수 있을까? 게다가, 설마 기획된 것은 아니겠지만, 지난 7월 14일 온라인으로 발표된, 신경숙의 표절행위를 변호하는 윤지관의 글은 어쩌면 창비 측의 집단 멘털리티의 일단을 보여주는 것일 수도 있다는 점에서 창비에 대한 마지막 남은 얼마간의 기대에 찬물을 끼얹는 역할을 충분히 해 주었다.

이 글의 처음에 세월호 참사에 대해 쓰려던 중이라고 했다. 세월호 참사를 겪고 나서 나는 그 참사가 우연한 사건이 아니라 한국사회의 온갖 모순과 비정상들이 톱니바퀴처럼 정교하게 맞물려 일어난,

그야말로 '평범한 악'들의 연쇄로 이루어진 필연의 귀결이라는 데 대해서 새삼 경악하지 않을 수 없었다. 하지만 그 첫 번째 경악은 참사 이후 한국사회가 보여주고 있는 끔찍한 무성찰과 공포스러울 정도의 냉혹성에 직면해서 경험한 두 번째 경악에 비하면 경악 축에도 끼지 못한다. 그런데 이번 표절사건도 그와 비슷한 양상을 띠고 있다는 점이 나를 당혹하게 만든다. 이 사건 역시 어떻게 이런 일이 일어날 수 있었을까 하는 의문보다 오히려 이런 일이 일어나고도 어떻게 이런 식으로 '처리'될 수 있는가 하는 의문이 더 크기 때문이다. 아무리 내가 냉소적 포즈를 취해 왔다고 하더라도 여기는 세월호 주변처럼 적나라한 이윤과 욕망의 동네와는 다른 '문학판'이 아닌가 하는 순진한 생각을 완전히 버리지는 못한 모양이다. 순진한 생각이었다. 여기도 욕망과 이윤과 권력이 난무하는 '아사리판'이라는 점에서 다를 게 없는 것이다. 하지만 이 사건이 어느 면에서는 세월호 참사보다 더 심각한 것은 이러한 자본과 욕망의 메커니즘이 '문학'의 이름으로 은폐되어 왔으며 지금도 그러하고 있기 때문이다.

창비는 『금요일엔 돌아오렴』이라는 세월호 유가족들의 증언록을 출간했고, 문학동네도 『눈먼 자들의 국가』라는 세월호 관련 작품집을 냈으며 각각의 잡지의 기획들로도 이 참사를 온전히 기억하는 데 일조한 바가 있다. 그런데 나는 세월호 참사가 우리에게 남긴 가장 큰 숙제는 너는 과연 이 참사를 일으킨 죄악의 톱니바퀴 바깥에 있었는가 하는 질문에 올바로 대답하는 일이라 생각한다. 나는 우리 모두가 자기 자신이 매일매일 저지르는 나날의 협잡을 제대로 보지 못하고 살아왔고 그것이 세월호 참사를 가져왔다고 생각한다. 세월호 참사와 관련하여 자기 외의 누군가만을 단죄하는 것은 곧 '유체이탈'인 것이다. 창비도 문학동네도 나도 유체이탈을 한 것이다. 그러다보니 여기까지 오게 된 것이다. 그러다보니 세상도 문학판도 이 지경이 되어 버린 것이다.

(『실천문학』 2015년 가을호)

창비 비평의 활성화를 기대하며

특집 '한국소설의 새로운 가능성을 찾는다'를 읽고

1. 창비의 '문학' 특집

『창작과비평』에서 '한국소설의 새로운 가능성을 찾는다'라는 제목으로 오랜만에 문학특집을 기획했다. '오랜만'이라는 말에서 어폐를 느낄 수도 있을 것이다. 아닌 게 아니라 "근래에 들어서 대략 한 해에 한 번 정도 문학특집을 했기 때문에 '아주 오랜만'이라고는 할 수 없겠죠"(이 특집의 편집자 대담에서 임규찬이 한 말)라는 응답이 바로 따라 나온다. 하지만 중요한 것은 실감 아니겠는가. 여기서 '오랜만'이라는 말 속에는 그 나름의 속내가 들어 있는 것이다. 거기에는 이를테면 '창비다운'이라거나 '본격적인'이라는 말이 포함되어 있는 것이다. 실감의 차원에서 보면 비록 창비가 1년에 한 번꼴로 문학특집을 기획했다고는 하지만 그것을 '창비의' 문학특집으로 간주하기 힘들었다는 뜻이 된다.

119호(2003년 봄호)의 '지구시대 민족문학의 안과 밖', 114호(2001년 겨울호)의 '한국문학의 오늘, 민족문학의 새로운 구도', 110호(2000년 겨울호)의 '21세기 문학의 향방', 105호(1999년 가을호)의 '근대

극복의 언어를 찾아서' 등 큼지막한 제목들로 문학특집이 이루어졌지만 그 특집들이 2000년대 초반의 한국문학의 실상을 제대로 포착하고 있다는 느낌보다는 '창비식'의 관습적 고담준론으로 겉돌고 있다는 느낌을 더 많이 주고 있음을 어쩔 수 없다. 그 속에는 리얼리즘/모더니즘 논쟁, 지구화시대의 한국문학에 대한 고민, 이산문학에 대한 관심 등 나름대로 '창비'의 모색들이 반영되어 있기는 하지만 좋은 의미로건 나쁜 의미로건 70년대와 80년대에 창비가 보여주었던 어떤 강력한 구심력이 느껴지지 않고 대신 변해가는 세상의 뒤꿈치를 간신히 좇아가는 피로한 공룡의 뒷모습만이 어른거리는 형국이었다고 할 수 있다.

아마도 이번 특집 '한국소설의 새로운 가능성을 찾는다' 이전의 가장 가까운 기간 내에 '창비다운' 문학특집의 마지막 모습은 만 5년 전의 104호(1999년 여름호) 특집 '세기의 갈림길에 선 우리 문학 : 90년대 비판'에서 찾아볼 수 있을 것이다. 최원식의 「문학의 귀환」, 이영진의 「90년대라는 가설, 황무지를 구원하는 견딤의 미학」, 신승엽의 「벗어날 수 없는 일탈, 머무를 수 없는 정주」, 윤지관의 「90년대 정신분석」 등 총론, 시론, 소설론, 비평론 등의 꽉 짜인 구성으로 역사로부터 탈주하는 90년대 문학에 대한 통렬한 비판을 감행한 이 특집은 80년대 이전 세대의 90년대 문학에 대한 본격적 문제제기로서 그 역사적 의미가 적지 않은 것이었다. 나도 이 특집을 읽고 이제 본격적으로 80년대와 90년대의 생산적 대화를 위한 기틀이 마련되었다고 기뻐했던 기억이 새롭다. 물론 이 특집의 예각적인 문제 제기는 이미 그때부터 논쟁적 긴장 자체를 버거워하는 90년대 후반의 연질화될 대로 연질화된 문학풍토의 늪 속으로 실종되어 버렸지만, 그 기획 자체는 창간 반세기가 다 되어가는 전통의 계간지 창비의 여전한 건재를 알리는 모처럼의 귀중한 징표였다고 할 수 있다.

그 후 5년, 다시 문학담론의 중심으로 귀환하고자 하는 창비 편집진의 고심의 결과로서 제출된 기획 '한국소설의 새로운 가능성을 찾는다'는 편집인부터 편집자문위원에 이르기까지 모두 7명의 창비 사람이 '올인'하다시피 참여한 90년대 문학에 대한 또 한 번의 대응이라 할 수 있다. 그리고 5년 전의 특집이 '싸움걸기' 쪽에 가까웠다면 이번 특집은 '말 걸기' 혹은 '이해하기'에 가깝다는 차이가 있다. 과연 어떤 그 '말 걸기'는 어떤 방식으로 이루어졌는가. 여전히 7~80년대 민족문학론의 아성으로서의 지위를 자의건 타의건 포기하지 않고 있는 창비는 한사코 그 영향으로부터 벗어나 원심화하고 있는 것으로 보이는 90년대 이후의 문학에 대해서 이젠 무슨 말을 건네고 있는 것일까. 혹은 건네고 싶은 것일까.

하긴 비록 1999년의 비판적 싸움 걸기에도 불구하고 창비는 이미 90년대적인 것들과 깊이 '내통'하고 있었다. 공교롭게도 1990년부터 소설 『동의보감』을 1백만 부 이상 찍어내면서 창비는 어쩔 수 없이 90년대적인 것들과 한배를 탈 수밖에 없었다고 보아야 한다. 『동의보감』의 '문학사적' 의미에 관해서는 이번 특집의 필자 중의 한 사람인 최원식의 언급이 있지만,* 그러한 문학사적 의의는 그대로 인정한다고 하더라도 『동의보감』의 의도하지 않았던 베스트셀러화는 소설이 백만 부 짜리 베스트셀러가 되는 시대, 즉 90년대 특유의 현상인 문학

* 최원식, 「남과 북의 새로운 역사감각들」, 『창작과비평』 2004년 여름호, 50면.(앞으로 이 글에 나오는 페이지 표기는 별다른 언급이 없는 한 『창작과비평』 2004년 여름호의 페이지를 나타낸다)

작품의 히트상품화 추세를 얼어짓힌 것이었다. 그때 창비는 경영 압박으로 상당히 어려운 처지에 놓여 있었는데 이 책의 판매와 더불어 출판자본으로서의 확고한 입지를 굳히게 되었다고 한다.

이로써 창비는 그 '환멸의 90년대'에 대한민국의 거대 문학출판자본의 하나로 떠오르면서 90년대 문학시장의 한 축을 감당하게 된다. 은희경, 신경숙, 하성란, 권지예, 김영하, 성석제, 한 강 등 90년대와 2000년대 초반 소설계의 총아들은 『문학과지성』이나 『문학동네』만이 아니라 『창작과비평』에서도 번갈아가며 장편소설이나 작품집을 내게 되는데 이는 70~80년대와는 현저하게 구별되는 현상으로서, 이를 종래 '민중적 민족문학'이라는 엄격한 잣대를 적용하여 발간작품을 준별하던 창비가 그 엄격성을 대폭 완화시킨 결과라고 하면 과언이 될까.

물론 이것을 상업주의와의 타협이라고만 볼 수는 없는 노릇이다. 여기에는 상대적으로 '민중적 민족문학' 작품 생산의 장기 침체라는 요인이 가로놓여 있는 것이고, 앞서 거론된 작가들의 탈이념성은 90년대의 지배적 경향성의 노정일 뿐 그들의 작가적 역량 자체가 함량미달인 것은 아니기 때문이다. 오히려 문제는 '창비 비평'에 있다. '민중적 민족문학'이 90년대 이후 이러저러한 모색에도 불구하고 근본적으로 자기 갱신을 하지 못함으로 해서 마치 70~80년대 진보적 문학이념의 기지라고 할 수 있는 창비가 90년대 문학을 무원칙적으로 수용한 것과 같은 결과를 낳은 것이다. 왜 은희경이고 왜 신경숙이고 왜 김영하인가를 '창비 비평'이 시원스럽게 해명해 주지 못한다면 창비의 이런 곤혹스러움은 해소되지 않을 것이다.

과연 이 특집을 계기로 해서 창비는 90년대 이후와의 편의적 내통이라는 혐의(?)를 벗어버릴 수 있을 것인가. 아니 최소한 창비 나름대로 90년대 이후를 수용하는 내적 논리를 계발해 내고 있는가. 이 특집을 읽기 전, 나는 그것이 가장 궁금했다. 이 글은 이러한 관점에서 특집에 참여하고 있는 창비 진영의 비평가들의 글들을 따라가면서 궁금증도 풀고 공부도 하면서 일면 동업자적 차원에서의 잔소리도 곁들이는 정도로 읽혀지면 좋을 듯하다. 창비에서 굳이 이번 문학특집에 관한 총평을 부탁한 것은 이런저런 잔소리와, 경우에 따라서는 따끔한 쓴 소리도 다 경청하면서 창비 나름의 당대 문학에 대한 담론의 물꼬를 터 나가겠다는 각오와 의욕의 표현이라고 생각해서 할 말을 아끼지 않을 작정이다.

2. 특집 기획의 문제점

이 특집엔 특이하게도 앞머리에 「왜 이 작가들인가」라는 제목으로 편집자 대담이라는 것이 실려 있다. 통상적인 경우라면 특집의 기획의도는 「책머리에」를 얼마간 할애해서 밝히는데 이렇게 따로 대담을 실어야 했다는 것은 좋게 보면 이 기획에 그만큼 공을 많이 들였다는 것이 되고, 나쁘게 보면 이 기획에는 필자들의 글을 그대로 싣는 것만으로는 무언가 성에 차지 못한 부분이 있다는 말이 될 것이다. 그런 면에서 창비의 '편집위원'인 임규찬과 '자문위원'인 진정석 사이에 이루어지는 대화는 흥미롭다.

진정석이 이번 특집을 두고 "2003년 봄호 이래 꽤 오랜만에 다시 맞이하는 문학특집"이라고 하자, 임규찬이 그런 말 속에는 "창비가 문학을 소홀히 한다"는 평소의 무의식적인 생각이 자리잡고 있어서 그런 것 아니냐고 받는다. 다시 진정석이 "창비 문학란에는 대체로 과감한 모험, 문학적 투기投企라고 할 만한 태도가 부족하지 않은가"라고 하자, 임규찬은 "정말 창비는 놓쳐서는 안 될 어떤 문학적 흐름과 작가들로부터 뒤떨어져 있는 느림보인가" 하고 반문한다. 또 진정석이 지난 10년간은 "뛰어난 군소작가들의 시대"였다고나 할까 보다고 하니까 임규찬은 아무래도 '뛰어난' 보다는 '군소'라는 말에 더 무게를 둘 수밖에 없다고 아퀴를 짓는다. 하지만 두 사람은 이러한 약간의 견해 차이에도 불구하고 (지금이 한국 소설의) "일정한 유형별·주제별 범주화를 손쉽게 허용치 않는 상황"(임)이기 때문에 아직은 '개별적인 작품 성과에 대한 분석작업'(임), 혹은 '작품에 대한 분석적 읽기'(진)가 절실하다는 데에 동의하고 '분석적 읽기'를 이 특집의 기본성격으로 잡았다고 밝히고 있다.

여기까지가 두 사람의 대담에서 이 특집의 기획의도와 관련된 부분이다. 정리를 해 보도록 하자. 창비가 그동안 당대의 작품들을 성실히 읽고 비평하는 노력에 좀 소홀했다. 거기에는 그간 그만큼 좋은 텍스트가 산출되지 못한 저간의 사정도 있다. 하지만 그럼에도 불구하고 제대로 읽는 노력은 필요하다. 따라서 이번 기회에 당대 작품(작가)의 분석적 읽기 특집을 마련한 것이다. 대강 이렇게 알아들으면 될지 모르겠다. 이런 이해가 틀린 것이 아니라면 이번 창비 특집은 그 이벤트적 성격이나 규모에도 불구하고 결국 '일단 자세히 읽고 보자' 이상도 이하도 아닌 것이 된다. 따라서 '어떻게 읽을 것인가' 하는 문제는 괄호 속에 들어 있고 그것은 필자로 참여한 '창비식구'들 각자의 몫이 된다. 창비의 오랜만의 문학특집, 문학관련 편집·자문위원들이 거의

'올인'하다시피 한 특집으로는 왠지 허전하다.

그러면 어떤 작가들의 어떤 작품들이 이번 특집의 '분석적 읽기'의 대상이 되는가? '누구를 읽는가'하는 점에서 그럴 듯함이 확보된다면 '어떻게 읽는가'하는 문제에서의 허전함은 조금이나마 덜어질 수 있을 것이다. 연구건 비평이건 대상을 선별하는 일은 곧 일정한 관점을 전제해야 가능한 일이기 때문이다. 대담에 의하면 이번 특집은 "첫째로 최근의 문제작에 대한 분석적 검토를 통해 세간에 떠도는 '문학 위기론'의 내용을 검증한다, 둘째로 이를 통해 우리 소설의 새로운 경향성을 짚어본다"는 것을 주요 목표로 설정했다. 이런 목표에 따라 "90년대 이후 등단한 젊은 작가들의 최근 작품론"이라는 최종 절충안이 마련되었고 1차적으로 성석제, 공선옥, 강영숙, 권지예, 김경욱, 김영하, 김연수, 김종광, 김종은, 민경현, 박민규, 배수아, 백민석, 윤성희, 이만교, 이명랑, 이응준, 이현수, 전성태, 정영문, 정이현, 조경란, 하성란, 한강, 한창훈 등이 거론되었고 2차적으로 등단시기를 90년대 이후로 잡고 최근 5년간 문제작을 산출한 작가로 다시 압축을 해서 성석제, 공선옥, 김영하, 김연수, 배수아, 이만교, 박민규, 정이현, 천운영, 윤성희, 강영숙, 이명랑 등으로 압축되었다고 밝히고 있다. 그리고 필자의 사정 등이 반영되어 최종적으로 배수아, 김영하, 천운영, 공선옥, 성석제, 김연수, 이만교, 정이현 등 8명으로 압축된 것으로 보인다.

한 차례의 특집으로 90년대 이후 문학의 모든 것을 다 쓸어 담을 수는 없는 노릇일 것이다. 하지만 이러한 대상작가 선별방식과 그 결과는 아무리 생각해도 많은 아쉬움을 남긴다. 이런 방식으로는 '문학 위기론'의 내용을 검증하는 일도, 우리 소설의 새로운 경향성을 짚어보는 일도 그다지 신통하게 잘 될 것 같아 보이지 않기 때문이다. 무엇보다 90년대 이후 소설에 대한 총론이 없다는 것이 가장 두드러진 문제이다. 이른바 '문학위기론'으로만 한정하더라도 그것이 무슨 의미이며 어떻게 생성되었는지, 90년대 이후 문학의 어떠한 특성이 그러한 논의를 낳았는지 하는 최소한의 문제제기(굳이 민족문학론의 관점에서가 아니라도)가 있어야 했으며 90년대 이후 소설문학의 실상에 대한 개관과 여러 경향성과 관련한 작가별 분류(정밀하게는 아니더라도)가 있어야 했다. 이러한 성격의 총론이 왜 고려되지 않았을까. 두 사람의 대담에는 총론이 왜 쓰여지지 않았는가 하는 데 대한 설명도 없고, 그렇다고 총론을 대신할 만한 언급도 없다. 무엇보다 정론성이 강한 문학계간지인 창비로서 이 부분은 전혀 납득이 가지 않는다.

또한 90년대 이후 등단한 작가로서 최근 5년간 문제작을 산출한 작가라는 기준도 문제다. 하나의 역동적 전체로서의 90년대 이후 문학의 성격을 고려한다면 이러한 기준이 얼마나 자의적이고 기계적이며 편의주의적인지 금방 알 수 있을 것이다. 대담자들도 밝혔지만 은희경과 신경숙을 제외하고 90년대 이후의 문학을 말하는 것은 불가능한 것 아닌가. 그리고 윤대녕이 아무런 언급도 없이 제외된 것은 무엇 때문인가.(그는 1990년에 등단했다) 90년대 이후의 여성주의적 가족 모랄과 관련하여 전경린과 권지예, 서하진 등이 누락된 것도 그렇고 비록 80년대 등단작가들이라 할지라도 넓은 의미의 '후일담'의 세계를 감당하면서 90년대의 한 축을 담당해 왔던 최인석과 방현석, 정도상, 공지영, 김인숙이 제외된 것도 아쉽기는 마찬가지다. 그런 아쉬움을 확장하면 90년대에 의연하게 귀환한 황석영과 또 다른 의미에서 뒤늦게 창작열을 불태우고 있는 박범신과 김훈 그리고 최윤이 빠진 것도 그렇다. 이름은 거론이 되었으나 막판에 빠져버린 하성란, 백민석, 박민규, 정영문, 조경란, 한강, 그리고 역시 이름조차 거론되지 못한 이혜경 등이 빠진 자리도 작지 않다.

이렇게 누구누구는 왜 빠졌냐고 잔소리를 늘어놓는 것은 또 하나의 자의성을 드러내는 일이 될지도 모르겠다. 이러한 자의성이나 기계성을 극복하고 대상세계를 입체화해 주는 것이 바로 90년대 이후 소설사를 바라보는 '관점'일 것이다. 나는 '창비 비평'에 바로 그것을 기대했던 것이다. 어느 글에서 나는 "'민족문학론'과 관련하여 지금 가장 필요한 것은 90년대의, 나아가 이천년대 초반의 우리 삶의 실감과 그것 속에서 생산되어 나오는 작품들이 형성하는 어떤 미지의 전체성의 본질에 대한 탐구의 과정에서 그 '민족문학론'과의 창조적 긴장과 비판적 관심을 유지하는 일일 것이다"라고 쓴 적이 있다.* 이런 의미에서라면 바로 이 특집이 그런 자리가 되어야 할 것인데 과연 이 특집에는 작품들과 '민족문학론'과의 창조적 긴장이 유지되어 있는가, 혹은 처음부터 그 긴장을 염두에 두고 있기는 있는 것인가 하는 회의적인 생각을 떨칠 수 없다.

90년대 이후의 문학은 분명히 80년대적인 것, 혹은 '민중적 민족문학'의 자장으로부터 대규모의 탈주를 시도한 문학이다. 그 탈주는 한편으로는 일상성의 세계를 향해 이루어지고 다른 한편으로는 내면성의 세계를 향해 이루어지며 때로 그 두 경향은 혼재되거나 중첩된다. 일상성의 세계에서 가장 큰 비중을 차지하고 있는 것은 가족(부부의 문제를 포함해서)의 해체에 관한 것이며 내면성의 세계에서 가장 핵심을 이루고 있는 것은 도시적 삶, 혹은 포스트모던한 생활조건 속에

* 졸고, 「리얼리즘론과 민족문학론을 넘어서」, 평론집 『불을 찾아서』, 소명출판, 2000, 271면.

서의 개별자의 정체성의 문제, 좀더 고전적인 표현을 허락한다면 이른바 '소외'의 문제이다. 물론 두 세계에서 모두 역사나 사회 등 전체성에 대한 긴장이나 감각은 원경화되거나 아예 소멸되어 버린다. 반면 역사나 사회에 대한 감각, 혹은 80년대적인 것의 그늘이 지속되는 세계도 있다. 하지만 그 세계 역시 80년대적 생동성, 혹은 조증躁症상태에서 멀리 비켜나 일상과 내면의 영역 속으로, 울증鬱症 상태 속으로 자폐해 들어간다. 그도 저도 아니고 소설이 '근대 부르주아 세계의 아이러니칼한 탐색의 양식'이라는 규정을 벗어던지고 소설적 서사의 세계를 다시 구성하려는 시도도 있다. 한편 2000년대도 중반으로 치닫고 있는 요즈음에는 90년대적 '탈주'나 '귀환'의 감각조차 낯선, 전혀 무중력상태의 신세대인간들의 세계가 모습을 드러내고 있는 것으로 보인다.

매우 조잡하고 생뚱맞게 보이겠지만 이것이 내가 90년대 이후의 문학을 바라보는 '관점'이다. 이런 관점에서 보면 은희경이 열어젖히고 전경린이 세속화시킨 일상성의 세계, 윤대녕과 신경숙이 개척한 내면성의 세계, 공지영이나 방현석이 지켜온 후일담의 세계, 성석제와 김영하, 혹은 김연수에게서 보이는 탈낭만적 서사의 세계, 요즈음 이를테면 『피터팬 죽이기』의 이주희, 『어느덧 일주일』의 전수찬 등 최신예들의 무중력(?)의 세계, 그리고 공선옥, 한창훈, 전성태 등이 견지하고 있는 자연주의적 민중탐구의 세계 등이 가능한 분류항으로 떠오를 수 있다. 나는 이런 나의 관점이나 분류항목을 강요하려는 것이 아니라, 바로 '창비 비평'에서 이와 같은 최소한의 거친 관점이라도 발견되기를 기대한 것이다. 그리하여 창비 비평진들이 이러한 분류의 세목들을 나누어 맡아서 그 세목의 대표작가들을 한 사람씩 맡든지, 아니면 몇 작가씩을 모투어 주제비평을 시도하든지 했어야 하는 것 아닌가 하는 생각인 것이다.

어쨌든 이러한 기대는 전부 난망이 되어 버렸으므로 이제 내가 할 일은 각기 다른 일곱 비평가가 각기 다른 작가(들)에 대해 시도한 '분석적 읽기'를 따라가면서 그 속에서 어떻게든 '창비적 정체성'을 추출해 보는 것밖에 남지 않았다. 어려운 대로 이 일곱 편의 평론을 두 묶음으로 나누어 보았다. 최원식, 임규찬, 한기욱 세 분이 먼저 한 덩어리로 묶인다. 이들의 글들에는 '창비적 정체성'의 흔적, 혹은 그것을 견지하려는 흔적이 짙게 남아있는 것으로 보인다. 다음에는 백낙청, 김영희, 진정석 등 세 분이 묶인다.* 이 글들에는 좋은 의미로건 나쁜 의미로건 거의 '창비의 무게'가 실려 있지 않은 것처럼 보인다.

3. 창비적 정체성의 흔적들

아마도 창비 비평가들 중에서 90년대의 중심을 제대로 꿰뚫고 나오면서도 또 가장 90년대적인 것들의 영향을 덜 받은 비평가는 최원식일 것이다. 이번 특집의 글 「남과 북의 새로운 역사감각들」 역시 최근의 문학적 현상들을 그 내적 논리에 따라 섭수하면서도 궁극적으로는 그것을 민족문학적 맥락에 위치짓고 있다는 점에서 여전히 그답다. 그는 김영하의 장편 역사소설 『검은 꽃』과 재북 작가 홍석중의 장편 역

* 마지막 백지연의 글 「낭만적 사랑은 어떻게 부정되는가」는 생각 끝에 그가 창비의 편집진의 한 사람이 아니고 일종의 초청 케이스이기 때문에 이 글의 성격상 혹 실례가 될까 보아 제외하기로 했다.

사소설 『황진이』를 함께 놓고 이 작품들을 하위자들의 반란이라는 최근 역사소설의 경향성을 남북한에서 공유하고 있는 사례로 놓고 이를 분단극복의 비전 속에서 아우르고 있다. 이러한 시각과 방법이야말로 좋은 의미에서의 '창비적인 것' 아니겠는가.

최원식의 김영하 『검은 꽃』 읽기는 재미있다. 이 소설이 민족서사시를 꿈꾸지 않는다거나 루카치의 역사소설 모형에서 벗어나 '집합적 자서전'의 형식으로 쓰여졌다거나 이야기의 선형성이 파괴된 "휘우뚱한 바로크적 구성"으로 되어 있으며 그럼으로써 "리얼리즘 서사와 모더니즘 서사를 횡단"하고 있다는 등의 해석과 역사적 실증에서의 오류를 짚어내는 비판들은 명쾌하고도 정당하다. 하지만 이러한 반역사소설적 특징들에도 불구하고 이 소설이 "정사正史에서 침묵당한 소문자 역사의 파국을 드러냄으로써 거꾸로 역사의 꿈을 강렬히 환기"한다거나 "역사허무주의를 선전하는 것은 결코 아니"라거나 "나라의 꿈을 강렬히 환기"한다거나 하는 최종적 평가에는 나로서는 이견의 여지가 있다.

우선 적어도 작가 김영하가 이 소설을 통해 근대적 민족국가에의 꿈을 환기할 의도가 있었던 것은 아니었다는 사실을 먼저 확인할 필요가 있을 것 같다. 그는 이 소설에서 의도적으로 국가건설에의 꿈이 한갓 미망임을 되풀이하여 확인한다. 최원식의 말대로 이 소설에는 일관되게 '나라'의 존재가 화두로 따라다니지만 그 '나라'는 궁극적으로 늘 희화화되고 만다. 그가 왕가의 후예 이연수의 황폐한 노년의 후일담에 방점을 찍어 그녀의 삶이야말로 나라의 꿈을 강렬히 환기시키는 아픈 초상이라고 했지만, 그렇다면 예를 들어 이연수가 '살기 위해' 에네켄 농장의 한국인 마름 권용준에게 몸을 허락한 후에 방귀를

뀌며 해방감을 느끼는, 그 웃을 수도 엄숙할 수도 없는 장면*의 설정은 어떻게 이해해야 하는가. 그 '방귀' 속에서 과거의 국가든 미래의 국가든 모두 연기처럼 녹아 사라져버린 것은 아닐까. 이정 일행이 과테말라의 밀림에서 '신대한'을 건설하려다 전멸하는 이야기 역시 '나라의 꿈'을 환기시키기에는 너무나 허망하고 또 희화적이다. 김영하는 분명히 근대적 민족국가 건설이라는 한국 근대사의 꿈을 희롱하는 포스트모던 역사소설을 기획하고 실천한 것이다.

최원식은 작가의 그런 의도에도 불구하고 결과적으로 "반反오뒤쎄이아적 탈향의 서사를 통해 오뒤쎄이아에 대한 강한 향수를 스스로 어쩌지 못하는 역설"이 일어났다고 본 모양이다. 말하자면 '리얼리즘의 승리'와 유사한 형국이다. 즉 작가 김영하의 포스트주의에도 불구하고 소설 속 인물들과 사건들의 논리는 어쩔 수 없이 근대적 민족국가 건설의 비원을 드러낼 수밖에 없었다는 것. 일면 이해가 되면서도 어느 정도 견강부회의 느낌을 지울 수 없다. 특히 필연과 인과의 서사를 가볍게 농단하는 데 일가견이 있는 김영하라는 작가를 생각하면 더욱 그러하다.

오히려 나는 이 작품을 서사충동과 반서사충동이 갈등하면서 실패한 텍스트로 읽는 쪽이다. 집합적 주인공이건 개인적 주인공이건 역사적 사실을 제재로 한 역사소설은 그 구조상 선형적 서사를 기본으로 하며 궁극적으로 로맨티시즘을 생명으로 한다고 할 수 있다. 그런데 이런 역사소설의 맥락 속에서 작가가 의도적으로 선형적 서사성을 배제하려고 할 경우 필연적으로 서사체계의 불균형과 파탄이 오

* 김영하, 『검은꽃』, 문학동네, 2003, 220~221면.

게 마련이다. 김영히가 그깃까지 노렸는지는 알 수 없다. 하지만 나는 그 때문에 이 소설은 역사소설로서도 실패하고 역사를 부정하는 데도 실패했다고 본다. 바로 거기서 최원식의 오해, 혹은 약간의 과잉 평가가 나올 여지가 생기는 것이다. 민족문학의 관점에서 근래의 하위자 주체 역사서사의 대두를 파악하고 그 맥락에서 『검은꽃』을 적극적으로 평가하여 이를 새로운 민족문학적 자산의 일부로 수용하려는 의도는 이해되지만, 김영하를 비롯한 90년대 작가군의 영악한 탈주전략에 대해서 아직은 적절한 비판적 유보가 필요한 것이 아닌가 하는 생각이다.

임규찬의 「공선옥 문학은 어느만큼 와 있는가」에 대해서는 별달리 할 말이 없다. 공선옥의 『수수밭으로 오세요』가 지닌 극단적(이라고까지는 할 수 없어도) 모성 본질주의를 올바로 지적하고 있으며 이 포스트모던의 시대에 외롭고 힘겹게 가난한 존재들의 몸부림치는 삶을 그려나가는 공선옥에게 애정어린 비판과 충고를 보내고 있기 때문이다. 다만 만일 임규찬의 자리에 내가 섰다면 그가 '본질주의'라고 비판한 공선옥의 바로 그 억척어멈적인 모성적 전망이 상층계급 남성 > 상층계급 여성 > 하층계급 남성 > 하층계급 여성으로 위계화되어 있는 자본주의 사회의 빈곤과 억압의 먹이사슬에서 갖는 의미를 조금 더 부감했을 터이고 그런 점에서 『수수밭으로 오세요』가 갖는 의미를 동시대의 다른 여성작가들의 작품들과 대비를 통해 좀더 적극적으로 평가했을 것이다. 또한 공선옥의 최근작들인 「영희는 언제 우는가」나 「연민」 같은 작품들에서 나타난 나락에 떨어진 존재들의 도저한 슬픔의 세계에 보다 더 강한 연대의 손길을 보낼 것이다. 어차피 잘 나가는 작가들은 시장이 알아서 부풀려 줄 것이지만 공선옥 같은 귀중한 작가들조차 시장논리에 내맡겨진다는 것은 슬픈 일이다. 그러지 않도록 하는 것, 그게 '창비 비평'의 일 중의 하나 아닐까.

한기욱의 김연수론「형식실험의 역설」역시 아주 재미있게 읽었다. 김연수의 전 작품에 대한 면밀한 독서를 바탕으로 쓰여진 주밀한 비평으로서 자세히, 제대로 읽기의 전범을 보여준 좋은 글이었다. 한기욱은 김연수의 독특한 세대의식에 주목함으로써 그의 작품세계의 양상과 변모의 비밀을 풀어내고 있다. 즉 "90년대를 살아가는 자들은 이미 죽은 자들이고 90년대가 오기 전에 죽은 자들이야말로 살아 있는 자들이다"라는 그의 작품 속 화자를 통한 진술에 기대서 김연수의 작품세계가 텍스트에서 '세계'를 추방하는 데서 출발했지만 근작『내가 아직 아이였을 때』에서 다시 '세계'를 끌어들이는 방향으로 선회하게 되는 이유를 추적하는 것이다.

80년대와 90년대에 양다리를 걸치고 있는 김연수의 세대적 특성이 그를 세계 없는 텍스트와 텍스트 밖의 세계 사이에서 방황(?)하게 한다는 평가는 대단히 날카로운 것이며, 이른바 '90년대 세대'의 문학적 취향을 가늠하는 훌륭한 단서를 제공해 주고 있다. 90년대 작가들의 90년대 안에 들어 있는 80년대적인 것의 탐사는 마치 만리장성이라도 가로놓여 있는 것처럼 되어 있는 두 세대 사이의 대화와 소통을 위한 중요한 바탕작업이 되는 것이기 때문이다. 또한 한기욱은 외국문학 전공자답게 김연수 소설의 곳곳에 들어 있는 브로티건, 하루끼, 보르헤스, 에꼬, 핀천, 반즈 등의 흔적을 찾아내고 그러한 영향관계의 역사적 의미에 대한 정당한 평가를 덧붙임으로써 우리의 90년대 문학들이 일종의 '세계적 현상'의 하나라는 사실을 새삼스럽게 일깨워줌으로써 있어 좋은 평문을 읽는 재미를 배가시키고 있다.

다만 끝부분에 김연수의 『내가 아직 아이였을 때』를 관류하는 "실감과 훈훈함은 값진 성취임에 틀림없지만 혹시 이것이 우리 삶의 현재와 미래에 대한 실험적인 도전과 모험을 저당잡히고 획득한 산물이 아닐까 하는 일말의 의구심이 생긴다"(117면)고 한 부분에서 과연 "우리 삶의 현재와 미래에 대한 실험적인 도전과 모험"이란 무엇을 말하는지, 만일 『내가 아직 아이였을 때』를 리얼리즘 예술에 가깝다고 한 것에 비추어 그 실감과 훈훈함을 낳은 리얼리즘이 그 "실험적인 도전과 모험"과는 어떤 관계에 놓인 것인지에 대한 모색이나 해명이야말로 창비가, 아니 창비뿐만 아니라 우리 비평계가 시급히 도전해야 할 과제가 아닌가 하는 생각이 든다.

4. 자세히 읽는다는 것

창비의 다른 이름이라고 해도 과언이 아닐 백낙청의 글에서 창비다운 체취가 느껴지지 않는다는 것은 일견 기이한 일이다. 배수아의 경장편 『에세이스트의 책상』에 대한 그의 자세히 읽기라고 할 수 있는 이 글은 특집 편집자들의 주문에 제대로 충실하여 마치 '자세히 읽기'란 이런 것이다, 라고 보여주기라도 하려는 듯 세밀하고 차근차근하다. 1장에서는 이 소설의 제목과 작가의 말에도 불구하고 이 작품은 에세이가 아니라 소설이라는 점을 명확히 하고 이 소설이 "지식인의 사변적 언어를 작중인물의 실감나는 진술이자 이야기 진행의 유기적 요소로 포용했다는 점만으로도 한국소설에 흔치 않은 성취"(31면)라고 운을 뗀다. 2장에서는 언뜻 서사적 이음새가 흐트러진 듯한 이 작품이

"줄거리가 없기는커녕 거의 교활하다 싶을 정도로 치밀한 운산과 정교한 복선을 깔고…… 펼쳐지는 서사"(34면)라는 점을 자세히 입증하고 이 글의 번역체적 문체 역시 작가의 의도된 장치라는 점 또한 언급한다. 3장에서는 이 소설의 화자와 함께 가장 주요한 인물인 M에 관한 언급으로 채워진다. M과의 만남과 관련된 서사의 줄기, M의 성별 혹은 성적 정체성에 대한 의문,* M과 화자의 정신주의적 교감 등을 언급한 후 이와 관련하여 이 소설의 주된 성과로 "육체적인 관계를 초월한 어떤 절대의 세계에 대한 에쎄이스트적 탐구, 이를 위한 '고립된 삶'의 예찬 내지 그 비극성의 증언, 그리고 고립을 견디지 못하는 군중에 대한 비판과 저항의 발언"(42면) 등이 거론된다. 그 다음 4장에서는 이 소설이 단순히 정신주의적 사변으로 된 작품만이 아니라 "정신주의에 대한 소설적 교정장치"를 풍부하게 내장하고 있음을 밝힌다. 화자의 에리히와 M의 관계에 대한 질투라든가 요아힘이라는 인물의 진술을 통해 은연중에 정신주의에 대한 인간육체의 '실제적인 위력'을 드러낸다거나 하는 것들이 그것이다. 백낙청은 이런 "소설적 교정장치"가 바로 이 소설을 정신주의적 에쎄이가 아니라 소설로 존재하게 한다고 보지만, 그것이 충분치는 않다고 보는 것 같다. 그리고 마지막으로 이 소설에 대하여 "화자의 시야와 자기인식에 어떤 본질적인 문제점이 있다고 할 경우에는 그 문제점의 개인적·사회적 뿌리를 규명

* 한 가지 이해할 수 없는 것은 백낙청이 M의 성별을 한동안 파악하지 못했다는 사실이다. 그는 이 책을 두 번이나 읽은 후에도 M의 성별이 한번도 명시적으로 언급된 바 없다고 하면서 에리히하고 육체관계를 맺었다는 고백이 있은 후인 135~6면에 가서야 그의 성별이 여성임을 알 수 있었다고 말하고 있다. 하지만 이미 그 이전 112면에 에리히가 M과 화자를 더불어서 "아가씨들"이라고 지칭하는 부분이 나온다. 물론 나로선 M의 첫 인상을 묘사하는 부분에서부터 M이 여성이라는 사실을 알 수 있었다. 소설의 82면 "처음 만난 M은 키가 컸고 중성적이고 아름다웠으나 엄격하게 보였다"는 부분이다.

하려는 자세가 바람직" 한데 『에세이스트의 책상』에서는 그 규명보다는 "새로운 신비화와 도취의 언어가 시야를 가려버리곤 한다"(46면)고 진단하고 "책상에 대한 다분히 낯익은 집착이 어디서 와서 어디로 가는지에 대해서도 한결 폭넓고 예리한 소설적 탐사가 이루어지기를 주문하고 싶어진다"는 완곡한 부탁으로 이 자세히 읽기를 끝맺는다.

아닌 게 아니라 한 편의 길지 않은 경장편에 대해서 이만큼 자세히 읽기도 쉽지 않을 것이다. 작품론을 자주 쓰지 않는, 혹은 못하는 데서 오는 부담감*을 이참에 떨쳐버리기라도 하려는 듯한 '몰아치기'의 형국이다. 그리고 그런 만큼 배수아의 이 작품은 좀 과남한 대접을 받은 폭도 된다. 하지만 역시 그런 만큼 문제는 남는다. 글 말미에 사족같이 붙은 부분, "문제점의 개인적, 사회적 뿌리를 규명하려는 자세가 바람직"하다거나 "책상에 대한 다분히 낯익은 집착이 어디서 와서 어디로 가는지에 대해서 예리한 소설적 탐사"를 당부한다거나 하는 부분이다. 한마디로 말하면 자세히 읽기는 자세히 읽기대로 하면서 대상 작품의 주제며 양식이며 세계관이며 이런 것들의 개인적이고 사회적인 뿌리를 석명釋明하는 것, 그리고 "책상에 대한 다소 낯익은 집착"이 어디서 와서 어디로 가는가 하는 발생론적 해명을 미루지 않는 것이 정당한 의미에서의 자세히 읽기로서의 비평이 아닌가 하는 생각이다.

『에세이스트의 책상』을 읽으면서, 나는 그동안 배수아를 그저 90년대의 키치작가 중의 하나 정도로 여겼던 종래의 선입견을 교정하지

* 백낙청은 그것이 평론가로서 적지 않은 부담임을 고백한 바가 있다. 백낙청, 「2000년대의 한국문학을 위한 단상」, 『창작과비평』 2000년 봄호.

않으면 안 되었다. 그에게 이런 속 깊은 작가적 고독감이 존재했던가 하는 생각. 그리고 백낙청의 말대로 이 작품이 지식인의 사변적 언어를 유려하게 다룬 소설적 전통이 일천한 한국소설사에서 하나의 성취라고 할만하다고 생각했다. 하지만 그 사변의 내용과 그 사변의 유래, 즉 "책상에 대한 다분히 낯익은 집착"의 유래와 관련해서는 말하자면 그리 간단하지 않다.

이 소설은 한편의 사랑의 시작과 끝을 기록한 사랑 이야기의 틀을 가지고 있지만 사실은 그 사랑을 가능하게 한 두 사람의 내면적 동력에 관한 기록이기도 하다. 그 동력은 그저 사람과 사람 사이의 운명적 끌림이 아니라 일종의 '귀족적 정신주의' 혹은 '정신적 귀족주의'라고 불릴만한 세계관 상의 합치에서 얻어진다. 세상은 속물들과 불의로 가득 차 있고 학교는 아무것도 가르쳐주지 않으며 오직 언어로 된 책(혹은 책을 읽고 책을 만드는 책상)과 음악만이 절대의 것들을 가져다준다는 사실을 이 소설은 말하고 있다. 이 소설의 화자도 그녀의 연인 M도 생활은 최소한으로 하고 독서와 음악감상과 글쓰기는 최대한으로 한다. 세상은 그저 불의하고 속물들로 가득 차 있을 뿐, 결국 무無와 마찬가지이다. 독일이라는 공간은 화자에게는 단지 여행지가 아니라 책이나 책상, 음악처럼 그런 세속과의 절연을 가능하게 해 주는 절대공간의 다른 이름이다. 역사니 사회니 국가니 하는 것들은 물론이거니와 가족과 인간관계로부터도 탈주하여 달려가 도달한 곳이 독일이고 음악이고 M인 것이다. 이렇게보면 이 작품은 90년대적 탈주서사의 한 극점이라고 할 만하다. 자 이 작품은 과연 '분단시대 민족문학'의 깊이와 넓이 안에 포괄될 수 있는 것일까. 백낙청의 이 글은 바로 이 점을 좀더 분명히 해 주어야 했던 것은 아닐까. 바로 이런 아쉬움 때문에 이 글에서의 창비적 체취의 부재를 들추어 말한 것이다.

김영희의 「천운영을 읽는 한 가지 방식」도 좋은 글이다. 이 글은 천운영이라는 작가의 돌올한 개성이 그녀 특유의 창작방법, 즉 "객관성과 주관성을 극대화하면서 결합하는 듯한" 세밀묘사에서 대부분 기원한다는 점을 설득력 있게 밝히고 있다. 그리고 "그로테스크한 세목에 대한 집중"과 그 "세목들을 전체적인 의미체계 속에 끌어들이는 작가의 장악력"이 두드러짐으로 해서 일종의 "양식화"에 가까워지는 특징을 갖는다고 본다. 이 점은 천운영의 놀랄만큼 생생한 묘사가 사실주의적 기율에 의한 것 같으면서도 그것만으로는 설명하기 힘들었던 부분에 대한 탁월한 해명이라고 할 수 있다. 그리고 그는 정당하게도 "사실에의 추구와 양식성의 양립이 실재에 육박하려는 시도에 얼마나 부응하는지"를 묻는다. 그리고 단편 「바늘」의 예를 들어 작가가 "파괴적 아름다움에 대한 탐닉이 지닌 진정성과 위험을 동시에 보아"냄으로써 단순한 양식화에만 그치지 않는 추구를 보여준다고 답한다. 확실히 천운영을 읽는 아주 흥미로운 하나의 방식이며 '자세히 읽기'의 성과임에 틀림없다.

하지만, 천운영의 "숨막히는 듯한 미학주의"에 대한 대안으로 "생활현장의 실감"을 내세우는 데에는 조금 고개가 갸웃거려 지는 부분이 있다. 「숨」에서 보이는 그로테스크와 생활실감의 조화를 예로 든 것까지는 납득이 가지만, 그것을 일반화하는 것은 적절한 것으로 보이지 않는다. 그 이전에 먼저 천운영의 미학주의의 본질이 무엇인가, 천운영에게 소설 쓰기란 무엇인가 하는 물음과 그에 대한 대답이 먼저 이루어져야만 "생활현장의 실감"이든 무엇이든 처방이나 충고가 가능할 것 아닌가 한다.

천운영의 미학주의는 천운영의 소설적 제재에 대한 인식이 산문적이 아니라 시적이라는 데서 오는 것으로 보인다. 그는 마치 시인이 시를 쓸 때처럼 한두 가지의 강렬한 상징적 이미지를 먼저 떠올리고 그 이미지를 소설화한다. 따라서 소설 속의 사건들이나 사람들은 전부 그 이미지를 위해 사역하는 도구들에 불과하다. 그에게 중요한 것은 인생사가 아니라 인생사의 한 갈피에서 번뜩이는 어떤 시적인 순간이며 소설은 그 시적인 순간을 떠받드는 장치인 것이다. 그러니 기본적으로 "생활현장의 실감"이라는 전통적인 리얼리즘적 요구는 천운영의 소설에는 어울리지 않는다. 그보다 앞 세대가 역사로부터 탈주해서 역사 없는 일상으로 내려왔다면 천운영은 그 일상으로부터 다시 탈주하여 시정市井의 양식인 소설을 가지고 시의 세계로 뛰어든 또 하나의 초超탈주자라고 할 수 있다. 이런 경우는 또 어찌할 것인가.

진정석의 「길 위의 소설, 소설의 길」 역시 또 하나의 두드러진 탈주자 성석제의 작품세계에 대한 자세히 읽기의 소산으로 대단히 흥미로운 글이라고 할 수 있다. '재미있는 소설'을 지향하는 성석제의 의뭉스러움은 사실상 "80년대에 정점에 이른 계몽적 엄숙주의, 1990년대에 성행한 독백적 자아숭배라는, 상반된 지향성과 동일한 인식구조를 공유하는 쌍생아적 문학관"(119면)으로부터의 탈주이며 "소설이 진정한 가치를 찾아가는 여행이 아니라 정처없는 유랑이고, 엄숙한 계몽의 형식이 아니라 자유로운 즐김의 영역이라는 사실"을 새삼스럽게 깨닫게 하는 문학적 관습으로부터의 탈피라는 것이다. 그리고 성석제 소설의 주인공들인 반反영웅들을 상대적 타자와 절대적 타자로 나누어 고찰하는 것도 대단히 설득력이 있어 보인다.

그리고 거기에서 멈추지 않고 "일종의 광기의 상태"에 접근하고 있는 절세미남, 도박사, 사회 부적응자 등이 과연 소설적 탐구의 대상이 될 수 있는가를 묻는 것, 그리고 "일탈과 탐닉, 위반과 전복의 삶에 대한 성석제 소설의 아낌없는 지지, 애호는 전통적인 이야기꾼, 유서 깊은 거짓말쟁이라는 이미지에 가려진 이 작가의 또 다른 얼굴, 예컨대 낭만적 탐미주의자, 급진적 개인주의자의 면모를 상기시킨다"(129면)고 진술하는 것에서 성석제의 소설세계에 이 평자가 전적으로 공감하는 것만은 아니라는 사실을 짐작할 수 있게 된다.

하지만 역시 이것만으로는 아쉽다. 정말 평자는 소설이 '정처없는 유랑이고 자유로운 즐김의 영역'이라고 생각하는 것인지, 만일 그렇다면 한국에서 근대소설은 종말을 고한 것인지 하는 물음에 대한 책임 있는 대답을 가지고 성석제 문학에 대한 평가에 임해야하지 않는가 하는 생각을 떨칠 수 없다.

5. 창비 비평의 활성화를 기대하며

백낙청은 2000년대 벽두에 진영개념의 해소를 말한 바 있다.* 지금까지 창비 비평진 여섯 분의 90년대 이후 문학에 대한 평문들을 읽고 나니까 확실히 이제는 80년대와는 다른 금석지감을 느끼게 된다. 70~80년대로부터 신원상으로는 자유롭지만 문학적 경향으로는 완전히 자유롭다고 보기 힘든 90년대 작가들에 대해서 창비가 이만한 관심을 보이는 것을 보니 정말 진영 개념은 해소된 것이라는 실감이

---

* 백낙청, 「2000년대 한국문학에 대한 단상」.

든다. 하지만 아직 마음 속의 진영을 완전히 폐기처분하지 못한 나로서는 조금 얼떨떨한 기분이 드는 것을 피할 수가 없다. 그리고 앞서 편집자 대담에서 이 특집이 '문학위기론'의 진단과 우리 소설의 경향성의 확인이라는 두 가지 목표를 갖는다고 했는데 후자에 관해서라면 어느 정도 성과를 인정할 수 있겠지만 전자에 관해서는 참여한 평자 누구도 언급조차 한 바가 없는 것 같다. 다시 말하지만 이 점은 총론이 없었고 그 총론적 인식을 평자들이 공유하지 못했다는 데서 오는 것이다.

앞에서 창비가 90년대와 '내통'했다는 자극적인 표현을 사용했지만 사실은 나도 내통하기는 마찬가지였다. 문제는 어떻게 내통하는가, 다시 말하면 어떻게 제대로 소통하는가일 것이다. 특집의 편집자 대담에서부터 여섯 분의 평문에 이르기까지 다 읽은 결과 창비가 90년대 작가들과 상업적 거래관계가 아니라 문학적 소통관계를 트기 위한 본격적인 말 걸기를 시작한 것은 확실하고 그런 점에서 고무적이라는 생각이 든다. 하지만 기왕 말 트기를 할 바에야 좀더 '뻔대 있게' 해 주었으면 하는 바람이다. '창비답게'라는 것은 과거의 일부 경험처럼 작가들에게 고압적으로 입법비평이나 들이대고 좋은 의미로건 나쁜 의미로건 차별과 배제의 기제를 작동시키라는 말은 아니다. 창비가 아직 '민족문학'을 포기하지 않았다면 바로 그 '민족문학'이란 것이 2000년대의 남한 문학에서 무엇이며 어떻게 생동할 수 있는지에 대한 합의를 먼저 이루고, 90년대 이후 작가들에게 그것을 납득시키는 노력을 기울이며 바로 그 입장에서 적극적으로 당대 문학의 산물들을 평가하고 비판하고 견인하는 모습을 보여주었으면 하는 것이다.

그런 맥락에서 이번의 특집과 이 글과 같은 '동반자적 국외자'의 비판적인 후속 기고의 자리를 마련한 것은 대단히 큰 진전이라고 할 수 있다. 침체된 21세기 한국의 평단에 창비 비평이 신선한 전기를 마련해 주기를 바라는 마음 크다.

(『창작과비평』 2004년 가을호)

2

폭력과
모독을
넘어서

'세월호 문학'의 시작

김탁환 『아름다운 그이는 사람이어라』

1

그날 이후, 사람들은 많이 변했다.

어떤 사람들은 몇날 며칠, 아니 몇 달 동안 매일 울었고, 그 다음에도 하찮은 돌부리에도 걸려 넘어지는 몸 부실한 사람처럼 우연히 마주치는 별 것 아닌 풍경이나 소리 같은 것에도 툭하면 걸려 넘어져 울었다. 그렇게 툭하면 우는 사람들만 변한 것이 아니다. 눈물을 흘리지 않는 사람들도 변했다. 그들은 우는 대신 마음속에 무거운 쇳덩이를 매달아 놓고 살았다. 그래서 걸음걸이도 왠지 둔중해지고, 세상을 바라보는 눈도 어쩐지 그림자가 드리운 듯 늘 어둡게 되었다. 공연히 신경질이 늘고 화를 잘 내게 된 사람들도 있었다. 그 일이 자기 책임이 아닌데도 세상이 자기 책임이라 추궁하는 듯해서 스스로 궁지에 몰리고, 그러다가 슬퍼하는 사람들, 우는 사람들을, 잊지 않으려 노력하는 사람들을 거꾸로 미워하게 된 사람들도 있다. 그날 이후, 사람들은 모두 깊은 병이 들었다.

그러나 대부분은 거기까지였다. 견딜 수 있을 만큼만 아프면서, 그러기 위해 때로는 잊다가 때로는 불현듯 생각나 또 울다가 그러면서 천천히 고통을 중화시켜 나갔다. 절대다수는 먹고 사는 일이 바빴고, 또 나머지는 달리 어떻게 할 일이 없어 그럴 수밖에 없었다. 하지만 그 중 어떤 사람들은 좀 달랐다. 슬픔과 분노의 정동을 연대와 투쟁의 행동으로 바꾸어 나간 사람들이다. 그날부터 바로 팽목항에 달려가 가족들과 함께하기 시작한 사람들, 혹은 같이 싸우고, 혹은 묵묵히 궂은일들을 해 내고, 혹은 기록하고, 혹은 위로와 치유를 나누고, 혹은 진상규명의 길고 지루한 길을 끝까지 걷고…… 그날 이후 마음의 형태나 명도나 채도가 바뀌는 정도가 아니라 삶의 형식이, 생활의 빛깔이 완전히 달라진 사람들이다. 그날 이전의 삶과 생활을 포기하거나, 그 방향을 완전히 바꾸어 그날 이후의 시공간으로 존재 전이를 하다시피 한 사람들이다. 설사 남달리 그럴 만한 조건이 되어서 그렇다고 하더라도 결코 쉬운 일이 아니다. 나는 그러한 '자기 헌신'이 일어나는 그 비약적인 전환의 순간을 늘 경이로운 눈으로 바라본다. 그리고 경외의 념을 바칠 뿐이다. 나 같은 범속한 사람들은 감히 접근하기 힘든 경지이기 때문이다.

내가 보기에는 김탁환도 그런 전환의 순간을 통과한 사람 중의 하나이다. 아니 뚫고나갔다고 하는 편이 나을 것이다. 세월호 이전과 세월호 이후의 그는, 내 짧은 소견으로는 그런 표현이 그리 틀리지는 않은 것 같다. 그는 나에게는 같은 대학 같은 학과의 10년 후배가 되는 사람이지만 나와는 그간 특별한 교분은 없었다. 아니 교분이 있기가 쉽지 않았다고 하는 편이 옳을 것이다. 나는 명색 평론가고 그는 소설가 겸 평론가이지만 나는 80년대 중반에 등단이란 걸 하고 90년대 초반까지 주로 활동을 한 반면, 그는 90년대 중반에 평론과 소설쓰기를 시작한 사람이라는 것, 또한 잘 알다시피 80년대의 문학과 90년대의 문학 사이에는 매우 큰 단층이 있어 절필에 가까운 나의 이탈은 차치하더라도 내가 그와 같은 90년대 내기들을 평론의 대상으로 삼은 일이 거의 없다는 것, 게다가 그는 이른바 '본격소설'이라 부르는 전통적인 단편 소설 중심의 작품활동 대신 『불멸의 이순신』이라든가, 『허균, 최후의 19일』이라든가, 『나, 황진이』 같은 장편 역사소설 중심으로 엄청난 작품활동을 해 왔고, 그것들은 많은 독자들에게 읽히기는 했으나 항용 '대중문학' 혹은 '통속문학'이라는 평판에 속하는 것이라서 더군다나 내 관심과는 거리가 멀었다는 것 등이 그 이유가 될 것이다.

솔직히 말하면 나는 그의 장편역사소설들의 제목은 귀에 익으나 그 중 읽은 것은 하나도 없다. 당연히 그가 그 역사소설들을 통해 전하고자 하는 알맹이가 무엇인지도 알지 못한다. 그러므로 ' 어쩌면 세월호 참사 이후 그가 보여준 모습들을 '변화'라거나 '비약'이라거나 '뚫고나왔다" 같이 표현하는 것은 적절한 것이 아닐지도 모른다. 지금이라도 그의 작품들을 찬찬히 읽어본다면 그 안에 동시대의 현실에 대한 어떤 치열한 유비喩比가 숨어있는지 확인할 수 있을지도 모른다. 또

한 어쩌면 그가 동시대의 다른 보통 작가들과 조금 색다른 길을 선택해 왔다는 사실 자체가 오히려 세월호 이후의 그의 눈부신 '투신'을 설명하는 중요한 단서가 될 수도 있을 것이다. 하지만 나는 그럼에도 불구하고 세월호 이후의 그의 모습에 '자기 헌신으로의 비약적 전환'이라는 말을 붙이는 것을 재고할 생각이 없다. 중요한 것은 그가 그동안 무슨 생각을 가지고 있었는가가 아니라 그가 지금 무엇을 하고 있는가이기 때문이다. 그날 이후 많은 작가들이 고뇌하고 비통해 했겠지만 그들 중 누구도 그만큼 행동하고 그만큼 쓰지는 못했기 때문이다.

아무튼 참사 이후 비로소 가까이 알게 된 김탁환은 한마디로 '세월호의 사람'이었다. 나는 그가 팟캐스트 〈4·16의 목소리〉를 기획하고 그 진행자로 나선다거나 유가족들은 물론 민간인 잠수사들, 역시 세월호 문제에 발 벗고 나선 다른 각양각색의 '동지들'과 긴밀한 관계를 유지하면서 진상 규명, 유가족 돕기 등과 같은 폭넓고 지속적인 관련활동을 거의 본격적인 수준으로 벌여 온 것으로 알고 있다. 그리고 무엇보다 그는 그 같은 활동에서 얻은 소중한 글감들을 바탕으로 자신의 본업인 소설쓰기와 정면으로 마주하는 것을 피하지 않았다. 그는 이미 2015년에 조선 후기 조운선 침몰 사건을 제재로 하여 세월호를 다시 상기시키는 장편 『목격자들』을 썼으며, 작년 『황해문화』 여름호에 중편 「찾고 있어요」를 기고했고 곧이어 8월에는 장편 『거짓말이다』를 내놓았으며, 이 장편소설로 작년도 제33회 요산문학상 수장자가 되기도 하였다. 그리고 이번엔 『거짓말이다』가 간행된 지 겨우 6개월만에 「찾고 있어요」를 포함한 8편의 중·단편소설로 이루어진, 오직 세월호 이야기만으로 이루어진 소설집 『아름다운 그대는 사람이어라』를 내놓기에 이르렀다.

실로 무서운 집중력이 아닐 수 없다. 그가 등단 후 20여 년간 무려 30편에 달하는 장편소설을 내놓았고 그 외에도 중단편, 동화, 산문집, 평론집 등을 쉼 없이 펴내온 바 있는 남다른 생산력을 가진 작가임에는 틀림없지만, 그것만으로는 이 집중력을 다 설명할 수는 없다. 그는 나와 함께 있던 어떤 자리에서 자신이 언제까지 이 세월호라는 주제에 매달려 있게 될지 알 수 없다고 말한 바가 있다. 그 말에서 짐작할 수 있듯이, 세월호와 관련된 그의 이러한 집중력은 그저 '소설가와 그가 만난 소재'라는 차원에서 이해될 수 있는 것이 아니다. '세월호 충격'을 자기 인생에 닥쳐온 어떤 절박한 문제로 받아들이지 않고는 이러한 집중력은 만들어지지 않는다. 아마도 앞에서 말한 것과 같이 적지 않은 사람들이 그 충격을 자기 인생의 최우선의 문제로 받아들여 존재 전이에 가까운 삶의 변화를 실천에 옮겼을 것이다. 그리고 그러한 생의 비약적 전환들은 앞으로 이 끔찍한 한국사회를 그나마 사람이 살만한 곳으로 바꾸어 나가는 데 적지 않은 영향을 끼치리라고 믿는다. 김탁환의 장편 『거짓말이다』와 더불어 이 여덟 편의 중단편은 그의 작가적 역량과 세월호 참사가 그에게 가한 존재론적 충격이 뜨겁게 부딪쳐 빚어진 성과이다. 그리하여 이 작품들은 문학이, 소설이 그 변화의 과정에서 어떤 역할을 할 수 있을 것인가, 혹은 문학과 소설은 그 과정에서 어떤 모습으로 존재할 것인가라는 물음에 대한 하나의 중요한 시금석이 된다고 할 수 있다.

2

이 작품집에 실린 세월호 제재의 여덟 편의 중·단편소설은 「작가의 말」을 빌면 "사람과 사람이 만나는 순간의 아름다움"을 담고자 했다지만, 그리하여 제목도 『아름다운 그이는 사람이어라』라고 지었다고 하지만 이 순간까지도 현재진행형인 참사의 생생한 기억 때문에 여전히 읽는 사람의 폐부를 사정없이 파고든다. 말하자면 그 '아름다움'에는 여전히 피눈물이 젖어있는 것이다. 이처럼 제재의 생생한 비극적 현재성은 '원칙적으로' 소설적 허구를 구축하는 데에는 적지 않은 방해가 된다. 거꾸로 말하면 어쩌면 그 비극은 좀 더 오래 어떤 허구도 미적 거리도 허락하지 않는 날것 그대로 전달되어야 한다는, 아직 허구화는 이르다는 뜻이 될 것이다. 하지만 만약에 그 비극의 진실을 전하는 일, 그 비극의 당사자들의 파천황의 슬픔과 고통을 공유하여 함께 아파하는 일이 방해받고, 거부당하며 그 대신 부당한 침묵이 강요당하는 상황이라면 어쩌겠는가. 그럼에도 불구하고 어떻게든 그 기억은 지속되어야 하고, 그 목소리는 더 멀리 더 깊이 전해져야 한다면 어쩌겠는가. 그런 상황에서 장르의 관행 따위를 거론하는 것은 안이한 태도가 아니겠는가. 나는 『거짓말이다』를 읽고 이렇게 쓴 적이 있다.

> 전쟁이나 재난 같은 너무나 크고 충격적인 사건들은 금방 소설이 되기 힘들다. 그 사건의 충격파가 울림을 끝내고 어느 정도 가라앉을 때까지는 그 사건의 충격을 가장 잘 전달할 수 있는 것은 시이고, 서사장치로는 직접적인 보고의 형식인 기사나 다큐멘터리 혹은 르뽀르따쥬만이 가능하다. 허구의 형식인 소설은 그 사건의 정서적 충격이 어느 정도 가라앉고 이성

의 힘이 그 총체적 의미망을 구축할 수 있게 될 때쯤에서야 비로소 게으른 부엉이처럼 낮 동안 보고도 보지 않은 척했던 눈을 뜨고 긴 이야기를 시작할 수 있게 된다. 그런 점에서 어쩌면 이 『거짓말이다』는 소설이라면 너무 일찍 나온 소설이다. 이 이야기는 허구성이 주는 미적 거리감보다는 날것의 사실이 주는 직접적 충격과 그 충격에 맞닥뜨린 정신의 시적 혼돈과 고양이 더 두드러진다.

하지만 그것이 이 작품의 약점이라고? 천만에! 그 반대다. 나는 원론적으로 소설양식의 한계를 말한 것일 뿐이다. 양식은 필요에 의해 만들어지는 것이다. 집단적 무관심과 오해, 심지어 혐오의 정동 속에서 점차 잊혀가거나 잊히기를 강요받는 '세월호 참사'라는 비극적 역사경험을 다시 살려내 사람들의 눈앞에 소환해 내는 일에 한갓 장르론이 무슨 의미가 있단 말인가?

잠수병과 트라우마를 무릅쓰고 살인적 일정으로 침몰된 배 안에 들어가 실종자들 한 명 한 명을 온몸으로 끌어안아 그 침묵의 바다로부터 이끌어내 가족들의 품에 돌려준 '영웅'들이면서도 피해보상에서도 제외된 채 잔인하게 잊혀가는, 스스로 '입이 없는 존재'들이라 말하던 민간잠수사들의 말을 세상에 대신 전하고, 그로부터 세월호 참사의 '현존성'을 무섭도록 일깨워주고 있는 이 뜨거운 전언을 한가하게 어떤 장르의 규칙에 가두는 것은 옳지 않다는 말이 하고 싶었던 것이다. (2016.8.24. 페이스북에서)

이처럼 '말해져야 한다'는 사태의 객관적 필요와 동시에 '말해야 한다'는 작가 자신의 절박한 내적 요구에 의해 장르적 관행을 앞질러버렸음에도 불구하고 이 여덟 편의 중·단편들은 곧바로 참사의 가장 직접적 당사자들, 즉 희생자 자신이나 그들과 쉽게 분리되기 힘든 유가족들의 목소리를 섣불리 바로 전달하려고 하시는 않는다.(유가족이 주인공으로 등장하는 「이기는 사람들」만 예외적이다) 그들의 마음과 소리는 아직 '불립문자不立文字'의 세계에 갇혀 있다는 것을 작가 자신도 잘 알고 있기 때문이다. 대신 그는 그 직접 당사자들과 깊은 관련 속에 놓여있는 사람들을 관찰자이자 화자로 앞세운다. 그리고 그럼으로써 이 작품들은 얼마간의 허구적 장치와 미적 거리를 얻게 되고, 직접적 전달 양식인 르뽀르따쥬와 구별될 수 있게 된다.

「눈동자」에서는 생존자이면서 여러 생명을 구출했던 구조자, 「돌아오지만 않는다면 여행은 멋진 것일까」에서는 여행중이던 아내의 죽음을 겪은 공항 출입국심사대 직원, 「할」에선 희생자 여러 명을 수습한 잠수사, 「제주도에서 온 편지」에서는 희생당한 담임교사를 회상하는 생존학생, 「찾고 있어요」에서는 희생 학생 한 명과 깊이 연루되는 사진작가, 「마음은 이곳에 남아」에서는 특별조사위원회가 해체된 이후에도 어떤 보상도 없이 생존자 치유활동을 계속하는 피해자지원점검 조사관, 그리고 「소소한 기쁨」에서는 자신이 희생자들의 "죽음을 팔아 소설을 쓴다"는 자의식에 괴로워하는 소설가가 바로 그 그 관찰자이자 화자들의 면면이다.

그리고 이렇게 한 걸음, 혹은 반 걸음 정도는 떨어진 자리에 위치한 관찰자/화자들과 직접 희생자나 그 가족들이 함께 엮어갔던, 혹은 엮어가는 이야기들은 그 본래적 비극성에도 불구하고 작가가 바란 대로 "그 순간이 너무나도 참혹하고 안타깝고 돌이킬 수 없는 슬픔으로 가득하다고 해도, 혹은 생사의 경계를 넘어가버렸다고 해도, 서로의 어둠을 지키는 방풍림"처럼 희망적이어서 아름답고, 아름다워서 희망적이라고 할 수 있다. 황망한 긴급상황 속에서 잠시 스쳤던 구조자와 피구조자가 눈동자의 기억만으로 서로를 알아보게 되고, 출입국심사대 직원은 돌아오지 못한 아들을 위해 그 사용되지 못한 여권에 죽기 전 약속한 해외여행의 인증 스탬프를 받고자 하는 아버지에게 규칙을 위반하며 기어이 스탬프를 찍어주고, 잠수사는 트라우마에 시달려 자살을 결심했지만 결국 다시 사람을 구하기 위해 그 실행을 포기하며, 어떤 생존학생은 제자들을 구하려고 자신을 희생한 담임교사가 걸어간 인생행로를 그대로 따라 걸어가며 그 삶을 되살리고, 어떤 유가족은 참사의 진실을 위해 헌신한 변호사의 국회의원 당선을 위해 자신의 슬픔과 고통을 인내하며 기꺼이 선거운동에 동참하며 (「이기는 사람들」), 이미 해체된 특조위의 한 조사관은 냉담했던 생존학생의 마음을 기어이 돌이켜 희생된 친구의 엄마와 뜨겁게 포옹하게 만든다. 이런 이야기들은 허구와 실제를 오가며 비극 속에서도 서로 보듬어 연대하고 사랑하는 인간들의 아름다움을 도드라지게 보여줌으로써 이 참사가 단지 비극으로 드러나는 게 아니라 사실은 그 안에 빛나는 인간연대의 기념비를 숨기고 있음을 성공적으로 전언하고 있는 것이다.

하지만 그럼에도 불구하고, 이 아름다움에는 여전히 피눈물이 젖어있다. 생존자이자 구조자인 「눈동자」의 주인공은 그날 이후, 늘 악몽과 설사와 끔찍한 근육통에 시달린다. 그의 눈동자로 사람을 기억하는 특별한 능력도 따지고 보면 그날의 충격 때문이다. 「돌아오지만 않는다면……」의 출입국심사대 직원은 혼자 여행을 떠난 아내가 며칠 만에 사고사를 당한 충격에 사로잡혀 있고, 「할」의 잠수사는 골괴사와 신부전, 수면장애에 시달리다 못해 자살을 결심한다. 「제주도에서 온 편지」의 생존학생은 그날 이후 열 두 번이나 기면발작 증세를 보이며 어떤 배도 타지 못한다. 「이기는 사람들」의 찬민아빠는 한갓

인형탈에 기대서 그날 이전으로 한사코 돌아가려 하고, 「찾고 있어요」의 재서 엄마는 자발적으로 실어증에 빠져든다. 「소소한 기쁨」의 소설가도 자신이 죽음을 팔아 글을 쓴다는 자의식으로 고통받는다. 그리고 이 소설들에 등장하는 인물들은 수시로 환상을 경험하며 그 환상과 현실을 잘 구분하지 못한다. 모두가 많이 아픈 것이다. 생각해 보면 작가 김탁환이 그리 길지 않은 시간 동안 연이어 이 참사의 이야기를 쓰고 또 쓰는 것 자체도 그가 받은 깊은 트라우마의 다른 표현이라고 할 수 있다. 이 소설들은 고통 속에서도 연대하는 아름다운 인간들의 이야기이기도 하지만, 어떻게 보면 그날 이후 더할 수 없이 깊어진 집단적 외상이 견딜 수 없어 스스로 자기 치유의 길을 찾아나선 이야기라고도 할 수 있다.

그렇기 때문에 이 작품들을 읽는 동안 나는 문자 그대로 몇 번이고 가슴이 미어지는 경험을 했다. 가해자들은 진실을 깊은 바다 속에 내팽겨치고 모두 얼굴을 가리고 숨어버리는 것도 모자라서 피해자들을 매도하고 어둠 속에 가두어버리려 하는데 왜 가장 아픈 사람들이 용서조차 할 곳이 없어 아무 잘못도 없는 자신들끼리만 서로 괴롭히다가 용서를 구하고 화해를 청해야 하는가 싶었던 것이다. 다시 잠잠했던 분노가 치밀어 오른다.

3

원래 모든 이야기는 기억의 수단으로 사용되어 왔다. 전설이나 민담 같은 비교적 작은 서사에서 신화나 서사시, 로망스 같은 큰 서사들이 집단적 기억을 보존하고 매개하는 수단이었다면 소설은 비로소 개인적 기억을 보존하고 매개하는 수단으로 등장한 것이다. 하지만 소설이 보존하거나 전달하는 개인의 기억이란 것은 그냥 고립된 단자로서의 개인의 기억을 뜻하는 것은 아니다. 소설은 오래도록 그 개인이 사실 집단적인 것을 그 안에 숨기고 있는 개인이라는 약속 위에서 존재해 왔다.

그런데 어림잡아 한 20년 가까운 기간 동안 한국의 소설은 이러한 약속이 일부러 그런 것처럼 깨어진 채로 존재해 왔다. 인간은 인간이되 그 공동의 운명을 실어 나르는 '유적 존재類的 存在'로서의 인간이 아니라 처음부터 서로가 서로에게 무관한 독립자로서의 인간상이 그간의 한국 소설의 인간상이었던 것이다. 아마도 그것은 그 20년 세월의 초입 부분에 한참 부풀었던 풍요의 기억과 자유의 환상, 그리고 무엇보다도 '집단적인 것'에 대한 일정한 염증에서 기인했을 것이다. 그렇게 해서 그간의 소설들은 사실은 하나하나 어떤 집단, 어떤 복수의 주체 속으로 환원될 수 있는 존재들을 어떻게 해서든 그 환원과정에서 고의로 분리하고 격리한 상태에서 상호 최소한의 관계 위를 떠도는 섬 같은 존재로 그려왔다고 할 수 있다.

그것은 물론 소설만의 일은 아니었다. 세상 자체가 모든 일의 시작과 끝은 개인의 영광을 위한 것이며, 그 성공도 실패도 개인의 몫이라는 논리로 재구성되어 왔던 것이다. 하지만 그런 '고립된 개인들의 세계'라는 이상한 신화는 오래지 않아 그 바닥을 드러낼 수밖에 없게 되었다. 모두가 자기 목전만을 바라보며 살아오는 동안 그 좁은 시야 너머에서는 공동의 힘으로밖에는 지탱하거나 견제해 나갈 수 없는 커다란 것들이 점점 매우 적대적이고 위협적인 규모로 제멋대로 자라나

버렸고, 그것들이 이제는 거꾸로 고립된 개인들을 옴짝달싹 못하게 하는 악마적인 힘들이 되어 버렸던 것이다.

예를 들면 2009년에 있었던 용산 참사 때만 해도 일부 예민한 사람들 외에 많은 사람들은 그 비극이 어쩌면 자기에게도 닥칠지도 모른다는 생각은 하지 못했다. 그것은 끔찍하기는 했지만 여전히 불행한 일부 사람들의 일이었던 것이다. 그러다가 다시 5년 뒤에 일어난 것이 세월호 참사였다. 평화로운 어느 수요일 아침에 일어난 그 사건은 그 고립된 개인들의 세계라는 신화를 능히 뒤집어엎을 만큼 큰 사건으로 발전해 나갔다. 그 일상성 속에서 일어난 속수무책의 참사는 공동의 문제, 혹은 공공의 문제 즉 집단 전체의 문제를 생각하지 않아온 무수한 개인들에게 가해진 역사의 참혹한 일대 복수극이었다.

어쨌든 문학은 동시대의 다른 의식들보다는 좀더 예민한 것이어서 용산 참사 이후 작가들은 '문학과 정치'를 사유하기 시작했고 그 이후의 소설들에는 개인의 일들의 배후에는 거대한 집단적이고 전체적인 것들의 그림자가 있다는 생각들이 차츰 나타나기 시작했다. 그리고 그런 생각들이 가장 잘 드러나는 최초의 기전이 바로 '기억하기'라고 할 수 있다. 기억한다는 것은 단순한 환기가 아니라, 성찰적 해석이 따르는 적극적인 사유형식이다. 예컨대 2014년에 나온 한강의 『소년이 온다』는 광주민중항쟁의 참상에 대한 기억과 애도를, 그리고 반성과 자책을 담고 있는 소설이지만, 그러한 절실한 기억행위는 용산 참사가 환기한 개인과 집단, 개인과 전체의 운명을 가로지르는 '정치적인 것'에 대한 자각이 없이는 나올 수 없는 성질의 것이었다고 본다. 그리고 그러한 일련의 기억행위로서의 소설/쓰기는 곧 지난 20년 이상의 허깨비 같은 개인들의 시대에 대한 매우 심각한 반성을 뜻하는 것이기도 하다.

세월호 참사는 그 규모나 성격에 있어서 용산 참사의 수백 수천 배의 충격으로 다가온 사건인 만큼 그것이 우리 시대 사람들의 영혼에 가한 고통의 총량은 상상을 초월하는 것이다. 그리고 그것에 대해 기억하는 일은 타동사적인 것이 아니라 자동사적인 것으로 수많은 사람들의 뇌리에 주홍글씨처럼 새겨지게 되었다. 문학은 더 말할 것도 없다. 아마도 이제부터 한국문학은 세월호 이전과 이후로 나뉘어질 것이다. 김탁환의 이 정열적이고 공격적인 '세월호 이야기의 소설화'는 그 '세월호 이후'라는 문학적 신세기의 시작에 해당된다. 그의 특유의 적극적 취재력과 호한한 필력이 그날에 대한 기억과 애도, 반성과 자책, 그리고 고통받는 자들끼리의 연대감의 회복이라는 깊은 생체험과 만나 폭발적으로 터져나온 것이 『거짓말이다』와 이 『아름다운 그이는 사람이어라』이며, 이 희귀한 성과는 아마도 훗날 한국문학 자체의 질적 개변을 이끌어 낸 주요한 계기의 하나로 기억될 것이다.

(김탁환 소설집 『아름다운 그이는 사람이어라』 2017)

기억과 애도의 문학, 혹은 정치학

한강의 『소년이 온다』가 묻는 것

1

1990년대 중반 이래, 구체적으로 말하면 은희경이나 신경숙, 윤대녕과 같은 작가들이 나타나서 한국소설의 오랜 '큰 목소리'의 전통을 극적으로 폐기하고 낮고 소근거리는 목소리로 개인들의 작은 사건들 위에서 새로운 서사의 틀을 짜기 시작한 이래, 이미 여러 번 반복해서 피력한 바와 같이 나는 당대의 한국소설에 대한 흥미를 잃어버렸다. 그리고 2000년대 중반부터는 이런저런 매체에 새로 발표되는 소설들을 구태여 찾아 읽지 않게 되었고, 이런저런 문학상 수상작품들에도 언제부터인가는 눈길을 주지 않게 되어 버렸다. 그저 다른 사람들 입길에 그래도 괜찮다고 오르내리는 작품들을 간헐적으로 읽는 정도로 현업비평가로서는 맥을 놓아버린 셈이었다. 후회할 일도 아니고 더구나 자책할 일도 아니었다. 그냥 이젠 내 시대가 갔구나 하고 생각해 버리면 그만이었다.

그러던 내가 다시 동시대의 한국문학과 한국소설에 흥미를 가지기 시작한 것은 아마도 용산참사(2009) 이후, 젊은 작가들이 그와 관련한 '발언'을 하고 나서는 것을 보고난 후부터였다. 아마도 작가나 비평가들이 '문학과 정치'를 주제로 말들을 나누기 시작했다는 풍문을 들은 것도 그 무렵이었을 것이다. 문학이란 애초부터 정치적인 것이라고, 아니 정치적인 것이어야 한다고 생각하며 이 마당에 발을 들여놓은 나로서는 새삼 솔깃하지 않을 수 없었다. 그리고 자못 궁금했다. 이 친구들은 어떤 방식으로 정치를 말할까 싶었기 때문이다.

나는 비록 악명 높은 80년대 비평가로 교조적인 '좌파 고전주의'에 오랫동안 길들여져 왔지만 문학으로 세상을 바꾼다는 것은 무엇보다 '말'을 바꾸는 일에서 시작된다는 것 정도는 알고 있기 때문에 이 신세대들이 '문학과 정치'를 이야기할 때, 아니 무엇보다 자신의 문학 속에 정치를 가지고 들어올 때 이를테면 80년대식의 지배/피지배, 착취/피착취, 억압/해방, 민주/반민주, 지배세력/민중, 자본/노동 등의 낡은 대쌍적 어휘군을 차용한다든지, '억압-각성-단결-투쟁-승리'와 같은 서사구조를 그대로 답습할 수도 없고, 또 그래서도 안 된다고 생각한다. 그러한 낡은 언어의 차용과 답습은 '정치영역'에서조차 어떤 새로움도 창출할 수 없는 것인데 하물며 말의 새로움이 곧 모든 것인 문학에서는 더 말할 것도 없을 것이다.

하지만 문학과 말을 존재하게 하는 매트릭스로서의 '현실'은 생각보다 새로울 것이 없다는 것이 문제다. 어찌되었든 한때 마치 '리얼'한 것으로 느껴졌었던 포스트모던은 사실은 신자유주의 초창기의 호황국면이 만들어 낸 '버추얼'에 불과하다는 것이 판명되었고, 세상은 여전히 '자본주의 근대'에서 한걸음도 못 벗어났을 뿐만 아니라, 그 기본 구조의 점점 더 나빠지는 판본으로 재생산될 뿐이라는 것이다. 자본-노동의 전세계적 수준의 대립구조가 국민국가 간의 각축이라는 형태로 현상하고, 그 국민국가간의 노자모순을 감당하거나 전가시키는 능력과 특정 국민국가 내부의 지배-피지배 관계의 고유한 특성에 따라 각 국민국가 내부의 다양한 사회경제적 모순과 차별이 드러나거나 재생산되고 분배되는 양상과 하중이 달라진다는 점에서 결국 이 근대세계의 '현실'의 양상과 구조는 하나도 달라진 것이 없다고 보아도 좋다.

우리가 '현실'을 인식한다는 것은 이 (어느 정도) 불변의 매트릭스와 그 위에서 연출되는 가변의 현상들을 동시에 조망하며 그 둘 사이의 관계 맺음의 방식이랄까 양상을 일관되게 파악한다는 것을 뜻한다. 문학이 세계인식의 한 방법이라고 할 때 문학이 세계를 인식한다는 것 역시 이와 다를 바가 없다. 그것을 '현실의 전체성에 대한 인식' 혹은 '전체적 현실에 대한 인식' 이외에 어떻게 달리 부를 수 있을까? 이른바 현실이란 것이 어떤 정식화된 법칙에 의해 변화한다거나 불변의 구조로 되어 있다거나 해서, 그 법칙이나 구조만 파악하면 된다는 형이상학적 본질주의를 강변하자는 것이 아니다. 그 부분은 사실 불가지의 영역이므로 일단 괄호를 치되, 어쨌든 우리가 살고 있는 이 현실은 '하나의 전체'로서만 이해될 수 있는 것이며, 그렇게 이해하지 않으면 우리는 이 현실에 대해 어떠한 의미 있는 변화도 이끌어낼 수 없다는 뜻에서 그렇다는 것이다.

문학은 개별자들의 이야기인 동시에 그 개별자들이 무수한 관계의 전체 속에서 존재한다는 점에서 그 개별자들이 이루고 있는 전체에 대한 이야기가 아닐 수 없다는 말도 같은 의미이다. 그런데 그 동안 내가 드문드문 읽었던 90년대 중반 이후(아니 그 사이에도 분명 세대적 변모가 있었음은 분명하니까) 대체로 2000년대 이후의 한국소설은 개별자들에 대하여 이야기하되 그 개별자들이 서로 맺고 있는 관계에 대해서는 잘 이야기하지 않는다, 혹은 못한다는 느낌을 주었다. 보다 정확히 말하면 그 개별자들이 각 소설작품의 시공간적 스케일 내에서 불가피하게 맺는 가시적 관계들, 즉 가족이나 직장, 거주지 등 각종 소규모의 인간집단 내의 사람들, 동성 및 이성 친구, 연인 등과의 관계는 불가피하게 표상하고 있지만, 그것을 넘어서는 비가시적 인간관계나 보다 큰 인간집단 간의 관계(이른바 구조적 관계)는 거의 소거되어 있을 뿐만 아니라 심지어 그것을 암시하는 일조차 매우 힘겨워하고 있다는 느낌을 지울 수 없었다.

2000년대 세대의 대표작가라 일컬어지는 김애란의 작품들은 그래도 거의 다 읽은 편인데 작가는 거의 대부분 비정규 불완전 고용 노동의 세계를 전전하는 청년세대들인 자기 소설의 주인공들의 궁벽한 삶과 그 삶에서가 아니면 얻어질 수 없는 비극적 유머를 매우 섬세하고 핍진하게 그려낸다. 초기작들은 그 유머와 아이러니 자체에 더 공을 들인 편이라면, 가장 최근의 소설집인 『비행운』(2012)에 이르면 소설집 전체가 이러한 궁벽한 삶의 비극성이라는 게 이대로 감내해도 좋은 것인가 하는 커다란 물음표를 그리고 있다고 생각할 정도로 작가가 그리고 있는 '작은 신들의 세계'는 어떤 포화상태에 이르러 있다는 느낌을 준다. 나는 이제 이 작가는 이 작은 관계들 너머의, 혹은 배후의 보이지 않는 더 크고 더 많은 관계들에 대해 생각하고 또 천착하지 않고는 더 이상 못 견딜 지경에까지 이르렀다고 본다.

그렇게 작은 관계들의 문제를 더 큰 관계들과의 연관 속에서 풀어내는 것, 나는 그것이 인식론의 기초라고 생각하며 그 인식론이 그저 호사취미가 아니라 삶의 궁경에서 벗어나고자 하는 강력한 의지에 의해 뒷받침되는 것이라면 그것이 바로 정치의식이라고 생각한다. 하지만 어떻게? 여기서 섣불리 그 방법론을 제시할 생각도 없고, 아직은 그럴만한 충분한 능력도 없다. 그것은 모두의 숙제다. 그리고 경험상 그것은 창작 쪽에서 먼저 시작되어야 하며, 또 실제로도 그래 왔다.

나는 90년대 이래 일종의 정치적 진공상태 혹은 무의식 상태 속에서 마이크로 코스모스 속을 유영하던 한국문학이 새삼스럽게 '문학과 정치'를 말하게 된 것은 한편으로는 2008년 이래 극우보수정당의 집권이 계속되면서 그동안 당연하게 여겨졌던 최소 민주주의적 가치나 규범들이 차례차례 거부되거나 붕괴되어 나가는 것을 목도하고, 다른 한편으로는 한국에서는 이른바 '세계화'라는 이름으로 90년대부터 본격화되기 시작한 신자유주의가 결국은 자본주의적 불평등의 극단적 고착화라는 새로운 야만상태를 낳았을 뿐임을 깨닫게 되었기 때문이라고 본다. 그리고 그 민주주의의 퇴행과 신자유주의적 야만이 한 몸에 뒤엉켜 일어난 용산참사라는 사건은 작가들로 하여금 오랜 자기연민의 혹은 나르시시즘의 소우주를 빠져나와 타자에 대하여, 공동체의 운명에 대하여 심각하게 고민하게끔 만들었다고 생각한다.

『6·9 작가선언 – 이것은 사람들의 말』과 『지금 내리실 역은 용산참사역입니다』의 간행은, 아니 그보다 먼저 참사현장에서 이루어진 작가들의 1인 시위 릴레이는 그런 의미에서 한국문학이 만난 하나의 변곡점으로서 기념비적 의의를 지닌다고 할 수 있다. 그리고 다시 5년 후, 용산참사보다 훨씬 더 끔찍하고 더 처참한 형태로, 국가가 국민을 내팽겨쳐버리는 사건이 일어났다. 세월호참사다. 용산참사가 문학에게 이 괴물 같은 이 시대의 '전체'가 무엇인가 하는 질문을 강제했다면, 세월호참사는 바야흐로 문학에게 그 대답을 강제했다고 할 수 있다. 도무지 빠져나갈 구멍이 없다. 이제 그 질문과 대답을 염두에 두지 않은 문학을 상상할 수 있을까? "세월호 이후에도 문학은 가능한가?"라는 질문은 이제는 문학이 불가능하다는 의미가 아니라, 역으로 세월호를 건너뛰고서는 어떠한 문학적 언어도 불가능하다는 의미로 받아들여져야 하는 것이다. 한국문학은 이 두 개의 참사 이후 어떤 질문을 하고 어떤 대답을 했는가, 혹은 해야 하는가 하는 것은 당분간 우리 비평이 감당해야 할 가장 커다란 문제의식이자 과제라고 생각한다. 물론 아직은 이르다. 이 깊은 충격이 새로운 언어의 힘으로 문학적 표상으로 화하고 그럼으로써 독자들에게서 깊고 예민한 정치적 감수성으로 되살아나기까지는 앞으로도 적지 않은 시간이 필요하다. 아직은 그저 징후적 독서뿐, 그것을 넘어서서 할 수 있는 일은 많지 않다.

2

한강의 『소년이 온다』는 세월호 참사가 일어나고 아직도 배 안에 갇혀있던 희생자들에 대한 민간잠수사들의 목숨을 건 수습이 진행되던 2014년 5월 19일에 발간되었다. 신간 소설을 나오는 대로 사서 보지 않게 된 지 오래였고 더욱이 그 무렵엔 세월호 충격으로 인해 책을 읽는 일조차 힘겨울 때여서 나는 아마 그 책이 나왔다는 사실도 알지 못했을 것이다. 가을이 되어서야 나는 누군가로부터 『소년이 온다』가 광주 민중항쟁을 다룬 소설이며 매우 읽기가 쉽지 않은(난해해서가 아니라, 이야기의 비극적 무게 때문에) 소설이라는 말을 들었고 비로소 책을 사서 읽게 되었다. 매우 읽기 힘들다는 말은 사실이었다. 30년이 넘었지만 여전히 생생한 광주민중항쟁에 대한 기억과 비수처럼 나날의 정신을 후벼파던 세월호 참사로 인한 고통이 더해져 책을 읽는 동안 책장을 덮고 가슴의 동통을 다스린 것이 몇 번인지 모른다. 나는 왜 작가 한강이 34년이나 지난 지금 새삼스럽게, 그것도 이토록 지독한 방식으로 광주 이야기를 다시 쓴 것인지 생각해보지 않을 수 없었다.

지난 30여 년간 광주민중항쟁을 다룬 소설들이 여러 편 쓰였지만 기억에 남는 작품을 들자면 단편 「밤길」(윤정모, 1985), 중편 「깃발」(홍희담, 1988), 그리고 장편 『봄날』(임철우, 1997) 등을 들 수 있을 것 같다. 「밤길」은 항쟁의 현장을 떠나는 지식인의 부채의식을 그린 작품이고, 「깃발」은 광주항쟁에서의 노동자계급 주도성을 강조한 작품이며, 『봄날』은 분단과 내전으로 시작된 현대사의 맥락 속에서 광주항쟁의 민중사적 의미를 조명한 작품이었다. 세 작품은 서로 강조점은 달랐지만 어떻게든 광주항쟁을 그 '대문자적' 의의로 수렴시키고자 했다는 점에서는 일치한다고 할 수 있다. 상대적으로 학살과 항쟁을 '역사적 사건' 이기보다는 하나의 '실존적 사건'으로 받아들이고 그것이 피학살자와 살아남은 자에게 남긴 상처와 흔적에 대해서 말하고 있는 작품은 희소하다. 아니 있었을 것이다. 하지만 항쟁 이후 상당 기간 동안 광주를 '실존적 사건'으로 받아들이고자 하는 경향은 터부시되어 왔고, 그 때문에 어쩌면 그런 작품들은 서둘러 잊힌 것인지도 모른다.

30년이 넘는 시간이 지나는 동안 광주는 어떻게 되었는가? 그것은 '사태'도 아니고 '학살'도 아니고 '항쟁'도 아닌 '광주민주화운동'이라는 매우 연성화된 명칭으로 국가에 의해 '역사화'되었고, 이는 다시 거대한 기념비와 묘원의 콘크리트와 석재로 고착되었다. 하지만 '민주화운동'이라는 두루뭉술하게 위축된 명명으로는 광주라는 사건이 지닌 학살의 특별한 무자비성과 항쟁과정에서의 놀라운 숭고함을 결코 다 담아낼 수 없다. 반면 '미제의 책동'이라거나 '노동자계급의 투쟁'이라거나 '위대한 꼬뮌투쟁'이었다거나 하는 해석에는 그와 반대로 단편적이거나 주관적 과잉의 흔적이 역력하다. 광주는 여전히 더 치열한 해석투쟁을 거쳐서야 비로소 정의될 수 있으며, 그 정의의 결과에 따라 지금은 마치 다 끝난 것처럼 보이는 것들이 처음부터 다시 시작될 수도 있는 미완의 '현재적 사건'이라고 할 수 있다.

광주를 생각할 때마다 부단히 떠오르고 뇌리에서 떠나지 않는 감각적 징후들로 끔찍함, 억울함, 언어도단, 도대체 왜?, 고립, 처절함, 생과 사의 결단, 숭고함, 영웅적, 위대함, 경외감, 안타까움, 함께 하지 못함, 미안함, 부끄러움, 잊을 수 없음, 트라우마…… 같은 것들이 있다. 나는 이러한 감각적 징후들이 여전히 살아서 나의, 우리의 실존의 영역으로 아프게 회귀되고 있다는 사실이야말로 광주의 이 '미완의 현재성'을 확실하게 담보해주는 증거라고 생각한다. 아마도 진상이 제대로 규명되고, 책임자 처벌이 이루어지고, 현재가 광주를 야기한 갈등과 모순이 해소되거나 적어도 해소되는 과정에 있다고 믿을 수 있는 상태라고 한다면 이러한 감각들은 지금쯤 상당히 둔화되어 있을 것이 분명하다. 하지만 광주의 시계는 여전히 1980년 5월에 멈추어져 있고 그 이후로도 이 나라에서는 용산참사와 세월호 참사와 같은 여전히 처참한, 대추리 투쟁이나 강정마을 투쟁, 밀양 투쟁, 쌍용차 사건과 같은 여전히 가혹한, 광주와 그 원인과 과정과 결과에서 유사한 구조를 반복하고 있는 '크고 작은 광주' 혹은 '변주된 광주'들이 꼬리를 묻고 일어나고 있다. 지금 광주를 문학으로 말한다는 것은 지나간 사건으로서의 광주를 '역사화'하는 것이 아니라 광주를 현재진행형의 사건으로 감각한다는 것, 곧 이러한 광주의 현재성을 감각적으로 표상해 낸다는 것을 뜻할 것이다.

나는 이런 맥락에서 한강의 『소년이 온다』를 읽었다. 아마도 용산참사에서 촉발되고 광주에 대한 작가 개인의 생애의 부채감에 의해 강제되었을 이 소설이야말로 광주를 추상적으로 '역사화'하는 대신 광주가 우리에게 늘 불러일으키는 이러한 감각적 고통들을 통해 광주를 우리의 실존의 영역에서 다시 '현재화'하는 소설이라고 할 수 있다. 이 소설에는 놀람, 끔찍함, 경외감, 안타까움, 부끄러움, 잊을 수 없음 등의 감각이 생생하게 살아 있어, 광주를 바로 어제 일어난 일처럼 느끼게 해 준다. 그것은 동시에 용산참사나 세월호 참사가 바로 광주의 다른 이름임을 환기시켜 준다. 이러한 환기는 고통의 공명과 연대감을 촉발하며 이를 통해 우리는 우리가 매일 겪는 작은 고통들과 절망감들이 개별자들의 작은 관계망 속의 일이 아니라, 더 크고 더 오래된 관계망 속에서 기원하고 또 그 속으로 환원되는 일이라는 것을 알게 된다. 그리고 그것을 아는 것이 곧 정치를 아는 것이기도 하다.

참사가 반복되는 사회에서 이러한 비극적 감각들을 놓치지 않는 것, 부단히 되살리는 것, 그리하여 왜냐고 묻고, 대답을 요구함으로써 그 참사의 연쇄고리를 끊어내기 위해 싸우도록 하나하나의 사람들을 독려할 수 있는 것, 이것이 이른바 '기억과 애도의 정치학'의 핵심일 것이다. 그런 의미에서 『소년이 온다』는 기억과 애도의 문학이, 나아가 정치학이 구현되고 있는 하나의 좋은 실례라고 할 것이다.

3

『소년이 온다』는 1980년 5월 18일에서 27일의 열흘 간 광주에서 일어난 학살과 항쟁을 기본 틀로 하고 거기에 몇 개의 후일담을 배치하는 형식으로 이루어진 소설이다. 이 소설의 주요 인물들은 5월 18일에서 20일에 이르는 초기의 무자비한 진압과정에서 실종된 정미라는 20대 초반의 여성노동자, 그녀를 찾아 나섰다가 21일 정오의 첫 집단발포에 의해 사망하는 그녀의 중학교 3학년짜리 남동생 정대, 함께 있던 정대를 지키지 못했다는 죄의식으로 항쟁의 지도부에 남아 희생자 수습 자원봉사를 하다가 27일 특전사의 도청진압과정에서 사망하는 동호, 동호와 함께 자원봉사를 했던 여고생 은숙, 역시 자원봉사자이며 최후 진압의 새벽에 대시민 차량방송을 주도했던 여성노동자 선주, 항쟁지도부의 일원인 대학생 진수 등 6명이다.

이 소설의 구성은 각기 다른 화자, 다른 시점에 의해 진술되는 6개의 장과, 작가가 화자가 되는 에필로그 등 일곱 부분으로 구성되어 있다. 1장과 2장은 동호를 주인공으로 하는 2인칭 시점이되 1장은 등장인물이 아닌 전지적 화자에 의해, 2장은 죽은 정대의 영혼에 의해 서술되고 있고, 3장은 은숙을 주인공으로 하는 3인칭 선택적 전지시점으로, 4장은 진수와 같이 수감되어 있었던 또 다른 대학생의 1인칭 시점으로, 5장은 선주를 주인공으로 하는 2인칭 시점으로 전지화자에 의해 서술되고 있으며, 6장은 동호를 주인공으로 하는 2인칭 시점으로 동호의 어머니에 의해 서술되고 있다. 그리고 1장과 2장은 항쟁 기간의 이야기이고, 3장, 4장, 5장, 6장은 후일담이며 에필로그는 작가 자신과 희생자 동호, 정대, 정미의 관계를 알게 해주는, 액자형 구조의 외화에 해당되는 1인칭 시점의 이야기가 담겨 있다.

시점과 화자는 서사전략의 전부라 할 수 있다. 권위적인 화자에 의해 진행되는 3인칭 전지시점의 서사가 전달되는 이야기의 부동의 사실성 혹은 진리성을 주장한다면, 비권위적인 화자에 의해 진행되는 비 3인칭의 서사, 혹은 화자보다는 등장인물에 더 많은 자율성을 부여하는 서사는 그 반대로 부동의 사실성이나 진리성보다는 화자 혹은 등장인물의 경험 내용에 더 무게를 두며, 이야기를 완결시켜 하나의 단일한 의미를 전달하는 대신, 그 확실성 혹은 불확실성의 드러냄을 통해 서사의 완결성을 오히려 해체하거나 열어두어 그 자리에 독자의 능동적 참여를 끌어들이게 되며, 결과적으로 전달되는 이야기의 현재성(현재 연관성)을 강화하는 효과를 낳는다.

이 소설에서 3인칭 시점을 채용한 부분은 은숙을 주인공으로 하는 선택적 전지 시점을 채용한 3장에 국한되고 1, 2, 5, 6장은 2인칭 시점으로, 4장은 1인칭 시점으로 되어 있다. 2인칭 시점은 사실상 피전달자가 너, 혹은 당신이라 불리는 2인칭의 특정 인물로 고정된 1인칭 전달자 시점이라고 할 수 있으며, 3인칭 선택적 전지시점 역시 3인칭 시점이되 주인공의 내면 심리의 동향을 전달하기 위해 특정한 인물에게 1인칭 시점과 방불한 내면 심리 전달의 자유를 보장한 '3인칭으로 위장된 1인칭'이라고 할 때, 사실 이 소설은 기본적으로 1인칭 주인공(3,4장과 에필로그) 시점과 1인칭 전달자 시점(1,2,5,6장)으로 이루어진 소설이라고 할 수 있다.

이를 조금 더 자세히 들여다보면 1장과 5장은 각각 2인칭 동호와 선주가 주인공이며 화자는 특정 등장인물이 아닌 전지적 1인칭 화자(즉 작가)로 되어 있고, 2장과 6장은 2인칭 이기는 하되 2인칭으로 불리는 동호는 단지 호명되어 이야기를 들어주는 상대일 뿐 사실상 1인칭 화자인 정대와 동호 어머니가 주인공이며, 3장은 위에서도 말했듯 3인칭 시점이되 은숙이 주인공이며, 4장은 진수와 함께 수감되었던 대학생의 1인칭 주인공 시점이다. 2인칭 시점의 경우 화자와 2인칭 대상 사이에 주동성과 부차성의 정도 차이는 존재하지만 사실은 화자와 2인칭 대상이 긴밀하게 연결되어 함께 공유하는 이중 1인칭 시점의 효과를 가지고 있다고 할 때 이 소설은 결과적으로 작가 자신, 동호, 정대, 은숙, 수감 대학생, 선주, 동호 어머니 등 일곱 명의 1인칭 주인공 혹은 화자가 이들이 공통으로 겪은 광주민중항쟁을 각각의 관점에서 이야기한 옴니버스적 서사라고 할 수 있다.

34년이 지난 사건을 오늘의 이야기로 다시 전달하기 위해서는 '역사화'보다는 '실존화'가 더 중요하다고 할 때, 그리고 그 '실존화' 역시 한 화자의 단성적인 목소리와 상황이라는 닫힌 형태로 수행되지 않고 그 사건과 다양하게 관련된 여러 화자의 다성적인 목소리와 상황이라는 열린 형태로 수행됨으로써 더 크고 지속적인 울림을 줄 수 있다고 할 때, 이 소설의 이러한 옴니버스적 서사 전략은 매우 효과적이라고 할 수 있다.

4

하지만 이 소설의 이러한 다성성은 무책임한 포스트모던적 불가지론으로 이어지지 않는다. 이 소설이 이러한 여러 주체의 주관적 체험으로 이 '사건'을 분할한 것은 이 사건이 '한 가지 의미로 환원되지 않는

다의성'을 지녔고 그 다의성 사이에는 어떠한 위계도 존재하지 않는다고 강변하고자 함이 아니라, 이 사건이 지닌 비극적 의미가 지닌 엄청난 중량이 각기 다른 상황과 실존적 조건에도 불구하고 직·간접적으로 관련된 모든 사람들 개개인을 똑같은 무게로 짓누르고 있음을 말하기 위함이라고 하는 것이 옳을 것이다. 역으로 말하면 이 소설은 우리 개개인을 짓누르는 실존의 무게라는 것은 실은 이 소설이 보여주는 것처럼 더 큰 관계, 더 큰 전체가 부과한 잘못된 무게로부터 비롯되는 것이라는 사실에 대한 매우 적절한 예증이 되고 있다.

군대가 자기 국민을 무자비하게 학살한다는 사실로부터 얻은 분노와, 무차별한 총격으로 쓰러진 친구 정대를 구하지 못하고 도망친 자신에 대한 자책으로 인해, 죽은 이들과 죽음을 각오한 이들의 곁을 떠나지 못하다 결국 자신도 마지막 새벽에 죽음을 맞는 열여섯 소년 동호의 "아무것도 용서하지 않을 거다. 나 자신까지도"(45면)라는 독백의 무게.

"죽어도 좋다고 생각했지만 동시에 죽음을 피하고 싶었"(89면)기 때문에 마지막 날 밤 도청에서 빠져나왔지만 죽어간 사람들에 대한 부채감과 그들을 죽인 자들에 대한 분노 때문에, "네가 죽은 뒤 장례식을 치르지 못해, 내 삶이 장례식이 되"(102면)었다고 생각하며 화장도 하지 않고, 화사한 옷을 입거나 굽이 높은 구두를 신지 않고, 향수도 뿌리지도 않으며, 고기도 생선도 먹지 않고 사는 은숙의 "오로지 끈질긴 의심과 차가운 질문들 속에서 살아 나가야 한다"(96면)는 다짐의 무게.

항쟁의 과정에서 "세상에서 가장 거대하고 숭고한 심장의 맥박"(114면)을 느꼈고 어쩌면 "평생 동안 부끄러움 없이 살아갈 수 있을 거"(113면)란 생각으로 총을 들고 도청을 지켰지만 우연히 살아남은 채 저들에게 붙잡혀 치욕적인 조사와 수감생활을 견뎌내야 했던, 철저히 망가져 결국 죽어갔거나, 아직 살아 있지만 자신이 인간이라는 사실로부터 벗어날 유일한 길은 죽음뿐이라고 생각하기에 이른 두 청년의 비극적인 삶의 무게.

마지막 날 새벽 시민들에게 계엄군 진주 사실을 알리고 도청 앞으로 나와 주기를 호소하는 차량방송을 책임졌다가 검거되어 끔찍한 고문 끝에 영원히 아이를 가질 수 없게 되었고, 평생 "악몽 따위는 아무것도 아니라는 것을 일깨워주는 기억들"(161면)이 늘 기다리는 삶을 살고 있으며, 거대한 빙하가 내리눌러 "바닷물이든 석유든 용암이든, 어떤 액체가 되어 이 무게로부터 벗어나야 한다"(161면)고 생각하면서도 "그해 봄과 같은 순간이 다시 닥쳐온다면 비슷한 선택을 하게 될지도 모른다"고 생각하는 여성노동자 선주의 삶을 짓누르는 빙하 같은 고통의 무게.

죽은 어린 아들의 환각을 놓쳤다고 "네가 나한테 한번 와준 것인디, 지나가는 모습이라도 한번 보여줄라고 온 것인디, 늙은 내가 너를 놓쳐버렸어야"하며 자책하고 어떤 논리적 판단에도 이르지는 못하지만 "살인마 전두환을 찢어죽이자아"라는 현수막을 내걸고 지칠 줄 모르고 싸울 줄 알게 된 동호의 노모와, "이 원수는 내가 갚을랍니다"라고 눈에 핏발을 세우던 동호의 작은 형 등, 학살당한 자들의 남은 가족의 생애에 드리운 저 원한의 무게.

그리고 마지막으로 어린 시절 살던 광주의 집을 넘겨받은 가족의 막내아들과, 그 집에 세 들어 살던 오누이가 광주항쟁 기간 동안 실종되거나 학살되었다는 사실을 알고 뒤늦게 다시 자료들을 찾아 읽고 그날의 현장들을 찾아보면서 마침내 "그들이 희생자라고 생각했던 것은 내 오해"였다고, "그들은 희생자가 되기를 원치 않았기 때문에 거기 남았다"고, 그들은 갑작스럽게 그들의 생에 찾아온 모독 앞에서 인간의 존엄을 지키기 위해 싸운 것이라고 생각하게 된, 그리하여 그 소년 동호를 '너'라고 부르고, 그 끔찍한 삶을 살아낸 여성 노동자를 '당신'이라 부르면서 그날의 인물들의 삶 속으로 개입해 들어가 그들을 오늘의 사람들로 다시 살려내기에 이른, 마침내 "광주는 고립된 것, 힘으로 짓밟힌 것, 훼손된 것, 훼손되지 말았어야 했던 것의 다른 이름이었다. 피폭이 아직 끝나지 않았다. 광주가 수없이 되태어나 살해되었다. 덧나고 폭발하며 피투성이로 재건되었다"(207면)고 선언함으로써 광주가, 용산참사가, 강정마을이, 밀양이, 그리고 세월호 참사가 사실은 여러 얼굴로 나타났을 뿐인 하나의 사건, 국가가 인민을 학살하고 유기했으며 그 진실을 은폐함으로써 오히려 끊임없이 현재로 소환되는 사건이라는 사실을 인식하게 된 작가 한강의 고통스런 각성의 무게.

이 무게들을 어떻게 할 것인가. 그것들을 그저 나누어 진 채로 한없이 무거운 걸음을 걸어갈 것인가, 아니면 이 무게를 지워준 근원적 사건으로 돌아가 그것을 해체해 버리고 자유를 얻을 것인가. 그것은 『소년이 온다』가 우리에게 제기하고 있는 명백히 정치적인 과제이다.

5

『소년이 온다』는 이처럼 광주민중항쟁의 서사이지만, 동시에 (국가)폭력에 의해 인간이 그 존엄성을 위협받는 모든 상황에 대한 서사이다. 그리고 이 서사는 인간의 존엄성을 지키기 위해 죽은 자와 부끄러움 속에 살아남아 그 존엄성을 기억하고 그 희생을 애도함으로써 다시 존엄성을 되찾기 위해 싸우는 자들에 대한 이야기이기도 하다. 나는 이러한 종류의 문학을 기억과 애도의 문학이라 부르기로 한다. 야만의 국가, 야만의 시장에 의해 인간은 물론 생명 있는 모든 존재들이 삶의 존엄성을 훼손당하는 것이 오늘 우리가 처한 현실의 모습이다. 그러나 지금은 또한 문학과 정치, 혹은 정치적 문학에 대한 요청은 점점 더 강렬하게 제기되어 가지만, 낡은 언어를 다시 불러올 수도 없고, 새로운 언어는 미처 그 요청을 따라가지 못하고 있는 상황이기도 하다. 나는 지금과 같은 상황에서 이러한 기억과 애도의 문학은 잠정적으로 문학의 정치학을 구축하는 하나의 언어적 기획으로서 적지 않은 의미를 가진다고 생각한다. 『소년이 온다』는 아마도 그 기획의 한 뛰어난 예증으로 기억되어도 좋을 것이다.

(『작가들』 58집, 2016년)

어느 '시인-비평가'의 삶과 죽음을 돌아보며

박영근이 남긴 글들

시인 박영근의 10주기를 맞아 생전의 가까운 벗들이 '박영근 전집 간행위원회'라는 이름으로 모여서 만든 그의 전집이 간행되었다. 신국판 하드커버로 된 800면의 시 전집과 824면의 산문 전집 등 두 권이다. 시 전집에는 『취업공고판 앞에서』(1984), 『대열』(1987), 『김미순전』(1993), 『지금도 그 별은 눈뜨는가』(1997), 『저 꽃이 불편하다』(2002) 등 생전에 나온 다섯 권의 시집과 유고시집으로 나온 『별자리에 누워 흘러가다』(2007), 그리고 시집에 묶이지 않았던 여러 편의 시들이 차례대로 들어있고, 산문 전집에는 노동현장 글모음이라고 할 수 있는 『공장옥상에 올라』(1984)와 시평집 『오늘, 나는 시의 숲길을 걷는다』(2004)와 더불어 간행되지 못한 원고 상태로 묶여 있는 두 번째 시평집에 들어갈 시평 및 시인론과 기타 일반 산문 및 문화시평, 미술평, 추천사, 시집 후기가 들어있다. 거기에 간행사와 생애 연보, 작품 연보, 휘보, 사진들이 실리고 나니 그처럼 중후하기 짝이 없는, 겹쳐 놓으면 한여름 날 잠깐의 낮잠을 위한 목침 노릇은 충분히 할 만큼의 두툼한 책 두 권이 홀연히 태어나게 되었다.

박영근이 남긴 시와 산문들이 이렇게 많았던가? 전집을 받아든 나는 새삼 놀라지 않을 수 없었다. 그리고 박영근은 어쩌면 내가 주관적으로 알고 있던 그 사람과는 매우 다른 사람일지도 모르겠다는 생각이 들었다. 내가 아는 것은 80년대에서 90년대 초반 정도까지의 그의 단편적인 모습에 불과하니 어쩌면 그것은 당연하리라. 이 전집에는 그가 아직 20대였던 1980년대 중반에서 세상을 등진 2000년대 중반에 이르는 20년 동안의 그의 삶의 흔적이 다 들어 있다. 이 글은 박영근의 시와 산문 전집에 대한 서평이지만, 이미 10년 전에 타계한 사람이라는 점에서 불가피하게 평전의 성격도 띠지 않을 수 없다. 그것은 무엇보다 나 스스로 내가 잘 알지 못했던 그의 생애의 마지막 10년의 삶과 그 기간 동안의 그의 생각이 무척 궁금했던 때문이기도 하다.

1. 시 전집

1980년대부터 1990년대 초반에 나온 『취업공고판 앞에서』와 『대열』, 『김미순전』의 세계는 박영근이 왜 오랫동안 노동(자)시인으로 불려왔는지를 잘 보여주는, 구로공단을 중심으로 한 젊은 노동자들의 노동과 일상, 그리고 보다 나은 삶을 향한 희망과 투쟁들을 주요 제재로 한 시들이다. 연보에 의하면 1958년생인 박영근은 전북 부안에서 태어나 익산의 남성중학교를 거쳐 전주고등학교에 진학했다가(남성중, 전주고는 평준화 이전인 당시에는 그 지역의 최고 명문학교들이었다) 1학년 때인 1974년에 "더는 억압적 학교생활이 불필요하다고 판단하여" 자퇴를 하고 이듬해에는 상경하여 1976년에는 당시 문학청년들의 등

용문이었던 『학원』지에 시 두 편이 입선되는 등 시작활동과 함께 독서회, 교회 청년회 활동들에 관계하면서 재야 민주화운동 관련 인사들과 접촉하며 이른바 '의식화'의 길을 걸었다. 군복무를 마친 1981년에 그는 시동인지 『반시』 6집을 통해 정식 등단을 하고 민중문화운동, 민중신학, 학생운동, 기독교운동의 관련인사들과 활발히 교류하다가 24세가 되던 1982년부터는 구로공단의 제본공장 등에 취업하면서 노동운동에 발을 들여놓게 된다. 이후 1985년에 근거지를 인천 부평으로 옮긴 그는 노동운동은 물론 전체 변혁운동이 급격히 퇴조해 가던 1990년대 초 중반까지 현장 노동자로, 혹은 노동자문화운동 활동가로 노동현장과 그 주변을 떠나지 않았다. 그러므로 그의 첫 세 권의 시집이 '노동시집'인 것은 자연스럽다.

그러나 그 세 권의 시집을 조금 깊이 들여다보면 그 안에도 마치 1980년대 초반에서 1990년대 초반까지의 우리의 민중사가 그러하듯 작은 굴곡과 변화가 눈에 띤다. 첫 시집 『공장옥상에 올라』가 60~70년대에 이르는 한국자본주의 '원시적 축적'이 가져온 농촌 쇠락과 이농, 경공업 중심의 여성노동자군의 형성에 대응하는 시세계, 즉 시적 화자들에게 완연하게 남아있는 농촌 공동체의 기억과 공장노동에 대한 부적응과 존재론적 불안감, 그리고 그로부터 자연적으로 발생하는 비애와 분노의 정서를 주로 보여주고 있다면, 두 번째 시집 『대열』의 시세계는 70년대와는 달리 노동자들의 계급적 자각이 증대하고 광주민중항쟁 이후 지식인, 학생들의 변혁운동 프로그램 속에 노동계급의 투쟁이 중요한 지위를 차지하게 되는 상황의 영향 아래 노동자들의 단결과 자본가와의 갈등과 투쟁이 주요한 시적 상황으로 등장하게 된다. 그리고 이 처음 두 권의 시집에서 시적 화자는 단수의 개인이 아니라 복수의 1인칭 주체거나 설사 단수 주체라 할지라도 늘 자신과 공동체적 혹은 동지적 연대 관계에 있는 타자들을 향한 권유나 호소의 형식 속에 그 타자들과 보다 큰 주체의 일원으로 묶여져 있다. 하지만 세 번째 시집 『김미순전』에 오면 1991년을 전후한 급진변혁운동의 급격한 퇴조와 노동운동의 동반 침체라는 상황을 반영하듯 『대열』이 보여주던 낙관주의는 저만치 물러가고 대신 투쟁의 패배와 그 이후의 후일담들이 주조를 이루게 되며, 시적 화자들도 노동운동의 기억 속을 맴돌기는 하지만 집단적, 연대적 주체의 자리에서 현저하게 멀어진 사적 주체로 고립된 양상을 보인다.

그러다가 1997년에 간행된 『지금도 별은 눈뜨는가』에 오면 시 속에서 노동현장의 기억은 구체적 모습을 잃고 아련한 추억이거나 어떤 추상적인 고통스런 기억의 총체로 급격하게 원경화하게 된다. 물론 여전히 사회역사적 상황들이 중심적인 시적 상황을 구성하고는 있지만 그것은 노동계급이라는 중심축을 떠나 분단현실, 속물적 자본주의 문화 등으로 확대되거나 혹은 희석되는 양상을 보인다. 그리고 시적 화자는 이제 어떤 집단주체와도 분리된 개인적 주체로서 등장하게 되고, 역설적이게도 이와 더불어 시인 박영근의 실존적 개성은 비로소 시의 언어와 완벽한 일체를 이루어 시의 육체성을 가지게 된다. 이전까지의 박영근의 노동시편들에서 시적 화자의 개성은 그것이 농촌공동체건 노동자계급이건 집단주체 속에 매몰되어 좀처럼 드러나지 않았었는데 이 시집에 이르러 비로소 그는 세계와 홀로 맞서는 개성적 존재로 살아나게 되었다.

그것은 박영근이 민중운동으로부터 이탈했기 때문이 아니라, 오히려 노동운동을 포함한 민중운동이 민중의 삶으로부터, 또 박영근의 삶으로부터 이탈해 나감으로써 비롯된 일이었다. 이 무렵 박영근은 현장과의 관련보다는 인천민예총(1995)과 민족문학작가회의 인천지회(1998), 인천문화를 열어가는 시민모임(1999)의 창립에 관여하고, 『내일을 여는 작가』 편집위원으로 활동하는 등(1997) 노동운동보다는 지역운동이나 문화예술운동에 깊이 발을 들여놓으며 시인으로서의 정체성에 더 몰두하는 모습을 보여주게 되는데, 거기엔 분명 노동운동을 비롯한 변혁운동 전반의 지리멸렬에 대한 환멸이 작용하고 있었다고 할 수 있다. 운동은 쇠퇴하고 그 운동의 힘으로 막아내리라 믿었던 천민적 자본주의의 힘은 오히려 갈수록 더 강화되어 견고하리라 믿었던 모든 가치와 신념들까지 녹여서 연기처럼 사라지게 하는 상황이 왔고, 그런 상황에 맞서기도, 적응해 나가기도 불가능했던 박영근의 삶의 입지는 점점 더 좁아지지 않을 수 없었다.

2002년에 간행된 그의 생전의 마지막 시집 『저 꽃이 불편하다』에 오면 『지금도 별은 눈뜨는가』에서는 실패이건 좌절이건 그나마 원경화된 형태로라도 남아 있던 변혁운동의 흔적들은 완연히 시적 상황 속에서 배제되거나 소멸되어 버리고 그 깊고 쓰린 후유증의 가장 두드러진 징후인 회한과 피로와 허무만이 자욱하다. 그리고 그 회한과 피로와 허무는 그 가파른 경사의 가장 아래쪽에 놓인 죽음, 혹은 죽음에의 예감으로 이어져 있다. 이 시집은 봄이나 꽃 같은 생명의 표징들을 마주하는 게 무섭고, 자신이 가는 길은 '여행旅行'이 아닌 '행려行旅'일 뿐이며, 그 종착지는 바다이거나, 별이거나, 눈 내린 벌판 같은 멀고 고적한 곳이며 자신이 거기서 할 일이란 그저 눕는 것뿐이라는 인식으로 가득 차 있다. 불행히도 이 시집이 간행되는 전후는 그가 20년 가까운 삶의 반려와 헤어져 지내던 시기였고, 마음의 공허와 일상의 가난과 그 위에 다시 내려앉은 외로움의 무게는 결국 그를 무너뜨리고 말았다. 이 시집을 내고 4년 후인 2006년 5월 11일, 그는 결핵성 뇌수막염이라는 병명으로 세상을 떠났지만, 가까운 벗들의 전언에 의하면 그는 죽음에 이르기까지 거의 모든 곡기를 끊고 오직 술만을 벗하며 죽음을 기다린 듯한 삶을 살았다고 한다.

그가 떠난 1년 후에 나온 유고시집 『별자리에 누워 흘러가다』에 실린 시들은 기본적으로 『저 꽃이…』와 같은 정서에 놓여있지만, 시적 화자의 시선은 그보다 훨씬 더 아득해서 마치 이미 이승의 세계에 아무런 미련이 남지 않은 것처럼 보여 더 마음이 아프다. 이제 그가 세상을 못 놓는 게 아니라 세상이 그를 놓지 못해 하는 상황에서 "이제 그만 / 저를 놓아주세요"(「늦은 작별」)라 말하며 매몰차게 이별을 고하며, 이미 이승에서 떠나온 그는 마치 이미 이탈한 유체처럼 먼 눈길을 떠나기 전에 이승에 있었던 자신의 흔적들을 돌아본다(「이사」). 그렇게 그는 이 세상을 영영 떠나간 것이다.

2. 산문 전집

그의 시들은 전집이 간행되기 전에 이미 다 읽어 웬만큼 익숙했던 데 반해, 그의 산문 전집은 나로서는 그야말로 새로운 발견이었다. 나는 그의 산문이라고는 1984년에 낸 『공장 옥상에 올라』 한 권을 읽은 기억밖에는 없었다(그것은 내가 편집자로서 만든 책이었다). 그 책은 이 전집에도 물론 실려 있지만, 말하자면 그의 첫 시집 『취업공고판 앞에서』와 마찬가지로 민중생활의 축이 농촌에서 점차 도시의 공장과 그 주변으로 이전되기 시작하던 시기에 익숙하지만 다시 돌아오지 못할 농촌의 기억과 낯설지만 받아들이지 않으면 안 되는 임노동자로서의 새로운 삶 사이에서 어쩔 줄 모르는 초보노동세대의 일상적 경험들과 '자연발생적이고 초보적인' 계급의식을 다양하게 담고 있어 지금은 7~80년대 민중현실을 연구하는 연구자들에게는 매우 귀중한 자료로 참조될 만한 가치를 가지고 있다.

그런데 이 산문 전집에서 『공장 옥상에 올라』는 앞머리의 한 부분(제1부)만을 차지하고 있을 뿐이고 나머지의 대부분은 그의 본격 시평들로 이루어져 있는 것 아닌가. 그가 2004년에 『오늘, 나는 시의 숲길을 걷는다』는 제목의 시평집을 상재했고, 타계 전까지 여기 저기 발표한 동시대 시인들에 대한 본격 시평들을 묶어 두 번째 시평집을 내기 위한 준비를 했으며, 그 외에도 많은 시집 해설과 발문, 기고를 통해 사실상 시비평가로 활동했다는 사실을 나는 그동안 미처 몰랐던 것이다. 그리고 그보다 더 놀라운 것은 그의 시평의 수준이었다. 시를 평하는 그의 산문은 2000년대 초반 한국시의 역사적 미학적 맥락을 정확하게 짚고 있을 뿐만 아니라 그 문체 또한 매우 유려하고 견고한 것이어서 당대의 어떤 시비평가들과 견주어도 전혀 밀릴 바가 없는 높은 수준이었다. 그는 창작을 하고, 또 그 과정에서의 고민과 문제의식을 비평적 언어로 이론화할 줄 아는 한 명의 당당한 '시인-비평가 poet-critic'였던 것이다.

제2부에 배치된 2002년에 간행된 『오늘, 나는 시의 숲길을 걷는다』는 백석의 「남신의주 유동 박시봉방」에서 김해자의 「영아다방 앞에서」에 이르기까지 1948년에서 2002년까지 50여 년에 걸친 한국현대시 작품들에 대한 박영근의 비평서이다. 여기에는 백석, 김현승, 이

용악, 서정주, 김수영, 신경림, 고은, 황동규, 정현종, 신대철, 강은교, 김지하, 이시영, 최민, 정희성, 문익환, 김명인, 장영수, 송기원, 이영진, 이성복, 고형렬, 황지우, 김정환, 김용택, 이문재, 이재무, 기형도, 박영희, 김영승, 장석남, 박철, 허수경, 함민복, 유하, 나희덕, 박형준, 이면우, 정연수, 이원, 최영미, 장철문, 정철훈, 김해자 등 43명의 시인들의 시가 한 편씩(예외적으로 허수경만 두 편이다) 들어있다. 이 시평집에는 언뜻 보기에 그 50년 동안 명멸한 주요한 시인들은 다 들어 있는 것 같지만, 또 그렇다고 그 기간 동안의 명실상부한 대표시인들이 다 들어 있는 것도 아니고, 경우에 따라서는 통념상 이 기간 동안의 대표시인 중의 하나라고 하기엔 좀 부족한 시인들도 더러 들어 있기도 해서 그 대상시인과 시의 선택 기준을 금방 알기가 쉽지 않다. 이 시평집은 흔히 말하는 '한국현대 대표시 평설'과 같은 대중 취향의 시해설서가 아니고, 이 시기 박영근의 시인이자 인간으로서의 고민과 모색에 대한 한국 현대시의 시적 응답들을 탐색한 말 그대로 시인-비평가적 노작인 것이다.

이 시평집이 곤고하고 외로운 행려의 기록이라 평한 백석의 마지막 시 「남신의주 유동 박시봉방」으로 시작해서 교통사고로 기억을 잃고 거리를 헤매는 한 전직 노조위원장의 이야기를 담은 김해자의 「영아다방 앞에서」로 끝나는 것은 우연이 아니다. 박영근은 행려의 시인과 행려의 노동운동가 사이에 시인으로서의 자기 정체성의 양끝을 배치하고 그 사이를 진동하는 자신의 시의식의 스펙트럼을 나머지 마흔한 명의 시 마흔 두 편에 기대어 펼쳐 보인 것이다. 여기에 충분히 들어 있음직한 신동엽이나 김남주, 박노해가 빠진 것은 우연이 아니다. 그들이 펼쳐 보인 장대한 전망이나 불퇴전의 투쟁의 세계는 이미 박영근의 것이 아니기 때문이다. 또한 김지하나 고은, 신경림의 경우 역시 그들이 투쟁의 시인이었을 때의 작품들 대신 퇴조와 전환의 시기의 작품들이 실려 있다. 북한에 가겠다는 문익환의 「잠꼬대 아닌 잠꼬대」가 실린 것이 예외적일 수 있지만 그 역시 낙관적 역사의식의 표백이기보다는 '북한에라도!'하는 마지막 낭만적 일탈의지의 표백에 가깝다. 그 대신 그 자리엔 더 이상 변혁과 희망의 불가능해 진 황폐한 세계의 풍경과 그 세계를 어떻게든 살아나가야 하는 사람들이 취할 법한 다양한 삶의 포즈와 양상들이 마치 어지러운 방랑자의 발자욱처럼 찍혀져 있는 것이다.

3부와 4부에는 고은, 김지하, 정희성, 노향림, 김영무, 고형렬, 하종오, 김정환, 최두석, 이문재, 박두규, 장철문, 이안, 손택수, 정철훈, 신대철, 이재무, 신현수, 박형진, 박규리, 김용택, 김명수, 김영산, 김해자, 이선식, 백무산, 그리고 임화 등의 시집에 대한 해설이나 발문, 또 문학지의 기고시평들로 이루어져 있다. 『오늘, 나는 시의 숲길을 걷는다』가 50년에 걸친 한국 현대시의 발자취를 종단하며 자신의 시와 삶을 되비추는 '내성적인' 작업이었다면, 이 작업들은 2000년대 초반의 한국시들의 징후를 짚어나가며 비평적 제안을 해 나가는 '외향적인' 작업이라고 할 수 있다. 그는 여기서 변혁운동이 퇴조하고 신자유주의적 자본주의의 전일적 지배가 현실화하면서 일어난 "중심적 가치의 해체와 혼란"이라는 상황 속에서 구체적 현실이 소거된 관념시도, 모험과 싸움이 결여된 생태주의 시도, 진정한 해체에 이르지 못하고 패러디나 야유, 냉소와 비명에 그치는 난해시들도 동시대의 물음에 대한 진짜 해답은 되지 못한다고 진단하며 그 대신 김수영이 실천했던 바 진정한 자기성찰에 기초한 비판적 사유의 회복을 꾀하는 일종의

'태도의 시학'을 제시하고 있다.

이 산문 전집에 실린 그의 2000년대 초반의 시비평 작업들은 전반적으로 퇴조기 특유의 우울함이 지배하면서도 그가 동시대가 공유할 수 있는 현실타개적인 시정신을 매우 적극적으로 모색하고 있었음을 알 수 있다. 하지만 그와 대조적으로 이 시기 그의 시들은 『저 꽃이 불편하다』와 『별자리에 누워 흘러가다』의 두 시집이 보여주듯 도저한 허무와 공허의 늪 속을 빠져나오지 못하고 있었다. 이성은 감성을, 머리는 몸을, 산문은 시를 이기지 못한 것이다.

3. 남은 이야기

봄에 죽은 나무들이 누군가의 은혜로움으로 다시 살아날지 몰라, 물이 모자라 불이 날 리는 없어.

말간 밤중에 젊은 바다가 보이는가. 지금도 그곳에 내 꽃이 시들지 않았다면 누군가 뭍에 옮겨 심었을지도 몰라.

내 그림을 꿈 가운데로 옮겼더니 찬 서리가 앉았는데 다음 날 내 감기로 마당엔 햇빛조차 달아나버렸지.

음악도 없이 눈이 흐르네. 혼자 생각하고 혼자 얘기하는 눈은 겨울을 저 건너 나무에게 주고 땅 밑 저 건너 겨울을 노래하는지도 몰라.

겨울에 죽은 눈은 겨울을 살고 영원을 산다. 한 사람이 죽은 후에도 눈은 무덤에 내린다.

—「눈 1」, 1976

첫겨울의 숲에서 나무들은 지금
온몸 전부를 열어
몸속의 수분을 밖으로 내뿜고 있다
우듬지에서 떨고 있는 한 잎의 안간힘도
몸속에서 들끓고 있는 대지의 기억도
남김없이 떨구고 가는 늦은 십일월,
나무들은 물관의 길을 끊고
가지 끝까지 흐르던 심장의 피돌기를 정지시키고
영하의 지상으로 자기 자신을 밀어내고 있다
한겨울 뿌리마저 얼어붙는 폭설의 밤을 견디기 위하여
얼어터지지 않기 위하여
몸의 물길에 열리던
뜨거운 꽃들을 뱉어내고
잎들을 뱉어내고
욕망의 절정을 뱉어내고 있다

그 필사적인 생존이 허공을 움켜쥐고 흔들린다
어느 때쯤엔 나무들이 뿜어낸 물줄기가
잠시 겨울의 메마른 골짜기를 적시며 흘러갈 것이다

—「겨울, 나무」, 2006

한 시인이 사는 동안 쓴 모든 시를 모아놓으면 그 자체가 한 편의 시가 된다고 하던가. 박영근이 열여덟 살에 『학원』지에 보내 입선한 첫 시 「눈 1」과 그로부터 딱 30년이 되던 해에 쓴 그의 유고시 중의 하나인 「겨울, 나무」를 보면 그 말은 괜한 소리가 아닌 것 같다. 죽은 나무가 살아날지도 모른다고, 눈이 건네준 겨울을 받아 다시 살아날지도 모른다고 생각했던 그 소년은 그 후 자신의 삶을 접기까지 죽은 나무가 어떻게 하면 살아나는가만을 골똘히 생각했는지도 모른다. 30년이 걸려서야 마침내 그는 나무 한 그루가 살아남기 위해서는 스스로 물관의 길을 끊고, 심장의 피돌기를 정지시키는 혹독하고 필사적인 노력이 필요하다는 것을 알아낸 것인지 모른다. 그 다음에 더 무엇이 필요할까.

이 전집에는 전후의 폐허가 아직 채 가시지 않은 50년대 후반에 태어나 생애의 대부분을 가난과 독재의 수렁 속에서 필사적으로 살아왔고, 해방의 꿈에 몸을 맡겼으나 결국 그 꿈이 가뭇없이 스러지는 광경을 목도하고 깊은 절망에 빠져들 수밖에 없었던 한 사내의 이야기가 들어있다. 그것은 그와 동갑내기로서 이 글을 쓰고 있는 나 자신의 이야기이기도 하다. 일찍 죽은 모든 이들의 삶은 살아남은 이들에게 짙은 아쉬움으로 남는다. 하지만 묘하게도 그들의 삶의 흔적들은 마치 처음부터 거기까지로 예정되어 있었던 것과도 같은 완미한 완결성으로 다가온다. 적어도 내가 기억하기로는 살아 있을 때의 박영근은 마치 의복과도 같았던 가난과 내성적이고 소극적인 성격으로 인해 좋아하던 술을 마셨을 때 외엔 늘 그림자처럼 조용한 존재였다. 하지만 그의 내면에는 우리가 함께 살았던 한 시대의 모든 희망과 절망이, 가능성과 한계가 다 들어 있었고 그는 그의 시와 비평을 통해 그것을 궁극적 차원에 이르기까지 밀어붙였고 더 이상 밀고갈 곳이 없음을 알아챘을 때 그는 세상의 일을 스스로 거두었다. 이 전집에는 그 모든 과정과 결과가 고스란히 들어 있다.

지금 이 글을 쓰고 있는 나는 말하자면 그가 세상에 남긴 '잉여'인 셈이다. 그리고 산문이란 것도 시가 남긴 나머지를 주워 모아 지루한 이야기로 만드는 형식이다. 그가 떠난 10년 후인 지금, 나는 그의 영전에서 이렇게 '나머지'의 형식으로밖에 존재하지 않는 내 삶과 내 글은 무엇인가, 무엇일 수 있는가, 무엇이어야 하는가를 골똘히 생각하는 중이다. (『황해문화』 2016년 가을호)

후後일담에서 다시 전前일담으로

김하경의 소설들

1

동시대의 소설들을 읽고 거기에 말참견을 보탠 지 참 오래되었다. 세상이 어떻게 되든 소설은 나와야 한다는 듯이 하염없이 쏟아져 나오는 소설들을 따라가며 읽기를 중단한 것은 2005년부터지만, 소설비평을 쓰지 않은 것은 그보다 더 오래되었을 것이다. 아마도 10년은 되지 않았을까. 그러다 보니 요즘엔 스스로 '전직 비평가'라고 자처할 때가 많다. 그래도 그다지 쓸쓸하다는 느낌도 없다. 가라타니 고진의 표현을 빌어 말하자면, 그동안 문학 따위 어떻게 되든 상관없다고 생각했던 것인지도 모른다. 물론 문학 쪽에서도 한물 간 비평가 따윈 어떻게 되어도 상관없다고 했었을 것이 분명하지만. 굳이 책임을 따지자면 내 쪽보다는 그쪽이 클 것이다. 그러니 내가 동시대의 문학들을 버려두고 내 길을 간다고 한들 미련이 남을 턱이 없다. 그동안 나는 대학교수라는 과분한 직업을 얻었고, 굳이 동시대의 소설들이 아니라도 '문학'은 많았다. 염상섭이나 채만식, 이상이나 박태원 등만 가지고도 아직 할 수 있는 이야기가 많았고 그게 한심한 자기연민의 무한 복제에 빠진 동시대 소설들을 읽는 것보다는 훨씬 속이 편했다.

반면 동시대의 현실은 문학이라는 텍스트를 통과하지 않고도 훨씬 더 강렬한 힘을 가지고 내 앞으로 육박해 왔다. 그 현실은 사람 사이에 그 어떤 온기도 없는 세계, 모두가 모두에 대해 노골적으로 적대적이어야만 하는 세계, 고통과 희생을 전가할 타자들을 끝없이 만들어내야만 하는 세계, 그러면서도 그것을 당연하고 자연스러운 것으로 여기도록 강요받는 세계, 그리하여 마침내 자기 자신조차도 타자로 만들어 버릴 수밖에 없는 악마적인 세계가 끝도 없이 복제되어 나가는 그런 현실이었다. 이른바 신자유주의 세계화의 찬가는 얼마 안 가서 생명 있는 모든 것들에 대한 파멸적 재앙을 부르는 막장 자본주의의 저주의 노래임이 판명되었고, 우리가 피 흘려 이루었다고 믿었던 민주주의는 이 저주의 노래 속에 가뭇없이 질식되어 갔다. 아무도 자기가 딛고 있는 땅이 자기를 지탱해 주리라고 믿을 수 없게 된 현실 속에서 사람들은 불안이라는 이름의 음식을 먹고 우울이라는 이름의 대기를 숨 쉬어야 했다. 그리고 그 끝에는 죽음이 있었다.

수많은 사람들이 죽었고 죽어가고 있다. 용산 참사에서 목숨을 잃은 것은 여섯 명의 철거민이지만 그들은 가장 앞줄에 있었던 것에 불과했다. 참사는 이 시대의 일상이 되었다. 비정규직 노동자들이, 철거민들이, 해고자들이, 이주노동자들이, 중고생들이, 채무자들이 줄을 서서 죽음의 길을 갔다. 하지만 그것이 참사가 아니라, 그러한 죽음들이 일상의 한 부분이 되어가고 있는 것이 바로 참사다. 그리고 아무도 그 죽음들을 놀라운 사건으로 받아들이지 않는 것이 바로 참사다. 오히려 그 죽음들을 불가피한 것으로, 또는 예상했던 하나의 비용 정도로 받아들이는 것이 바로 참사다. 그리고 모두가 침묵하는 것이 바로 참사다.

이토록 끔찍한 저주와 참사의 비극적 내러티브를 매일 읽고 있는 내게 소설 따위가 읽힐 리가 없다. 지금은 소설의 시간이 아니라 묵시록의 시간이라고 생각하기 때문이다. 그리고 어느 결엔가 나는 이야기하는 사람을 기다리는 게 아니라 이 끔찍한 이야기를 끝내줄 사람, 혁명가를, 아니 차라리 불의 심판자를 기다려 온 것인지 모른다. 하지만 혁명가는 어디서 오는가, 심판자는 어디서 오는가. 그들도 역시 이 이야기 속에서 올 수밖에 없다. 이 끔찍한 이야기 안에서 태어나고 성장하지 않는 한 그들은 결코 이 이야기를 끝낼 수 없다. 그렇지 않다면 인간은 결코 스스로 구원의 길에 이를 수 없기 때문이며, 스스로 이룬 구원이 아니면 그것은 다시 재앙이 되기 때문이다.

그러므로 이야기는 혁명의 날이 올 때까지, 심판의 날이 올 때까지 계속 지연되고 반복되지 않으면 안 된다. 그리고 그렇게 지연되고 반복되는 이야기를 나는 소설이라 부른다. 그러므로 내가 미워하고 외면한 것은 동시대의 한국소설이지 소설 자체는 아니었던 것이다. 나는 여전히 소설을 기다려왔다고 고백하지 않을 수 없다. 그 지루한 이야기를, 겨우 겨자씨만한 희망을 잠깐 보여주다가 그나마 감춰버리는 감질나는 이야기를, 도대체 그러니 어쩌란 말이냐 어깨를 잡아 흔들며 물어도 물어도 그저 손을 들어 저 어둠도 밝음도 아닌, 황혼도 새벽도 아닌 박명만을 가리킬 뿐인 하나도 쓰잘 데 없는 이야기들을 나는 사실 한시도 버린 적도 잊은 적도 없다고 고백하지 않을 수 없다.

2

그래도 요즘은 조금씩 다시 소설을 읽는 중이다. 수년 전부터 젊은 소설가들이 기나긴 나르시시즘의 터널을 조금씩 벗어나고 있다는 풍문을 들은 터였다. 그들이 유아적 자기탐닉과 가족로망스의 울타리를 넘어 자기의 타자화에 이르고 이윽고 자기 밖의 '타자들'에 대한 공명의 단계로 나아가고 있다고 볼만한 징후들이 보인다는 것이다. 만시지탄은 있지만 반가운 일이라 여기지 않을 수 없었다. 하긴 그런 변화가 오지 않는 게 오히려 이상한 일이다. 이른바 '87년 체제'가 만든 안정과 낙관의 허상이 붕괴되고 '97년 체제'의 불안과 비관이 사람들의 내면에 어두운 그림자를 짙게 드리운 이 2000년대의 한국사회에서는 더 이상 안온하고 자율적인 내면이란 존재할 수 없게 된다. '자율적 개인'이라는 매혹적인 이미지는 결국 인간을 연대와 공동의 운명으로부터 절연시키고 홀로 노동하고 홀로 소비하는, 그리하여 자신의 모든 것을 자본의 지배에 다 내맡기는 소외된 피착취자의 다른 모습이며, 신자유주의 이데올로기가 만든 허상에 다름 아니다. 노동은 고역이 되고 휴식은 불안이 되며 관계는 대립이 되고 사랑은 거래가 되는 이 세계에서 이렇게 고립된 개인들은 서로가 서로에게 적이 될 수밖에 없다는 것을, 그리고 그럴수록 인간은 고갈되며 자본만이 풍요로워질 뿐이라는 것을 오래지 않아 사람들은 깨닫게 되는 것이다. 그리하여 우리 소설 속의 개인들도 자신이 이렇게 고갈되어 주변으로 밀려난 개인일 뿐이라는 것, 그리고 그것은 자기만의 운명이 아니라 이 시대를 사는 절대 다수의 운명이라는 것을 이제는 모를래야 모를 수 없게 되었을 것이다. 그리고 아닌 게 아니라 요즘 알게 된 몇몇의 젊은 작가들과 예전부터 알던 낯익은 작가들이 근래에 내놓는 몇몇 작품들에서 나는 80년대적인 자동화된 타자지향과 90년대적인 자동화된 자기지향이 함께 극복된 실례들을 기쁘게 만나볼 수 있게 되었다.

하지만 나의 동시대 소설 읽기는 여전히 낯설고 조심스럽다. 전체적인 지형도를 그리기엔 아직 독서량이 터무니없이 적기도 하지만, 혹여 다시 실망하게 되지 않을까 하는 걱정도 크다. 만일 이번에 또 소설 읽기의 환멸에 맞닥뜨리게 된다면 아마도 나는 다시는 동시대 소설들을 읽게 되지 않을 것이며, 이제는 내 이름 앞에서 정말 '문학평론가'라는 이름을 지워버리게 될 것 같기 때문이다. 나의 동시대 소설 읽기는 여전히 이처럼 기대와 의구 사이에서 주춤거리고 있는 형국이다.

3

김하경의 새 소설집 말미에 해설을 써 달라는 부탁을 받았을 때 나는 이중으로 머뭇거리지 않을 수 없었다. 마치 연장을 놓은 지 오래된 목수처럼 동시대 소설의 전체 맥락을 채 포착하지 못하고 있는 상태라는 것이 그 머뭇거림의 첫 번째 이유이고, 또 하나는 비평을 쓰더라도 해설이나 발문은 쓰지 않겠다고 선언한 적이 있는데다가 벌써 몇 차례 그 선언을 실천한 바가 있었다는 것이 그 두 번째 이유였다. 냉정히 생각하면 청탁을 거절하는 것이 마땅하고 사리에 부합하는 행동이었다. 그럼에도 불구하고 나는 불쑥 쓰겠다고 대답하고 말았다. 다른 작가가 아니라 김하경이기 때문이었다.

김하경은 노동소설 작가다. 1988년 단편 「전령」으로 실천문학을 통해 등단했고, 1991년에는 장편 『그해 여름』으로 제1회 전태일문학상을 수상했으며 1999년에는 마산창원 지역 노동운동을 다룬 르뽀 『내 사랑 마창노련』을 썼고 가장 최근에도 노동자, 빈민 등의 삶을 그려낸 소설집 『속된 인생』(2006)을 펴낸 바 있다. 하지만 그가 이른바 주류문단에 속한 작가가 아니라 노동소설 작가이기 때문에 그의 소설집에 해설을 쓰는 것은 아니다. 그런 이유라면 다른 작가도 많다. 또 그와 무슨 각별한 인연이 있어서도 아니다. 그를 안 것은 오래지만 직접 만난 적도 없고, 소식을 모른 채 지낸 지도 너무 오래되었다. 각별한 인연이 있는 작가들의 해설 요청도 이미 여러 번 거절한 나로서는 설사 그를 개인적으로 잘 안다고 해도 원칙을 접고 해설을 쓸 이유가 없다.

그러면 왜 그의 새 소설집에 해설을 쓰겠다고 했는가. 쓰고 싶어서였다. 몇 년 전 내가 관여하는 잡지 『황해문화』에서 그에게 소설을 청탁한 적이 있다. 그게 이 소설집에 실리게 되는 「비밀과 거짓말」이었다. 그 소설 원고를 처음 받아보고 나는 가슴이 먹먹해져서 한동안 아무 말도 할 수 없었다. 나는 일부러 그에게 전화를 했다. 좋은 소설 써줘서 고맙다고. 그렇게라도 해야 내 가슴의 동계를 멈출 수 있을 것 같았다. 그리고 얼마 뒤 다시 그에게 청탁해서 받은 소설이 「워커바웃」, 그 소설도 그 못지않게 뜨겁게 읽었다. 아마 나는 그때 기회가 되면 왜 이 소설들이 내 마음을 그토록 움직였는지 차분히 써보리라 생각했었고, 지금 생각하니 작가와 통화하는 중에도 언뜻 그런 말을 했던 것 같았다. 그러므로 이 글은 청탁받아 쓰는 글이 아니라 내가 스스로에게 했던 약속을 이행하는 글이다. 그리고 그렇기 때문에 통상의

'해설'이 아닐 수도 있다.

이 소설집에는 손바닥 소설掌篇인 「누가 죽었어요?」와 「초란」, 「지르 자자! 찌지!」, 「비밀과 거짓말」, 「워커바웃」 등 네 개의 단편, 그리고 중편인 「둘레전」 등 일곱 편의 작품이 실린다. 「누가 죽었어요?」는 교통사고로 뇌사에 빠진 한 사람을 두고 결국 호흡기를 떼고 장례를 치르기로 한 가족과 친구들이 겪게 되는 곤혹감을 가벼운 터치로 다룬 작품이며, 「지르 자자! 찌찌!」는 2008년 광우병 촛불집회를 배경으로 가부장적인 남편과 아버지의 반대에도 불구하고 촛불집회에 막무가내 참석하는 늦둥이 딸, 그리고 언어장애를 앓는 어린 손녀를 가진 한 여성이 결국 집회에 참석하면서 가족 내의 중층적 갈등과 문제의 해결에 도달하게 되는 이야기이다. 그리고 중편 「둘레전」은 불행한 가족사를 가진 한 여성과 농촌 출신의 평범한 고아 청년 사이에서 벌어지는 고전적인 팜므파탈적 사랑의 이야기이다. 이 작품들은 김하경이 처음부터 끝까지 노동소설작가가 아니라 다른 일반적 제재들로도 훌륭한 이야기들을 만들어 낼 줄 아는 작가라는 것을 잘 보여주는 좋은 증거들이다. 하지만 이 작품들에 대한 이야기는 내가 다짐한 숙제의 범위를 넘기에 부득이 여기서는 이 정도로 그치기로 한다.

4

1년 전 부산 영도의 한진중공업에서 한 여성이 후배 노동자들의 정리해고를 막기 위해 35미터의 타워크레인 위에 올라가 단신으로 고공농성을 시작했고 그 외로움과 간절함에 공명하는 경향 각지의 다양한

계급 계층의 3만 명이 넘는 사람들이 4차에 걸쳐 버스를 나눠 타고 그녀를 만나기 위해 달려갔다. 그것은 '희망버스'라는 이름으로 불리는 하나의 놀라운 사건이었다. 교역량이 세계 10위권이고, GDP가 2만 불이 넘는 부자나라 대한민국의 풍요로운 이미지의 뒤안에는 마치 그림자처럼 존재도 없이 살아가는 사람들이 있다. 비정규직 노동자들과 이주노동자들, '알바'라는 이름의 각종 시급 노동자들, 그마저도 못 된 실업자들과 해고자들이 그들이다. 여기에 이들보다는 조금 낫지만 정규직이면서도 생계비에 못 미치는 저임금 상태에 놓여 있는 노동자들도 포함된다. 그리고 이들보다 결코 나은 생활을 한다고 하기 힘든 도시의 영세 자영업자들도 있다. 그리고 이 모든 한계생활자들의 가족들이 있다.

이들은 신자유주의식 어법으로 말하면 이른바 루저, 패배자들이다. 그들은 패배자들이기 때문에 떳떳이 얼굴을 들고 밝은 햇빛 아래 나설 수 없다. TV와 각종 미디어의 뉴스와 드라마, 광고 등 주류서사를 휩쓰는 휘황한 삶은 모두 위너들의 것이므로 이 루저들은 그 서사에 편입될 자격이 없다. 그들이 미디어에 노출되는 것은 늘 '사건·사고'의 형식을 통해서만이다. 그것은 주류서사의 매끄러운 흐름을 한 순간 방해하는 돌출적이고 비정상적인, 그리고 예외적인 일들이기 때문이다. 사람들은 그러한 불행한 루저들의 삶은 극히 예외적인 것이라는 자기 암시, 혹은 세뇌상황 속에서 살아간다. 그것이 내 삶과 같은 것이라고 생각하는 순간, 자신의 삶은 갑자기 비루한 것이 되고 더 이상 회복될 수 없는 루저의 그것으로 전락할 것 같기 때문이다.

85호 크레인 고공농성과 '희망버스'가 왜 놀라운 사건인가. 우선 바로 이 그림자들이, 침묵의 세계 속에 수감되어 있던 존재들이 사실은 이 풍요로운 세계를 떠받치는 헤라클레스 같은 존재들이며 그들이야말로 지배세력이 애써 감추고자 해왔던 이 세계의 고통스런 맨얼굴이라는 사실을 새삼 일깨워 주었기 때문이며, 그보다 더 나아가 무려 3만여 명의 자발적으로 모인 경향 각지의 다양한 계급 계층의 대중들이 사실은 내가 바로 그들이라고, 적어도 나와 그들은 하나의 그물코로 연결되어 있다고, 그들이 아프면 나도 아프고, 그들이 기뻐야 나도 기쁘다고 한 목소리로 소리쳤기 때문이다. 사람들을 승자와 패자로 나누고 패자의 삶은 곧바로 부재하는, 아니 삭제되어야 할 삶으로 처리하고, 모든 사람들에게 승자가 되는 길 외엔 다른 삶이 없는 것처럼 믿게 만드는 이 시장사회의 지배이데올로기에 맞서, 우리는 승자와 패자로 나뉠 수 없는 하나라고 선언함으로써 백일하에 그 거짓의 본질을 폭로한 것이 바로 이 '희망버스'였고, 그렇기 때문에 그것은 하나의 놀라운 사건이었던 것이다.

5

「비밀과 거짓말」은 30대 중후반 정도로 짐작되는 어떤 부부의 이야기이다. 이제 서로가 서로에게 심드렁해질 만큼 결혼 생활도 꽤 된 이들, 남편은 영화를 만드는 사람이지만 상업영화가 아니라 노동자뉴스 제작단을 거쳐 지금은 '도화선'이라는, 이름만 들어도 돈과는 거리가 멀고 성마른 운동권 냄새나 풀풀나는 다큐영상제작사를 이끌고 있고, 아내는 구로공단의 한 기업 노동조합 위원장 출신으로 최근까지 진보정당 활동에 깊이 관여하다가 어떤 사건을 계기로 탈당을 한 상태이다. 이들의 삶이 가난하고 고달프리란 것은 불문가지다 어느 날 밤 이들은 오랜만에 함께 영화를 본다. 왕가위의 영화 〈화양연화〉, 그 제목처럼 이들은 영화를 보고 자신들의 좋았던 시절을 회상하다가 또 현재를 돌아보며 티격태격하다가 잠이 든다. 그런데 잠들기 전 아내가 남편에게 "부부 사이에도 비밀이 있어"라는 말을 한 마디 던진다. 자다가 문득 잠을 깬 남편은 아내가 자리에 없다는 것을 알게 된다. 그게 시작, 그 새벽에 아내가 갑자기 사라져 버린 것이다. 그리고 달랑 메일 한 장, '사랑하지만 이혼하자'는 말 한 마디를 남긴다. 남편은 여기저기 수소문을 하며 아내를 찾아다닌다. 그러다가 마침내 아내가 자기에게 숨겨왔던 비밀을 알게 된다. 그리고 아내에게 자신이 모든 것을 다 알고 있음을 메일로 써 보낸다. 소설의 말미에 집을 나갔던 아내와 남편은 전화 통화를 한다. 물론 그것은 눈물과 회한과 사랑으로 숨이 막힐 것만 같은, 아니 가슴이 터져버릴 것만 같은 그런 통화다.

아내의 비밀은 무엇이었던가. 아내는 진보정당 활동에 전력을 기울였다. 터무니없이 부족한 정치자금을 보충하기 위해 다른 당원들의 돈을 끌어 모아 인터넷 쇼핑몰을 운영했으나 사업이 여의치 않게 되고 아내는 당을 믿고 개인적으로 여기저기서 빚까지 내서 근근이 사업을 유지했다. 하지만 선거 이후 당이 후유증으로 분열되면서 아무도 아내의 사업과 그 재정 상태에 대해 책임을 지지 않았고 그 피해는 모조리 아내가 끌어안게 되었다. 이 사실을 아내는 남편에게 이야기하지 않고 혼자 고민하다가 결국 남편에게 피해를 주지 않기 위해 이혼을 결심하게 된 것이다.

비밀은 이것만이 아니었다. 처가식구도 이 남편에게 비밀이 있다. 어려운 형편이지만 딸이 결혼한다고 식구들이 혼수비용조로 3천만 원을 모아 주었다. 하지만 딸은 그 혼수비용을 해고자들의 생활비로 다 내놓고 아무 혼수도 없이 결혼을 한 것이다. 하지만 남편도 처가 식구들에게 비밀이 있다. 아내가 해고조합원의 야채행상 밑천으로 천만 원을 신용 대출해 주었다가 결국 못 돌려받고 신혼아파트 전세를 빼서 그 대출을 갚고 연립주택으로 이사한 것이다.

자본주의 사회에서 이 소설의 아내, 유해금 같은 사람은 금치산 선고감이다. 이득은커녕 완전한 손실이 예상되는데도 불구하고 없는 돈을 긁어모아 '동지들'과 '당'을 위해 주저 없이 내놓는다. 운동 아니라 그 무엇을 하더라도, 설사 그 상대가 형제자매라 할지라도 빚을 지면서까지 남을 도와서는 안 된다는 게 이 세상의 불문율이다. 돌아오는 고통이 너무 크기 때문이다. 하지만 그녀는 한 번도 아니라 두 번 세 번씩 그렇게 했다. 그리고 남편은 그런 아내를 탓하기는커녕 울면서 "혼자 얼마나 힘들었는지 미처 몰랐"다고, 그래서 미안하다고 했다.

사람은 무엇으로 사는가? 이 세상은 사람은 돈으로 사는 것이라 가르친다. 설사 노골적으로 그렇게 말하지 않는다 하더라도 암묵적으로 사람들 역시 그 가르침을 받아들인다. 돈은 이 시대의 물신이고 종교다. 그런데 이 두 사람은 그렇지 않다고 한다. 사람은 돈으로 사는 것이 아니라, 사람에 대한 사랑으로, 양심으로, 헌신으로 사는 것이라 하고, 그것을 몸으로 보여준다. 이런 사람들이 있다. 지지리 가난하고 못 먹고 못 입으면서도 타인의 고통에 대한 공명만으로 자기를 내던지며 사는 사람들이 있다. 차마 인간의 이름으로 타인의 고통을 외면할 수 없어서 제살을 칼로 베어내서 남과 나누며 사는 사람들이 있다.

노동자들이 노동귀족이 되었다고, 386들이 부동산과 증권투기와 사교육의 핵심주체가 되었고, 누구는 국회의원이 되고, 누구는 벤처사업가가 되고, 누구는 교수가 되고, 누구누구는 낙백해서 모든 것 버리고 일개 필부필부로 돌아갔다고 하지만, 그리하여 이 미쳐 돌아가는 물신숭배의 시대에 모두 다 악마에게 영혼을 팔며 살아간다지만, 아직도 이런 바보 같은 사람들이 있다. 게다가 이렇게 힘든데, 이렇게 뜨겁게, 서로 사랑하기까지 한다. 우리가 꿈꾸었던 세상이 오지 않았다고 실망하지 않을 일이다. 그런 세상이 오지 않았다면 우리 자신이 마치 지금이 그런 세상인 것처럼 살면 되는 것이다. 세상을 못 바꿨다고, 함께하던 벗들이 우리를 배반했다고 우리도 그 안 바뀐 세상처럼, 우리를 배반하고 떠난 벗들처럼 살아야 한다면 그것이야말로 얼마나 부끄럽고 우스운 일인가. 이들이야말로 우리가 꿈꾸었던 세상이 어떤 것이었는지 바로 지금 여기서 보여주고 있다. 나는 이 바보 같은 부부의 가난하지만 빛나는 사랑 이야기 때문에 여러 번 가슴을 다쳤다. 이 글을 쓰는 지금도 너무 아프고, 부끄럽고, 눈이 부셔서 가슴이 찢어질 것만 같다.

6

「워커바웃」은 귀향서사이다. 어떤 사람에게 고향은 아름다운 곳이지만 어떤 사람에게는 끔찍한 곳이기도 하다. 이 소설의 일인칭 여주인공은 고등학교 3학년 때 어둡고 슬픈 기억으로만 남아있는 고향 '율포'를 떠나 서울, 그것도 강남에서 출판사를 다니면서 대학을 나오고 친구가 만든 〈은행나무길〉이라는 스트리트 페이퍼에 기고도 하고 번

역도 하면서 세칭 '강남녀'의 일원으로 잘 살아가고 있다. 그런데 어느 해 크리스마스 즈음 휴가를 내서 문득 고향에 다녀올 생각을 하게 되고 마침 〈은행나무길〉의 친구도 율포에서 벌어지고 있는 노동자들의 굴뚝 고공농성 취재를 해달라고 부탁하여 결국 10년 여만에 고향을 찾는다.

하청기업 노동자들의 해고를 막기 위해 연대투쟁에 나선 정규직 노동자들이 사측과의 밀고당김 끝에 최후수단으로 100미터 높이의 소각장 굴뚝에 올라가 고공농성을 벌이는 율포조선이 있는 고향 율포, 공교롭게도 그 굴뚝은 25년 전 주인공의 아버지가 민주노조 결성을 위해 올라간 곳이었고 가족을 버리고 운동을 택한 아버지를 이해하지 못했던 주인공은 대의에 관계없이 노동자들의 싸움에 심리적 거리를 둘 수밖에 없었고 그 굴뚝이 마음에 마뜩할 리가 없었다. 그러나 취재라는 이름으로 마지못해 다시 찾은 그곳에서 싸우는 노동자들과 그 가족들과 그들을 돕기 위해 나선 수많은 사람들 속에 섞인 그녀는 자신도 모르는 사이에 그들과 하나가 되고 거기서 자기 마음을 설레게 하는 멋진 활동가까지 만나게 된다. 그리고 어릴 적 이해할 수 없었던, 그리고 그런 채로 떠나보냈던 아버지를 비로소 받아들이게 된다. 그리고 사람살이에 대한 또 다른 차원의 이해에 도달하게 된다. '워커바웃'은 조상의 땅을 순례하고 돌아와 성인식을 치르는 호주 원주민들의 전통의식을 이르는 말이다. 그녀의 동생이 호주 여행을 다녀오며 사다 준 책에 이 이야기가 들어 있다. 주인공은 10여 년 만에 고향 '율포'를 다녀온다, 그것은 호주 원주민의 전통인 '워커바웃'처럼 조상의 혼령, 혹은 자신의 삶의 근원을 만나고 돌아와 부쩍 성장을 겪는 과정이기도 한 것이다.

이 소설 속에서 율포조선 고공농성은 농성자들이 헬리콥터 특공대에게 끌려 나가면서 실패로 끝난다. 하지만 전혀 비장하지 않다. 비장하기는커녕 뭔가 풍성하고 아름답기까지 하다. 처음 고공농성자들에게 식량과 의복을 전달하려는 지원자들의 노력이 회사측 경비들에 의해 좌절되는 동안 잠시 비장하고 절박했던 소설의 분위기는 경찰들이 식량공급을 잠깐 눈감아주고 행글라이더 동호회에 의해 식량과 생필품이 제대로 전달되고, 결국 신년 아침 지원자들과 경찰들과 경비들이 만둣국을 서로 나누어 끓여먹는 과정을 거치면서 마치 축제의 과정처럼 경쾌하고 흥성스럽게 전개된다. 이는 아마도 작가가 삶과 투쟁과 사랑이 따로따로가 아니라 하나로 얽혀서 흘러가는 것이고 오늘 내일 끝날 일이 아니라는 것, 그러므로 절망할 일이란 없다는 것, 비록 깨지더라도 목적을 이루었는가보다는 그 방법과 과정이 어떠했는가와 그 굴곡들 하나하나가 중요하다는 것을 말하고 싶었기 때문일 것이다. 그리고 이러한 생각들은 소설의 여기저기서 발견되는 보석처럼 반짝거리는 말들 속에서 잘 드러나고 있다.

> 남녀 사이의 기본은 성적인 끌림이다. 감정이 중요하다. 운동도 일종의 사랑 행위다. 사랑을 목적의 세계에 가두면 안 되듯, 운동도 그러면 안 된다. 목적이 아닌 방법의 세계로 사랑을 풀어야 하듯, 운동도 그렇게 풀어야 한다. 운동이 삶과 함께하면서 삶 그 자체가 되었을 때 진짜 운동이 된다. 사랑 또한 마찬가지다.

> 따지고 보면 굴뚝에 올라간 것도 희망 때문이고, 밧줄에 행랑주머니를 매단 것도 희망 때문이잖아요? 추운 날 이렇게 함께 있는 것만도 어디예

요. 옆 사람에게 희망을 느끼고, 처음보다 나아질 거란 희망을 가져 봐요. 여유도 부려가면서, 힘들 내자구요.

하루 웃고 하루 우는 식으로는 못 버텨요. 이건 마라톤이거든요. 오래 견디다 보면 저절로 단련이 돼요. 무슨 경지에 올라서 그런 게 아니라 하도 휘둘리다 보니까 나중엔 희로애락도 종이 한 장, 간발의 차이밖에 안 느껴져서 그래요. 어쩌면 우리 싸움은 평생이 걸릴지도 몰라요, 유전자에 남는 날까지 계속될 거라고 가정해 보세요. 그럼 홍이씨도 저처럼 허허실실하게 될 겁니다.

하긴 오죽했으면, 얼마나 많이 실패하고 얼마나 많이 좌절했으면 마치 해탈이라도 한 것처럼 이런 말들이 나오겠는가. 하지만 이처럼 실패하고 좌절하고 깨지고 쓰러지는 것이 또한 우리의 현실이라면 어쩌겠는가, 오래 버티고 끝내 이기기 위해선 이렇게라도 스스로를 위안하지 않을 수 없지 않겠는가. 금방 승부를 낼 것처럼 달려들다가 패배하면 바로 좌절하면서 결코 넘어가서는 안 될 '저쪽'의 세계로 투항해 버리는 것보다는 이처럼 견디며 버티는 방법을 깨치는 것이 더 아름답다. 오랜 투쟁과 좌절 속에서 벼려진 이러한 통찰은 소설의 말미에 "어른이 되기 위한 시험을 잘 치렀다"고 믿은 주인공이 쓴 율포 이야기의 다음과 같은 결구에서 정점에 달한다.

굴뚝 농성장의 침탈과 부상자 속출과는 아무런 상관없이, 아니 119헬기에 실려 가는 탈진한 굴뚝 농성자들에겐 아무런 관심도 없이, 사람들은 오늘도 웃고 즐기며 부지런히 일한다. 한 달 넘게 진행된 굴뚝 농성이 그 뒤 어떻게 되었는지, 7년 동안 싸운 해고사들은 원직복직 되었는지 말았는지 아무도 궁금해하지 않는다. 예전 같으면 화를 냈겠지만 지금은 그렇지 않다. 한 병원 안에서도 한쪽에서는 생명이 태어나고, 다른 쪽에선 생명이 죽어가지 않던가. 이것이 인생이다. 서울 강남도, 율포조선소도 일터고 삶터일 뿐이다.

서울 강남도, 율포조선소도 일터이자 삶터라면 그것은 거꾸로 율포가 아프면 강남도 아프고, 영도 조선소가 아프면 가로수길도 아프다는 말이 된다. 그곳들은 모두 우리가, 우리의 생명과 희망이 연결되어 있는 곳이기 때문이다. 나는 이것이 바로 '희망버스'의 철학(?)이라고 생각한다. 온갖 직업과 계층과 세대가 다 모인 희망버스 참가자들이 비록 철조망을 타넘고 최루액을 뒤집어쓰고 벌금폭탄을 맞았더라도 기본적으로 비장하기보다는 가슴 벅찼던 것, 춤추며 놀며 하나로 어우러져 밤들을 지샜던 것, 그리고 모두들 자기 생애의 한 빛나는 순간을 맞았었다고 생각하게 된 것들은 바로 이러한 깨달음 때문일 것이다. 그렇다면 우리는 지지 않는다. 이런 '화엄' 같은 싸움은 결코 질 수 없는 것이다. 그리고 이런 깨달음은 4.19의 희망과 좌절을 다 겪었던 김수영의 다음과 같은 깨달음과도 그대로 통하는 것이기도 하다.

> 혁명은 안 되고 나는 방만 바꾸었지만
> 나의 입속에는 달콤한 의지의 잔재 대신에
> 다시 쓰디쓴 담뱃진 냄새만 되살아났지만
>
> 방을 잃고 낙서를 잃고 기대를 잃었지만

노래를 잃고 가벼움마저 잃어도
이제 나는 무엇인지 모르게 기쁘고
나의 가슴은 이유없이 풍성하다

—「그 방을 생각하며」(1960) 부분

7

「초란」은 싸움에 지쳐 그만 현장을 떠나 이제는 귀농을 선택하여 친환경 유정란을 생산하는 축산업을 시작한 한 전직노동자의 이야기이다. 그는 지금 손쉽지만 정체를 알 수 없는 재료들로 만들어진, 그리고 점점 가격이 상승하는 배합사료에 대한 의존을 버리고 뜻이 맞는 소축산농들과 함께 자가사료를 만들어 바야흐로 제대로 된 유기유정란을 만들어내기 직전이다. 그런데 갑자기 옛 직장에 아직 남아서 조합운동을 하고 있는 후배로부터 전화 한 통이 온다. 주인공과 함께 투쟁을 하다 의문사를 한 동료의 추모비를 세우는 행사에 참석해 달라는 초청 전화였다. 고민 끝에 그는 우선 그간 현장을 떠나 제가끔 흩어져 살고 있는 옛 동지들에게도 연락을 취해 본다. 하지만 연락이 가능한 다섯 명 전부 이런저런 사정으로 참석할 수 없다고 한다. 결국 그는 어쩔 수 없이 혼자서 참석하기로 한다. 추모식 풍경은 쓸쓸하다. 과거의 투사들은 '살아남은 자의 슬픔'으로, 아니 어쩌면 살아남은 자의 굴욕감과 열패감으로 더욱 어깨를 수그릴 수밖에 없다. 그리고 이렇게 추모비라도 세울 생각을 하는 현 노조 집행부 역시 얼마 가지 않아 사측으로부터 해고통보를 받는 처지가 된다. 그런 데다가 지금 현장에 남아있는 후배 노동자는 노조20년사를 편찬하는 사업의 편집책임자로 와 달라는 부탁을 한다. 그가 확답을 미루고 있는 사이에 자가사료를 먹인 닭들에게서 초란이 드디어 생산되었다. 그 순간 그는 마치 자기 삶이 완성된 것과도 같은 기쁨을 느낀다.

「비밀과 거짓말」과 「워커바웃」이 화해의 서사라면 이 작품은 아직 충분히 화해에 이르지 못한 갈등의 서사이다. 그가 떠나온 현장의 지난한 투쟁은 여전히 현재진행형이고 그렇기 때문에 그는 '이탈자'로서 부채감을 떨치지 못한다. 하지만 그는 옛날 식으로 말하면 이미 임금노동자에서 소생산자로 '존재전이'를 하여 이제는 소생산자적 일상과 의식 속에서 살아간다. 그것도 그저 이기적인 소생산자로 살아가는 것이 아니라 (일반화된 대량생산형 축산법을 따르지 않는다는 점에서) 생태적으로 철저하게 의식화되고, (어떻게든 노동과 휴식, 일과 삶을 조화시키고자 한다는 점에서) 철학적으로도 의식화된 '대자화된 소농'으로 살아가는 것이다. 따라서 다시 과거로 돌아갈 수는 없다. 그럼에도 불구하고 부채감은 남는다. 이 전직 노동자로서의 부채감도 현실적이고 현직 소생산자로서의 자기의식도 현실적이기 때문에 이 갈등은 현실적이고 의미 있는 갈등이 아닐 수 없다.

하지만 이 갈등이 그저 평행선을 그리는 것은 아니다. "노동조합은 여전히 우리의 희망"이지만 그것은 "중심이 있어야 큰 덩어리로 뭉칠 수 있"고 "중심이 없은께네 당하고만 있는 거"라는 절망적 인식과 딱히 중심이 없어도 올바른 생산을 하며 일과 삶이 조화로운 생활을 해 나갈 수 있다는 희망적 인식 사이에서 주인공과 작가 공히 어느 쪽으로 기울어 있는가를 아는 것은 어렵지 않다. 그리고 이러한 삶의 전환은 이미 주인공이 죽은 동료 조영호와 함께 했던 마지막 투쟁과정에서 약속했던 것이기도 하다. 하나의 중심이 있고 강력한 단결로 그 중심을 향해 수렴해 가는, 빠르고 가파른, 하지만 어딘가 비주체적으로 끌려가는 듯한 투쟁과 일정한 중심 없이 원심적으로 퍼져나가는 느리고 완만한, 하지만 그 안에 주체의 충만한 자각이 들어있는 투쟁, 주인공은, 그리고 작가는 전자로부터 후자로 어느 결엔가 넘어가 있는 것이다. 주인공이 자가사료를 통해 만든 첫 초란을 손에 쥐었을 때 얻은 감동은 그것을 잘 말해준다.

달걀 하나를 꺼내 내 손바닥 위에 가만히 올려놓았다. 초란을 손에 쥔 그 순간, 나는 비로소 내 손아귀에 온전한 내 삶을 틀어쥐었음을 실감했다. 100퍼센트 자가사료로 키운 닭들이 초란을 낳았으니, 비로소 내 삶도 완성된 것이다. 그동안 한 번도 내 삶이 온전히 내 것이라는 생각을 하지 못했다. 영호의 삶을 대신 살고 있다는 자괴감에서 벗어나지 못했다. 이제야 영호에게서 벗어날 수 있을 것 같았다. 무거운 짐을 벗어던지고 깃털처럼 가볍고 자유롭게 날 것 같았다. 나 자신의 삶을 향해 날아갈 수 있을 것 같았다.

그럼에도 불구하고 여전히 갈등과 고민은 남아 있다. 과거에 대한 부담감이 채 꼭지가 안 떨어진 것이다. 이 부담감은 어디서 오는가? 그것은 그의 과거의 투쟁이 진정 자기의 삶과 하나로 일치되지 않았던, 소외된 것이었던 데서 온다. 만일 그렇지 않았다면 열패감도 굴욕감도 없이 「비밀과 거짓말」의 부부처럼, 「워커바웃」의 활동가 발데르처럼 그렇게 운동가로서의 자신의 삶을 꿋꿋하게 살아냈을 것이다. 그렇게 될 때만이 「비밀과 거짓말」에서의 감동적 사랑과 「워커바웃」

에서의 "강남도 율포조선소도 일터고 삶터"라는 인식이 가능해지는 것이다. 그러니까 노동자적 삶과 소생산자적 삶, 구심적 투쟁과 원심적 투쟁 사이에 우열이 있는 것이 아니다. 그것을 진정 내 것으로 만들었는가. 그리고 그 둘 사이가 분리된 것이 아니라 사실은 하나로 연결되어 있다는 것을 깨닫고 있는가가 더 중요한 것이다. 이 소설이 진정 말하고 싶었던 것은 바로 이것이었는지도 모른다.

8

지금까지 살펴 본 김하경의 세 작품은 굳이 분류하자면 2000년대 식 후일담들일 것이다. 하지만 이 후일담들은 90년대의 후일담들이 그랬던 것과 같은 절망과 회한, 열패감과 수치심 가득한 퇴영적 정조를 가지지 않는다. 분명히 '좋은 시절들'에 비교하자면 퇴조와 패배로 가득한 현실 속에서 그것들로부터 자의건 타의건 떠나서 일정한 거리를 가지게 된 인물들의 이야기이긴 하지만, 이 속엔 미래를 향한 강력한 낙관과 그 낙관을 허황한 것으로 여겨지지 않게 하는 새로운 전망의 싹들이 들어 있다. 그 낙관과 전망의 싹은 무엇인가? 90년대적 후일담 들 속의 인물들은 뿔뿔이 흩어져 무기력한 개인으로 파편화되는 운명을 맞는 인물들인 반면, 김하경의 소설 속의 인물들은 다시 만나고 다시 서로 걱정하고 다시 서로 사랑하기 시작하는 사람들이다. 서로가 서로에게 등을 돌리는 인물들이 아니라, 서로가 서로에게 공명共鳴하는 인물들이다.

이런 인물들을 포착해 낸 것은 쉽게 좌절하거나 쉽게 포기하지 않고 꾸준히 고통 받는 사람들의 곁을 지켜온 작가 김하경의 삶이 가져다 준 열매이기도 하지만, 동시에 이 글의 처음에 말했던 것처럼 밀려나고 탈락하고 상처받는 이른바 99%의 사람들을 서로 싸우게 하는 게 아니라 이제는 다시 서로 어루만지고 서로 일으켜 세우고 서로 사랑하게 하고 서로 어깨를 걷게 만드는 우리 시대의 역설이 만든 결과이기도 하다. 이 작품들에는 어제보다 오늘이, 오늘보다 내일이 더 많이 들어 있다. 이것은 작은 진전이 아니다. 우리 소설은 너무 오랫동안 과거의 기억 속에 매몰되거나 현재의 질곡에 묶여 있었기 때문이다. 이 작품들은 그러므로 이제 한국소설이 2010년을 넘어서야 어렵게 쟁취해 낸 새로운 흐름의 제일 앞에 서 있다고 할 수 있다. 김하경은, 더 이상 변방의 작가가 아니라 바로 이 흐름의 중심에 당당히 서는 작가이다.

후後일담인 동시에 내來일담 혹은 전前일담이라 이름붙여야 할 이 새로운 흐름을 읽고 그에 기대서 당대비평의 세계에 조심스럽게 다시 첫발을 딛게 된 나도 모처럼 이유없이 가슴이 풍성하다. 아마 문학평론가라는 이름을 떼어버리지 않아도 되기 때문일 것이다.

(김하경 소설집 『워커바웃』, 삶창, 2012)

그가 나를 전태일이라 불렀다

1. 빚진 자의 혼잣말

자살을 하기엔 나는 너무 가진 게 많았다. 아니 가지고 싶은 게 많았다. 그리고 운명의 지침이 딸깍 소리를 내며 "다른 선택이 없다, 지금이 바로 죽을 때다"라고 내게 이르는 말을 불행(다행)히도 듣지 못했다. 그랬다면 아마도 "이 잔을 제게서 치워 주소서, 하지만 꼭 받아야 한다면 달게 받겠습니다" 운운하면서 그 지침에 순종했을지도 모른다. 하지만 그런 일은 없었다. 아니 솔직히 말하면 그 소리를 듣지 않으려고 무던히 애를 썼다. 결정적일 때 아주 조금 몸을 틀어 운명의 화살을 피해 왔다고 말해야 한다. 이 말을 과거시제로 쓰는 것은 지금은 너무 늦었(다고 생각하)기 때문이다. 서른 즈음에 기회를 놓치고 나면 자살도 어정쩡해 진다. 그때부터는 어떻게 하면 더 이상 부끄럽지 않게 살아남는가가 더 중요해 진다. 물론 생의 최종 심급에 이르면 누구의 삶이든 부끄럽게 살아남은 것으로 낙착이 될 테지만. (사실은 여기에도 비겁의 더러운 흔적이 덕지덕지 붙어 있다)

그리하여 내게 스스로 삶의 끈을 놓아버린 사람들은 생애에 걸친 열패감의 대상으로 남는다. 심지어 나는 채 스무 살도 되지 못한 청소년들이 아파트 옥상에 가지런히 벗어놓고 떠난 운동화만 보아도 가슴이 철렁 내려앉는다. 그것은 열패감 때문이다. 그들에 대한 연민이나 그들을 그렇게 만든 세상에 대한 노여움은, 그들에 대한 나의 근원적인 열패감보다 항상 조금 늦게 찾아온다. 하물며 더 크고 무거운 의미를 지닌, 자기 희생으로서의 자살을 감행한 사람들에 대해서는 더 무슨 말이 필요하랴. 그런 죽음들이 있다. 나와 동시대의, 그리하여 어쩌면 내가 그들 대신 그 자리에 있었을 수도 있었던, 지난 30년 동안 나를 괴롭혀 온 수많은 그런 죽음들이 있었다.

어떤 이들은 열사라 불리었고, 어떤 이들은 그런 호칭조차 얻지 못하고 이제는 기억 저편에 묻혀 버렸지만, 나는 그들이 살아온 모든 과거와 앞으로 살아갈 수 있었던 모든 미래가 한 점으로 압축되어 블랙홀처럼 절대의 비중을 가진 영점으로 화하는 그 순간을 상상하는 것만으로도 숨이 막혀왔다. 살다 보면, 운명의 희롱에 엮이다 보면, 자기도 모르게 죽음 외의 선택이 없게 되는 경우가 있을 것이다. 하지만 자기 때문이 아니라 다른 사람들 때문에, 그리고 죽음 외에 다른 선택이 너무나 많고, 그런다고 해서 아무도 비겁하다거나 무책임하다고 하지 않는데도, 뚜벅뚜벅 죽음의 길을 선택한, 그리하여 살아남은 사람들을 영원한 부끄러움의 연옥 속에 가두는 사람들이 있다. 그런 사람들의 죽음을 생각하면 나는 언제나 숨이 막혀오는 것이다. 무엇이 그들을 그토록 지독한 결단으로 이끌었을까. 살아야 할 그 수많은 이유들을 다 꺾어버리고 그들을 자결로 이끈 그 이유는 무엇이었을까. 생과 사의 경계를 넘기로 결정했을 때 그들은 어떻게 그 엄청난 삶의 원심력을 이겨낼 수 있었을까. 나는 아직도 그 비밀을 모른다.

그런 사람들의 맨 앞줄에 전태일이 있다. 그는 지금으로부터 62년 전, 나보다 꼭 10년 먼저 태어나서 지금으로부터 40년 전 스물 세 살의 젊은 목숨을 스스로 포기했다. 그때 나는 그저 새카맣게 탄 얼굴로 매일 공이나 차러 다니던 초등학교 6학년생이었기 때문에 신문에 나온 그의 죽음이 무엇을 뜻하는지 알 수 없었다. 그의 죽음의 의미를 알게 된 것은 그 후 한참 세월이 흘러 내 머리가 더 여물어지고 이 세상은 이대로 견뎌야 할 것이 아니라 맞서 싸워 바꿔야 할 어떤 것이며, 그 싸움은 때로는 누군가의, 더 많은 누군가의 희생을 필요로 한다는 것을, 그리고 그 희생은 나의 몫일 수도 있다는 것을, 엄습하는 불안과 두려움 속에서 깨닫게 된 이후였다.

하지만, 나는 그 싸움에서 나를 희생하지 못했다. 행동과 도피와 검거와 고문과 투옥은 있었지만 나는 그때마다 늘 불순한 '여유'가 있었다. 어떤 궁경 속에서도 나의 패는 늘 한 두 개쯤은 더 남아 있었으며, 결정적으로 전태일과 같은 생사를 건 궁극적 고독에 이르지 못했다. 그리고 지금은 한 두 사람의 영웅적 희생의 시대가 아니라 세력과 세력 간의 본격적 대결의 국면이므로 그런 고독과 몸서리쳐지는 최후의 희생 없이도 이 싸움은 해볼 만한 것이라는 간교한 운산을, 내 마음 한 자락에서 전태일의 그림자가 어른거릴 때마다 마치 주문처럼 되풀이하였다. 그리고 그러면서 나는 한 살씩 두 살씩 나이를 먹어갔고 내가 아닌 다른 사람들이 모든 것을 던져 맞바꿨으되 여전히 애처로울 정도로 작은, 승리 아닌 승리의 보잘 것 없는 전리품들을 착복하는 대열에 슬그머니 끼어들고 있었다.

그 대신에, 그 비겁과 간교의 흔적들마다 나는 한편으로는 궤변에 다름없는 유사과학의 논리를, 다른 한편으로는 수사학으로 분식된 값싼 감상과 우울을 채워 넣었다. 그리고 나는 누군가 내 정체를 알아채고 나의 죄를 추궁할 때마다 어떤 때는 냉철한 논객의 포즈로, 어떤 때는 비극적 시인의 포즈로 그 위기를 빠져나왔다. 그것은 늘 고통스러운 일이 아닐 수 없었다. 그러나 오랜 시간 그처럼 은폐와 변명이 반복되는 동안, 어느 순간부터 삶은 평온해졌고 이젠 누구도 내 앞에 나타나 네 정체를 밝히라고 추궁하지 않게 되었다. 그들도 지치고 늙었기 때문이리라. 오히려 이젠 내가, 나의 그 궤변의 과학과 우울의 수사학이, 그들을 불편하게 하는 지경에 이르렀다. 이젠 내가 내 자신에게 정체를 밝히라고 요구할 때가 된 것이다. 무엇 때문에, 무엇으로부터 여전히 쫓겨 다니는가? 이젠 이 짐을 내려놓아야 하는 것 아닌가? 라는 생각이 드는 순간, 마치 거짓 포즈가 골격이 되고, 가면이 맨얼굴이 되기라도 한 것처럼 나는 내가 지어왔던 표정과 몸짓을 내 자신과 구별해 내기 힘들게 되었다는 것을 알게 되었다.

그것은 빚진 자의 표정과 몸짓이었다. 잘못된 세상에 태어난 것은 내 잘못이 아니지만 잘못된 세상을 그대로 방치하는 것은 내 잘못이다. 왜냐하면 모두가 이 세상을 방치한 것은 아니기 때문이다. 누군가 잘못된 세상을 고치기 위해 자기를 희생했다면 그 순간 다른 사람들은 전부 그에게 빚을 진 것이 된다. 이 사실을 몰랐다면 한 생애가 평화로웠을지도 모른다. 하지만 일단 빚을 졌다는 것을 알고 난 뒤론 다시는 그 전으로 돌아가지 못한다. 그는 그 순간부터 영원한 채무자의 길을 나서게 된다. 그 빚을 갚지 않으면 해방은 없다. 그리고 그 빚은 자신의 전 실존을 건 것이 아니면 안 된다. 왜냐하면 누군가 이미 자기의 전 실존을 걸었기 때문이다.

전태일은 바로 나에게 이런 부채감과 열패감과 부끄러움의 낙인을 찍은 존재이다. 그리고 내 생애에 걸친 거대한 숙제이다. 무엇이 전태일을 영원한 채권자로 만들었고 나를 영원한 채무자로 만들었을까. 인간의 위대함과 비루함을 가르는 기준은 무엇일까. 영웅의 길과 타락한 주인공의 길은 생의 어디쯤에서 갈라지는 것일까.

2. 빈곤 : 전태일은 가난했다

그것도 찢어지게 가난했다. 부친의 의류봉제사업은 한번 몰락한 뒤로는 다시는 일어서지 못했고 그에 따라 그의 집은 부산과 서울과 대구를 오르내리면서 점점 더 몰락했으며 이산의 운명을 감수해야 했다. 그는 그런 집안의 운명과 더불어 어린 시절을 구걸, 구두닦이, 뒤밀이, 껌팔이, 잡화행상, 신문팔이로 전전해야 했다. 잠잘 곳이 없어 동생과 함께 사과궤짝 속에서 노숙을 해야 했으며 너무 배가 고파 파도에 떠밀려 온 배추고갱이를 주워 먹으려다 물에 빠져 죽을 고비도 넘겨야 했다. 열 일곱 살에 평화시장 의류공장의 시다로 취직해서 미싱보조, 미싱사, 재단보조, 재단사로 비교적 안정적인 임노동자 생활을 했음에도 불구하고 교통비가 없어 걸어 다녔고, 밥 사먹을 돈이 없어 옷가지를 내다 팔아야 했다. 나도 성장기 내내 가난했다. 부친의 거듭되는 사업 실패로 월세방을 전전했으며 봉지쌀, 낱개 연탄으로 연명한 나날도 적지 않았다. 하지만 월사금을 못 내서 교실에서 쫓겨나 벌을 서면서도 모든 형제가 어떻게든 학업은 계속했고, 영양 부족으로 왜소하긴 했지만 끼니를 거른 적은 없었다. 가재도구에 빨간 딱지가 붙기는 했지만 그걸 내다 팔아서 연명한 적은 없었고 부친은 불우했지만 부부싸움 외에 술에 취해 가족에게 폭력을 휘두른 적은 없었다.

전태일의 가난과 나의 가난은 질이 달랐다. 그의 가난은 가족해체의 위기와 생사의 기로를 넘나든 가난이었다. 내게 가난은 조금만 고생하면 넘어설 수 있는 어떤 것으로서 실존적 질문의 대상은 아니었다. 하지만 전태일에게 가난은 바닥이 보이지 않는 심연이었고 벗을 수 없는 굴레였으며 그의 희망과 긍지와 자존심과 모든 인간적 품위를 깡그리 박탈하는 절대의 폭력이었다. 여기서 그의 생과 나의 생 사이에는 틈이 벌어지기 시작한다. 그는 전 실존을 걸고 가난과 맞서 싸우지 않을 수 없었고, 마침내 가난이란 개인의 영역을 넘어서는 어떤 거대한 구조의 산물이라는 것을 알게 된다. 그리고 그는 가난한 사람 모두의 인간회복을 생각하기에 이른다. 물론 절대의 가난을 겪은 모든 사람들이 전태일이 될 수는 없다. 하지만 절대의 가난이 주는 물리적 고통을 겪어보지 못한 사람이 전태일처럼 될 수는 없다는 것도 분명하다. 나는 내 가난이 우연한 것이며 곧 사라질 것이라 생각했다. 그리고 어느 샌가 괴로웠던 가난은 시나브로 힘을 잃었고 대학에 들어가서는 마치 남의 일처럼 가난한 사람들에게 '연민'을 보내고 가난을 낳는 구조에 대해 '공부'하기 시작했을 뿐이다. 나는 전태일과 그처럼 가난 때문에 고통 받는 사람들 때문에 여러 번 울고 또 싸웠지만 그것은 내가 직면해 왔던 여러 일들 중의 하나였을 뿐이다. 하지만 전태일에게는 그것이 전부였다.

하지만 그는 제대로, 아니 거의 배우지 못했다. 여덟 살부터 열두 살 사이 서울에서 초등공민학교와 초등학교를 오가며 학교를 다녔지만 4학년 초에 중퇴하고, 열다섯 살에 대구에서 고등공민학교에 입학했지만 1년을 못 채우고 다시 그만두어야 했다. 부친의 강요로 고등공민학교를 그만두어야 했을 때 그는 고학으로라도 학업을 계속하기 위해 가출까지 감행했지만 더 이상 학교를 다니는 것은 불가능했다. 그리고 열아홉 살 봄에 삼일 간의 밥값을 희생하여 중학 1학년용 통신강의록을 구입한 것이 그가 교육과 맺은 마지막 인연이었다. 반면 나는 충분히, 아니 너무 배웠다. 초등학교 6년, 중고등학교 6년을 거르지 않고 다녔고 이른바 명문대를 나왔으며 석사, 박사과정까지 다 마쳤고 지금은 교수로 평론가로 여전히 공부를 하고 있다. 나는 한글을 깨친 다섯 살 무렵 이후 지금까지 단 며칠 동안이라도 손에서 책을 놓아 본 기억이 없다.

전태일은 무식했다. 하지만 그는 자신이 배운 그 한줌밖에 안 되는 지식과 얼마 안 되는 독서이력 위에 처절하게 가난하고 비참한 삶에서 얻은 경험들을 버무려 무섭도록 치열한 성찰을 일구어냈다. 그는 자신이 왜 그토록 가난해야 하는가를 물었고, 왜 가난한 사람들이 존재하게 되었는가를 물었고, 그 가난과 인간성의 훼손이 어떻게 연결되는가를 물었고, 이 불평등으로 일그러진 세상을 어떻게 하면 바꿀 수 있을 것인가를 물었다. 그리고 무엇보다 이 세상을 바꾸기 위해 자신이 무엇을 할 수 있는가를 물었다. 그리고 그 마침내 그 대답을 얻었다. 그리고 그 대답대로 행동했다.

나는 늘 유식했다. 그리고 지금은 스스로를 지식인이라고 부른 지도 오래되었다. 나는 너무 많은 것을 알았다. 그리고 그 대부분은 묻기도 전에 안 것들이었다. 그리고 내가 묻지 않고 안 것들을 가지고 다른 사람들의 물음에 자신 있게 답을 주곤 했다. 나도 많은 것을 궁금해 했다. 하지만 너무나 쓸데없이 많은 것들을 궁금해 했다. 그리고 그것들 모두의 답을 얻고자 했다. 그러나 그러는 동안, 정말 내게 간절한 것이 무엇인지, 내가 알고자 하는 것이 내 삶에 어떤 지침이 될 것인지를 점점 잊어버리게 되었다. 잘못 묻고 잘못 안 것들, 굳이 알지 않아도 되는 것들이 정말 알아야 할 것들을 묻고 그 대답을 얻는 일을 방해했다. 그리하여 나는 아직도 내가 어떻게 살고 어떻게 죽어야 할지 잘 알지 못하고 있다. 전태일의 지식은 소박하지만 깊었으며 얼마 안 되지만 그 무게는 막중하였다. 그리고 그것은 고금의 현자들이 그토록 찾아 헤매던 바로 그것이었다.

4. 노동 : 전태일은 하루 열다섯 시간을 일했다

그래서 그도 노동을 지옥처럼 생각했다.

끝날이 인생의 종점이겠지. 정말 하루하루가 못 견디게 괴로움의 연속이다. 아침 8시부터 저녁 11시까지 하루 15시간을 칼질과 아이롱질을 하며 지내야 하는 괴로움, 허리가 결리고 손바닥이 부르터 피가 나고 손목과 다리가 조금도 쉬지 않고 아프니 정말 죽고 싶다. 사나이 큰 포부를 가지고 인내와 노력이 있어야 한다지만 정히 못 견디겠다. 육체적 고통이 나를 죽음을 생각(하게)하는 게 아니다. 정신적 고통이 더욱 심하기 때문이다. (…중략…) 언제나 이 괴로움이 없어지나. 죽어버리면 다 깨끗하겠지. 죽음이 무엇이냐? 언제 죽어도 한번은 죽을 몸, 조금 일찍 죽는다는 것뿐이다. 아…… (1967년 3월 16일의 일기에서)

하지만 그는 그 지옥 같은 노동을 중단할 수 없었다. 다른 길이 없었기 때문이다. 그렇기 때문에 그는 그 수레바퀴에서 탈출하는 대신에 그것을 똑바로 응시하고 그것과 맞서는 길을 갈 수 있었다. 노동의 고역을 피하지 않고 정면으로 돌파하는 동안 그는 자기를 실현하는 기쁨의 원천이어야 하면서도 자기 소외의 근원이 되어버린 자본주의 체제 아래서의 임노동의 본질을 알아차리게 되었다. 지옥 같은 노동의 연속 속에서 그는 왜 노동이 기쁨이 되지 못하고 고역이 되는가 어떻게 하면 노동이 기쁨일 수 있는가를 집요하게 물을 수 있었고 또 나름의 대답을 얻을 수 있었다. 그는 임노동의 철폐라는 급진적 해결책에 도달한 것은 아니었다. 그것은 그에겐 너무나 먼 결론이었다. 대신 그는 '근로기준법'을 발견하고 사문화되어 있던 그것을 자신의 사상으로 다시 살려냈다. 누구도 그것을 가르쳐주지 않았고 아무도 그것과 당시의 노동현실을 비교할 생각을 하지 못했을 때, 그는 그것을 혼자 힘으로 해 냈다. 그리고 그는 나아가 근로기준법이 지켜지면서도, 노동자의 기본권이 확보되면서도 이윤도 산출하는, 그리고 그 이윤을 기업주와 종업원이 공평하게 분배하는 기업을 만들겠다는 혁명적 상상에 도달하게 된다. 그 생각은 원단 먼지가 풀풀 날리는, 허리도 제대로 펴지 못하고 칼질과 미싱질과 아이롱질을 해야 하는, 화장실도 마음대로 못 가는, 그러면서도 늘 최저생계를 걱정해야 하는 작업장에서 불행한 어린 소녀들과 함께 하루 열다섯 시간씩의 살을 깎아 내는 노동의 양이 없었다면 얻을 수 없었던 질적 비약이었다.

나는 평생 이런 노동을 해 본 적이 없다. 지금 하고 있는 대학교수 노릇도 엄밀히 말하면 임노동이고, 과거에 5~6년 경험했던 출판사 편집사원 일은 보다 대놓고 임노동이지만 전태일이 겪었던 것과 같은 지옥 같은 노동의 경험은 겪어본 적이 없다. 나의 노동은 대부분 읽고 쓰고 가르치는 일로만 이루어져 있다. 그리고 이 노동 속에서 나는 한 번도 소외를 경험한 적이 없다. 읽는 일, 쓰는 일, 가르치는 일도 생산 혹은 재생산 노동이라면 이 노동은 그 처음과 끝을 내가 완전히 장악하여 늘 거의 온전히 내 것으로 귀속되는 행복한 노동이라고 할 수 있다. 이 노동은 대개 강제되지 않는 자율적 노동이며 다소간의 육체적 정신적 피로는 가져올지언정 영혼을 갉아먹는 지경에는 이르지 않는다. 이런 자기충족적인 지적 노동은 그럼에도 불구하고 자립적이지 못하다. 그것은 올바른 정치적 실천과 결합될 때에만 현실성을 가지게 되며 사회적으로 의미 있는 생산물을 산출하게 된다. 그리고 그러기 위해서는 그것을 자극하고 추동하는 내적 절실함이 필요한데 그 절실함은 읽고 쓰는 지적 작업에서 나오는 것이 아니라 생 자체에 가해지는 충격과 고통에서밖에는 얻을 길이 없다. 하지만 내게 그러한 충격과 고통은 대부분 타인의 고통과 비극에서 전이된 것이었지 온전히 내 삶의 한가운데서 솟아난 것이 아니었다는 것이 문제다. 나는 이를테면 전태일의 고통을 매개로 나의 고통을 상상해 내고 그로부터 나날의 지적 노동을 위한 자극을 얻었을 뿐이지만 전태일은 자기의 고통스런 노동을 직접 매개로 하여 생의 비약을 얻은 것이다.

5. 사상 : 전태일은 나를 '나의 일부인 너'라고 불러 주었다

청옥고등공민학교에서의 고등공민학교 대항 종합체육대회의 체험은 전태일의 생애에서 가장 아름다운 추억으로 남아있다. 그는 그날의 넘치는 행복감 속에서 처음 타자의 고통에 대해 생각했다.

> 나는 학교 주최측에서 제공하는 식당에서 다른 선수들과 나란히 자리를 같이 하면서 남·녀 선수들과 같이 즐거운 대화를 나눌 때 내가 아직도 서울에서 방황하고 있었으면 어떻게 되었겠나를 생각할 때 가슴이 뭉클하면서 어느 면으로나 관대하고 인자하신 어머니 아버지, 그리고 나의 주위의 모든 사람들이 더 한층 사랑스럽고 어떻게든지 공부를 끝까지 해서 지금도 서울에서 고생하고 있는 친구들을, 그리고 거리에서 허기진 배를 움켜쥐고 5원의 동정을 받고 양심까지도 다 내어 보여야 하는, 언제든지 믿지는 생명을 연장하려고 애쓰는 불쌍한 사람들을 위해 일하리라고 막연하게 생각을 했었다. (회상수기 「부한 환경에서 거부당한 생활」 중에서)

그는 이 짧고 가여운 행복조차 과분하여 그것을 어서 나누고 싶었던 것이다. 그러나 그 행복은 오래 가지 않았고 그는 다시 지옥 같은 노동의 세계로 돌아갔다. 하지만 그는 그 지옥 속에서도 단 한 조각의 행복감도 없는 자리에서도 자기보다 더 불행한 미싱사, 미싱보조, 재단보조, 시다들에 대해 생각했다. 아니 생각한 것이 아니라 그들을 위한 행동을 바로 시작했다. 그는 미싱사의 자리를 박차고 나와 사장과 교섭권이 있고 노동자들의 생사여탈권을 지닌 재단사가 되기 위해 임금이 반 이상 줄어드는 것을 감수하면서 다시 재단보조가 된다. (여기서부터 나는 그가 두려워지기 시작했다) 그는 결국 재단사가 되었지만 얼마 못가서 "시다들을 버릇없게 만든다"는 이유로 해고를 당한다. 그리고 그때부터 단순히 한 사업장 내에서의 노동환경이나 임금의 개선이라는 소박한 목표를 넘는 '운동'의 영역으로 자신을 이월시킨다. 바보회를 조직한 것도 이 무렵부터이다. 이와 함께 그의 사상, 인간은 모두 한 전체의 일부라는, 나는 너의 일부이고 너는 나의 일부라는 생각 역시 굳게 여물어간다.

어머니께서는 내가 공사장에 삽질을 하러 간다는 것을 알고 계셨거던. 약한 내가, 그런 일을 한 번도 해본 일이 없는 자기의 소중한 전체의 일부가, 오늘 뜨거운 태양 아래 비지땀을 흘려야 한다. 신체적으로 약하고 자존심이 강한 내가 하루를 무사히 넘길지, 정신적으로 얼마나 상처를 많이 당할 것인가를 생각하신 것일세.

얼마나 위로해야 할 나의 전체의 일부냐? 얼마나 불쌍한 현실의 패자냐, 얼마나 몸서리치는 사회의 한 색깔이냐?

그렇다. 저주받아야할 불합리한 현실이 쓰다 버린 쪽박이다. 쪽박을 쓰기 시작했으면 끝까지 부셔지지 않게 잘 쓰던지, 아니면 아예 쓰지를 말던지, 이것도 아니고 저것도 아닌 그저 무자비하게 사회는 자기의 하나를 위해 여기 이 어질고 착한, 반항하지 못하는, 마도로스 모자를 쓴 한 인간을, 아니 저희들의 전체의 일부를 메마른 길바닥 위에 아무렇게나 내던져버렸다. (이상 친구 원섭에게 쓴 1969년 9월 30일 경의 편지에서)

성장해 가는 여러분의 어린 자녀들은 하루 15시간의 고된 작업으로 경제발진을 위한 생산계통에서 밑거름이 되어 왔습니다. 특히 의류계통에서 종사하는 어린 여공들은 평균연령이 18세입니다. 얼마나 사랑스러운 여러분들의 전체의 일부입니까? (1969년 12월 19일 대통령과 근로감독관에게 쓴 진정서에서)

어머니에겐 자신이 '그녀의 소중한 전체의 일부'이고, 공사판에서 노동에 지쳐 쓰러진 이름 모를 남자는 위로해야 할 '나의 전체의 일부'이자 그를 쓰러뜨린 '저희들의 전체의 일부'이며, 하루 15시간씩 중노동에 시달리는 18세 여공들은 다른 사회구성원들의 '사랑스러운 전체의 일부'가 된다. 모든 인간이 서로가 서로에게 자신의 일부라고 한다면, 그 중에 단 한 사람이라도 고통 받는다면 그것은 나머지 모두에게도 고통이 될 것이며 그 나머지 모두는 자기가 고통 받지 않기 위해서라도 그 한 사람의 고통을 덜어주려고 할 것이다. 그것이 전태일이 생각하는 유토피아이고, 전태일 사상의 제1명제이다. 이 토대 위에서 전태일은 거침없이 바보회를 이끌고 평화시장 노동실태 조사를 하고 정부에 진정서를 내고 항의시위를 기획한다. 이제 자신의 행동은 그저 한 노동자의 생존투쟁이 아니라, 나의 일부인 모두에게 향한 각성과 성찰에의 권유이기 때문이다. 그리고 그 사상은 이제 그의 이 마지막 유언처럼 남은 사람들 하나하나를 호명하며 비수처럼, 불도장처럼 와서 박힌다.

사랑하는 친우여, 받아 읽어주게.
친우여 나를 아는 모든 나여.
나를 모르는 모든 나여.
부탁이 있네. 나를, 지금 이 순간의 나를 영원히 잊지 말아주게.

그리고 바라네. 그대들 소중한 추억의 서재에 간직하여 주게.

뇌성번개가 이 작은 육신을 태우고 꺾어버린다 해도, 하늘이 나에게만 꺼져 내려온다 해도 그대 소중한 추억에 간직된 나는 조금도 두렵지 않을 걸세. 그리고 만약 또 두려움이 남는다면 나는 나를 아주 영원히 버릴 걸세. 그대들이 아는 그대 영역의 일부인 나. 그대들이 앉은 좌석에 보이지 않게 참석해서 미안하네. 용서하게.

테이블 중간에 나의 좌석을 마련하여 주게. 원섭이와 제철이 중간이면 더욱 좋겠네.

좌석을 마련했으면 내 말을 들어주게. 그대들이 아는 그대들의 전체의 일부인 나. 힘에 겨워 굴리다 다 못 굴린, 그리고 또 굴려야 할 덩이를 나의 나인 그대들에게 맡긴 채 잠시 다니러 간다네. 잠시 쉬러 간다네.

어쩌면 반지의 무게와 총칼의 질타에 구애되지 않을지도 모르는, 않기를 바라는 이 순간 이후의 세계에서 내 생애 못 다 굴린 덩이를, 덩이를 목적지까지 굴리려 하네. 이 순간 이후의 세계에서 또 다시 추방당한다 하더라도

굴리는 데, 굴리는 데 도울 수만 있다면, 이룰 수만 있다면. (1970년 4월에 쓴 소설초안에서)

이 유언은 그의 친우들에게 주는 것이었지만, 그는 여기서 "나를 아는 모든 나"뿐만이 아니라 "나를 모르는 모든 나"까지 자신의 친우로 호명하고 있다. 그러니 아무도 그의 이 마지막 부탁을 모르는 척할 수가 없다. 전태일이 또 다른 나로서 나 자신을 부르고 있기 때문이다. 그저 다른 사람들을 나 자신의 일부로 여기라는 데서 나아가 나 자신을 또 다른 내가 남긴 최후의 소명을 이어가야 할 또 하나의 자아로 받

아들이라는 것이다. 전태일이 죽어서 내가 된 것이다. 나는 그가 남긴 무거운 덩이를 마저 굴려야 할 새로운 전태일이 된 것이다. 이 부탁을, 이 운명을 어떻게 거절할 것인가? 전태일의 사상은 이렇게 완성된다. 그리고 전태일은 이로써 죽음의 무게를 결정적으로 이겨내고 있다.

나는 사는 동안 한 번도 다른 사람을 나의 일부라고 생각한 적이 없다. 반대로 내가 다른 사람의 일부라고 생각해 본 적도 없다. 사람들이 커다란 전체의 작은 부분으로서 연관되어 있다고는 생각했지만 서로가 서로에게 자기 자신이라는 생각은 해 본 적이 없다. 그런데 전태일은 그런 생각에 도달했다. 그리고 그가 나를 "나의 일부인 너"라고, 바로 자기 자신이라고 불러주었다. 그것을 어떻게 부인하겠는가? 나는 전태일인 게 맞다. 그가 남기고 간 덩이를 이어서 굴려가야 할 또 다른 그의 일부인 것이 맞다.

6. 행동 : 전태일은 그 순간을 향기를 발하는 백합의 오후라고 했다

이제 모든 것은 다 이루어졌다. 그의 처참한 가난과 좌절한 인식욕과 지옥 같은 노동과 이 모든 것을 다 통과하여 얻어진 사상이 그것을 받아들일 준비가 되어 있지 않은 이 세계를 향해 선포되는 순간만이 남았다. 그는 공식적으로 할 수 있는 모든 절차를 다 시도했으며 자기 자신을 남아있는 모두에게 남김없이 나누어 주었다. 남은 것은 그의 가난과 영양부족과 지옥 같은 노동에 절은 작고 마른 육신뿐이었다. 그리고 그것조차 곧 한 줌 재로 돌아갔다. 그는 그 순간을 두고 이미 일 년 전에 이렇게 말했다.

그 순간 무엇이 두려워야 된단 말인가. 두려워서야 될 말인가. 도리어 평온해야 될 걸세. 조금이라도 두려움을 가진다면 나는 나를 버릴 걸세. 완전한 형태의 안정을 요구하네. 순간, 그 순간만이 중요한 거야. 그 순간이 지나면 그 후론 거짓이 존재하지 않네. 그 후론 아주 완성된 白일세. 그 순간은 영원토록 존재하는 거니까. 전후는 염려 없네. 그리고 그 순간은 향기를 발하는 백합의 오후였다고 이야기를 나누게. (1969년 말경의 일기 속의 단상들 중에서)

죽음의 순간을 향기를 발하는 백합의 오후라고 말할 수 있다면 그의 죽음은 그때 이미 완성된 것이라고 해도 좋을 것이다. 그러나 이러한 평온한 결단 뒤에도 오래도록 그는 힘겨워 했다. 그리고 다시 마지막 다그침이 있었다.

이 결단을 두고 얼마나 오랜 시간을 망설이고 괴로워했던가? 지금 이 시각 완전에 가까운 결단을 내렸다.

나는 돌아가야 한다.

꼭 돌아가야 한다.

불쌍한 내 형제의 곁으로, 내 마음의 고향으로, 내 이상의 전부인 평화시장의 어린 동심 곁으로. 생을 두고 맹세한 내가, 그 많은 시간과 공상 속에서, 내가 돌보지 않으면 아니 될 나약한 생명체들.

나를 버리고 나를 죽이고 가마. 조금만 참고 견디어라. 너희들의 곁을 떠나지 않기 위하여 나약한 나를 다 바치마. (1970년 8월 9일의 일기에서)

그리고 1970년 11월 13일, 그는 그 '완전에 가까운 결단'에서 '완전한 결단'으로 단호하게 이행했다. 하지만 그가 남긴 글들을 아무리 읽어보아도 나는 그러한 단호한 이행의 순간을 다 이해할 수 없다. 어떻게 자기 자신에게 죽음을 약속하고 그것을 이행할 수 있단 말인가.

7. 남은 자의 뒷말

아무리 생각해도 나는 전태일과 다르다. 나는 그처럼 빈곤하지도 않았고 그처럼 못 배우지도 않았으며 그처럼 노동하지도 않았고 그처럼 깨닫지도 더욱이 그처럼 자신을 영웅적으로 희생하지도 못했다. 그는 그 나름의 생의 논리 속에서 죽음의 논리를 발견했고 그것을 이행했다. 내가 그의 죽음 앞에서 눈물을 흘린 것은 회한과 자책, 죄의식 때문일지도 모르지만, 그 눈물 속에는 내게 그런 운명의 명령이 피해간 것에 대한 마음 속 깊은 곳의 안도감도 들어 있다. 나는 전태일은 아닌 것이다 그런데 그는 나를 전태일이라 불렀다. 그가 죽음으로 의도한 것은 '근로기준법 이행'이 아니었다. 자신을 포함한 불행하고 가난한 사람들의 완전한 해방을 위해 그런 꿈을 꾸는 무수한 전태일을 복제해 내는 것이었다. 그가 내게 원한 것은 눈물을 흘리는 것이 아니라 또 다른 전태일이 되는 것이었다. 나는 그에 의해서 전태일로 명명되었다. 나를 자기 자신의 일부라고, 또 다른 자기라고 불러주었다. 그리고 자신의 생애의 과업을 넘겨주겠노라고 했다. 아니라고 할 도리가 없다. 어떻게 해야 하는가. 내가 이제부터 나를 전태일이라 부른다면 전태일이 아닌 것과 무엇이 달라질 것인가.

다시 처음으로 돌아가자. 나는 전태일에게 빚을 진 전태일이고 전태일 앞에서 부끄러운 전태일이고 전태일처럼 되지 않으려고 별별 간계를 다 썼으면서도 아주 조금은 전태일처럼 되고 싶어 하는 전태일이다. 내가 이 분열을 살면서도 전태일이라고 할 수 있으려면 부끄러우면 부끄러운 대로, 욕스러우면 욕스러운 대로, 모자라면 모자란 대로 최대한 자기의 온 실존을 던지는 삶의 기획을 이행해 나가면 될 것이다. 모두가 서로에게 나는 너이고 너는 나라고 말해도 전혀 거리낄 것이 없는 전태일들의 세계를 향해서 말이다.

(『리얼리스트』 3호, 2010년 11월)

부끄러움의 서사, 난쏘공

제책소에서 나의 책에 울긋불긋한 옷을 입혔고,
그것도 모자라 비닐로 또 쌌다.
많은 사람들이 난장이의 이야기를 읽고 눈물이 나 혼났다고 말했다.
그들의 목소리는 한결같이 경쾌하게 들렸다.
말할 수 없이 창피하고, 말할 수 없이 슬픈 일이었다.
나는 스스로 하늘을 보지 않기로 했다.
— 조세희, 「부끄러움」

2

1. 낯섬과 불편함

30년 전이다. 『난장이가 쏘아올린 작은 공』(난쏘공)이 한 권의 단행본으로 출간되어 나온 1978년에 나는 대학에서의 두 번째 해를 보내고 있었다. 그해 나는 마음이 끌리는 수업만 들었고 두 학기 연거푸 두 개씩의 F학점을 맞았다. 그 대신 나는 독재자와 싸웠다. 아니 독재자의 눈으로 볼 때만 그랬을 뿐이다. 나는 세상 전체와 맞서 싸운다고 생각했다. 비슷한 생각을 가진 선후배, 동료학생들과 은밀하게 모여서 금지된 책들을 읽었고 경찰이 상주하는 대학 교정에서 봄 가을 두 세 차례씩 일어나곤 했던 뜨거웠으나 너무 빨리 끝나버리곤 하던 반정부 시위에 참가했다. 여름에는 기관과 학교당국의 눈을 피해 산골짝에 들어가 농민들과 함께 땀을 흘렸고 겨울에는 또래의 노동자들을 만나서로 배움을 나누었다. 바깥으로 드러난 일들이란 그 정도였다. 그게 독재자와 세상에 얼마나 위협이 되었을까.

하지만 안으로는 달랐다. 금지된 책을 읽고 일하는 사람들을 만나면서 많은 말들을 들었고 그걸 다시 내 입으로 되뇌었다. 민중, 민족, 계급, 노동, 자본, 독점, 제국주의, 억압, 착취, 수탈, 불평등, 소외, 식민, 분단, 자유, 평등, 평화, 해방, 통일, 계몽, 이성, 의식, 모순, 운동, 투쟁, 혁명…… 나는 이런 말들로 이루어진 사람이 되어 가는 중이었다. 그리고 종종 세상의 비참과 고통 때문에 눈물을 흘렸다. 말들은 눈물과 섞여 더 견고하게 굳어져 갔다. 물론 그런다고 당장 세상이 바뀌지는 않았다. 하지만 세상이 바뀌지 않는 한 나도 나를 바꾸지 않을 것이라고 생각하니 세상이 점점 더 두렵지 않게 되었다. 조만간 나로 인해, 적어도 우리들로 인해 세상은 위협을 느끼게 될 것이라고 나는 생각하기 시작했다.

그 무렵 '난쏘공'을 읽었다. 이 책은 나를 놀라게 하였다. 거기엔 아버지와 어머니, 그리고 2남 1녀의 자식들로 이루어진 '난장이가족'의 짓눌린 삶과 그것을 벗어나려는 힘겨운 싸움이 있었고 그 시대 한국 노동자계급의 삶 전체가 드리워져 있었다. 그 난장이가족을 바라보는 다른 계급에 속한 사람들의 눈길과 생각들도 정확히 그려져 있었다. 한 시대 노동계급의 운명을 이처럼 노골적이고 전면적으로 펼쳐낸 소설을 나는 그 전까지 읽은 적이 없었다. 무엇보다 나를 놀라게 한 것은 이 책 갈피갈피에서 묻어나오는 어떤 간절함이었다. 이 책은 책상에 앉아서 쓴 것이 아니라 마치 칼날을 밟고 서서 쓴 것처럼 느껴졌다. 나는 그 사람을 보고 싶었다. 하지만 그 사람의 간절함과 비슷한 질량의 간절함을 가지고 내 앞의 싸움을 하는 것으로 그 보고픔을 달래기로 했다. 그것은 그 시절 좋은 사람을 사귀는 나만의 방식이었다.

한편 그 책은 나를 더없이 불편하게도 만들었다. 뫼비우스의 띠, 칼날, 우주여행, 난장이가 쏘아올린 작은 공, 육교 위에서, 궤도 회전, 기계 도시, 은강 노동 가족의 생계비, 잘못은 신에게도 있다, 클라인씨의 병, 내 그물로 오는 가시고기, 에필로그라는 12개의 제목들부터 나에게는 불편함을 주었다. 불편하고 낯선 것은 제목만이 아니었다. 책 속의 모든 말들이 그랬다. 그보다 2년 전의 나였다면 그렇게 낯설지는 않았을 것이다. 나는 이 책의 말들과는 다른 말들로 만들어져 가던 중이었다. 이 책에 쓰인 말들은 어떤 막을 한 꺼풀 쓰고 있다는 생각이 들었다. 이 글을 쓴 이는 말을 두려워하는 사람이라고 나는 생각했다. 그는 '노동자계급'이라는 말을 쓰지 않고 노동자의 이야기를 하려는 사람이라고 나는 생각했다. 민중이라는 말을 피하고 민중을, 계급이라는 말을 피하고 계급을, 착취라는 말을 피하고 착취를, 소외라는 말을 피하고 소외를, 투쟁이라는 말을 피하고 투쟁을 말하기 위해서 무진 애를 쓰는 사람이라고 생각했다. 그러니까 그는 아닌 말, 없는 말로 말을 하려는 사람이었던 것이다. 그런 사람은 소설가가 아니라 시인이다. 그는 시로 산문을 쓰려는 무모한 노력을 한 것이었다. 하지만 그 당시 나는 그의 이러한 태도를 소심증이거나 관조주의의 결과로 간주했다. 나도 시적 초월을 꿈꾸지 않은 것은 아니었다. 하지만 하루하루는 너무 가팔랐고 나는 무지막지한 구체적 현실과의 지리한 싸움의 한복판에 나를 끝없이 밀어 넣는 중이었다. 그런 나에게 이 소심하기 그지없는 책은 안개가 한 겹 씌워진 것처럼 답답하고 불편했다.

다른 사람들도 나처럼 이 책을 불편해 했다. 이 땅에 난장이가족이 함께 살고 있다는 사실을 이 책을 통해 처음 깨달은 사람들이나 이 책이 난장이들의 봉기를 불러일으킬지도 모른다고 생각하는 사람들도 불편하기는 마찬가지였겠지만 그 사람들 얘기를 하려는 것은 아니다. 소설을 많이 읽은 사람들, 문학에 대해 할 말이 많은 사람들, 문학은 모름지기 세상을 바꾸는 일에 쓰여야 한다고 생각하던 사람들의 얘기다. 그들은 문학은 쉬워야 한다고 생각했다. 쉽다는 것은 익숙한 말로 쓰여야 한다는 말이다. 이 책은 어려운 말로 쓰이지는 않았지만 익숙한 말로 쓰이지도 않았다. 난장이가족은 이 책을 읽을 수 없다는 것이 그들의 생각이었다. 그것은 미묘한 문제였다. 난장이가족은 쉽고 익숙한 글만 읽을 수 있을까, 혹은 읽어야 할까. 하지만 당시엔 그게 가장 힘이 있는 생각이었다.

이 책이 사람들을 불편하게 한 점이 또 하나 있었다. 말뿐만 아니라 생각도 문제였다. 사람들의 생각에 의하면 난장이가족은 승리해야 했다. 그들은 누구의 힘도 빌지 않고 자기들의 힘으로 싸워서 세상을 바꿀 운명을 타고난 것이고 그것은 법칙이자 섭리에 가까웠다. '난장이들'을 다룬 모든 문학은 이 섭리를 알아차리지 않으면 실패하게 되어 있다는 게 그 시절의 생각이었다. 이 섭리가 어떻게 이루어지는가를 보여주는 게 좋은 문학이었던 것이다. 그러나 이 책도 글쓴이의 생각도 그와는 다른 것으로 간주되었다. 릴리푸트읍이라든가 뫼비우스의 띠라든가 클라인씨의 병이라든가 하는 우화적 장치들이 그런 착각을 일으켰다. 또 사랑에 대한 거듭된 강조가 그런 인상을 더 부추겼다. 사람들은 그런 알 듯 모를 듯한 불투명한 비유들을 거추장스러워 했다. 나도 마찬가지였다. 특히 나는 사랑타령을 싫어했다. 그 당시 나는 사랑으로 무엇을 이룰 수 있다는 모든 생각을 경멸하는 훈련을 하고 있는 중이었다.

이 책은 아주 많이 팔려나갔다. 서점에서 이 책을 사서 읽을 수 있었던 많은 사람들이 마치 시튼 동물기나 파브르 곤충기를 대하듯이 책을 읽었다. 그리고 자기들의 기름진 저녁식탁 앞에서 이 책의 난장이가족들을 생각하며 잠시 불편함을 느끼곤 했다. 그런 사람들에게 이 책을 휘감고 있는 한 꺼풀의 안개 같은 낯선 말들은 난장이가족의 불행을 적당히 관조하고 동정할 수 있는 적절한 거리를 만들어 주었다. 난장이가족들이 익숙하게 읽고 힘을 낼 수 있는 책과 난장이가족이 아닌 사람들이 더 많이 읽고 세상을 좀 더 알게 되는 책. 나는 어느 편이 더 나은지 잘 판단이 서지 않았다. 그러기 위해서는 내가 느꼈던 놀라움과 불편함을 먼저 해결했어야 했다. 하지만 나는 이런저런 이유로 오래도록 그 기회를 만들지 못하고 여기까지 오게 되었다.

2. 박제된 고통

지금도 난쏘공은 많이 읽힌다. 고등학교 교과서에도 실리고 시험에도 자주 난다. 대학선생인 나도 두 학기에 한 번 쯤은 이 책을 가르친다. 이 책은 산업화시대인 1970년대 산업역군인 '근로자'들의 애환을 다룬 고전적인 작품이 되었다. 어린 학생들은 이 책을 아버지나 할아버지 시대의 이야기로 읽고 배운다. 세월이 많이 지났고 세상이 많이 바뀌었다는 것이다. 그래서 이젠 아무도 이 책을 현재의 이야기로 받아들이지 않는다. 모름지기 지금 당장 위험한 이야기는 교과서에 실리지 않는 법이다.

이젠 아무도 무거운 가방을 메고 칼을 갈거나 수도를 고치러 다니지 않는다. 아무리 가난한 집 아이라도 주머니가 없는 옷을 입고 다니지 않는다. 장시간 노동 때문에 얼굴이 노랗게 된 어린 여성노동자들도 찾아볼 수가 없다. 노동조합을 인정하지 않는 회사나 공장은 거의 없다. 어떤 노동자도 자기 고용주의 악덕에 칼을 들고 복수를 하려 하지는 않는다. 끼니를 못 이어 주린 배를 움켜쥐는 사람들도 잘 보이지 않는다. 무지막지한 철거반원에게 집을 잃고 거리에 나 앉는 사람들 이야기도 들려오지 않는다. 더 이상 대학생들은 학업을 포기하고 가난한 사람들 속으로 들어가지 않는다. 어느 부잣집 자식도 부모의 재산과 자신들의 여유를 부끄러워하지 않는다. 세월이 많이 지났고 세상이 많이 바뀌었다.

지난 수십 년 동안 우리나라 사람들은 죽도록 일을 했다. 그렇게 해서 아파트를 사고 승용차를 샀으며 입는 옷, 먹는 음식에서부터 심지어는 정치권력까지 온갖 것들을 바꿔 나갔다. 그래서 세상은 삼십 년 전과는 전혀 다른 세상이 되어 버렸다. 어느 순간부터 돈이 너무 많아졌다. 그리고 돈을 가지고 할 수 있는 것들도 하염없이 늘어났다. 사람들은 너무나 많은 것들을 누리고 싶어 했으며 실제 많은 것들을 누렸다. 스무 평에서 서른 평, 마흔 평으로 집을 키워 이사를 다니는 것이 어른들의 목표가 되었다. 컴퓨터, 게임기, 휴대전화, MP3로 소유의 물목을 늘려나가는 것이 아이들의 목표가 되었다. '잘 살아보세'라는 구호가 있었다. 거기에는 나날의 생존과 인간의 존엄을 위협하는 절대적 빈곤에서 벗어나야 한다는 간절함이 있었다. 이제 그 간절함은 더 많은 것을 누리려는 욕심에 자리를 내 주었다.

그와 함께 이웃의 빈곤과 고난에 대한 이해와 동정도 이웃보다 더 가져야 한다는 욕망에 자리를 내 주었다. 가난의 공동체가 욕망의 시장에 자리를 내 주었다. 온 세상이 그렇게 바뀌었다. 지구상에 명목상으로라도 남아있던 개인보다 전체를 먼저 생각하던 나라들이 어느 한 순간 차례차례 무너져 버리고 난 뒤 세상은 야만의 숲속으로 바뀌었다. 누구나 옆이나 아래를 보는 대신 위만 보고 살게 되었다. 위로 올라갈수록 많을 것을 가질 수 있었고 더 번쩍거리는 삶을 살 수 있었다. 가진 자가 옳다, 위로 올라간 자가 위대한 자다, 그것이 세상의 정의가 되었다. 사람들은 누군가 더 많이 가지게 될수록 누군가는 더 적게 가질 수박에 없다는 것에 대해 생각하지 않기로 작정한 것처럼 살아가게 되었다. 오로지 돈만 생각하고 오로지 위로 올라가는 일만 생각하고 사는 사람들은 누군가 이웃의 고통 때문에 정말 아파하고 뜬눈으로 밤을 새기도 한다는 사실을 이해하지 않으려 한다. 한때 잘못된 세상을 고치겠다고 나섰던 많은 사람들도 위로 올라가는 사다리에 늦을세라 속속 합류했다. 그들은 독재자가 사라졌으니 모든 문제가 해결되었다고 했다. 경제가 발전했으니 더 이상 가난한 사람들을 위해 싸울 필요가 없다고도 했다. 심지어는 젊은 시절에 나라를 위해 많이 싸웠으니 이젠 나와 가족을 위해 살아야 한다고도 했다.

왜 지금도 가난한 사람들이 없겠는가. 왜 지금도 비참한 삶이 없겠는가. 아직도 몇 백만 의 영세민들이 하루하루 끼니 걱정을 하고 그들의 아이들은 학교급식이 없으면 점심을 굶는다. 800만 명 이상의 이웃사람들이 비정규직 노동자라는 이름 아래 어둡고 불안한 나날을 이어가고 있다. 계약직, 파견근무, 일용직, 아르바이트 등등 다양한 이름으로 그들은 기계를 돌리고 상품을 배달하고 음식을 만들고 청소를 하면서 이 사회가 필요로 하는 노동의 반 이상을 감당하고 있다. 하지만 그들은 일한 만큼 먹지 못하고 일한 만큼 받지 못하고 일한 만큼 쉬지 못한다. 그들은 난장이이고 난장이 부인이고 영수이고 영호이고 영희이다. 그들은 앉은뱅이이고 곱추다. 그들은 일인당 국민 소득 2만 불에 억대 연봉이 넘쳐나는 나라에서 반쯤 버림받은 사람들이다.

불평등의 심화속도는 언제나 성장의 속도를 앞지른다. 억대 연봉이 많아질수록 저임금노동자도 늘어날 수밖에 없다. 이 구조를 바꾸지 않는 한 사회는 언제나 일정한 수의 사람들을 포기할 수밖에 없다. 비정규직 노동자든 이주노동자든 88만원 세대든 그 얼굴은 바뀐다. 하지만 언제든 보이지 않는 처형대 앞에 서 있다는 점에서 이들은 똑같다. 잔인하게도 사람들은 이 명백한 사실을 똑바로 보려하지 않는다. 가난과 비참은 사라져서 보이지 않는 것이 아니라 보려고 하지 않아서 보이지 않는 것이다. 심지어 가난과 비참의 당사자들조차 그 사실을 보려고 하지 않는다. 난쏘공은 이 집단적 착각과 허위의식 때문에 박제가 되어버렸다.

3. 부끄러움의 서사

나는 노비의 가계에서 태어나지 않았다. 나의 아버지의 이름은 김불이가 아니다. 나의 아버지는 몰락한 광산업자였다. 하지만 낡은 부대 속에 절단기나 멍키 스패너, 렌치, 드라이버, 줄톱 등을 넣고 도시의 골목길을 하염없이 돌아다니는 일은 하지 않았다. 우리 형제들도 때론 봉지쌀을 사다 먹고 새끼줄에 매인 연탄을 사 나르고 물지게를 져야 했지만 주머니가 없는 옷을 입지는 않았다. 월사금을 제때 못 내고 때론 헤진 교복을 입고 다니긴 했지만 학교를 그만두지는 않았다. 대학 2학년에 난쏘공을 처음 읽었을 때 나는 그것을 분명히 남의 이야기로 읽었으며 그것이 과연 잘 쓰인 것인지 분석할 여유를 가지고 있었다. 한마디로 나는 난장이 가족의 입장에 서 있지 않았다. 물론 윤호의 입장도 될 수 없었다. 시간이 흐를수록 신애나 신애의 남편의 것에 가까워졌지만 그때 나의 시선은 지섭의 것이었다.

난장이 가족과 같은 삶을 살지 않으면서 그들과 똑같은 생각을 하는 것은 불가능했다. 동정과 공감은 가능했지만 그들과 똑같은 질량의 고통과 똑같은 질량의 분노를 가질 수는 없었다. 늘 다른 선택이 가능했기 때문이다. 그들과 같은 시선으로 세상을 보아야 한다고 생각했지만, 내 시선은 한편으로는 어느새 그들을 바라보고 있었다. 이 두 겹의 시선이 늘 문제였다. 정확히 말하면 나 자신을 바라보는 시선까지 세 겹의 시선이었다. 나는 난장이 가족의 고통을 바라본다. 나는 그들을 고통에 빠뜨리고 있는 세상을 바라본다. 나는 그들과 세상 사이 어딘가에 서 있는 나를 바라본다. 나도 고통스럽지만 그것은 그들의 고통에 의해 매개된 고통이다. 나도 분노하지만 역시 그들에 의해 매개된 분노이다. 그들은 몸으로 아프고 몸으로 분노하는데 나의 고통과 분노는 몸의 것이 아니다. 이 사실을 아는 순간 또 하나의 생리적 감각이 전해져 온다. 부끄러움이다. 그렇다. 오직 이 부끄러움만이 온전히 나의 것이다.

신애는 이렇게 말했다. 저희들도 난장이랍니다. 서로 몰라서 그렇지, 우리는 한편이에요. 하지만 김불이는 난장이로 사는 것 외엔 다른 길이 없었고 신애는 자신이 난장이라고 생각하지 않을 때는 난장이가 아닐 수 있었다. 그 여자는 타고난 난장이가 아니었기 때문이다. 그리고 신애는 김불이라는 떠돌이 수리공을 통해서만 자기 속의 난장이를 발견했다. 이 간극을 피해 갈 수는 없다. 난쏘공을 쓴 사람도 마찬가지다. 그 역시 그걸 잘 알고 있었다. 난쏘공을 써 나가는 동안 내내 그는 그 사실에 시달렸을 것이다. 무엇보다 그는 부끄러워 했다. 왜냐하면 그도 나와 선 자리가 같았기 때문이다. 난쏘공은 기본적으로 이 부끄러움이 끌고 가는 이야기다. 그리고 거기에 매개된 고통과 매개된 분노가 변주를 이루는 이야기다. 난쏘공이 밖으로 내세운 주인공들은 난장이 가족들이지만 바라보는 눈길과 이야기하는 목소리는 이 부끄러워하는 자의 것이다.

난쏘공에서 난장이와 그 가족들이 겪는 이야기들은 모두 있음직한 이야기들이다. 한 빈민가족에게 대물림되어 온 가난이 있고 그 가난은 어떤 기회도 봉쇄한다. 그 가족은 철거민이 되고 자식들은 모두 예정된 대로 밑바닥 임노동자가 된다. 그들은 보다 사람답게 살기를 원했지만 세상은 그것을 받아들이지 않는다. 아마도 그들의 다음 세대들도 같은 행로를 갈 것이다. 너무나 많은 사람들이 이와 똑같은 길을 걸어왔으며 걸어가고 있다. 그런데 아버지가 굴뚝 위에서 떨어져 자살하고 그 큰아들이 노동운동을 하다가 자본가를 살해하고 또 죽음을 맞는다. 그런 일들이 유독 한 가족에게만 몰려 있다는 게 부자연스러울 수도 있다. 하지만 그것은 전형성이기도 했다. 이런 얘기가 자세하게 기록되어 있는 정도라면 난쏘공은 한 노동가족의 비극적 행장을 다룬 선진적인 70년대 노동소설에 머물렀을 것이다.

그런데 부끄러워하는 자의 고통과 분노가 그 이야기에 남다른 방식으로 깊이 개입함으로써 난쏘공은 특별한 소설로 남게 되었다. 난쏘공을 쓴 이는 30년 전이라면 어디서든 볼 수 있는 그 노동가족에게 '난장이 가족'이라는 이름을 붙였다. 그래서 이 소설은 노동소설을 넘어서 한편의 우화가 되었다. 그 이름 없는 노동가족은 난장이라는 이름으로 당대 노동계급의 상징이 되었다. 그리고 난장이는 신애의 말처럼 노동계급을 넘어 모든 억압받아 일그러진 존재들의 이름이 되었다. 나아가 그들을 그렇게 방치함으로써 똑같이 일그러진 자본주의사회의 모든 인간을 지칭하는 말이 되었다. 그렇게 함으로써 글쓴이는 스스로 이 불행한 노동가족을 단지 바라보는 존재가 아니라 그들과 같은 운명을 나눈 존재로 인정받을 수 있었다. 난쏘공은 난장이가족의 이야기이면서 동시에 지섭과 신애의 이야기이고 윤호와 윤호 가족의 이야기, 즉 모든 난장이들의 이야기가 되었다.

노동계급 서사로서만 본다면 난쏘공은 알려진 것보다 훨씬 급진적이다. 이 책에서 노동자계급과 자본가계급은 흑과 백처럼 나뉘어져 있어서 자본가들은 조금도 노동자들을 이해하지 않았고 노동자들은 그들 앞에서 물러서지 않고 싸웠다. 인쇄공이었던 영수는 대공장 보선반 기사 조수가 되어 노조를 만들고 열 다섯 개의 서클을 만들어 그것을 지도하는 노동운동가가 되었다. 부르주아 집 자식의 과외교사를 하고 아버지 난장이에게 우주여행을 권하던 지섭은 수많은 노동현장에서의 단련을 거쳐 단순한 노동운동가를 넘는 어떤 커다란 존재가 되어 있었다. 그 영수와 지섭이 대화를 나눈다. 아버지가 살아계셨더라면 놀라셨겠구나. 그래, 너에겐 훌륭한 이론가가 될 소질이 많아. 원하기만 한다면 넌 고급 노동 운동 지도자가 될 수도 있을 거야. 난 형이 그렇게 말하는 이유를 모르겠어요. 네가 안 해도 할 사람이 있는 일을 네가 하는 이유는 뭐냐? 제가 할 일은 뭐예요? 현장을 지키는 일야. 제가 일하는 곳이 현장야요. 그럼 그곳을 뜨지 말고 지켜. 그곳에서 생각하고, 그곳에서 행동해. 근로자로서 사용자와 부딪치는 그 지점에 네가 있으라구. 이 대화는 80년대까지도 이어진 노동운동계의 가장 날카로운 쟁점을 담고 있다. 영수가 은강그룹 총수의 동생을 살해한 것을 두고 난쏘공 역시 70년대 노동운동의 비조직적 한계를 보인 것이라는 평가는 이 대화에 비추어보면 일면적이다. 지섭은 이미 영수의 조급한 선도투쟁의 한계를 알고 있었기 때문이다.

글쓴이가 30년 전에 노동계급의 삶이나 노동운동의 상황과 전망에 대해 잘 알고 있었는가 아닌가가 문제는 아니다. 알고 있지만 스스로 그들일 수 없는 자로서 무엇을 할 것인가가 더 괴로운 문제였다. 부끄러움이 그 괴로움을 일으켰다. 글쓴이는 난장이 가족의 일원이 못 되었으므로 그 고통을 전부 똑같이 겪지 못한다. '당파성'이라는 말은 얼마나 안타까운 말인가. 가까이 접근하되 결코 하나가 될 수 없는 사람들의 초조함과 부끄러움이 그 말을 낳았다. 거기엔 늘 결핍이 있다. 그 결핍은 괴롭다. 그 괴로움이 다른 무엇을 만들어낸다. 부끄러움의 생산성이다. 난쏘공은 그 부끄러움의 산물이다. 따라서 노동계급 일가족의 이야기에 머물지 못한다. 우선 난장이라는 큰 범주 속에서 그들과 하나가 된다. 그리고 자기 문제로서의 난장이 문제를 생각한다. 난장이 문제가 해결되면 노동계급의 문제도 같이 해결될 것이라는 생각이다. 그것은 부끄러움의 감각에 어울리는 정직한 방법이다.

사람들은 난쏘공을 두고 노동자계급의 이야기를 가장 노동자계급적이지 않은 방식으로 이야기했다고 말한다. 하지만 노동자계급의 이야기를 노동자계급적 방식으로 쓰면 쓴 사람은 노동자인가. 쓴 사람이 있을 자리는 어디인가. 부끄러움이 설 자리는 어디인가. 글쓴이의 이 '비산문적이고 비리얼리즘적인' 문체는 바로 부끄러워하는 자의 표현방식이다. 리얼리즘적 산문이 지닌 이중성, 완강한 객관주의적 독선성과 그 상투성은 부끄러움의 감각과는 거리가 멀다. 그렇다고 그의 문체가 애매모호하고 우유부단한 것은 아니었다. 글쓴이의 문장은 상투적 개념어를 가급적 배제하여 낯설어진 문장이지만 동시에 거두절미하고 간명한 단문이기도 했다. 그는 어떤 진리를 굳게 믿었지만 그것을 고민과 염치도 없이 상투적인 방식으로 자명한 것처럼 말하고 싶지 않았다. 그리고 비상투적 문장 속에서, 단문과 단문 사이의 강제된 휴지부에서 독자들이 산문적 2차원성을 넘는 시적 3차원성을 찾아낼 수 있기를 기대했고 그 기대는 상당히 이루어졌다. 그래서 난쏘공은 노동계급의 서사이면서 동시에 그것을 넘어서는 모든 난장이들의 해방을 위한 서사로 발돋움할 수 있었다.

또한 글쓴이는 난장이 가족의 말과 행동에 기대지 않고 자신의 세상에 대한 생각과 그 세상을 바꾸는 길에 대한 생각을 보여주었다. 그는 먼저 뫼비우스의 띠를 제시했다. 앉은뱅이와 곱추는 입주권 브로커를 살해하고 그가 부당하게 얻은 이익만을 돌려받는다. 하지만 그들이 저지른 것은 살인이었다. 그들은 갑자기 입주권 브로커와 같은 죄인이 되었다. 그들 역시 같은 굴뚝을 통과했고 따라서 흰 얼굴을 가지는 것은 불가능했다. 안과 밖은 구별될 수가 없다. 난쏘공은 이렇게 모두가 죄인이 되는 이 악무한의 뫼비우스의 띠와 같은 적대적인 세계를 탈출할 길이 없는가를 묻는 것으로 시작한다. 물론 시원한 대답이 있을 리는 없다. 대답 대신 소설 속에선 이 모두를 죄인으로 만드는 2차원의 평면적이고 적대적인 세계 위에서 벌어지는 악무한의 고통과 비참, 그리고 이루어지지 못하는 안간힘의 아픔들만 펼쳐지고 있다.

그리고 클라인씨의 병을 들고 나왔다. 내부와 외부의 구분이 없는 병이다. 갇힌다는 게 아무 의미가 없는, 벽만 따라가면 밖으로 나갈 수 있는, 그리하여 갇혔다는 그 자체를 착각으로 만드는 병이다. 이 병은 뫼비우스의 띠가 보여주는 악무한의 2차원세계를 벗어나게 해 줄 수 있을지도 모른다. 개념상으로는 분명히 가능하다. 하지만 벽만 따라가는 게 어떻게 가능한가. 그 좁은 병 속의 길은 도대체 얼마나 멀고 길 것인가. 이 악무한의 세계를 벗어날 가능성은 확인되지만 그 경로를 알 수가 없다. 결국 낭만적 아이러니만 남는다. 난장이도 죽고 그 아들도 죽고 앉은뱅이도 죽고 곱추도 죽는다. 수학교사는 우주여행을 떠난다.

그리고 마지막으로 사랑이 있다.

그러나, 아버지는 따뜻한 사람이었다. 아버지는 사랑에 기대를 걸었다. 아버지가 꿈꾼 세상은 모두에게 할 일을 주고, 일한 대가로 먹고 입고, 누구나 다 자식을 공부시키며 이웃을 사랑하는 세계였다. 그 세계의 지배 계층은 호화로운 생활을 하지 않을 것이라고 아버지는 말했었다. 인간이 갖는 고통에 대해 그들도 알 권리가 있기 때문이라는 것이었다. 그곳에서는 아무도 호화로운 생활을 하려고 하지 않을 것이다. 지나친 부의 축적을 사랑의 상실로 공인하고, 사랑을 갖지 않은 사람 네 집에 내리는 햇빛을 가려 버리고, 바람도 막아 버리고, 전기줄도 잘라 버리고, 수도선도 끊어 버린다. 그런 집 뜰에서는 꽃나무가 자라지 못한다. 날아 들어갈 벌도 없다. 나비도 없다. 아버지가 꿈꾼 세상에서 강요되는 것은 사랑이다. 사랑으로 일하고 사랑으로 자식을 키운다. 사랑으로 비를 내리게 하고, 사랑으로 평형을 이루고, 사랑으로 바람을 불러 작은 미나리아재비꽃줄기에까지 머물게 한다. 그러나 아버지가 그린 세상도 이상 사회는 아니었다. 사랑을 갖지 않은 사람을 벌하기 위해 법을 제정해야 한다는 것이 문제였다. 법을 가져야 한다면 이 세계와 다를 것이 없다. 내가 그린 세상에서는 누구나 자유로운 이성에 의해 살아갈 수 있다. 나는 아버지가 꿈꾼 세상에서 법률제정이라는 공식을 빼버렸다. 교육의 수단을 이용해 누구나 고귀한 사랑을 갖도록 한다는 것이 나의 생각이었다.

사랑이 지배하는, 게다가 이성으로 사랑을 보증하는 이런 세계는 없다. 그것은 유토피아다. 하지만 이런 세계를 꿈꾸지 못하는 한 인간은 영원히 뫼비우스의 띠 위를 방황하고, 클라인씨의 병 밑바닥 심연에서 울부짖는다. 난장이와 난장이 자식들, 지섭과 신애, 그리고 윤호는 이런 세계를 상상했다. 그리고 이런 세계를 상상함으로써 이들은 적대적 이분법의 세계, 단절과 원한의 2차원 세계에서 벗어나 3차원의 새로운 세계로 함께 나아가는 길을 찾을 수 있게 되었다. 그것이 고통과 분노의 서사가 아닌 부끄러움의 서사로서의 난쏘공이 가진 힘이다.

4. 다시 난쏘공을 위하여

이제는 난쏘공 같은 이야기를 만나기 힘들다. 자기의 운명이 곧 세계의 운명이 되는 대문자 주체가 사라졌기 때문일 것이다. 가난과 비참을 만드는 힘의 운동은 변하지 않았는데 그 운동을 막아내는 움직임에는 중심이 없다. 가난과 비참은 널려져 있는데 그 가난과 비참이 언제 어느 지점에서 누구에 의해 어떻게 극복될 수 있는지 가늠이 되지 않는다. 난쏘공에는 노동자계급이라는 힘점이 있었다. 이 힘점이 살아있어야 나머지 부분들도 힘을 받는다. 그게 당파성의 힘이다. 부끄러움이란 감각은 자립적이지 않다. 항상 무엇에 대한 부끄러움이다. 부끄러움의 서사로서의 난쏘공의 힘도 조금 과장해서 말한다면 노동자계급이라는 힘점을 향한 구심력을 떠나서는 무의미해 진다.

요즘의 이야기들에는 이 힘점이 없다. 따라서 부끄러움이라는 감각도 없다. 가난과 고통, 소외는 있는데 그것이 모두 자기의 문제로 환원된다. 그러니까 자기연민만 있다. 자기가 곧 타자다. 그러니까 연대의 감각도 윤리도 생길 여지가 없다. 스스로 타자인 존재들의 자기연민의 서사로는 그 무엇도 바꾸기 힘들다. 왜냐하면 거기에는 어떤 공동의 기획도 설 자리가 없기 때문이다. 어떤 대문자 주체의 힘점으로 수렴되지 않고, 당파성의 신화에 매몰되지 않는 것은 중요하다. 하지만 자기연민 대신 타자의 고통에 대한 겸허한 부끄러움의 감각을 유지하는 것, 그리고 주체와 타자의 사랑과 연대감으로 이 착취당하는 삶을 넘어서는 공동의 기획을 상상하고 실천하는 것도 그 못지않게 지금 우리에게 절실히 요구된다. 그렇다면 지금 난쏘공은 다시 읽혀져야 마땅하고, 또 다른 난쏘공들이 새롭게 써져야 함은 마땅하다.

난쏘공을 쓴 사람은 올해 예순 일곱 살이 되었다. 그는 난쏘공 이후 변변한 글을 쓰지 못했다. 아마도 부끄러웠기 때문일 것이다. 그는 너무나 부끄러운 나머지 작가라고 꼭 글을 써야한다는 법은 없다고까지 했다. 대신 사람들이 자신의 존엄을 지키기 위해 싸우는 온갖 싸움터를 돌아다녔다. 나도 그처럼 늘 사는 게 부끄럽고 창피하다고 생각했지만 항상 그렇게 생각하지는 않았고 사실은 훨씬 더 후안무치하게 살았다. 그는 난장이와 그의 아들을 죽였다고 울면서 참괴해 했다. 나는 아마도 그보다 일곱 배씩 일곱 번은 더 많이 불행한 이웃들을 죽였겠지만 나는 내가 누구를 죽였다는 사실조차 모르고 넘어갔을 것이다. 그런 상태에서 쓴 내 모든 글들은 모두 사기라고 해도 할 말이 없다. 난쏘공에 대해 처음 쓰는 이 글이라도 사기가 아니었으면, 그래서 난쏘공을 쓴 사람 앞에서 조금이나마 부끄러움을 덜었으면 좋겠다.

눈치가 빠른 사람들은 알아챘겠지만 나는 이 글을 난쏘공을 쓴 사람의 문체를 빌어서 썼다. 나는 그의 글쓰기의 비밀을 알고 싶었고 그가 얼마나 힘들게 글을 썼는가, 그가 왜 그토록 눌변이고 과작이었던가를 이해하고 싶었다. 그리고 어설프게나마 그의 운韻과 호흡을 따름으로써 그에게 내 나름의 경의과 부끄러움을 표현하고 싶었다.

(권성우 외, 『난쏘공 30년』, 이성과 힘, 2008)

고통을 응시하기 위한 스물 네 개의 단장斷章

김원일의 『푸른 혼』에 부쳐

1

고통은 힘들고 싫다. 직접 고통 받는 것은 물론 고통의 기억을 되살리는 것도, 고통에 관한 전언을 듣는 일도 힘겹고 진을 빼는 일이다. 생명의 본질은 기쁨이지 고통은 아니다. 내게도 고통을 피할 권리가 있다. 하지만 언제나 고통으로부터 피해 다닐 수는 없는 노릇이다. 때로는 피할 수 없는 쓴잔을 받아들 듯이 고통을 정면으로 응시해야 할 때도 있는 법이다. 아니 고통은 내가 바라볼 수 있는 어떤 것이 아니라 늘 나를 바라보고 있는 어떤 것인지도 모른다. 한시도 한눈팔지 않고 쉬지도 않고 내 생을 바라보고 있는 엄혹한 감시자로서 고통은 늘 거기에 있는 건지도 모른다. 고통이 곧 진실은 아닐 것이다. 하지만 모든 고통에는 진실이 들어있다. 내 시선은 내 앞에 버티고 서서 눈 부릅뜨고 나를 바라보고 있는 그 고통을 통과해야지만 진실에 도달할 수 있다. 고통은 나를 아프게 깨워 다시 눈뜨게 한다.

2

김원일의 연작장편『푸른 혼』. 지난 2월 어느 날인가 이 책이 집으로 배달되어 왔다. 책의 안 장에는 두툼한 검은 만년필체로 "김명인 형, 2005.2, 원일"이라고 쓴 저자의 서명이 들어 있었다. 실패한 원고청탁 전화 한 번, 그리고 시상식 등속의 문단행사에서의 우연한 마주침과 수인사 한 두 번, 술 한 잔이라도 나눈 적이 있었을까? 내 기억 속에 그와의 마주침의 흔적은 그게 전부였다. 내가 그에게 내 책을 보낸 적이 없는 것과 마찬가지로 그도 자신의 책을 내게 서명하여 보내준 적은 없었다. 그런데『푸른 혼』은 내게 저자 서명과 함께 증정되어 왔다. 어쩌면 저자로서는 별다른 뜻 없이 출판사에서 증정본을 보내는 김에 내 이름이 생각났을 수도 있을 것이다. 하지만 이 책이 다름 아니라 30년 전 이른바 '인혁당 재건위 사건'으로 살해당한 8명의 억울한 죽음을 다룬 '특별한' 책이라는 사실이 그의 특히 힘주어 쓴 듯한 서명과 겹쳐지면서 그 증정은 내게 남다른 무게로 전해져 왔다. 이 글은 그때 그가 부여했을 수도 있고 공연히 나 혼자 부여한 것일 수도 있는, 그러나 그 어느 편인가와 무관하게 인혁당 희생자 30주기가 가까워지면서 갈수록 더 무거워져 온 그 증정의 의미에 대한 나의 해석이고 답례가 될 것이다.

3

1964년 8월 14일 중앙정보부는 북괴간첩의 지령에 따라 대규모적 지하조직으로 국가를 변란하려던 소위 '인민혁명당 사건'의 전모를 발표했다. 북괴 노동당 강령을 토대로 전 혁신계인사 일부와 일부 현역 언론인, 대학교수, 학생 등 57명으로 조직된 '인혁당'은 북괴 지령에 따라 한일회담 반대 학생 데모를 조직적으로 일으키고 배후 조종함으로써 현정권을 타도, 국가변란을 음모했다는 것이다. 하지만 기소를 담당했던 서울지검 공안부 검사들이 공소유지 불가능을 이유로 기소를 거부하는 소동을 거쳐 47명중 13명만 기소되었고 1심 선고공판에서 단 두 명에게만 실형이 선고되고 나머지 11명에 대해서는 무죄 처분이 내려졌으며 검찰측의 항소를 거친 2심에서야 13명 전원에게 경미한 실형이 선고된다. 그 13명은 도예종(징역 3년), 양춘우, 박현채, 정도영, 김영랑, 김한덕, 박중기(이상 징역 1년), 이재문, 전무배, 김경희, 김병태, 임창순, 김금수(이상 징역 1년 집행유예 3년) 등이었다. 이것이 이른바 '인혁당 사건' 혹은 '1차 인혁당 사건'이다.

4

그후 10년 뒤인 1974년 4월 3일, '민주청년학생연맹' 명의의 선언문이 대학가와 서울 도심에 살포되었고 서울대, 이화여대, 연세대, 성균관대 등에서 일제히 반정부 시위가 벌어졌다. 박정희정권은 즉각 긴급조치 4호를 발동해 민청학련과 관련된 모든 활동을 불법으로 규정했다. 그로부터 3주 후인 4월 25일 역시 중앙정보부는 이른바 '인혁당 재건위 및 민청학련 사건'을 발표하고 '북괴의 지령을 받은 인혁당이 민청학련 시위를 배후에서 조종했다"고 밝혔다. 천 명이 넘는 사람들이 연루된 이 사건으로 253명이 구속 송치되었고 이 가운데 인혁당 관련자 21명, 민청학련 관련자 27명 등 180여 명이 긴급조치 4호, 국가보안법 위반, 내란예비음모, 내란선동 등의 죄명으로 비상고등군법회의에 기소되었다. 그 후 거의 1년에 걸친 재판 끝에 최고 사형의 형 선고를 받게 된다.

그들의 이름과 양형내용은 다음과 같다. 인혁당 관련자 : 서도원, 도예종, 하재완, 송상진, 이수병, 우홍선, 김용원(이상 사형), 김한덕, 유진곤, 나경일, 강창덕, 이태환, 전창일(이상 무기), 김종대, 이창복, 조만호, 이재형, 정만진 (이상 징역 20년), 전재권, 임구호, 황현승(이상 징역 15년) 민청학련 관련자 : 여정남(사형), 이철, 유인태, 김지하, 김병곤, 안양로, 이현배 (이상 무기), 김효순, 유근일, 정상복, 정문화, 황인성, 나병식, 서중석, 이근성, 정윤광 (이상 징역 20년), 강구철, 이강철, 정화영, 임규영, 윤한봉, 김영준, 송무호, 김수길, 이강, 김정길, 안재웅 (이상 징역 15년), 이직형, 나상익, 서경석, 이광일, 구충서 (이상 징역 12년). 이 중 대부분의 민청학련 관련자들은 1975년 2월 석방되지만, 사형선고를 받았던 인혁당 재건위 관련자 7명과 민청학련 관련자 여정남은 형 확정 18시간에서 21시간만인 1975년 4월 9일 새벽 4시에서 7시 사이 서대문 구치소에서 교수형에 처해졌고, 인혁당 재건위의 나머지 관련자들은 1982년까지 전원 석방되거나 출옥하게 된다.

이것이 이른바 '인혁당 재건위 사건' 또는 '2차 인혁당 사건'이다.

5

『푸른 혼』이라는 이름으로 묶인 이 연작소설집에는 이 '인혁당 재건위 사건'으로 박정희정권의 희생양이 된 서도원, 도예종, 송상진, 하재완, 이수병, 우홍선, 김용원, 여정남 등 여덟 사람의 삶과 죽음이 기록된 여섯 편의 중편소설이 들어 있다. 「팔공산」에는 송상진이 송영진이라는 이름으로, 「두 동무」에는 이수병과 김용원이 각각 이준병과 김길원이라는 이름으로, 「여의남 평전」에는 여정남이 여의남이라는 이름으로, 「청맹과니」에는 서도원이 서상원이라는 이름으로, 「투명한 푸른 얼굴」에는 도예종이 도운종이라는 이름으로, 그리고 「임을 위한 진혼곡」에는 하재완이 하시완이라는 이름으로 등장한다. 그리고 우홍선은 우정선이라는 이름으로 「투명한 푸른 얼굴」을 위시하여 여기저기 등장한다. 이 여섯 편의 작품들은 "동어반복을 피하는 방편으로 각 편마다 사건 자체와는 거리를 두어 착점과 형식을 조금씩 달리 했고, 작가가 임의로 내용을 재구성하여 창작"되었다고 작가는 말한다. 하지만 하재완의 미망인의 시점을 빌린 「임을 위한 진혼곡」을 제외한 나머지 다섯 편은 모두 1975년 4월 9일 새벽의 죽음으로 끝난다. 그들이 어떻게 살아 왔든, 어떤 생각을 했든, 누구를 미워하고 누구를 사랑했든 그들은 같은 날 같은 새벽에 자신이 선택하지도 예상하지도 않은 죽음을 맞았다. 그 죽음은 영웅의 죽음은 아니다. 그들은 다시는 돌아오지 못할 것을 알면서 그 길을 갔던 것은 아니다. 돌아오지 못할 줄 알면서 죽음의 길을 가는 것이 영웅이라면, 그들은 영웅들은 아니다. 그들은 살고 싶어 했고 행복해지고 싶어 했다. 그럼에도 불구하고 그들은 불행하게 죽음에 직면해야 했다. 작가는 반복을 피하려고 했지만 이 소설집에서 이 비극적 아이러니는 여덟 번이나 반복된다. 그리고 그 반복의 힘은 마치 카논(Canon)의 변주가 그렇듯 나를 점점 더 깊은 비극의 울림 속으로 끌고 들어갔다. 그리고 그 반복은 최초의 질문을 점점 더 강렬하게 환기시킨다. 이들은 왜, 무엇을 위하여 죽어야 했는가? 작가가 모두에게 묻고 싶은 것도 아마 그것이었을 것이다.

6. 「팔공산」

대구 인근에는 해발 천 이백 미터에 가까운 팔공산이라는 큰 산이 있다. 여느 큰 산들이 그렇듯 그 산 역시 오래도록 기슭의 사람들을 키우고 먹이고 보듬어 주던 고향 같은 산이었다. 1928년에 그 산 기슭에서 태어난 아이가 있었다. 일제 말에 소년기를 다 보내고 해방을 맞은 이듬해 그는 대구사범 강습과 1년을 마치고 고향 부근에서 초등학교 교사로서 사회생활을 시작한다. 그가 소년기에서 청년기로 들어가던 이 시기는 이른바 해방기였다. 그 시기에 대구를 중심으로 한 경북일원에서는 대구폭동이라고도 10월 인민항쟁이라고도 불리는 해방 직후 최초의 대규모 민중소요가 있었다. 그리고 얼마 뒤 민족상잔의 한국전쟁이 뒤따랐다. 그의 고향 팔공산에는 해방 직전에는 의식 있는 징병거부자들이, 인민항쟁 이후에는 그 가담자들이, 그리고 남한 단독정부 수립을 전후해서는 빨치산들이 숨어들어 항쟁을 계속했고 그 항쟁은 1954년 7군단 인민유격대장 남도부가 생포될 때까지 계속되었다.

팔공산 기슭에서 나고 자라 초등학교 교사가 된 그 아이에게 팔공산을 둘러싸고 일어난 이 역사의 소용돌이는 남의 일이 아니었다.

그는 왜 이런 갈등과 투쟁이 일어나야 했는가 물었고 그에 성실하게 대답하려고 하였다. 그런 질문과 대답은 그를 온건하나마 사회주의자가 되게 하였다. 전쟁 후 이승만정권의 실정을 개탄하던 이 진보적인 젊은 교사는 1960년 4.19를 겪으면서 교원노조의 일원이 되었다가 민주민족청년동맹(민민청)이라는 정치단체의 경북도 위원회 사무국장 자리에까지 이르게 된다. 하지만 5.16 쿠데타 이후 검거를 겪고 난 후 그는 고향 팔공산 자락에 돌아와 은둔하며 벌을 키우고 꿀을 내리며 살아간다. 하지만 1964년 그는 '인혁당 사건'에 휘말리게 되고 고생 끝에 무죄방면된다. 그 이후 그는 더욱 산속으로 깊이 들어간다. 양봉전문가가 된 그는 고향에서 '팔공협동공생회'라는 자그마한 이상촌 운동을 펼치면서 살아간다. 그러나 그는 10년 만에 아무런 이유도 모르고 다시 '국가의 부름'을 받는다. 이번엔 그는 살아서 팔공산으로 돌아갈 수 없었다. 뼛가루와 혼만이 다시 팔공산 자락으로 돌아갈 수 있을 뿐이었다. 그의 잘못은 단지 그릇된 현실은 고쳐져야 한다는 생각을 버리지 않았다는 것, 그리고 옛 동지들과 인간적 유대를 끊지 않고 살았다는 것뿐이었다. 그의 이름은 송상진이었다.

7. 「두 동무」

경상남도 의령군 부림면 손오리와 함안군 군북면 수곡리는 남강을 사이에 두고 이십리 상거에 있는 마을이다. 1954년 3월 부산과 경남 서북부 지방을 왕래하는 시외버스에서 두 사람이 만나게 된다. 한 사람은 방학을 맞아 의령 집으로 귀가중인 부산사범 1학년생, 또 한 사람은 가정형편으로 학교에 휴학계를 내고 역시 고향 함안으로 돌아가는 부산고교 1학년생, 빈농의 자식으로 어렵게 유학생활을 하던 두 사람은 그 짧은 만남 동안 '한날 한시에 태어나지는 못했지만 한 날 한 시에 죽는' 우정을 맺게 된다.

이후 한 사람은 학업을 계속하면서 부산사범 내에서 독서회를 조직하여 사회과학에 접하게 되고 초등학교 교사를 거쳐 1959년 서울 신흥대(경희대)에 편입, 유학을 오게 된다. 이듬해 4.19를 만나자 민민청 경희대 위원장으로, 또 민족일보 수습기자로 민주 통일운동에 뜨겁게 앞장서다가 5.16 직후 검거되어 15년형을 언도받았으나 1968년 감형과 특사로 출소한다. 하지만 그 후 겨우 6년 뒤 그는 다시 '인혁당 재건위 사건'으로 검거되어 모진 고문을 받고 누명을 쓰고 마침내 목숨을 빼앗긴다. 그의 잘못은 "내가 가는 길이 참된 길이라고 믿으모 모든 잡음에 귀 막고 한길로 묵묵히 매진해야 하는기라"는 평소의 지론을 곧이곧대로 현실에 옮긴 것뿐이었다. 그의 이름은 이수병이었다.

또 한 사람은 독학으로 검정고시를 거쳐 서울대 물리학과에 진학했고 상경한 이수병과 해후한다. 그는 온건하고 신중한 사람이었고 행동주의자 이수병과는 가끔 의견을 달리했다. 그럼에도 불구하고 그는 경기여고 교사로 재직하면서도 '씨동무' 이수병의 옥바라지를 도맡으면서 벗의 출옥을 기다렸다. 그리고 1974년 초봄, 역시 이수병의 부탁으로 민청학련의 핵심인물 여정남의 뒤를 돌봐주었으며 그것을 빌미로 그는 중앙정보부로부터 '인혁당 재건위 서울지부 지도위원'이라는 직함을 얻었다. 그리고 그는 평생의 벗 이수병과 함께 형장의 이슬이 된다. 그의 잘못은 그가 "정직, 근면, 신의를 무엇보다 중히 여기라는" 아버지의 가르침을 어기지 않은 것이었고, "사랑과 우정과 신의

가 인간 관계에 얼마나 중요한가"를 깨우쳤다는 것뿐이었다. 그는 한 번도 벗 이수병을 원망하지 않았다. 그의 이름은 김용원이었다.

8.「여의남 평전」

1945년 5월 7일, 대구시 중심가인 전동에 있는 통인사라고 하는 작은 개인사찰에서 한 사내아이가 태어났다. 그는 기골이 장대했으며 어린 시절부터 이웃의 고통을 그냥 지나치지 못하고 집의 밥솥에서 익고 있는 밥을 퍼서 역전의 거지들에게 갖다 주거나, 늙은 거지에게 자기의 학생외투를 벗어주곤 했다. 중학교 3학년 때 1960년 2.28 대구학생시위를 목격했고 곧 이은 4.19 때는 밤늦도록 시위대열에 합류하여 돌아다녔다. 그는 6.3항쟁과 인혁당 사건이 있었던 1964년에 경북대 정치외교학과에 입학했다. 그리고 곧 학생운동의 중심인물이 되었다. 그는 그때부터 제적과 복학을 반복한다. 6.3 항쟁 가담으로 한번, 베트남 파병반대 시위로 또 한번, 그런 식으로 3번의 제적을 당한 끝에 그는 1966년 강제입영을 당해 32개월 군복무를 하게 된다. 제대 후에도 그는 투쟁을 멈추지 않았고 1971년 4.19 11주년 때 경북대 '반독재구국선언' 사건으로 첫 구속을 겪는다. 그러던 그도 1972년 7.4 남북공동선언 발표에 접하고는 투쟁을 마감하고 이제는 졸업을 하고 부모님께 효도하겠다고 마음먹기도 한다. 하지만 곧 이은 유신체제의 출범과 북한에서의 국가주석제의 선포에 의해 배신당했다고 생각한 그는 다시 투쟁 일선으로 돌아온다. 그리고 1973년 11월 '박통의 안방'인 대구에서 먼저 투쟁을 시작해야 한다는 생각으로 경북대 시위를 주도한다. 그리고 이내 1974년 4월의 민청학련 투쟁에도 깊숙이 관여하게 되고 결국 그 주모자로 몰려 검거되기에 이른다.

그보다 이른 1970년, 그는 집안에서의 학비지원이 끊기자 가정교사로 취직하여 학자금을 융통하게 된다. 그 가정교사 자리가 바로 4.19 직후 민자통 경북협의회 위원장을 지낸 바 있던 하재완의 집이었다. 민청학련 투쟁 준비가 무르익던 1973년 겨울, 그는 가정교사 자리를 그만 두고 서울에서의 본격적 투쟁을 준비하게 되고 하재완을 통해 서울에서 의탁할만한 사람으로 이수병을 소개받는다. 이수병은 그를 김용원에게 소개했고 김용원은 친구의 부탁을 중히 알고 그가 검거될 때까지 그에게 물심양면의 도움을 아끼지 않는다. 그리하여 민청학련 사건은 그를 통해 대구 중심의 인혁당 관련자들과 이어지게 되고 결국 제2차 인혁당 사건의 피바람을 몰고 오게 된 것이다. 4월 3일의 민청학련 시위가 있은 뒤 두 주일 만에 그는 검거되었고 그로 인해 김용원, 이수병, 하재완이 검거되고 결국 서도원, 도예종, 송상진, 우홍선 등 대구에서 그를 아끼고 돌봐주었던 사람들도 민청학련의 배후세력이 필요했던 중앙정보부의 먹이가 되었다. 그는 서른 번째 생일을 한 달도 못 남기고 인혁당 재건위와 민청학련을 잇는 연결고리라는 배역을 할당받고 교수형을 당하게 된다. 그의 잘못은 "백주에 불의가 횡행할 때는 죽음을 각오하고 맞서야 한다"는 4.19혁명에서 얻은 교훈을 잊지 않은 것뿐이었다. 그의 이름은 여정남이었다.

9. 「청맹과니」

1923년 경남 창녕군 대합면 신당리에서 한 아이가 태어났다. 태어날 때부터 몸이 약했던 그 아이는 진주고보에 진학했으나 4학년부터 폐결핵으로 학업을 중단하고 고향에 있는 우포늪가에서 말조개 채취로 살아가는 한 빈농의 집에서 요양을 해야 했다. 요양중의 독서가 그의 약한 몸에 강한 정신을 심어주었다. 그리고 해방기의 현실은 그가 읽고 깨우친 것을 배반했고 그는 자기가 옳다고 생각한 것을 표현하기 시작했다. 한편 그의 요양생활을 도운 우포늪가의 빈농 홍서방은 해방이 되자 좌익운동에 가담하여 10월항쟁에 참여했고 화왕산에 입산했다가 자수하여 보도연맹에 가입했으나 전쟁이 발발하자 다른 보도연맹원들과 함께 무참히 학살당했다. 그는 홍서방의 죽음과 그 살아남은 가족의 수난을 보고 "이 땅에 태어나 삼시 세 끼 밥걱정 안 하고 살아보겠다며 애면글면 버둥댔던 하층민의 생활 향상을 위해 한평생 몸바쳐 보겠다"는 맹세를 하게 된다.

그는 4.19혁명이 일어나자 민민청을 결성했고 그 위원장이 된다. 그리고 5.16 이후 피검되어 징역 7년을 언도받아 2년 7개월 만에 석방된다. 그 사이 도예종, 송상진 등이 연루된 1차 인혁당 사건이 일어났다. 1964년 출감한 그는 1968년에 다시 조총련 간첩사건으로 검거되었으나 고문만 실컷 받고 무죄방면된다. 두 번의 옥고는 그를 많이 지치게 했고 또 그는 가족을 위해서는 일을 해야 했다. 그는 건축 일 등에 손을 대는 한편 옥중에서 배운 침술로 2남 3녀의 가난한 생계를 지탱해 나간다.

1974년 봄, 그의 생일을 하루 앞둔 어느 날, 이미 여정남, 이수병,

김용원 등의 검거 소식을 전해들은 그는 집으로 들어가기가 싫었지만 어쩔 것인가 지은 죄가 없으니 연행을 각오하고 집을 찾아들었고 다음날 아침 그를 찾아온 수사관들에게 연행되었다. 그의 바지 주머니에는 막내아들을 주려고 산 땅콩 캐러멜 두 갑이 그대로 들어 있는 채였다. 그 역시 예정된 수순에 따라 1975년 4월 9일 그 새벽의 참살에 첫 희생자가 되었다. 그의 잘못은 마지막 검거되기 전까지 자기가 청맹과니인지, 아니면 이 시대 이 땅이 청맹과니인지 알 수 없었던 것뿐이었다. 그의 잘못은 밥과 자유를 안분하여 보다 나은 삶의 조건을 충족시킬 수 있는 국가형태를 두고 동지들과 머리를 싸매고 고뇌해 왔다는 것뿐이었다. 유신정권은 그런 그의 "뇌 속까지 파헤쳐선 그 꿈마저 뒤져내어 극형을 때린" 것이다. 그의 이름은 서상원이었다.

10.「투명한 푸른 얼굴」

그는 1924년 경북 경주 서악리에서 태어났다. 어린 시절 집에서 키우던 장닭이 손님 접대용으로 잡혀 죽는 것을 보고 평생 닭고기를 입에 대지 않았을 정도로 그는 마음이 여린 사람이었다. 그는 계림보통학교를 나와 경주 화신연쇄점에 취직했다가 일본 유학을 떠나 동경 영수학원을 거쳐 동경 서성고보에 진학했고 해방이 되자 귀국하여 교편을 잡게 된다. 4.19가 나던 1960년 그는 경북 상주고에 재직 중이었다. 그는 4.19 직후 35세의 젊은 나이에 민선 군교육감에 당선될 정도로 진보적 신념이 깊고 인망이 큰 인물이었다. 하지만 그는 교직을 그만 두고 민민청에 가입하여 경북지부 간사장이 된다. 물론 5.16과 함께 그 역시 피검 위기에 몰려 지명수배되지만 2년 이상 산판노동자나 장사꾼 노릇을 하며 검거를 면했다. 하지만 그도 용공사건 조작의 올가미를 벗어날 수는 없었고 결국 1차 인혁당 사건으로 잡혀 들어가 3년 징역형을 받게 된다. 형기를 마치고 나온 그는 건설회사 대표로 일하면서 함께 죽은 다른 사람들이 그랬듯 그저 옛 동지들과 등산을 다닌다거나 대구 약전골 돼지국밥집에 모여 시국을 한탄하거나 하면서 세월을 보내고 있었다. 하지만 그것만으로도 유신정권의 하수인들이 그를 다시 호출하여 고문하고 짓밟고 죄를 만들고 허수아비 법정에 세워 사형선고를 하기에 모자람이 없었다.

그는 그를 사형장으로 끌고 가기 위해 교도관들이 감방 문을 열었을 때도 혹 가족 면회가 아닐까 생각했고 사형장 불빛을 보고서도 그 불빛에서 희망을 읽고 무기징역으로의 감형을 기대했다. 교도소장이 사형집행 명령서를 눈앞에서 낭독하고서야 자신의 처형을 현실로 받아들일 수 있었다. 그는 예정대로 두 번째로 교수형에 처해졌다. 어쩌면 그의 잘못은 그가 이렇게 어처구니없이 죽을 수도 있다는 사실을 몰랐다는 데에 있었을지도 모른다. 그의 이름은 도예종이었다.

11. 「임을 위한 진혼곡」

"이틀을 눈도 몬 붙이게 닦달질하며 엄청스레 고문을 한 후에 수사관이, 무조건 아는 사람 이름을 스무 명만 대라 카이 머리가 핑핑 돌아 정신없이 횡설수설했는데, 수사관이 내가 한 헛소리를 받아 적더니 진술서 내용은 보이 주지도 않고 강제로 제 손을 잡아서 지장을 찍게 했습니더. 그 결과 내가 정신없이 불러준 대로 아무 죄 없는 사람들을 잡아들이가꼬 고문을 해서 없는 죄를 억지로 만들어 구속시켜선 법정에서 15년, 20년형을 때렸습니더. 그러이 헛소리로 이름을 말한 기 너무나도 괴로버서 잠도 못 자고 미칠 지경입니더. 당신의 그 말을 듣는 순간 제 입에서 저절로 비탄이 터져 나왔습니다. 오, 당신이 겪는 그 고통이라니, 양심의 그 절규가 저에게 전이되어 혀라도 깨물어 죽고 싶은 순간이었습니다."

"만든 음식을 돌려 먹으며 사이좋게 지냈던 이웃들이 어느 날 하루부터 갑자기 우리 집 출입은커녕 우리 집 앞에선 고개 돌린 채 잰 걸음으로 지나쳤고 우리 집을 피해서 다른 길로 둘러가는 사람도 있었습니다. 저는 하루아침에 간첩 마누라로, 빨갱이 여편네로 둔갑되었습니다."

"동네 꼬마들이 이제 걸음마 정도나 제대로 떼던 네 살 난 막내아들 목에 새끼줄을 매어 끌고 다니며 때리다 못해 나무에 묶어 놓고, 빨갱이 자식이니 총살시킨다며 끔찍한 놀이를 하고 있지 뭐예요. 철없는 아이들이 그런 짓궂은 장난을 벌이는데도 동네 아주머니들이 말리기는커녕 팔장끼고 구경하며 웃고 있더라고요."

"군사 법정에 선 당신을 비롯한 인혁당 재건위 관련자들이 몸은 비록 묶인 채 수갑을 찼고 고문에 따른 후유증으로 운신하기가 힘들어 보였으나, 재판정을 바라보는 태도는 비굴하지 않았고 오히려 당당했습니다. 여덟 분들이 소신에 찬 진술로 자신의 무죄함을 주장할 때는 제 눈에서 뜨거운 눈물이 솟구쳤습니다. 그 눈물은 어처구니없는 비극 앞에서 흘리는 패배자의 슬픔이 아니었고 독재 권력과 맞선 당찬 여러분들에게 보내는 존경과 성원의 감복이었습니다."

"4월 8일 아침 10시, 13명의 대법관들은 피고인과 변호사를 한 명도 출석시키지 않은 가운데, 특별허가를 받아 입장한 70명가량의 피고 가족들과 친지들, 외국인 기자는 사건을 왜곡보도할 소지가 있다며 방청을 허락하지 않은 채, 한국인 기자들만 입회시켜 재판을 시작했습니다. 재판관은 마치 유령을 불러내듯 23명의 인혁당 재건위 피고인 이름만 차례대로 부르더니 무엇에 쫓기듯 준비한 판결문을 빠르게 읽어나갔습니다. 아홉 가지의 상고 이유를 두고 재판관은 부분적인 회답밖에 하지 않은 채, 십분 만에 아홉 가지 모두 상고 이유가 없다는 최종판결을 내렸습니다. 대통령 긴급조치의 위헌성, 고문에 의해 조작된 피의자 신문조서와 진술조서의 허위성, 사실을 판단하는 심리 없이 피고인의 진술권과 변호인의 변호권 박탈의 불법성, 비공개적인 군사재판에 회부되어 법적 권리를 부인당한 인권 문제, 지나치게 무거운 양형의 부당성 등을 두고 아무런 법적 하자가 없다는 말로 뻔뻔스러운 판결을 내렸습니다."

"나는 물론이고 당신처럼 극형을 받은 분의 부인들은 의자에 쓰러져 혼절한 분도 있습니다. 지난 2월 15일 148명에 이르는 민청학련 사건 관련자들은 형량과 상관없이 줄줄이 석방시켜 주면서, 철저히 사전 조작된 인혁당 재건위 피고인들은 이름이 알려진 저명인사가 아닌 지방 출신 무지랭이들이라 여론의 동정을 피할 수 있다고, 피라미 같은 너희들 정도는 동네 개 잡듯이 마음대로 죽일 권리가 있다고, 정부 전복 음모를 꾀한 간첩으로 몰아서 죽여 버리면 국제적 지탄은 받지 않을 거라고...."

"우리들은 살고 싶습니다! 평화롭게 살고 싶습니다! 저희들은 10년 전에도 없었고 현재에도 이 지구상에 존재하지 않는 조작된 인혁당에 묶여 사형선고를 받은 피고인들의 아내입니다. 존재하지도 않는 인혁당을 조작하여 북괴에 이롭게 하는 것은 무슨 법, 무슨 죄에 해당되는지 만천하에 묻고 싶습니다. 여러분 부디 저희들의 남편을 정치 제물로 이용하는 일이 없도록 하여주시기 바랍니다. 이름 없고 힘없는 보잘것없는 단 한 사람의 생명이라도 정치 제물로 삼는다면……죽이고 난 다음에는 살릴 수가 없습니다. 그 누구도 살릴 수가 없습니다. 이 절절한 호소에 귀를 막지 말고……"

"딸애가 입맛 없을 때 드시라며 손수 약밥을 해왔군요. 잣, 밤, 대추에 곶감까지 넣어 만든 약밥을 보자 당신 생각에 또 울컥 목이 메었어요. 이런 별식을 당신과 아이들 함께 먹어 본 게 언제였나 싶어, 잠시 옛 생각에 잠겼더랬습니다."

"세월은 흐르고 태어난 아이들은 무럭무럭 자라도 한번 떠난 사람은 영영 돌아올 줄 모르는군요. 이별은 간단없이 찾아오고 간절하게 사랑했던 사람도 언젠가는 내 곁을 떠나는 게 인간의 숙명이지만, 당신과의 이별은 세상사의 그런 질서에 해당되지 않기에 저는 당신을 두고 '이별'이란 말을 쓰고 싶지 않습니다."

"당신을 꿈속에서 보고 난 후 한밤중에 눈을 뜨면 당신이 옆에 있기라도 하듯 당신을 부르며 흐느꼈지요. 자는 아이들이 깰까 보아 이불깃으로 입을 막고 그렇게 울다 보면 어느 사이 양쪽으로 거느리고 자던 아이들이 깨어 어둠 속에서 엄마, 울지 마, 엄마가 울면 무서워 하며 저들이 울음을 터뜨려 서로 끌어안고 날이 밝을 때까지 함께 통곡한 적도 많았습니다. 당신이 이 세상을 떠난 그해는 제발 당신 모습이 꿈에 나타나지 않았으면 하고 소원했던 적도 있었지요. 당신 대하기가 무서운 만큼 제 마음 또한 골육이 난도질 당하듯 저몄으니깐요.

왜 그렇게 흉측한 꿈만 꾸게 되는지 꿈자리가 사나와 진저리쳤습니다. 온몸이 피멍으로 얼룩진 데다 깡마른 얼굴에 핏발 선 눈, 여윈 목울대가 헐떡거림으로 들먹이고, 이빨이 죄 빠진 벌어진 입 안에서 쿨럭쿨럭 토해내던 피를 보고 아무리 그게 꿈이라지만 혼절하지 않거나 통곡하지 않을 아내가 어디 있겠습니까. 목에 올가미 걸고 교수대 위 의자에 꼿꼿이 앉았거나 밧줄에 대롱대롱 매달린 푸른 수의 입은 푸른 모습으로 당신이 꿈에 자주 보였습니다. 밧줄을 목에 건 채 흰 주머니에 얼굴을 가리운 얼굴 없는 당신 모습이라니! 그런 사형집행 장면을 어쩌다 텔레비전에서 볼 때도 채널을 돌려 버렸는데, 그 장면이 현실이요 장본인이 당신이라니! 당신이 아니야, 내가 저 주머니를 벗기고 올가미를 풀 테야, 하고 제가 형장으로 달려가다 무엇에 걸려 넘어져 눈을 뜨기도 했습니다. 당신이 통분을 삭이지 못해 차가운 쇠창살을 잡고 흔들며 무죄를 절규하는 꿈을 꾸고 난 날은, 왜 당신이 아무 능력 없는 이 여편네를 꿈길 타고 찾아 오냐며, 당신의 안쓰러운 모습을 지우려 애쓰기도 했습니다. 저승에서도 편히 눈감지 못하는 망자의 한 맺힌 소원을 아무 힘없는 제가 어떻게 풀어주어야 하느냐란 절통함으로 하루 종일 일손이 잡히지 않아 넋이 빠져 지냈습니다."

12

이 글을 여기까지 읽어 온 당신은 지금 어떤가? 끔찍한가, 아니면 식상하고 지루한가? 혹은 생뚱맞은가? 그래서 어쨌단 말인가 하고 반문하고 싶은가? 낡은 이야기이고 낡은 이야기 방식이라고 생각할지도 모른다. 텔레비전에서 신문에서 이미 수차례 다 짚고 넘어간 '이제는 말할 수 있다' 류의 이야기를 소설이라는 형식으로 이렇게 재탕하는 소설가나 그것을 이렇게 지루하게 다시 요약하고 반복하는 비평가 모두 어지간히 낡은 인종들이라고 생각할지도 모른다. 이미 의문사진상규명위원회에서 조작사건이라 선언했고, 심지어는 중앙정보부의 후신인 국가정보원에서조차 진상조사를 다시 한다는데 이건 무슨 청승맞은 짓거리들인가 할 사람도 있을 것이다. 하지만 한 작가는 이 낡은 이야기꺼리를 두고 수년 동안 1천 장이 넘는 원고지를 채웠고, 한 비평가는 부끄럽게도 눈물을 흘리면서 그 한 권의 책을 읽고 이렇게 또 할 말이 남아 글을 쓰고 있다. 왜일까?

13

이 작품은 읽기에 고통스럽다. 적어도 내게는 그렇다. 내게 이 소설 속의 이야기는 남의 일, 남의 기억이 아니기 때문이다. 민청학련 및 인혁당 재건위 사건이 일어난 것은 1974년에서 1975년에 걸친 일이었고 내가 대학에 들어가 학생운동에 몰입하기 시작한 것은 1977년이었다. 그것은 지금은 유신시대, 혹은 긴급조치 시대라고 불리는 동시대였던 것이다. 대학에서 유신체제에 저항하는 온갖 종류의 행동들을 생각하고 준비하고 실행하는 동안 인혁당 재건위 관련자들의 처형은 뚜껑이 열린 채 입을 벌리고 있는 밑 모를 우물처럼 내게는 근원적인 공포를 불러일으키는 사건이었다. 이러다가 어쩌면 나도 그렇게 죽을 수도 있다는 생각, 참을 수 없이 혹독한 고문 끝에 양심도 의지도 소진

되어 버리고 그렇게 혼을 뺏긴 꼭두각시가 된 채로 최후를 맞을 수도 있다는 생각은 정말 두려운 것이었다. 다행히 무엇보다 박정희가 나보다 먼저 죽었고 광주학살을 거쳐 박종철 사건과 적지 않은 의문사 사건들을 건너 이제 더 이상 인혁당 사건 같은 일들은 일어나지 않으리라 믿어도 될 정도로 많은 시간이 지났고 세상은 변했다. 하지만 기억은 끈질기게 남아 있고 남은 기억은 지금도 여전히 고통을 불러일으킨다.

14

그 고통의 기억은 단순히 개인적인 것일까? 그저 나 혹은 나와 비슷한 경험을 겪은 몇몇 '전직 운동권'들의 특수한 트라우마의 외현에 불과한 것일까? 아마 그렇지는 않을 것이다. 진실이 매장되는 사회, 혀에 압정이 박힌 사회, 하나의 목소리만이 지배하는 사회에서는 모두가 병들게 마련이다. 마치 눈가리개를 하고 달리는 경주마처럼 잘 먹고 잘 살기 위해 허리띠를 졸라매고 저임금 장시간노동을 견디며 일하는 것 외에는 다른 어떤 삶의 선택도 범죄시되던 시대에 병들지 않는 삶은 없을 것이다. 진실을 알아도 진실을 몰라도 병은 피할 수 없다. 독재자는 건강했을까? 독재자의 크고 작은 하수인들은 발 뻗고 잘 수 있었을까? 독재자와 결탁하여 민중을 착취한 자본가들은 마음 편했을까? 독재자를 위한 이데올로기를 생산해 낸 지식인들은 하늘을 똑바로 쳐다볼 수 있었을까? 참을 거짓이라 하고 거짓을 참이라 가르쳤던 선생들은 보람을 느꼈을까? 선한 이웃을 밀고하고 빨갱이라 돌 던지고 독재자의 마누라가 죽었다고 통곡하고 실신했던 그 익명의 민중들은 정녕 행복했을까? 그러면 진실을 알고 그 진실을 말하고 밝힌 사람들은? 그러기 위해 목숨까지 내던졌던 사람들은? 그들은 병들지 않았었을까? 그들의 삶은 싱싱하고 건강했을까? 그들의 영혼은 공포로 뒤틀리지 않고 미움으로 좀먹지 않았을까? 감시와 체포와 고문, 매도와 격리와 추방, 분노와 슬픔과 고독 때문에 그들의 정신은 얼마나 마멸되었을까? 그리하여 그들의 눈에도 독재자의 그것만큼이나 핏발이 서고, 그들의 목소리도 독재자의 그것만큼이나 쇳소리가 나고, 그들의 판단도 결정도 행동도 독재자의 그것만큼이나 독선적이고 냉혹하게 변하지 않았을까?

15

그 시대에는 모두가 병들었었다. 그리고 더욱 끔찍한 것은 아직도 그 병은 진행 중이며 그 시대를 휩쓸었던 집단적 광기는 아직 잠들지 않았다는 사실이다. 그 시절의 가해자들은 아직 아무것도 반성하지 않았고 피해자들의 상처는 아물지 않았다. 반성은 거부당하고 상처는 여전히 덧나고 있다. 어느 편도 그 수십 년 동안 고착된 무의식에서 해방되지 못했고 그 해방되지 못한 의식은 아직도 평화를 얻지 못하고 있다. 때로는 적대적이고 공격적이며 파괴적이며, 때로는 우울하고 비통하여 죽음에까지 이른다. 그것은 여전히 집단적 조울증으로 살아 있다.

작가는 사형수의 미망인의 목소리를 빌려 통회의 눈물을 흘리고,

그것을 읽은 비평가도 눈물을 흩뿌리며 이렇게 글을 쓴다. 그것은 병이다. 어떤 자는 이것은 거짓말이라고 인혁당 관련자들은 간첩들이 맞다고 이런 책은 불태워 없애야 한다고 핏대를 올릴 것이다. 그것도 병이다. 또 누구는 이것은 다 아는 얘기고 이제 점차 나아지지 않겠냐고 이게 한풀이지 무슨 소설거리나 되겠냐고 관조적으로 말한다. 그것 또한 병이다. 우리는 아직도 앓고 있는 것이다.

16

고통 속에는 진실이 들어 있다.

그리고 그 고통 속의 진실을 들여다보고 또 들여다보게 만드는 게

바로 내가 생각하는 문학이다.

『푸른 혼』은 내 고통의 감각을 다시 불러일으켜 주었다.

그리고 이 고통이 치유되지 않는 한 이 세계는 가짜라는 사실을 일깨워 주었다.

오늘 『푸른 혼』은 내게는 (최고의) 문학이다.

17

"그러나 내가 근대문학의 종말을 정말로 실감한 것은, 한국에서 문학이 급격하게 그 영향력을 잃어버렸다는 사실에서입니다…… 나는

한국에서는 문학의 역할이 점점 강해질 것이라고 했습니다. 한국에서 정치운동이 살아남듯이 문학도 살아남는다고 말입니다…… 그런데 1990년대에 들어 문학의 쇠퇴가 급격하게 진행되었던 것 같습니다…… 나는 그에게 왜 문학을 그만두었는가 물어보았습니다. 그는 자기가 문학을 했던 이유가 문학이 정치에서 개인의 문제까지 온갖 것을 포함하고, 또 해결 불가능한 모순까지도 포함한다고 생각했기 때문이었는데, 어느 사이엔가 문학이 지극히 협소한 것만 다루게 되었고, 문학이 그런 것이라면 자기에게 그것은 문학이 아니기 때문에 그만두었다고 했습니다. 그 점에 대해서는 저도 동감입니다. 그 후에 알게 된 것은, 내가 1990년대에 알게 되었던 한국의 문학평론가들이 모두 문학에서 손을 떼었다는 것입니다…… 그들이 나이가 들어 젊은 세대의 감수성을 따라갈 수 없게 되었기 때문이라고는 보지 않습니다. 김종철씨가 생각하고 있었던 '문학'이 끝나버렸던 것입니다."

"그러니까 공산당의 권위가 없어지면 정치와 문학이라는 문제는 끝나고 맙니다. 이제 작가는 무엇을 쓰더라도 괜찮지 않겠는가, 정치 따위의 낡아빠지고 촌스러운 것은 말하지도 말라는 식의 분위기가 되어버립니다. 그러나 사정이 그렇게 간단하지만은 않습니다. 문학의 지위가 높아지는 것과 문학이 도덕적 과제를 부담하는 것이 똑같은 일이기 때문입니다. 그러한 과제에서 해방되어 자유로워진다면, 문학은 단지 오락이 되는 것입니다. 그러나 그렇게 되어도 좋다면 그래도 괜찮겠지요. 예 그렇게 해 주십시오. 예전부터 나는 윤리적인 것과 정치적인 것을 문학에서 무리하게 추구할 것은 아니라고 생각해왔습니다. 분명히 말하는데, 나는 문학보다 더 중요한 것이 있다고 생각합니다. 그와 동시에 나는 근대문학을 형성한 소설이라는 형식은 역사적인 것이며 이미 그 역할을 다했다고 생각하고 있습니다."

"그렇지 않다. 지금도 문학은 있다고 말하는 사람이 있습니다. 그러나 그런 말을 하는 것이 고립을 각오하고 문학을 하고 있는 소수의 작가라면 좋겠군요. 실제로 나는 그러한 사람들을 격려하기 위해 여러 편의 글을 써왔고, 앞으로도 그럴지 모르겠습니다. 그러나 지금 문학이 건재하다고 하는 사람들은 그런 사람들이 아닙니다. 오히려 반대로 그 존재가 문학의 죽음을 역력하게 증명할 뿐인 패거리들이 그런 말을 합니다."

"나는 '근대문학의 종말'이라는 제목으로 이 강의를 했습니다. 그러나 '종말'은 '목적'이기도 할 테지요. '종말'이란 '목적이 달성되었다'라는 것입니다. 물론 실제로는 달성되지 않았습니다. 그렇기는커녕 자본주의는 점점 더 모든 방면으로 침투하고 있습니다. 이제는 장기臟器부터 갓난아기까지 세계적으로 상품으로 거래되고 있습니다. 환경 따위는 생리적, 문화적으로 철저하게 파괴되고 있습니다. 이러한 일들은 그칠 줄 모르고 진행될 것입니다. 이러한 일들에 대해서 어떻게 해야 하는가. 나는 그것을 문학에서 생각하라고는 말하지 않습니다. 오히려 그 반대입니다. 문학을 떠나서 생각하라는 것입니다. 그것뿐입니다."

— 가라타니 고진, 「근대문학의 종말」, 『문학동네』 2004년 겨울호

18

작년 가을, 가라타니 고진의 글 「근대문학의 종말」을 읽었다. 내가 당황하지 않았다고 말하면 거짓말일 것이다. 내가 아직도 문학에서 손을 떼지 못한 문학평론가의 한 사람이라는 사실을 어떻게 처리해야 좋을지 혼자서 쩔쩔맨 것도 사실이다. 그러나 그렇다고 고진의 말에 승복하여, 마치 울고 싶은데 뺨맞은 사람처럼 울면서 표표히 문학을 떠날 결심을 한 것은 아니었다. 오히려 그의 근대문학에 대한 쓸쓸한 별사別辭에 대하여, 그가 기대해 마지않았던 한국의 문학에 존재론적으로 연루되어 있는 한 사람으로서 뭔가 대답을 해야 한다는 생각이 들었다. 문학을 떠나는 그의 뒷모습이 짙게 남기는 한 가닥의 미련을 잡아채서 한국의 문학은 끝나지 않았다, 따라서 근대문학은 끝나지 않았다고 소리쳐 그를 돌아보게 하고 싶었다.

19

그래, 나는 '적어도' 한국의 근대문학은 끝나지 않았다고 생각한다. 가라타니 고진이 일본의 경험에서 한국문학의 죽음을 추론하고 있지만, 나는 일본의 근대도 그들 나름의 방식으로 아직 끝나지 않았다고 보면서도 한국의 근대는 일본과는 전혀 다른 방식으로 훨씬 더 역동적으로 진행 중이며, 그런 한에 있어서 한국의 근대문학, 즉 소설은 아직도 여전히 문제적인 방식으로 우리의 근대적 정신세계의 중심에 놓여 있다고 믿는다. 고진이 자기 나라의 문제적 상황으로 지적한 바 '전통

지향과 내부지향'이 뿌리 뽑힌 자리에 세계적인 수준에서의 '타인지향'이 자리 잡게 되었고, 그것이 근대문학의 종말을 웅변한다는 말은 우리에게는 아직 적절한 진단으로 와 닿지 않는다.

일본은 어쨌건 근대적 통합을 이룬 기억을 가지고 있는 사회이지만, 우리는 아직 한번도 근대적 통합-네이션이 되었든 민족이 되었든-을 이룬 적이 없었다. 개인적으로도 사회적으로도 그것은 마찬가지이다. 우리에게 근대적 국민국가가 여전히 미완인 것과 꼭 같은 맥락에서 우리에게 근대적 개인주체도 역시 미완이다. 우리의 개인과 사회는 각각, 혹은 서로간에 그 정체성을 찾기 위해 여전히 미친 듯이 방황하고 있는 중이다. 소설이 근대적 주체의 근대세계 탐색의 여정이라고 한다면 아직 한국사회에서 진정한 근대소설은 나오지 않았다고 할 수도 있다. 그런데 근대문학의 종말이라니……다만 1990년대 이후 "그 존재가 문학의 죽음을 역력하게 증명할 뿐인 패거리들"이 잠시 고진이 말하는, 그리고 김종철이 말하는 '문학의 죽음'에 흡사한 풍경을 연출해 왔을 따름이다.

20

『푸른 혼』이 드러내고 일깨우는 병증과 고통은 그런 맥락에서 문제적이다. 지금 한국사회의 구성원은 누구도 1975년 4월 9일에 있었던 인혁당 재건위 관련자들의 죽음에서 자유롭지 않다. 그들을 죽인 것은 미친 독재자와 그 하수인들이었지만, 그 배후에는 그러한 죽음을 허용하고 방관한 완강한 냉전적 반공이데올로기와, 그 기름진 토양인 대중들이 있었다. 김일성을 비롯한 사회주의 계열 인사들의 독립투쟁이 인정을 받고, 4.3제주항쟁 관련 사망자들이 보상을 받고, 한국전쟁 후 민간인 학살관련 입법이 진행중이고, 의문사 사건을 비롯한 지난 군부통치 시대의 의혹사건들이 다시 조사되고, 민주화운동 관련자들과 광주항쟁 관련자들이 보상을 받는 것을 넘어서 정부의 중심세력으로 편입되는 시대이지만, 아직도 반공친미를 근간으로 하는 냉전이데올로기는 막강한 힘을 발휘하고 있고, 수구세력은 반공친미국가 대한민국의 정체성을 확고하게 틀어쥐고 여전히 음산한 냉전논리의 장막을 드리우고 있다. 무엇보다 더 끔찍한 것은 권력의 중심으로 이동한 수많은 전직 민주화운동 세력들이 신자유주의 세계화 드라이브의 전도사로 변신하여 그 오랜 민주화운동과 진보운동이 꿈꾸었던 세상의 도래를, 그것이 추구했던 올바른 세계와 인간의 가치를 앞장서 가로막고 부정하고 있으며, 더욱 놀라운 것은 자신들의 그런 배신행위를 전혀 깨닫지 못하고 있다는 사실이다.

『푸른 혼』을 읽는 일이 고통스러운 것은 바로 이 때문이다. 죽은 이들이 추구한 것은 대단한 것도 아니었다. 지금 시점에서 보면 정상적인 근대사회의 도래에 불과하다고 할 수 있다. 하지만 그들이 추구했던 가치는 그들의 주검과 함께 아직도 이 사회에서 집단적으로 유기되고 있다. 문제는 바로 이것이다. 『푸른 혼』을 읽으면서 눈물을 흘리는 일도, 그것을 매도하는 일도, 그것을 냉소하는 일도 눈물을 흘리거나 매도하거나 냉소하는 주체에게는 하나의 외상의 표현이다. 그런 외상은 정상적인 근대사회에서는 있어서는 안 된다. 그런 외상에서 해방되고 『푸른 혼』의 주인공들이 꿈꾸었던 생각들이나 말들을 자유롭고 진지하게 꺼내놓고 말할 수 있어야만 한국인들은 자유롭고 주체적인 근대인으로 설 수 있을 것이다.

21

『푸른 혼』 따위의 소설은 있어서는 안 된다. 극단적으로 말하면 『푸른 혼』은 근대소설이 아니다. 근대 이전의 소설이다. 그러나 역설적으로 이 『푸른 혼』이라는 소설이 소설이라는 이름 아래 써지고 존재한다는 사실 자체가 아직 우리의 근대문학은 끝나지 않았다는 것을 입증하고 있다. 『푸른 혼』은 지금 한국의 근대에 대한 추문이고 동시에 한국 근대문학에 대한 알리바이이다.

22

"작가의 기능은 세계를 모르는 자가 아무도 없도록, 그리고 아무도 세계에 관해서 나는 책임이 없다면서 회피할 수 없도록 행동하는 것이다."

"그러므로 창조적 행위가 목적하는 바는 그것이 만들어내는 것(혹은 다시 만들어내는 것)을 통해서 세계의 총체적인 재파악을 꾀하는 것이다. 하나하나의 그림, 또는 하나하나의 책은 존재의 총체성의 회복이며, 그들 하나하나가 관람자(독자)의 자유에게 그 총체를 보여주는 것이다. 왜냐하면 예술의 궁극목적이란 있는 그대로 이 세계를 보여줌으로써 이 세계를 회복하는 것이기 때문이다…… 작가는 다른 사람(독자)의 자유에 호소하기를 택히는데, 그것은 다른 사람늘(독자)와 작가와의 요구의 상호 연계에 의하여 존재의 총체를 다시 인간에게 귀속시킴과 아울러 인간을 우주 속에 가두기 위함이다."

—J.P.사르트르,「어째서쓰는가」,『문학이란무엇인가』, 김붕구 역, 문예출판사, 1996

23

『푸른 혼』은 제재가 주는 정서적 폭발력을 충분히 살리지 못해 어눌하다. 원래 김원일의 소설들이 맛깔지고 풍부한 수사학과는 거리가 멀기도 하다. 그리고 전반적으로 급하게 써내려가느라 그랬는지 어법에 틀린 표현과 비문도 적지 않게 발견된다. 역사적 사실에 대한 불충분한 고증도 종종 눈에 띈다. 하지만 그런 투박함은 절실함의 다른 표현이기도 하다. 아마도 그는 인혁당 재건위 관련자들의 30주기가 오기 전에 꼭 이 책을 묶어내기 위해 온 힘을 다했을 것이다. 스스로 고통을 마주보기 위해, 그리고 자신이 마주 본 고통을 다시 독자에게 전달하기 위해, 그리하여 이 세계를 살만한 것으로 다시 되돌리기 위해 그가 얼마나 애를 썼는가를 이 책은 충분히 보여주고 있다.

"나는 민청학련 사건에 연루되어 당국이 조작한 '인혁당 사건'으로 누명을 쓰고 억울하게 사형당한 여덟 분 중 대부분이 내가 청소년기를 보낸 대구가 연고지였고, 그분들이 자주 만나 회포를 풀었던 약전골 일대가 우리 가족이 전쟁 후 한 세월을 힘들게 넘겼던 동네여서 옛 기억을 떠올리는 한편, 그분들의 고난을 생각하며 눈시울을 붉혔다……소설을 쓰는 동안 나는 꿈속에서나마 그분들의 설움에 찬 얼굴을 대면했고, 그분들이 그제야 고백하는 진정한 목소리를 들었고, 그 분들이 당했던 고난을 간접으로나마 체험해온 나날이었다."

어쩌면 작가를 움직여 글을 쓰게 한 최초의 동기는 인혁당 재건위 관련자들의 삶의 터전이 작가가 성장했던 곳과 같다는 데서 촉발되었을지도 모른다. 그것은 약점이 아니고 강점이다. 훼손되지 않은 기억과 훼손된 역사가 맞부대끼는 곳에서 이 작품이 시작되었다는 것은 중요하다. 그는 대구라는 도시를 사랑했고, 그곳에 살던 이웃들을 사랑했다. 그것은 소박한 향토의식이고 노스탤지어지만 그 속에는 사랑이 들어 있었고, 바로 그 사랑이 자신과 함께 동시대의 뒷골목을 걸었을 고향 사람들의 진정성에 대한 확신으로 이어졌고 그에게 그 끔찍한 고통과 대면할 힘을 주었을 것이다. 그는 그 고통 속으로 들어가 그 고통의 짐을 뒤늦게나마 함께 나눠지려고 했다. 그리고 거기에 멈추지 않고 그 고통의 뿌리가 어디에 있는가를 밝히고자 했으며, 그것을 통해 다른 사람들 역시 그 고통에 동참하게 하고 그 고통 속의 진실, 훼손된 세계의 모습을 환기시키고자 했다.

24

그는 작가다.

(『문학수첩』 2005년 여름호)

3

폭 력 과 모 독 을 넘 어 서

‘조국 사태’가 묻는 것

과연 한국사회는 새로운 계급투쟁을 시작할 준비가 되어 있는가

1. 사태의 전망 : 분열의 시작

제18대 대통령 취임식 다음날인 1917년 5월 11일, 문재인 대통령은 조국 서울대 법학전문대학원 교수를 청와대 민정수석으로 임명했다. 그리고 올해 8월 9일, 문대통령은 박상기 법무부장관의 후임으로 조국 민정수석을 지명하고 국회에 인사청문회를 요청했다. 조국 서울대 법전원 교수(이하 조국)는 울산대 법대 전임강사였던 1993년 남한사회주의노동자동맹(사노맹)의 외곽조직인 남한사회주의과학원의 운영위원으로 활동했다는 혐의로 구속되어 집행유예 판결을 받아 출소한 바 있으며 1999년 사면 복권 이후에는 울산대 법대, 동국대 법대 교수를 거쳐 서울대 법과대학 및 법학전문대학원 교수로 재임하는 한편 참여연대 사법감시센터, 대법원 법관인사제도 개선위원회, 경찰청 경찰혁신위원회, 대검찰청 인권존중을 위한 수사제도 개선위원회, 법무부 감찰위원회 및 검찰 인권평가위원회, 국가인권위원회 등에서 지속적으로 경찰과 검찰 등 공안기관과 사법부의 민주적 재편 혹은 개혁과 관

련된 활동을 계속해왔던 인물이다.

검찰개혁을 주요한 과제로 내세운 문재인 정권의 입장에서 조국은 검사나 판사, 변호사 출신이 아니어서 법조계와 인맥적, 조직적 관련에서 자유로우면서도 검찰에 대한 비판적 견제를 할 수 있는 검찰개혁의 적임자로 여겨졌으며, 그 때문에 그가 검찰을 감시하고 견제하는 민정수석에 이어 검찰을 지휘하는 법무부장관의 지위에 오르는 것은 예정된 자연스러운 수순이라고 할 수 있다. 하지만, 그가 검찰개혁의 적임자라는 사실, 그리고 바로 그 개혁을 수행할 수 있는 법무부장관이 된다는 사실은 지난 수십 년 동안 무소불위의 선출되지 않은 권력을 행사해 왔으나 바야흐로 개혁의 대상으로 전락하기에 이른 검사집단과, 이 검찰권력과 근본적 유착관계 및 간헐적 긴장관계라는 사실상 상호의존 상태에서 한국사회의 기득권을 공동으로 전유하고 또 행사해 왔던 정계, 재계, 법조계, 언론계 등의 기득권 집단의 입장에서는 결코 자연스러운 일이 아니었다.

대통령으로부터의 인사청문회 요청안이 국회에 제출되자 이들 기득권세력의 첫 번째 반격은 조국의 사노맹 전력을 문제 삼는 '색깔론'이었다. 하지만 여론은 그 정도의 색깔론으로는 움직이지 않았다. 그 낡은 공격은 조국의 "자랑스럽지도 부끄럽지도 않다"는 해명 한마디로 곧 예봉이 꺾였다. 하지만 후보 지명 일주일이 지난 8월 16일부터 도하 각 언론은 조국 및 그 가족과 관련한 각종 비리 의혹 기사를 맹렬한 속도와 규모로 쏟아내기 시작했다. 사모펀드 가입 관련 의혹, 용동학원 관련 위장소송 의혹, 부동산 위장거래 의혹, 위장전입 의혹, 종합소비세 지연납부 건 등이 먼저 알려지기 시작했고 곧이어 딸의 부산대 의학전문대학원 장학금 수혜, 고교시절의 의학 논문 제1저자 등재 관련 의혹, 동양대 봉사활동 관련 표창장 위조 의혹, 한국과학기술원(KIST) 인턴증명 부정발급 의혹이라는 사회정서상 매우 민감한 의혹들도 뒤를 이었다.

이처럼 조국 당사자의 행위와 관련된 의혹들이 아닌 가족과 친지들과 관련된 각종 확인되지 않은 의혹 기사들이 9월을 넘기면서까지 쏟아져 나오면서 그 기사들은 그때부터 한국사회의 가장 중요한 뉴스와 가십거리로 소비되기 시작했다. 그리고 8월 23일에는 서울대와 고려대에서 학생들이 조국을 둘러싼 이와 같은 각종 의혹들을 기정사실로 하고 그를 비난하며 법무부장관 임명 철회는 물론 교수직 사퇴까지 요구하는 집회가 열렸고, 마침내 8월 27일에는 서울중앙지법이 서울대, 고려대, 동양대를 비롯한 각종 의혹 관련 기관들 20여 곳에 대한 대대적인 압수수색을 필두로 본격 수사를 시작했다.

이러한 검찰/언론과 야당의 집요한 공격과 대중의 동요에도 불구하고 9월 9일 대통령은 조국 법무부장관의 임명을 강행했고, 조국 장관은 법무부 검찰개혁위원회를 가동하는 등 준비했던 검찰개혁의 수순을 밟아갔으며, 검찰은 9월 23일의 조국 장관의 자택에 대한 장시간 압수수색, 10월 3일의 소환조사를 거쳐 마침내 10월 24일 부인 정경심교수를 구속함으로써 '불퇴전의 항쟁'을 계속해 나갔다. 그리고 그 와중인 10월 14일 조국 법무부장관은 취임 35일 만에 결국 스스로 사퇴함으로써 적어도 조국의 진퇴가 걸린 쟁투에서는 검찰개혁에 저항하는 기득권세력이 승리자가 되었다.

이 쟁투의 과정을 찬찬히 돌이켜볼 때, 조국에 대한, 그것도 당사자가 아닌 가족들에 주로 집중된, 그리고 언론과 검찰이 마치 공놀이하듯 주고받으면서 키워간 이례적으로 집요하고도 광범위한 의혹 제기와, 청문회가 시작되기도 전에 전격적으로 시작된 검찰의 수사는 분명히 여느 고위 공직자 후보의 경우에 비해서 과도하고 비정상적인 행태가 아닐 수 없다. 이는 그 강도와 심도 양면에서, 또 여러 가지 정황상(이를 테면, 청문회 당일 정경심에 대한 기소 사실을 야당 인사들이 먼저 인지하고 있었다는 사실 등) 검찰개혁에 대한 기득권 세력의 노골적인 저항이자 반격이라고 볼 여지가 충분했다. 그리고 그것은 현재의 한국적 정치사회 지형에서 단순히 선거에 의한 정권교체를 넘는 본격적인 수준의 적폐 해소와 민주개혁이 얼마나 지난한 것인지 다시금 실감하지 않을 수 없게 만들었다.

하지만 그것이 기득권세력의 조직적 기획과 선전선동의 결과라 할지라도, 또 그것이 사법적 추궁과 처벌의 대상이 될 수 있는가 하는 문제와 상관없이 이 쟁투과정에서 드러난 조국 후보자의 평상시의 진보적 언사와 기득권층으로서의 삶이 보여주는 이중적 양상은 그의 현실적, 잠재적 지지자들에게 상당한 허탈감과 배신감을 안겼으며, 그 가족들의 여러 행태들은 절대 가 닿을 수 없는 한국의 상위 1%들의 아비투스가 어떤 것인지를 새삼 일깨워 주었다. 그리고 그것이 오늘의 한국사회를 지옥처럼 경험하며 살아가고 있는 수많은 사람들에게 커다란 박탈감을 안겨 준 것도 분명한 사실이었다. 비록 그것이 악의적으로 왜곡된 정보와 대중조작에 의해 만들어진 의심스럽거나 과장된 팩트라고 할지라도, 대중들이 그로 인해 느낀 박탈감과 배신감 역시 하나의 움직일 수 없는 팩트였던 것이다.

'조국 사태'가 일으킨 이러한 두 개의 파동은 결국 그때까지 대체로 관망세였던 대중들의 현실감각을 각각 다른 방향에서 예리하게 일깨우는 계기가 되었다. 9월 28일 서초동 대검찰청 주변에서 1백만 이상으로 추정되는 대중들이 촛불혁명의 재개를 자처하며 '조국수호, 검찰개혁'이라는 구호를 외친 이래 지금까지도 그 후속 집회가 지속되고 있으며, 그 일주일 뒤인 10월 4일, 광화문에서 역시 그에 못지않은 규모의 대중들이 '조국 구속'은 물론 '문재인 하야'라는 구호까지 내세우며 시작된 집회도 지금까지 계속되고 있다. 물론 전자의 대중집회는 그 자발성과 민주개혁에 대한 강력한 요구라는 점에서 지난 2016년 겨울에서 2017년 봄까지의 촛불집회의 정통성(?)을 일정하게 계승하고 있다고 볼 수 있을 것이며, 후자의 경우 자유한국당이나 일부 기독교 교회 세력, 그리고 무엇보다 박근혜 하야 이후로 가두집회로 잔뼈가 굵어온 태극기부대 등의 조직적 동원에 크게 의존하고 있다는 점에서 상대적으로 평가절하될 수 있는 부분이 있을 것이다.

하지만 전자의 집회는 '촛불혁명' 때와는 다르게, 보다 전면적이고 발본적인 민주개혁에 대한 요청이라기보다는 현 민주당정부의 검찰개혁 드라이브에 힘을 실어주는 일종의 친위캠페인으로서의 성격을 강하게 띠고 있으며 무엇보다 20대 청년세력, 그리고 노동자계급을 비롯하여 민주당정권 하에서도 여전히 소외와 차별을 피하지 못하고 있는 절대적 소수자들의 참여가 현저히 줄어들었다는 점에서 과연 진정한 촛불혁명의 계승이라고 볼 수 있는가 의문의 여지가 많다고 할 수 있다. 반면 후자의 경우 '수구세력의 반개혁적 난동' 쯤으로 폄하하거나 무시하기에는 그 규모가 예상외로 컸다. 숫자나 비율로 확인된 것은 아닐지라도 그 집회 참가자들 중에는 조국 사태로부터 현 민주당정권의 주축이라고 할 수 있는 이른바 '86'세력의 기득권화를 발견하고 현정권에 대해 실망은 물론 분노를 느낀 자발적 대중들도 적지 않게 포함되어 있었던 것이 사실이다.

그리고 무엇보다 각종 언론이나 SNS 상에서 이른바 '범진보진영' 내의 이 사태를 바라보는 관점에서 날카로운 분열상이 노정되었다는 점에 주목하지 않을 수 없다. 한쪽에서는 조국 법무장관에 대한 기득권세력의 공격을 저지하고 검찰개혁 프로세스를 완성하는 것을 현 정국 최대의 과제로 설정하고 이에 집중해야 한다는 입장이, 다른 쪽에서는 조국 장관의 도덕성을 문제 삼고 나아가 그를 비호하는 문재인정권의 문제점과 한계를 비판하는 입장이 크게 맞서며 서로 간에 상처를 입히는 지경에까지 이르게 되었다. 결과적으로 촛불정국을 통해 문재인정권을 탄생시킨 범진보진영 내에서 문재인정권의 개혁주체로서의 주도권의 인정 여부를 둘러싼 갈등과 균열이 날카롭게 드러난 것이다.

결론적으로, 2019년 여름부터 가을까지 한국사회를 뜨겁게 달군 '조국사태'는 한 명의 장관 임명을 둘러싼 논란에서 시작해서 결국 해당 장관의 사임으로 끝난 일회성의 해프닝이 아니라, 2016~2017년의 '촛불혁명'에서 지펴진 한국사회의 전면적 개혁에 대한 열망이 과연 얼마나 지속가능하고 또 얼마나 현실적 성과로 귀결될 수 있을지를 가늠하는 하나의 시금석이 되었다고 할 수 있다.

2. 사태의 기원과 의미 : 촛불혁명의 이상과 현실

2016년 가을에서 2017년 봄 사이 한국사회를 뜨겁게 달군 '촛불혁명'은 일차적으로는 이명박에서 박근혜로 이어져온 '도둑정권Klepiocracy(권력을 오로지 소수 파당의 이익을 극대화하는 수단으로 이용할 뿐인 정권)'체제를 종식시키는 것을 목표로 했고 또 그 목표를 달성하기는 했지만, 단지 그 목표를 위해서만 일어난 대중의 일회적 분기는 아니었다. 장기간에 걸친 일련의 탈중심적인 축제와도 같은 그 혁명에 참여했던 대중들이 잠재적으로 상정한 목표는 아마도 다음의 세 가지로 요약될 수 있을 것이다.

첫째, 두 개의 도둑정권을 창출해 내고 또 지탱해온 한국의 수구기득권세력, 즉 친일과 반공과 친미를 방패삼아 한국자본주의 발전의 과실을 독점하고, 한국사회 절대다수 구성원들을 냉전반공체제의 볼모로 하여 그 기득권의 영속화를 획책해 온 세력을 무력화시키는 것(그것은 한국사회의 민주개혁을 제1과제로 삼았던 이른바 87년체제의 완성을 의미한다고 할 것이다), 둘째, 이른바 97년체제로 불리는 신자유주의체제, 즉 자본이동의 자유와 노동유연화를 통해 위기에 처한 총자본의 이익을 극대화하는 대신 노동자계급을 비롯한 절대다수 사회구성원들의 삶의 질을 방기하는 체제를 변혁하는 것, 셋째, 이상의 두 변혁과제의 수행과정에서 다양한 정체성과 위상을 지닌 한국사회의 소수자들과 하위주체들의 주도성을 극대화하여 한국사회 변혁의 헤게모니를 재구성하는 것이 그것이다.

2017년 3월 10일 헌법재판소에서 '대통령 박근혜 탄핵 소추안'이 인용되어 박근혜정권이 종식되고 곧 이은 대선을 통해 문재인정권이 탄생한 것은 절대다수의 한국사회 구성원들이 위의 세 가지 목표 중 앞의 두 목표, 즉 수구기득권세력의 청산과 신자유주의체제의 극복을 온건부르주아 자유주의 정치세력에게 위임한 결과였다. 그리고 이 시기에 나타난 수구기득권세력의 정치적 대표자였던 새누리당의 극적인 몰락상은 최소한 첫 번째 목표는 비교적 수월하게 달성될 수 있을 것이라는 기대를 자못 크게 부풀려주기도 하였다. 하지만 그 기대는 그리 쉽게 충족될 수 있는 것은 아니었다. 계급적으로는 소부르주아적 기반을 가지고, 정치적으로는 온건보수파, 이데올로기적으로는 자유주의에 기초한 문재인정권은 그 성격상 촛불혁명의 세 가지 잠재목표를 모두 수행할 수 있는 정치세력은 아니다. 그들에게 한국사회가 기대할 수 있는 최대치는 아마도 앞에서 말한 바와 같이 87년체제의 완성, 즉 흔히 자유민주주의체제라 불리기도 하는 부르주아민주주의체제의 안정적 구축일 것이다. 한국사회는 1980년대 후반 박정희-전두환으로 이어지는 군사독재체제를 붕괴시키고 헌법원리가 가장 강력한 규범으로 작동하는 민주주의체제가 비로소 형성되기 시작했지만 냉전적 분단체제의 온존과 전통적 수구기득권세력의 미청산으로 인해 여전히 사상과 양심의 자유가 제한 당하고, 시민에 대한 국가공권력의 지배와 위협이 상존하며, 비대해진 자본과 관료기구, 수구언론 등의 지배력이 시민의 통제범위를 벗어나 있고, 수구보수기득권세력이 과잉대표되는 정치체제가 지속되고 있다.

87년체제를 이끌어 왔다고 할 수 있는 김대중-노무현정권이 먼저 이러한 과제에 도전했으나 바로 이러한 수구기득권세력의 맹렬한 저항과 신자유주의체제의 기세에 눌려 그 도전은 실패로 끝났고, '이명박근혜체제'의 반동기간을 겨우 넘어선 문재인정권이 촛불대중의 기대, 혹은 위임을 받아 다시 재도전에 나선 형국이지만 그 전망 역시 그리 밝지 못하다. 문재인정부 초기에 발표된 국정전략을 보면, 국민주권, 권력기관의 민주적 개혁, 소득주도 성장, 공정경제, 포용적 복지국가, 노동존중, 성평등 등 차별 없는 공정사회, 자치분권, 균형발전, 남북한 화해협력과 한반도 비핵화 등이 눈에 띤다. 이를 보면 문재인

정권은 촛불혁명의 주요한 두 목표였다고 할 수 있는 수구기득권세력의 청산(민주개혁의 완성)과 신자유주의체제 극복을 공히 자기과제로 삼았다고 할 수 있다. 하지만 2년 반이 지난 지금, 과연 문재인정권에게 이러한 두 개의 과제는 얼마나 실현가능한 것으로 남아있을까 의문이 들지 않을 수 없다.

'이명박근혜 반동기'가 문제인 것은, 비록 두 정권의 표면적 본질은 '도둑정권'이며 무능정권이라 할지라도, 그것이 그 정권의 주도세력인 한국 수구기득권세력에게는 별다른 문제가 되지 않았다는 점 때문이다. 수구기득권세력은 비록 1987년 시민항쟁으로 한국사회에 대한 독점적이고 전횡적인 정치적 지배권은 잃었지만 1997년 이후 신자유주의체제와 효율적으로 결탁하여 피지배민중들에 대한 사회경제적 지배권을 거의 영속적으로 유지 보전하는 데 성공했다. 특히 재벌들을 중심으로 한 총자본의 입장에서는 전통적인 군사독재체제는 오히려 자신들의 신자유주의적 극대이윤 추구에 방해가 될 뿐이며, 그들에게 정권이란 얼마간의 이득을 보전해 주면 군소리 없이 자신들의 이윤추구를 보장해 주는 일종의 경비시스템에 불과한 것이었다. 실제로 '이명박근혜 체제'의 본질은 그것과 그리 거리가 멀지 않은 것이었다.

따라서 촛불혁명의 여망으로 탄생한 문재인정권이 적폐청산이라는 명분으로 수구기득권세력을 무력화시키고자 했을 때 그것은 (자신들의 국정전략에 어느 정도 반영되어 있었던 것처럼) 곧 민주개혁과 신자유주의체제 극복의 동시적 수행, 즉 '87년체제의 완결이자 97년체제의 극복'일 수밖에 없었던 것이다. 그것은 한편으로는 수구기득권세력의 청산이면서 동시에 공정한 사회경제구조의 구축인 것인데 그 핵

쉬운 자본구조와 분배구조의 개혁(재벌개혁 혹은 해체, 자본내 분업구조의 개혁, 조세제도 개혁과 사회안전망 구축 등)을 통해 10대 90으로 고착되다 못해 1대 99로 치닫고 있는 한국사회의 불평등구조를 근본적으로 혁파하는 것, 즉 경제부문에서의 수구 기득권체제을 해체하는 것에서부터 시작되어야 하는 것이었다. 그것은 곧 이러한 사회경제적 불평등, 불공정구조에 빨대를 대고 자기 존재를 유지해 온 정치 사회부문의 수구기득권세력의 물적 토대를 붕괴시키는 일인 것이다.

그러나 문재인정권은 이러한 과제를 제대로 수행하지 못했다, 혹은 하지 않았다. 재벌개혁의 시늉은 했지만 '성장'의 신화와 유혹에 매달리거나 '불경기'의 공포에 시달리며 재벌체제를 온존시켰으며, 결국은 소득주도 성장, 혹은 노동존중, 공정사회담론 등 그와 동시에 내걸었던 전략들을 모순에 빠뜨리거나 공염불로 만드는 지경에 이르렀다. 아마도 그들은 '못했다'고 말하고 싶을 것이다. 그리고 수구세력의 강력하고도 맹렬한 저항을 그 변명거리로 내세우고 싶을 것이다. 그것은 반은 맞고 반은 틀리다. 확실히 수구기득권세력이 맹렬히 저항한 것은 틀림없다. 그들 역시 촛불혁명의 기세와 그에 깃든 혁명적 요구에 공포를 느끼지 않을 수 없었을 것이기 때문이다. 특히 여소야대의 정국에서 수구기득권 정치세력은 모든 개혁입법과 그 가능성까지도 철저하게 차단하는 일종의 옥쇄전술로 맞섰으며 그 전술은 매우 효과적으로 작동해 온 것이 사실이다. 게다가 전통적 수구언론들과 유튜브 가짜뉴스 등 신흥 수구언론들의 발호, 그리고 촛불혁명의 학습효과로 등장한 수구세력의 대중동원전술 역시 한몫을 단단히 했다. 그것은 인정되어야 마땅하다. 하지만 과연 '못했을까'? 그렇지 않다, 적어도 반쯤은 '안했다'는 데에서 문재인정권의 역사적 한계가 드러나는 것이며, 그것이 이번 조국사태에서 촛불주도세력의 분열을 일으키게 된 주요한 원인이 되었다고 보는 게 온당할 것이다.

97년체제는 단지 수구기득권세력들에게 활로를 열어줬을 뿐만이 아니라, 87년체제의 주체들 역시 포섭해서 변질시켰다. 97년체제는 1997년의 IMF사태로부터 시작된 것이 아니다. 그것은 이미 박정희체제가 종식되던 70년대 말부터 시작되어 유사군사독재체제인 전두환-노태우정권 시기인 80년대와 김영삼정권 시기인 90년대까지 작동하다가 IMF사태를 통해 비로소 그 마각이 드러나기 시작한, 포스트 군사독재체제의 오래된 숨은 지배원리였다. 신자유주의체제는 전세계적으로는 오일쇼크로 인한 70년대 말 브레튼 우즈체제의 종식과 레이거노믹스-대처리즘 시기부터 작동하기 시작했다. 세계적 규모의 자본이동의 자유와 노동유연화라는 그 기본노선이 폐쇄적 일국경제체제를 전제로 한 후진국의 군사독재체제와 상충하는 것은 불가피했으며, 따라서 한국에서 박정희 독재체제의 종식과 일정한 자유주의적 민주개혁은 필연적인 것이었다. 한국사회에서 1987년 민주항쟁의 성공과 1988년 서울올림픽을 기화로 한 이른바 세계화, 개혁 개방체제의 구축, 그리고 90년대 초중반의 눈부신 호황과 성장은 모두 신자유주의체제의 한국적 안착의 결과물이라고 할 수 있다.

1980년대 후반 한국사회를 휩쓸었던 열렬한 혁명적 열기가 1987년 직선제 개헌과 그 결과인 노태우정권의 등장 이후 몇 년도 지나기 전에 극적으로 사그러든 것은 그 때문이다. 무엇보다 민주화운동의 대의에 동감했던 '민중'이 직선제 쟁취라는 작은 성취에 만족하고 주저앉아버렸다. 그것은 물론 80년대와 90년대를 지속했던 성장과 그 과실의 상대적으로 여유로운 분배의 결과였다. 그리고 오래 지나지 않아 그

민주항쟁을 주도했던 이른바 민주화세력들조차 신자유주의 도입 초기의 그 강렬한 풍요의 유혹에 영혼을 빼앗기기 시작했다. 그리고 1997년 이후 한국사회의 양극화와 야만화 과정에서 그 항쟁주체의 상당수는 20대 80, 혹은 10대 90으로 가파르게 심화되는 불평등구조에서 살아남아 혜택을 보는 상층부에 속하게 된 것이 사실이다.

이번 '조국사태'에서 당사자인 조국의 경우가 바로 그 하나의 예가 될 것이다. 비록 매우 비열한 방법으로 '탈탈 털린' 것이고 여전히 그 진실 여부가 논란이 되고 있는 것은 사실이지만 그 '탈탈 털린' 내용물들은 이른바 한국사회의 상위 1%의 삶이 나머지 99%, 아니 다시 상위 20% 정도는 예외로 하더라도, 나머지 80%의 삶과 그동안 어떻게 달라졌는지를 매우 극적으로 보여주는 증거물들이라고 하지 않을 수 없다. 주지하다시피 조국은 문재인정권이 수구기득권세력의 상징기구로 과잉성장한 검찰의 개혁을 위해 비장해 왔던 회심의 카드이자 장하성, 김상조 등과 함께 문재인정권의 개혁 이미지의 아이콘이었다. 하지만 그는 이번 사태를 통해 문재인정권 및 더불어민주당에 참여하고 있는 이른바 민주개혁세력들의, 위선이라기보다는 존재 자체에 각인된 모순성, 즉 개혁주체를 자임하고 살아왔지만 세월이 지나면서 시나브로 개혁대상으로서의 정체성을 지니게 된 모순성의 아이콘이 되고 말았다. 당연히 문제는 조국 개인만이 아니다. 자유주의적 온건보수성을 기반으로 하는 더불어민주당과 문재인정권은 태생상 한편으로는 전통적 수구기득권세력과는 적대적일 수밖에 없지만, 동시에 신자유주의체제와는 상당한 공생관계에 놓여있는 것이며, 그것을 극복하는 것은 그야말로 존재 전이를 각오해야 할 정도의 필사적 노력이 따르는 일이 아닐 수 없다. 하지만 현재 그들의 존재조건과 그로부터 기인하는 불가피한 무능함은 그들의 당면한 현상타파의 주도세력으로서의 자격을 의심하지 않을 수 없게 만들고 있다.

이번에 문재인정권이 역점을 두고 추진중인 검찰개혁은 여전히 그 실효성과 가능성에 의문부호를 떼어낼 수는 없지만, 그럼에도 불구하고 재벌개혁, 소득주도 성장, 노동존중 등 보다 더 중요하고 선차적인 개혁에 실패하거나 그 행보가 흐지부지해져 버린 정권으로서는 수구기득권체제에 대한 얼마간의 타격이라도 가하고, 민주개혁의 얼마간의 진전이라도 확보할 수 있는 회심의 과제임에는 틀림이 없다. 그리고 무엇보다 촛불혁명의 주체들로서도 그 혁명의 정치적 과실을 독자적 정치세력의 형성으로 전유하는 대신 문재인정권에 위임한 이상, 이 정권의 성패는 전부는 아니더라도 촛불혁명세력의 주요한 성패가 된다는 점에서 이 검찰개혁은 필히 완수되어야 할 과제임에 틀림이 없다. 그리고 바로 이것이 이번 조국사태에서, 이러저러한 상실감과 의구심에도 불구하고 많은 시민(서초동파)들이 결집할 수밖에 없었던 근본적 동기일 것이다. 그렇게 본다면 '조국 수호'라는 논란 많은 구호도 개인 조국을 구하자는 뜻보다는 조국 낙마와 퇴장으로 인한 현정권의 헤게모니 위기와 검찰개혁의 지연 혹은 퇴색을 경계한다는 뜻으로 읽어줄 수도 있을 것이다.

그러나 이러한 정황을 고려하는 대신 (혹은 모를 리가 없음에도 불구하고) 이른바 '진보진영'의 일부(비서초동파)는 이번 조국사태에서 조국 개인과 그 가족의 특권층적 행태와 위선성을 맹비난하고 문재인정부의 공정담론의 허구성을 비판하는 지점까지 나아갔다. 이들 중에는 현실정치에 대한 감각보다는 '도덕성'이라는 잣대 하나만을 추상적으로 고집하는 일종의 원리주의자들도 없지 않지만, 현실 정치상황에 대한 판단을 거쳐 이미 문재인정권의 주도성에 깊은 회의를 느끼거나 이를 부정하는 단계로 나아간 쪽도 없지 않다. 또 상당수는 검찰개혁 등 현정권의 개혁프로그램에는 찬성하지만 굳이 조국이어야 할 필요는 없다는 생각을 표현하기도 했다.

이 균열지점이 바로 '진보진영'의 고민이 깊어지는 지점이기도 하다. 1987년 대선 때부터 한국의 좌파(여기에도 수많은 스펙트럼이 있지만)는 강력한 수구우파와 싸우기 위해 온건우파(혹은 중도우파)와 연합하지 않을 수 없었고, 그 결과 현실정치 지형 속에서 불가피하게 온건우파의 헤게모니 속으로 흡인되어 애초의 '좌파적 순수성'을 잃는 경우가 허다했다. 하지만 그것은 한국적 정치지형 속에서 불가피한 일이기도 했다. 냉전적 반공주의에 기초한 강력한 극우수구연합의 존재로 인해 부르주아 민주주의의 정착을 위한 싸움만으로도 수많은 사람들의 피를 흘려야 했고 그것은 비록 강도는 완화되었다 할지라도 지금도 여전하기 때문이다. 그리고 그 과정에서 극우수구세력들은 스스로를 '보수'라 참칭하고 자신들에 대항하는 모든 세력을 한데 묶어 '좌파' 혹은 '빨갱이'라고 호명했으며, 그 영향으로 온건보수는 '보수파'라는 호칭을 잃고, 좌파는 좌파로서의 내용성을 잃고 '진보진영' 혹은 '범진보세력'이라는 모호한 이름 속으로 퇴각해 들어가게 된 것이다.

이번 조국사태에서 드러난 진보진영의 균열은 그 실체가 어느 정도인가와 상관없이 한국 좌파의 이런 오랜 과제, 즉 언젠가는 '진보'라는 이름 아래 온건우파와의 어설픈 연합 상태를 끝내고 자립해야 한다는 과제를 던져주었다고 할 수 있다. 그리고 문재인정권이 촛불혁명의 계승에 장차 실패하거나, 이미 실패가 예견되어 있다고 한다면 이제 이 한국좌파의 묵은 숙제는 더 이상 미루어져서는 안 될 것이다.

과연 그렇게 될 것인가. 과연 한국좌파는 온건우파와의 연합 혹은 온건우파에의 기생 없이 자립할 수 있는 주체적 역량을 가지고 있는 것일까. 아니 어쩌면 더 근본적인 것을 물어야 할 것이다. 과연 한국에 주관적으로는 좌파를 자처하지만 객관적으로는 중도파에 불과한 얼치기 좌파가 아닌 진짜 좌파세력이 존재하기는 하는 걸까? 어쩌면 오랜 기간의 반수구연합의 역사 속에서 주체성을 상실하고 이념적 혼란 속에서 확실한 노선도 전략도 없이 수구세력의 '삽질'로부터 얻어온 반사이익에 중독된 나머지 사실상 껍데기만 남은 것은 아닐까?

3. 사태 이후 : 새로운 계급투쟁은 가능한가?

이번 조국사태에서 진보진영 내부가 서초동파와 비서초동파로 나뉘어 균열되는 양상을 보였다고 했지만 그보다 더 큰 균열을 간과하면 안 된다. 지금까지 말한 진보진영이란 사실상 87년체제의 주역인 50대 이상의 구운동권(구좌파?)들을 말하는 것이고, 서초동파/비서초동파로의 분기 역시 그들 내에서의 균열상이라고 할 수 있다. 2016~2017년의 촛불혁명에 참여한 주체는 그들보다는 훨씬 더 광범한 것이었으며, 그 광범한 주체들 중에 상당한 부분은 이번 서초동집회에 의미 있는 주체로 참여하지 않았고, 비서초동파와는 또 다른 의미에서 냉담층으로 남았다. 아니 어떤 의미에서는 그렇게 소외된 채로 남을 수밖에 없었을 것이다.

무엇보다 우선 촛불혁명 기간 중에 소리 없이 중요한 몫을 담당했던 조직, 비조직 노동자들의 참여가 현저하게 줄었다. 조국사태가 지속되는 동안 삼성에서 노동조합 결성을 위해 싸우다 해고된 노동자 김용희씨는 강남역 CCTV 철탑 위에서 고독한 농성을 계속하고 있었으며, 도로공사 톨게이트 비정규노동자들은 회사측의 기만적인 자회사 소속 정규직화 책동에 맞서 처절한 싸움을 벌이는 중이었다. 그들 노동자들에게는 검찰개혁은 먼 나라 이야기에 불과했고 더구나 '조국 수호'는 상위 20%들끼리의 제 식구 감싸기 놀음에 불과한 것으로 여겨질 수 있었다. 고용불안은 물론 저임금과 장시간노동, 그리고 미구에 닥쳐올 노동조건 개악 등의 불길한 현실 속에서 이미 촛불정권이라는 문재인정권의 한계를 몸으로 느낀 수많은 정규/비정규 노동자들에게 서초동집회는 어쩌면 촛불혁명의 계승이 아닌 '참칭'으로 여겨질 가능성이 더 높았을 것이다.

그리고 촛불혁명의 당당한 주역들이었던 2-30대 청년층의 절대다수 역시 서초동을 외면하기는 마찬가지였다. 조국 딸의 대학 및 의전원 입학과정에서의 의혹 등과 조국'교수'의 언행 불일치 등을 빌미로 집회를 벌인 서울대와 고려대 일부 학생들이 내건 공정성이라는 기준 역시 상위 20%들 내부 경쟁에서나 유의미한 특수한 공정성에 불과한 것은 아니겠는가 하는 논란은 차치하고라도, 그 상위리그에는 애초부터 포함될 엄두를 낼 수 없었던, 그리고 학업과 생존을 병행하기 위해 고투하며 대학을 졸업해도 좁은 취업문 앞에서 좌절하기 십상인 하위리그의 청년들, 더 나아가 대학 진학도 사치가 되어 일찌감치 비정규직이나 임시직 노동시장을 전전할 수밖에 없는, 리그조차 구성할 수 없는 최저층 청년들에게 서초동 집회는 물론 조국사태라는 것 자체가 어떤 실감으로 다가오기는 힘든 노릇이었다.

그리고 이들 청년세대들에게는 검찰개혁을 하자거나 조국을 구하자는 40대 이상 기성세대들이 97년체제의 가장 치명적인 희생양들인 자기세대와 비교할 때, 호황기의 풍요를 누릴 대로 누린 동시에 민주화투쟁 주체라는 사회문화적 상징자본조차 독점하고 있는 또 다른 기득권세력, 즉 독재와 산업화시대의 구기득권세력과 더불어 자기 세대의 머리 위에서 군림하는 신기득권세력이자 똑같이 '나쁜 꼰대들' 이외에 아무것도 아니라고 할 수도 있는 것이다.

이렇게 볼 때, 이번 조국사태는 현정권에 대한 기대가 아직 식지 않았던 1~2년 동안은 느슨하게나마 유지되었던 '촛불동맹'이 급격하게 분열되고 해체되는 계기가 되었다고 할 수 있다. 그렇다면 이제는 이 분열과 해체가 어떤 방향성으로 진행될 것인가, 혹은 되어야 하는가를 생각하지 않으면 안 될 시점에 이르렀다고 볼 수 있다. 만일 기존 진보진영 내의 비서초동파들과 범노동계급, 청년세대 등이, 그리고 서초동으로 향했음에도 현정권의 과제수행능력에 회의를 품기 시작한 '비판적 지지자들'이 이제 문재인정권으로 대표되는 온건보수세력을 더 이상 신뢰하지 않기로 했다면 거기엔 마땅히 합당한 대안이 뒤따라야 하고 이제부터는 그 대안을 두고 이제는 무기력해져 버린 '구좌파'가 아니라, 진짜 '좌파'의 이름에 걸맞은 '신좌파'가 자신들만의 조직과 이념을 내걸고 등장해야 마땅한 것이다.

그러나 현실은 그리 녹록치 못하다. 촛불혁명은 앞에서 언급했듯이 새로운 주체들에 의한 87년체제와 97년체제의 동시극복이라는 대과제를 한국사회에 제기했다. 그렇게 볼 때 한국사회의 근본적 변혁은 단지 수구기득권세력을 청산하고 민주적 사회구조를 구축하는 부르주아 민주주의의 실현으로 환원될 수 있는 것이 아니다. 그리고 이미 신자유주의체제와 이데올로기에 깊이 침윤된 한국사회의 현 상태는 약탈적 자본주의 운동에 의한 극단적 양극화와 차별화라는 문제를 해결하여 절대다수 사회구성원의 고통을 제거하지 않고는 수구기득권의 청산도 민주적 사회구조의 구축도 불가능한 지경이라고 할 수 있다. 게다가 외부문제이자 내부문제이기도 한 남북한 평화체제 구축이라는 과제도 동시에 해결해 나가지 않으면 안 된다.

그것은 구좌파적 관점에서의 노동자계급과 자본가계급 간의 계급투쟁이라는 프레임과는 다른 프레임을 요청하는 과제라고 할 수 있다. 이것은 전통적 산업노동자계급만이 아니라 이를테면 현 체제 하에서 고통받는 하위 90% 전체가 함께 상위 10%를 상대로 연합전선을 형성하여 정치적, 사회경제적, 문화적 차원에서의 동시다발적 투쟁을 벌여나가는 새로운 개념의 계급투쟁을 요청하고 있는 것이다.

하지만 과연 한국사회는 이처럼 새로운 계급투쟁을 펼쳐나갈 준비가 되어 있을까? 촛불혁명이 이러한 과제를 제기한 것은 맞지만 거기 참여했던 다양한 주체들은 여전히 그러한 열망이 특정한 정치적 조직이나 강령 등으로 수렴되는 것을 거부하거나 주저하고 있는 형편이다. 그리고 무엇보다 한국사회의 정치지형이나 제도 자체가 이러한 새로운 정치주체가 부상하고 활성화될 수 있는 여지를 여간해서는 허용하지 않고 있다. 벌써 해체되거나 소멸해야 마땅할 수구극우정당이 좀비처럼 살아남아 20% 이상의 지지율을 유지하고 있다거나 노동자들의 조직율이 여전히 10% 전후를 맴돌고, 노동자 정당을 표방한 진보정당 역시 10% 전후의 지지율을 맴돌고 있는 상황이 이를 잘 보여주고 있다. 한국사회가 세계에 자랑하는 길거리 대규모 시위 중심의 정치투쟁은 그것이 그 주체들의 참신한 선택의 결과라기보다는 그 외에는 다수 민중들이 자신들의 정치적 의사를 대변할 어떤 통로도 없는 상황에서 어쩔 수 없이 강제된 결과라고 할 수 있다.

이제 더 이상은 온건보수정치세력에 자기의 미래를 전부 맡길 수도 없고, 그렇다고 강력한 진보적 정치주체를 스스로 창출해 낼 수도 없는 한국사회의 90% 타자들과 좌파 진보세력의 딜레마를 어떻게 할 것인가. 아마도 이것이 이번 '조국사태'가 제기한 가장 첨예한 물음일 것이다.

(『황해문화』 2019년 겨울호)

세월호와 함께 살아가기

3

인천항에서 낯선 이 포구까지
오는 데 수십 일이 걸린 데다
그 사이 몸은 다 식고
손톱도 다 닳아졌으니
삼도천이나 건넜을까 몰라
구조된 것은 이름, 이름들뿐
네 누운 이곳에
네 목소리는 없구나
집에 가자 이제
집에 가자

— 김해자, 「피에타」, 2014

1. 시적 상태에서 산문적 상태로

인간에게는 '시적 상태'와 '산문적 상태'가 있다. '시적 상태'란 외부에서부터 비롯되는 각종의 자극과 그에 대한 정서적 반응들, 또는 자기 내부의 이러저러한 충동과 욕망들이 지배적인 상태이고, '산문적 상태'란 이러한 정서적 반응이나 충동, 욕망들을 객관적으로 서사화하여 자신의 내부에 질서 있게 배치하는(하고자 하는) 상태이다. '시적 상태'는 '산문적 상태'로 지양되어야 할 불안정한 상태로 간주하기 쉽지만, 사실은 '산문적 상태'야말로 새로운 '시적 상태'에 의해 언제든 혼돈에 빠지거나 부정되기 쉬운 불안정한 상태다. 누구라도 자기 자신의 삶의 체험을 조금만 돌이켜보면 쉽게 느낄 수 있을 것이다. 비단 사람만 그런 게 아니다. 이 세상이 돌아가는 이치도, '역사'라는 것이 흘러가는 양상도 마찬가지다. 이해할 수 없는 혼돈의 역사가 훨씬 길고, 이해 가능하게 안정된 역사는 아주 순간에 불과하다. 이를테면 미네르바의 부엉이가 날개를 펼치는 황혼녘, 그 잠시의 시간이 지나면 곧 다시 어둠이 오고 내일은 다시 오늘의 것과는 다른 태양이 뜬다.

그리고 '시적 상태'가 곧 혼돈과 불안정만으로 이루어진 것만도 아니다. 장르론을 빌어서 말하자면 '시적인 것' 속에서 인간은 직관적이고 무매개적인 초월의 형태로나마 영원성 혹은 삶의 총체성에 도달하게 된다. 비록 당장은 합리적으로 설명되거나 서사화될 수는 없지만, 낯설고 강한 감응을 동반한 혼돈과 불안정 속에서 이제까지 없던 창조적인 어떤 것이 생성되는 것이다. '산문적인 것'은 해석과 설명이라는 지루한 서사화 과정이라는 형태로 그 다음에 따라온다. 거기서 얻어지는 것이 '이성'의 이름으로 추구되는 인과적 필연성과 논리적 정합성이다. 하지만 대개의 경우 이러한 '산문적 상태'는 '시적 상태'에서 얻은 최초의 충격이나 발견의 합리화 과정이지 그로부터 독립된 순수 논리적인 어떤 자율적 상태라고는 할 수 없다.

2년 전 4월 16일, 300명이 넘는 살아 있던 사람들이 수 시간에 걸쳐 속절없이 바다 속으로 사라져버려 차디찬 주검으로밖에는 돌아오지 못한 사건이 있었다. 그것은 분명히 실제 상황이면서도 동시에 하나의 기나긴 환각과도 같은 일이었다. 그 이후 내가 지금까지도 헤어 나오지 못하고 있는 고통과 슬픔으로 가득 찬 상태가 이를테면 이와 같은 '시적 상태'의 한 예일 것이다. 그 시간 동안 나는 처음엔 도대체 무슨 일이 벌어지고 있는지조차 알 수 없다가 이윽고 안타까움과 분노를, 그리고 형언할 수 없는 고통을, 그 다음에는 자학을 수반하는 트라우마적 상황을 겪었다. 그리고 마침내 그것은 내가 속한 세계의 형상을 총체적으로 붕괴시키고 내가 살아온 삶 전체를 한갓 추문으로 전락시킬만한 생애의 사건으로 깊이 자리 잡게 되었다.

2년이 지난 지금에서야 나는 이 사건이 내게 준 혼돈과 충격을 추슬러 이를 하나의 서사로 구성할 수 있는 '산문적 상태'의 입구에 가까스로 도달한 것으로 보인다. 이 글을 쓰는 것은 '세월호 참사'라는 사건이 지난 2년 동안 내게 일으킨 깊은 파문을 나름으로 해석하여 우선은 나 자신을 트라우마로부터 일으켜 세우고 또한 나 못지않은 존재론적 충격을 겪어왔을 다른 이들과 이를 나누어 어떤 '공공의 것'을 형성하는 데 이바지하기 위함이다. 물론 이 '형언'의 과정에서 여전히 너무나 많은 '형언 너머' 혹은 '형언 이전'의 것들은 마치 세월호처럼 깊은 바다 속에서 채 인양되지 못한 채로 남아 있을 것이다.

2. 두 개의 생애의 사건

누구에게나 생애의 사건이란 게 있을 것이다. 그것은 인생의 소소한 사건들에서부터 보다 역사적인 사건들에 이르기까지, 다른 이들에게는 그저 스쳐지나가는 에피소드에 불과한 것들일지 모르지만 당사자에게는 삶의 지침을 바꿔놓을 정도로 충격적이어서 긍정적이든 부정적이든 그 영향이 평생 동안 지속되는 사건을 말한다.

나의 길지 않은 삶에서 가장 큰 생애의 사건은 단연 5.18 광주민중항쟁이었다. 나는 유신체제가 막바지로 치닫던 1977년에 대학에 입학하여 20대 초반의 나이에 인생의 다른 선택지에는 한눈 한 번 팔아볼 겨를도 없이 곧바로 유신독재에 저항하는 학생운동의 한복판에 뛰어들게 되었다. 나는 지적으로 구태의연하고 엉성하기 짝이 없던 대학의 정규 교과과정에는 일찌감치 애정을 접은 대신 '학회'라 불리던 학내의 비공식 써클에서 불의한 현실과 정면으로 마주서는 철학과 역사, 사회과학의 '진리들'에 접했고, 자신을 그 진리의 구현자로 기꺼이 단련해 나갔다.

광주민중항쟁은 내가 그렇게 4학년이 되어 '학생운동가'로서의 경력에 정점을 찍고 있던 1980년 5월에 일어난 사건이다. 그 전 해인 1979년 10월 26일 박정희의 피살과 더불어 유신체제가 종말을 고했지만 얼마 지나지 않아 신군부세력이 12.12 쿠데타로 군사독재체제의 연장을 획책했다. 이에 반발한 학생, 재야, 지식인 등 범민주 세력이 전면적인 저항에 나서기 시작했던 1980년 5월 중순, 10만 명 이상 가두에 진출했던 서울지역 대학생들이 이른바 '5.15 서울역 회군'으로 그 역사적 역할을 스스로 거둔 이틀 뒤인 5월 17일, 신군부세력은

'비상계엄 전국 확대 조치'를 내걸고 민주세력들에게 역습을 가해왔다. 주지하는 바와 같이 광주학살 혹은 광주민중항쟁은 이러한 계엄 확대 조치에도 불구하고 집회와 시위를 계속했던 광주시민들을 신군부세력이 참혹하게 학살했던 사건이며, 동시에 광주시민들이 이에 굴하지 않고 열흘간의 '위대한 투쟁'으로 맞섰던 사건이었다.

이렇게 구구하게 설명하지 않아도, 또 직접 경험하지 않았더라도 대다수의 사람들이 어느 정도는 그 개요는 알고 있는, 지금은 공식적으로 '광주민주화운동'이라고 널리 알려져 있는 이 사건이 나에게는 어쩌다가 '생애의 사건'이 되고 말았을까. 앞에서 말했듯이 나는 그 당시 학생운동의 '지도부'의 일원에 속해 있었다. 5월 15일 당일의 정황으로 볼 때 '서울역 회군'은 한 두 사람의 반대로 되돌려질 수 없었던 불가항력적인 사태이었지만, 당시의 전체적 정세로 볼 때는 분명히 뼈아픈 실수였으며 신군부에게는 절호의 기회였음에 틀림없다. 굳이 정세를 언급할 필요도 없이 그때 서울에서의 열기가 좀 더 지속되었더라면 적어도 신군부세력이 그처럼 노골적으로 광주를 유린할 수는 없었을 것이다.

5월 17일 오후부터 시작된 계엄군의 검거 선풍을 피해 몸을 숨기고 있은 지 며칠 후 나는 청량리에서 신림동으로 가는 95번 시내버스 안에서 '폭도가 준동하는 광주'에 관한 라디오 뉴스를 들었다. 그것이 학살의 소식이었고 항쟁의 소식이었음은 내 몸이 먼저 알았다. 아무도 없는 정오 무렵의 버스 안에서 내 몸은 흔들리며 오열을 터뜨렸다. 누구도 함부로 만날 수 없었던 그날들, 나는 숨어 지내던 골방에서 몇날며칠을 더 울며 내가 거기서 그들과 함께 있지 못한 것을 저주하고 또 저주했다. 나에게 광주에서 그때 죽어간 사람들은 마치 나의 죄를 대신 지고 희생된 예수와도 같은 사람들이었다. 내가 서울역 회군을 결정한 것은 아니었지만, 고백컨대 나는 서울역 사수파도 아니었다. 그 대신 취했던 어중간한 머뭇거림과 판단 유보의 태도가 이후 나를 평생 괴롭혔다.

2004년, 나는 어느 신문에 기고한 광주항쟁 24주년을 기념하는 글에서 이렇게 썼다.

> 더 이상 그들을 그렇게 외롭게 숨져가게 만들어서는 안 된다는, 내가 나서지 않으면 누군가 죽고 상처받는다는, 이렇게 무엇인가 유린되도록 그대로 둘 수는 없다는, 여기서 한 걸음 더 나아가지 않으면, 내가 움직이지 않으면, 어쩌면 나는 다시 한 번 죄를 짓게 된다는, 5.18 광주로부터 아프게 얻은 인간적 존엄과 연대에 대한 감각 (…중략…) 가슴에 새겨진 나의 주홍글자를 아프게 어루만지며 이렇게 묻는다. 너 잘 살고 있느냐고, 너 지금은 그 자리에 있느냐고, 다음 세대에게 부끄러움 없이 인간의 존엄에 대해 이야기해 줄 수 있느냐고. (『경향신문』, 2004.5.18)

그때 거기 그들과 함께 싸우다 함께 죽지 못했다는 사실 때문에 나는 지금까지도 부끄럽다. 그처럼 광주민중항쟁을 생애의 사건으로 몸에 새겼지만 나는 제대로 그 빚을 갚으며 살지도 못해 광주를 하나의 트라우마로 간직하게 되었고 그 트라우마는 삶의 갈피마다 부끄러움으로 덧쌓여 이중 삼중의 천형처럼 나를 짓눌러왔다. 이처럼 광주민중항쟁의 기억 하나만으로도 나의 유약한 삶은 버겁기 짝이 없는데 여기에 또 하나의 감당하기 힘든 생애의 사건이 닥쳐왔다. 그것이 2년 전의 세월호 참사다.

2014년 4월 16일 아침, 인천-제주 간 정상 항로였던 한반도 서남쪽의 바닷길에서 476명의 승객을 실은 여객선 한 척이 갑자기 전복되었고, 그 대다수가 수학여행 길에 올랐던 고등학교 2학년생들인 304명의 인원이, 101분이라는 긴 시간 동안 어떤 구조도 받지 못하고 배와 함께 속절없이 바다 속에 가라앉아 끝내 살아 돌아오지 못한 사건 — 이것이 세월호 참사의 개요일 것이다. 하지만 이런 개요만으로는 왜 이 사건이 나에게 돌이킬 수 없는 생애의 사건이 되었는지 충분히 설명할 수 없다.

노후·불법개조·불법과적·불량고박·과속으로 위태로운 선박, 원인을 알 수 없는 급변침과 전복, 승객들을 버린 선장 및 선원들만의 고속 탈출, "가만히 있으라"는 명령의 집요한 반복과 그로 인한 골든타임의 허비, 침몰 전후를 막론한 해경의 이유를 알 수 없는 소극적인 구조활동 혹은 반反 구조활동, 대통령부터 하급 관리들에 이르는 위기대응체계의 총체적 마비상황, 거짓과 허언의 난무, 진실의 의도적·조직적 은폐와 조작, 원인과 책임 규명의 방기 혹은 방해, 각종 매체를 통한 여론의 호도와 희생자 가족들에 대한 무관심을 넘은 점증하는 적대와 공격…….

어쩌면 한 불량기업의 과욕이 빚은 대형 선박 침몰 '사고'로 끝날 수 있었을 일이(이조차 끔찍한 일이기는 하지만, 이와 같은 일은 유감스럽지만 한국사회에서는 언제든 일어날 수 있는 일이라는 의미에서) 점차 수많은 생명이 그 어떤 구조를 받기는커녕 완벽하고 무참하게 버림받는 '사건'으로 바뀌어가는 과정을 속수무책인 채로, 그러면서도 미디어 이미지를 통해 생생하게 지켜보고 있어야 했다는 사실에서 받은 최초의 충격과, 이후 대한민국이라는 국가와 그것을 대표하는 행정부, 사법부, 입법부 전체가 보여준 거의 완벽한 비인간적이고 반민주적인 관료주의와 그에 못지않은 일부 '국민'들의 빠른 '망각'에서 받은 이차의 충격을 겹쳐 겪으면서 나는 내게 어쩌면 광주민중항쟁보다 더 뼈아픈 또 하나의 생애의 사건이 벌어졌음을 직감할 수 있었다.

광주민중항쟁은 박정희 유신체제라는 구체제가 붕괴하고 새로운 체제가 형성되는 역사적 전환기라는 특수한 조건 속에서 일어난, 구지배체제와 이에 저항하는 민중 사이에 일어난 예각적 충돌의 결과물이었다. 또한 이 항쟁 중 혹은 부상후유증으로 사망하거나 행방불명인 채로 아직 돌아오지 못한 430명(광주광역시 2009년 조사자료에 의거)은 극히 일부를 제외하고는 대부분 적극적으로건 소극적으로건 그 학살과 항쟁의 상황이 가져올 위험성을 예견하거나 목도한 상태에서 죽음을 당한 경우일 것이다.

하지만 세월호 참사는 비바람이 분 것도 아니고 파도가 몰아친 것도 아닌 4월 중순의 어느 맑고 평화로웠던 봄날 아침, 어떠한 위험도 불행도 예측할 수 없었던 304명의 생명이 갑자기 속절없이, 아무 이유도 모른 채 어떤 도움도 받지 못하고 바다 위의 일상에서 바다 아래의 심연으로 사라져 돌아오지 못한 사건이었다. 21세기 대한민국의 어느 평범한 일상의 뒤안에서 어느 결엔가 무서운 참사의 씨앗이 자라나고 그것이 어느 봄날 아침 갑자기 그토록 끔찍한 형태로 꽃을 피웠다는 사실 때문에 이 사건은 내게 내 생애에 겪었던 어떤 일보다 더 참혹한 경험으로 닥쳐왔다.

사건 후 몇 달이 되도록 나는 툭하면 울음을 터뜨리는 일종의 우울증 상태를 벗어나지 못했고, 덩달아 육체적 건강도 많이 상했다. 이 사건을 겪은 대다수의 사람들과 마찬가지로 나게도 가장 먼저 떠오른 것은 "이게 국가인가?"라는 말이었다. 하지만 나에게 그와 동시에 떠오른 것은 "이 나라가 이렇게 되도록 너는 무엇을 했는가?"라는 자문이었다. 젊은 날 70년대에는 유신체제에 맞서 민주주의의 회복을 위해 싸웠고, 80년대에는 한술 더 떠 한국사회의 총체적이고 급진적인 변화를 꿈꿨던, 비록 그 꿈에는 못 미쳤지만 최소한 그러한 꿈을 이어갈 수 있는 토대를 만드는 데는 작은 몫을 했다고 믿어왔던 나 자신의 최소한의 자긍심이 이 사건을 통해 완전히 '박살나버린' 것이었다.

이 불편함, 그것은 이 양식화된 참사에 나 자신도 연루되어 있는 건 아닌가 하는 생각에서 오는 것일 게다. 민주화운동을 했건 안 했건 우리는 다 비슷하게 살아온 건 아닌가 하는 생각, 그렇게 건성건성 대충대충 살아왔다는 생각, 그런 점에선 모두가 다 아랫도리 벗고 얼굴은 불콰해서 제일 먼저 구조선에 오른 선장, 혹은 유족 앞에서 라면이나 후루룩거린 장관이나 진배없다는 생각에서 이 불편함은 온다. 우리의 일상 전부가 이런 식의 닐리리 맘보가 아니었겠는가 하는 생각에서 온다. 그리고 그게 모여서 이토록 조직적이고 딱딱 귀가 맞아떨어지는 희대의 집단학살에 이른 것이 아니겠는가 하는 생각에서 온다. (〈페이스북〉, 2014.4.30.)

이런 인식은 '모두가 죄인' 식의, 혹은 '내탓이로소이다' 식의 책임의 주관화를 통한 책임자에게 면죄부 주기와는 다르다. 그것은 세월호 참사가 식민지시대부터 잉태되어 온 근대강박의 한국적 버전인 '잘살아 보세'를 국가 최고의 구호로 내세웠던 1960년대 이래 모든 구성원들의 내면에 고착된 어떤 공통의 심성구조, 인간적 가치보다 물신적 가치를 우선시해 온 물신숭배적 성장주의와 결과주의가 마침내

'꽃 피운' 참사이며, 여기에는 공무원이든 장사꾼이든 지식인이든 민주화운동가이든 예외가 있을 수 없다는 인식이다. 이러한 인식에 기초할 때 나는 잘못 살아왔다는 것, 그 동안 내가 발을 딛고 올라섰던 든든한 발판이라고 생각했던 모든 것이 모두 허구였다는 것을 인정하지 않을 수 없었다. 그것은 다음과 같은 총체적 환멸감일 것이다.

> 죽어가고 있는 어린 학생들을 곁에서 그냥 보고만 있어야 했던 어른들은 결코 그 이전으로 돌아갈 수가 없다. 그들이 죽은 어린 학생들의 또래라면 더욱 그렇다. 그들은 1987년을 젊은 가슴으로 맞은 사람들이며 미래의 자식들을 위해 자신의 젊음을 기꺼이 희생했던 사람들이다. 그런 사람들에게 자신의 과거는 한 발을 앞으로 내딛기 위해서 반드시 다른 발로 딛고 서 있어야 하는 바닥과도 같은 것이다. 그런데 세월호의 침몰은 그들의 과거가 모두 거짓임을 증시했고 그와 함께 그들의 발밑을 모두 허물어버렸다. (이충진, 『세월호는 우리에게 무엇인가 – 철학의 물음』, 이학사, 2015, 115면)

그것은 나 역시 포함되어 있는 넓은 의미에서의 '민주화 세대' 혹은 '87세대'가 이명박-박근혜 집권 이후 점점 예감해 오던, '우리가 도대체 무엇을 해온 거지?'라는 물음으로 집약할 수 있는 존재론적 위기감과 정체성 불안으로 바로 연결된다. 이러한 총체적이고 압도적인 환멸은 어쩌면 도저한 무기력이나 패배주의로 이어질 수도 있다. 하지만 나는 그러한 위험을 무릅쓰고라도 이런 환멸을 받아들여야 하며, 그 환멸의 폐허로부터 다시 모든 것을 새롭게 일으키지 않으면 도저히 이 죄의식에서 벗어날 도리가 없으며 나 자신의 인생을 구원할 길이 없다고 생각한다. 이렇게 세월호 참사는 나에게 광주민중항쟁을 잇는 또 하나의 생애의 사건으로 자리 잡게 되었다.

3. 세월호와 함께 살아간다는 것

어떤 일이 누군가의 생애의 사건이 된다는 것은 곧 그가 그 사건과 평생을 함께 살아간다는 것을 뜻한다. 그리고 그 사건과 함께 평생을 살아간다는 것은 우선은 그 사건이 준 정서적 충격을 내면화되어 자기 자신의 일부로 전화시킨다는 것, 그것이 트라우마라라면 그로부터 벗어나려고 하는 게 아니라 오히려 기꺼이 그 트라우마를 안고 살아간다는 것을 의미하며, 동시에 그 사건과 자기 삶의 본질적 연관성을 깊이 이해하고 자기의 삶에서 그 의미를 지속적으로 묻고 대답하며 일상적 실천 속에서 그 의미를 현실화해 나간다는 것을 의미할 것이다.

나에게 광주민중항쟁을 생애의 사건으로 받아들인다는 것, 즉 '광주와 함께 살아간다는 것'은 우선 거기서 그들과 함께하지 못했다는 죄의식으로부터 도망치지 않고, 그 죄의식으로 나를 평생 채찍질하고 살아야 한다는 것이었다. 그 다음에는 권력 위기를 모면하기 위해 광주시민들을 무자비하게 학살한 세력에 대해서는 그들이 합당한 죄의 값을 치를 때까지 어떠한 용서도, 어떠한 타협과 굴복도 하지 않는다는 것이었다. 그리고 마지막으로는 뜻을 함께하는 사람들과의 연대를 통해 반민중적 지배세력의 전면적 청산을 위한, 그리고 항쟁과정에서 시민들이 보여준 해방적 공동체의 가능성을 실현하기 위한 기획을 마련하고 이를 실천에 옮겨야 한다는 것이었다. 그리고 이것은 나만의 일이 아니었다.

1980년대의 10년과 90년대 초반까지의 격렬했던 '변혁지향적 운동'의 궤적은 나와 같이, 혹은 나보다 더 철저하게 '광주'를 자기 생애의 사건으로 받아들였던 사람들의 이러한 생의 의지의 결과라고 해도 좋을 것이다. 하지만 그 의지의 현실화는 1987년의 6월항쟁과 그 성과물인 직선제 개헌, 1993년의 문민정부 수립을 거쳐 1998년에서 2007년까지의 김대중-노무현으로 이어지는 '민주정권'의 지속기간까지가 한계였다. 그 기간 동안 '광주정신'은 급격히 세속화되고 말았다. 광주가 꿈꿨던 '해방의 민주주의'는 직선제 개헌으로 대표되는 절차적 민주주의에 자리를 내주었고 더 나은 세상을 향한 민중의 열망은 신자유주의 세계화 초기의 호황 국면 속에서 얻은 얼마간의 물질적 풍요 속에서 시나브로 잠들어버렸으며 언필칭 '민주정권' 10년은 역설적으로 민주주의의 기반이어야 할 공동체 정신과 인간에 대한 예의가 승자독식의 경쟁주의와 모두의 모두에 대한 극단적 적대성으로 대체되어 간, 바로 오늘날의 '헬조선'의 지옥도가 부화해 온 과정이었다.

2008년부터 지금까지 보수정권의 연이은 집권 이후부터 민주주의가 후퇴했다는 진단은 사태의 진실과는 거리가 멀다. 이른바 '97년 체제'라고 일컬어지는 신자유주의의 본격화 과정은 구조 조정, 고용의 유연화, 자본 이동의 자유화, 경쟁과 승자독식의 이데올로기, 공동체의 해체와 개인의 단자화 등, 정치적 민주주의의 토대가 되는 경제·사회적 차원에서의 민주주의적 가치와 제도들이 형해화되는 야만화의 과정이었으며, 이명박-박근혜 보수정권의 등장은 역시 출발부터 민주주의적 가치와 적대적이었던 '대한민국 주체세력'이라 불리는 보수세력들이 신자유주의 체제가 이미 만들어 놓은 반민주적 사회경제적 토대 위에 자신들의 태생적인 반민주성을 '자연스럽게' 접목시킨 결과라고 보아야 한다.

이처럼 '광주정신'이 애초의 해방적 역할을 잃고 공허해져가며 자기 자신을 기념탑 속에 가두어놓은 동안, 광주의 정신적 아들딸들은 나이를 먹으면서 산업화의 실익과 민주화의 명분을 독식하는 기성세대가 되어갔고 사상이념적 무정부상태와 일상적 타락상태 속에서 사실상 자신들이 목숨 걸고 맞섰던 보수지배세력과 어떤 본질적 차이도 만들지 못하고 구태의연한 민주-반민주 구호 속에서 점차 그들과의 적대적 의존 혹은 동거상태를 즐기는 지경에까지 이르게 되었다. 오해하지 말기 바란다. 이것은 현실정치에 몸담은 친구들만의 얘기가 아니다. 이것은 정치꾼이 된 친구들을 포함해서 언필칭 진보 혹은 민주진영에 속한다고 자부하고 있는 상당수의 '민주시민'들의 지난 20년 가까운 시간 동안의 내면풍경의 역사다. 나 역시도 여기서 빠져나갈 수 없다.

그러다가, 그렇게 모두가 혹은 고요하게 혹은 요란하게 썩어가다가, 어느 날 문득 마주친 사건이 세월호 참사였다. 그리고 그 때 가뭇없이 사라져 간 아이들은 다른 존재들이 아니라 바로 이렇게 썩어가던 우리들의 그늘 아래서 희망보다는 절망을, 휘황한 꿈보다 냉혹한 현실을 먼저 배운 아이들이었다. 그 아이들은 우리 같은 비겁하고 무능한 어른들이 그 비겁과 무능을 감추기 위해 입을 모아 외친 "가만히 있으라"라는 말에 막혀 절망적이고 냉혹한 현실 바깥으로 한 걸음도 못 나가본 채 속절없이 죽어간 것이다. 그러므로 이 참사는 내 생의 후반부를 짓누르고 흔들어 깨우는 제2의 생애의 사건이 되지 않을 수 없다. 아니 그렇게 되어야만 한다.

나에게 세월호 참사를 생애의 사건으로 받아들인다는 것, 즉 '세월호와 함께 살아간다는 것'은 '광주'의 경우와 마찬가지로 우선 이 도저한 죄의식과 부채감을 절대 벗어던지지 않고 그것을 내 남은 삶의 쓰디쓴 양식으로 삼는다는 것이다. 그 다음에는 참사에 관한 총체적 진실규명을 위한 연대와 참여를 게을리 하지 않는다는 것이다. 그리고 한국사회의 구조와 역사를 공시적·통시적으로 탐사하여 참사 이전과 참사 이후의 사회적 현상과 징후들의 계보학적 기원을 찾아가는 일, '대한민국'의 특수한 폭력성과 국가 자체의 보편적 폭력성에 대한 재인식을 통하여 국가와 인민, 국가와 개인의 보편적 관계와 '대한민국'이라는 국가의 존재형식 자체를 다시 정립하는 일, 더 나아가 이러한 주체-타자의 근대적 관계형식 자체에 대한 근본적 지양을 모색하는 일 등을 평생의 과제로 삼는다는 것이다.

이러한 생각들은 참사 이후 한동안은 차라리 단말마의 비명이나 신음소리로밖에 표현할 수 없었던 것들이었다. 그나마 이렇게 정리된 문장으로 표현될 수 있는 것은 그 동안 2년이라는 시간이 흘렀고 세월호 참사에 의해 나와 같은 생애의 문제에 부딪쳤던 사람들의 선행 작업이 있었기에 가능한 일이었다. 하지만 이 글 역시 논리와 과학에 근거한 견고한 산문에는 여전히 못 미치는 그저 겨우 문장이 되기 시작한 비명이나 신음으로 이루어진 '산문적 스케치'에 지나지 않는다.

4. 음모론과 구조발생론 사이에서

이 참사에 대한 실체적 진상규명은 이후 모든 것의 출발점이다. 하지만 이전의 다른 참사들과 달리 이 사건은 지금까지 그 원인과 과정의 중요한 부분들이 미궁에 빠져 있다. 특히 참사의 직·간접적 원인과 이것을 결정적으로 '사건'으로 만든 '반구조 행위'의 이유가 전혀 밝혀지지 않고 있다. 그리고 무엇보다도 이 참사는 아직 아홉 명의 미수습자가 남아 있는 상태로 현재진행형이다. 그런 점에서 "우리는 아직도 4월 16일이다"라는 희생자 가족들의 절규는 단순히 수사학이 아니다. 실제로 이 참사 이후 물리적인 시간만 2년이 지났을 뿐, 모든 사건 사고 수습의 기본 전제인 진상 규명이 온갖 의혹만 양산하면서 여전히 답보하고 있는 상태이기 때문이다.

이 참사가 한국사회에서 지니는 의미를 잘 알고 있는 사람들 사이에서 시간이 얼마가 걸리든 진상을 철저히 규명해야 한다는 원칙에는 이견이 없지만, 진상의 실체와 관련하여 서로 다른 두 개의 관점이 엇갈리고 있다. 하나는 이 참사의 배후에 어떤 조작과 그 조작의 주체가 존재한다는 '음모론'이고, 다른 하나는 "평범하고 이기적이며 부주의한 사람들의 과실이 누적되어 사고가 터졌다"*는 관점으로 대표되는, 말하자면 '구조발생론'이다. 현재까지 이러한 두 개의 다른 관점들 사이에서 어떤 갈등이 있어서 현실적으로 대립한다거나 하는 양상은 보이지 않는다. 하지만 둘 중에서 어떤 관점을 취하는가에 따라 이 참사의 맥락과 의미는 매우 달라지게 된다.

* 오준호, 『세월호를 기록하다』, 미지북스, 2015, 15면.

음모론적 입장은 이 참사를 둘러싸고 발생해 온 수많은 의혹들에 그 뿌리를 두고 있다. 세월호가 과적과 평형수 빼내기로 이미 위험을 안고 출발한 것은 사실이지만, 왜 맹골수로에서 급변침을 했는지, 왜 갑판부 선원들은 승객을 구조하지 않고 자기들만 탈출했는지, 왜 승객들에게는 집요할 정도로 "가만히 있으라"는 방송을 계속했는지, 해경은 왜 적극적 구조에 나서지 않고 배가 침몰할 때까지 수수방관만 했을 뿐만 아니라, 다른 기관의 구조지원을 전부 거절했는지, 국정원과 세월호의 실체적 관계는 무엇이며 사고 직후 구조 등에 어떤 영향을 미쳤는지…… 세월호 참사에는 상식으로 이해할 수 없는 수많은 의혹들이 즐비하게 제기되어 조사와 해명을 기다리고 있는데 '정부당국'은 갖은 방법을 다 동원하여 진상 규명을 방해하거나 지연시키는 모습을 보이고 있기 때문이다.

이러한 음모론에도 여러 가지 이설이 있지만 가장 주목을 끄는 것은 그 방법이나 경로는 다양하지만 '의도적 침몰설'이다. 이는 현 박근혜 정부가 이를테면 국정원 부정선거 시비가 확대되는 와중에 국면을 반전시키려 이러한 '대형사고'를 일으켰을지도 모른다는 음모론이다. 이 음모론은 매우 민감한 것이기는 하지만, 세월호가 국정원의 관리대상 선박이었다는 사실과 맞물려 상당히 널리 전파되어 있는 것으로 보인다. 그러나 이런 음모론은 한편으로는 밝혀지지 않거나 해명을 방해받고 있는 의혹들 때문에 지속적으로 일정한 설득력을 얻고 있지만, 동시에 상식적으로 이해하기 힘들거나(이를테면 아무리 대형사고를 유발한다고 해도 476명이나 되는 무고한 인명을 그렇게 간단히 죽음으로 몰아넣을 수 있을까?), 새로운 반증자료의 등장 등으로(이를테면 지난 4월 16일 방영된 SBS의 〈그것이 알고 싶다〉에서 국정원 퇴직자들의 단체인 양우공

제회가 세월호의 유력한 투자자였음이 밝혀졌다. 과연 투자주체가 투자대상 물건을 침몰시키려 했을까?) 반대로 그 설득력을 의심받기도 한다.

나는 무엇보다 이러한 '의도적 침몰설'이 박근혜 정권 출범 이후 박근혜 정부의 거듭된 실정과 한국 민주주의에 가해지는 위협에 분노하고 박근혜 정권에 어떻게든 타격을 입히고 싶어 하는 일부 '열혈' 반정부세력과 그 유사한 심성을 지닌 네티즌 등에 의해 제기되어 지지되고 있다는 점에 주목한다. 그 절박하고 분노에 찬 심정을 이해하지 못하는 바는 아니지만 그들의 추론이나 희망(?) 대로 이 참사가 현 정권의 음모와 기획의 산물로 판명이 될 경우, 이 참사는 오히려 일회성의 추문(비록 그 파문은 적지 않을 것이며, 그것이 보수지배세력의 헤게모니에 대한 돌이킬 수 없는 타격이 된다고 하더라도)으로 끝나게 되고, 그 안에 내장되어 있는 보다 중요한 반성과 성찰, 그리고 변화의 계기는 다시 미궁 속으로 사라져버리게 될 것이다.

다시 말하면 그렇게 될 경우, 식민지 근대성이라는 태반 속에서 근대 강박에 쫓겨 압축성장이라는 가파른 길을 달려오는 동안 우리 사회와 개개인 속에서 어느새 통제할 수 없을 만큼 자라버린 괴물 같은 관성과 심성구조는 제대로 성찰되고 지양될 기회를 잃고, 이 참사는 결국 세월호 희생자와 관련 책임자들을 제물로 삼은 한바탕의 희생제의로 끝나게 되며 우리가 키워 온 그 '악'들에게는 사면장을 주면서 서둘러 마무리되는 형국이 될 것이다. 나는 그것은 결코 세월호 사건의 최종 해결책이 아니라고 생각한다.

나 역시 여전히 이 참사에 음모적 기획이 개입되어 있을 가능성이 없지 않다고 생각한다. 그렇기 때문에 철저하고 투명한 조사를 끝까지 요구하고 이에 대해서는 어떠한 미봉도 양보도 있어서는 안 된다고 생각한다. 하지만 조사를 통해 상당한 정도로 음모적 기획의 증거가 포착된다고 할지라도 그 주모자들에만 책임을 지우고 응분의 처벌을 하는 것만으로 이 참사의 후속과정이 끝나서는 안 된다. 나는 그런 음모적 기획과 실행 자체에 분노하는 것을 넘어, 그들로 하여금 제 나라의 국민을 상대로 그런 음모적 기획과 실행을 감행할 수 있게끔 만든 조건과 구조들을 낱낱이 드러내고 이를 궁극적으로 해체하는 데까지 나아가야만 세월호 희생자들의 해원은 완성될 수 있다고 믿는다.

제대로 된 진상규명이 이루어질 때까지 음모론적 관점과 구조발생론적 관점을 공히 견지하되, 사건 자체에 대한 진상규명이 어느 정도 이루어지는 것과 더불어 구조발생론적 관점에 입각한 더 전면적이고 더 근본적인 방식으로 이런 언어도단의 참사를 일으킨 한국사회의 역사와 구조와 작동방식 전부를 본격적으로 문제 삼아야 한다는 게 내 생각이다.

5. 사투르누스 대한민국

사람이 많이 모여 사는 곳에서는 어떤 형태로든 사고가 있게 마련이다. 자연환경이 불안정한 곳에서는 지진, 화산폭발, 해일, 폭풍, 홍수 등의 자연재해에 의해서, 도시 밀집지역에서는 교통사고나 화재사고 등에 의해서 많은 인명과 재산피해가 있게 마련이다. 우리나라에서는 한 해 평균 약 5천명 정도가 교통사고로 사망하는데 인구 100만명 당 사망자 수로는 EU 평균의 두 배 정도 되므로 이른바 글로벌 스탠다드에 이르려면 아직 멀었지만, 그래도 그것은 그저 사고(들)로 불린다.

그런데 그런 사고 중에서도 달리 '참사'라고 불리는 사고들이 있다. '참사'라는 말에는 그냥 불가피한 피해가 아니라 정상적 사회 시스템이라면 일어날 수 없는 사고로서 그 희생자들은 억울한 죽음을 했다는 함의가 있다. 그래서 '슬프고 참담한 일'인 것이다. 이 나라에는 그런 참사가 너무 많다. 식민지에서 벗어나고 전쟁을 겪고 복구를 하고 경제건설을 하고 민주화 투쟁을 하느라고 불가피하게 사회의 안정을 돌볼 수 없었던 시기, 넉넉잡아 1980년대까지 일어났던 참사들은 제외하고 문민화를 이루었다는 90년대 이후, 세월호 사건 전까지만으로 보아도 끔찍한 참사들은 줄을 이어 발생했다.

구포역 열차전복(1993년, 78명 사망), 서해 페리호 침몰(1993년, 292명 사망), 성수대교 붕괴(1994년, 32명 사망), 대구 지하철 가스폭발(1995년, 101명), 삼풍백화점 붕괴(1995년, 사망 502명, 실종 6명), 씨랜드 화재(1999년, 23명 사망), 대구 지하철 화재(2003년, 사망 192명, 실종 6명)…… 달리던 열차가 다른 공사에 의한 지반 침하로 전복하고, 잔잔한 바다를 운항중인 여객선이 갑자기 침몰하여 수백 명이 수장되고, 수도의 남북을 잇는 주요 교량이 갑자기 붕괴하고, 지하철 공사 현장에서 도시 가스가 유출하여 폭발하고, 인파로 붐비던 백화점 건물이 갑자기 붕괴하고, 어린이 현장학습 시설이 화재로 순식간에 소실되고, 정차된 다른 지하철 차량에서 난 화재로 인해 불도 나지 않은 차량 안에 있던 사람들이 희생된 이런 사건들을 우리는 따로 '참사'라고 불러왔다.

이런 '참사'들은 정상적인 사회에서는 잘 일어나지 않는다. 정상적인 사회는 사람을 우선으로 하는 사회다. 하지만 우리 사회는 1960

년대 이후 이른바 '조국 근대화'와 '잘 살아보세'라는 국가주의적인 물질 중심의 압축 성장을 거의 유일한 목표로 삼아 오랫동안 지체되었다고 생각되었던 근대(화)에 대한 강박을 집단적으로 행동에 옮기는 동안, 모든 것을 계량화할 수 있는 물질적 목표들로 환원시켜 왔다. 극한적 물신숭배다. 우리 사회는 50년 이상 물신숭배의 극단화를 위해 모든 역량을 집중해 온 사회라고 할 수 있다. 이런 사회에서는 사람이 대접을 받을 도리가 없다. 더 빠른 성장과 더 많은 이윤이 가능하다면 사람의 안전, 행복, 생명 등이 위협받는 것 정도는 불가피한 '부수적 피해'이자 '비용'에 불과한 것이다.* 그런 부수적 피해는 오히려 새로운 투자를 통한 GDP의 증대에 도움이 되므로 종종 장려되어도 좋은 어떤 것으로 취급될지도 모른다.

하지만 세월호 참사는 흔히 우리가 '물질만능주의'라고 배워온 물신숭배적 심성구조와 그 관습적 고착만으로는 다 설명될 수 없다. 한국사회에서 사람의 생명과 존엄에 대한 경시는 유달리 그악스러운 물신숭배적 심성구조로부터 오기도 하지만, '대한민국'이라는 국가의 성립과 존속과정에서 이미 역사적으로 배태되어온 것이기도 하다. 식민지로부터 해방되면서 곧 직면한 분단상황에 의해 강제된 반쪽국가 상태로 출발한 '대한민국'은 시작부터 나머지 반쪽인 '조선민주주의 인민공화국'과 내전 아닌 내전상태에 돌입하였고, 그 내전의 전후 상황에서 매우 폭력적인 '국민 만들기'를 통해 국가 형태 형성에 겨우 성

* 조병희, 「세월호가 우리에게 던지는 질문들」, 서울대 사회발전연구소, 『재난과 공공성의 사회학』, 2015. 이 글에는 압축성장을 위한 성과지상주의가 지배하는 사회에서 불법과 탈법, 부패와 유착의 발생하고 시스템에 의한 위험관리가 불가능해지는 메커니즘이 상세히 기술되어 있다. 40~46면.

공한 나라라고 할 수 있다.

1948년 3만 명에 가까운 민간인이 학살된 제주 4.3사건, 5백명 가까운 민간인이 학살된 여수 순천 반란사건을 시작으로 전쟁 발발과 더불어 학살된 약 5천 명과 전쟁 중 학살된 최대 백만 명 이상을 포함한 보도연맹원 학살 사건, 전쟁 중 각종 부역혐의를 빌미로 한 50만 명 이상의 민간인 학살 등 냉전체제 하에서 공산주의에 맞서는 자유민주주의 국가를 표방한 '대한민국'이 하나의 국가로 성립해 온 과정은 곧 '잠재적 비국민'에 대한 무자비한 폭력과 말살의과정이기도 했던 것이다.

나는 이러한 역사 경험은 전승된다고 생각한다. 부족한 정당성을 폭력을 통해 보완한 경험에 내전의 기억까지 지니고 있는 지배세력은 권력의 위기에 직면하면 언제든 다시 폭력을 휘둘러 '국민'을 만들거나 그게 불가능하면 '배제'하고 '말살'하는 카드를 사용할 준비가 되어 있다. 1950년, 한국전쟁 발발 초기부터 이승만정권은 한강다리를 폭파하여 수도 서울의 시민들을 버리고 피난을 갔으며 이후 휴전이 될 때까지 죄 없는 국민들을 수없이 학살했다. 1960년, 4.19 혁명 과정에서 학생들이 경무대로 진출하자 그들은 역시 지체 없이 학생들을 쏘아 죽였다. 1979년, 부마항쟁이 일어나자 박정희의 측근들은 군부대를 투입하여 부산시민들을 죽이는 계획을 거론했고, 1980년, 광주시민들이 계엄확대조치에 저항을 계속하자 전두환 일당은 실제로 공수부대를 투입하여 수백 명의 시민들을 학살했다. 굳이 대단한 위기가 아닌 평화 시에도 그들은 크고 작은 위기감을 느낄 때마다 온갖 조작사건들을 통해 무고한 '국민'들을 고문하고 죽였다.

이렇게 유사시 국민의 불편한 일부분을 배제하고 말살해 온 '대한민국'의 지배세력의 통치술은 민주화 국면 이후에는 훨씬 완화된 것이 사실이지만 절대로 완전히 사라진 것은 아니다. 국민의 일부(물론 가난하거나 권력을 가지지 못했거나 사사건건 자신들에게 대항하거나 하는 경우이지만)를 적대적으로 배제하여 권력과 이익을 유지하는 습관은 지금까지도 계속되고 있다. 최근의 쌍용차 해고 노동자 탄압, 용산 철거민 참사, 제주 강정마을 해군기지 건설 강행, 밀양 송전탑 건설 강행 등에서 보듯 국민에 대한 폭력적 배제의 전통은 유구하게 작동하고 있다. 세월호 참사가 모종의 음모적 기획에 의한 사건이 아니라 할지라도 승객들에 대한 적극적 구조의 포기와, 희생자 가족들에 대한 점증하는 기만과 적대행위는 '유사시 국민 버리기'라는 대한민국 보수 지배세력의 DNA에 각인된 통치행태와 절대 무관하지 않다고 생각한다. 이러한 보수 지배세력의 지배행태는 '87년 체제'라 불리는 유사 민주화국면이 시작된 1990년대 이래 20여 년 동안 사세 부득하여 침묵하고 있었을 뿐 전혀 청산되거나 변화되지 않은 채 잠복해 있다가 이명박-박근혜 보수정권의 등장과 더불어 다시 고개를 들기 시작한 것이다.

그리고 여기에 지난 20여 년 동안 냉전 이데올로기와 더불어 한국사회의 지배이데올로기의 주요한 한 축으로 등장한 경쟁만능과 승자독식의 냉혹한 신자유주의 이데올로기가 가세하여 오늘날의 한국사회는 차별과 배제, 폭력과 혐오가 노골적으로 만연하는 야만적인 정글사회가 되어 버렸다. 공정한 경쟁과 시장 자율성을 보장하는 기본적인 게임의 룰이 준비되어 있지 않고 이를 제대로 감시하지도 않기 때문에 한국사회는 말 그대로의 신자유주의 사회라고 할 수도 없다. 한국사회에서 신자유주의는 개혁과 개방, 세계화라는 이름으로 그저 자본의 무한 확장과 이윤추구를 보장하는 일방통행적인 시스템의 다른 이름일 뿐이며, 오히려 자본의 일방통행적 이윤추구와 국가의 조정력 부재의 피해를 구성원 개개인의 책임으로 전가하는 이데올로기로서 더 잘 기능하고 있는 것으로 보인다.

한국사회는 이처럼 여차하면 국민의 일부를 분리 배제할 용의가 충분한 보수 지배세력의 오랜 관성과, 이처럼 공공성의 전면적 무력화를 조장하고 합리화하는 신자유주의 이데올로기가 목하 맹렬히 화학적 결합을 하고 있는 상태라고 할 수 있다. 그리고 그 결과는 이른바 "OECD 최하위 40관왕"이라는 제목으로 인터넷에서 회자되고 있는 통계지수에서 잘 나타나듯* 한마디로 '헬조선'이다. 이러한 현실을 한 사회학자는 이렇게 설명한다.

요컨대 한국은 인민주권을 제약할 수 있는 억압적 국가의 역사적 경험(식민지 지배체제와 분단), 전근대 이래로 사회문화적 전통으로 내려온 가족주의(가족 책임과 성취주의 문화), 아래로부터의 근대 민주주의 혁명의 제약과 좌절의 경험을 갖고 있으며, 만성적인 전쟁상태(북한과의 대결구조)에 놓여 있다. 그래서 한국 국민은 '절반의 주권'도 누리지 못하는, 사실상 '반의반의 주권' 상태에서 출발했다. 절차적 민주주의가 도입되었다고 하지만 전쟁과 억압적 개발독재 아래서 살아가는 모든 일은 개인 책임, 가족 책임으로 귀속되었고, 사회 연대의 해체, 정치에 대한 무관심과 사적 생활에 침잠하는 일은 거의 강요된 것이었다. (…중략…) 민주화의 착실한 진전에

* 그 주요한 내용은 자살률, 가계부채 증가율, 저임금계층 비율, 평균임금 대비 최저임금 비율, 남녀 임금 격차, 노동자 근속년수, 노인 빈곤률, 출산율 등 최저, 민간부담 공교육비, 낙태율 최고, 평균노동시간 멕시코에 이어 최고, 복지 충족지수 34개국 중 31위 등이다.

따라 반의반의 주권이 절반의 주권에 근접하는 양상도 보였다. 그러나 민주화 이후 개발독재의 유산이 신자유주의 정책과 결합된 20세기 후반 이후에 또다시 '반의반의 주권'으로 후퇴했다. 기업에게는 과도한 '주권'이 부여되는 데 반해 노동자와 약자에게는 과소 '주권'이 부여되었다. 일반 국민은 권리의 주체가 아니라 동원의 대상이자 권력에 복종해야 하는 존재였다. (…중략…)

전쟁/안보국가에서 인민의 생명과 재산의 상실이 억압적 물리력을 행사하는 적극적인 국가행동에 기인하는 것이라면, 신자유주의 국가에서 인민의 생명과 재산의 상실은 국가의 취약한 하부구조의 힘, 혹은 국가의 '비행동'에서 주로 기인한다. 그리고 이런 국가의 부작위 또는 비행동에는 '계급 편향성'이 있다. (…중략…)

세월호 참사는 '반의반의 주권', 국가의 무책임, 사회적 연대가 결여된 한국 시스템의 한 결과다. 인민주권이 결여된 국가는 때로는 집단 저항을 향해 너무 강대한 폭력을 행사하기도 하지만 (과도한 개입), 어떤 때는 약자들을 위험에 더 많이 노출시키거나 그들이 재난상황에 처했을 때 제대로 구조하지 않거나 못해서(방치 혹은 과소개입) 그들을 고통과 죽음에 이르게 한다. 이 모든 경우에 국가는 약자에게 잔인한 존재다.*

마지막으로 나는 한국의 관료주의를 세월호 참사의 계보학적 원인 중의 하나로 추가하고자 한다. 세월호 참사 당일은 물론 그 전체적 진행과정에서 가장 답답하고 분노를 불러일으킨 것은 관련 공무원들

* 김동춘, 「국가 부재와 감정정치 : 세월호 참사 이후의 한국사회」, 인문학협동조합, 『팽목항에서 불어오는 바람』, 현실문화, 2015., 162~167면

이 보여주는 완벽한 무능과 '영혼 없음'이었다는 데에 동의하지 않을 사람은 별로 없을 것이다. '영혼 있는 관료'라는 말은 전 세계 어디서든 대체로 형용모순에 가까운 것이지만 우리가 그때 그곳에서 목도한 것은 단순한 소극성과 무책임성을 넘어서 거의 악마적 수준에 이르는 철면피함이었다. 나는 그 과정에서 수많은 '작은 아이히만들'의 얼굴을 보았다. 실제로 만에 하나 있을지 모르는 음모적 기획의 가능성을 배제하고 나면 '국민 버리기'의 직접적 하수인은 바로 그 참사와 관련된 수 십, 수백 명의 상 하급 관료들, 즉 공무원들이다.

그들은 재난 상태에 빠진 국민을 구해야 한다는 절대의 우선순위에 따른 자율적 결정 대신 상급자로부터의 명령만을 기다렸고, 그 명령의 부당함이나 불합리함에 대해서는 아무런 저항도 하지 않았다. 어떤 책임도 스스로 지고 싶지 않았기 때문이다. 그들은 그들에 대한 비난과 원성이 쏟아질 때는 오직 변명으로만 일관했으며, 그러한 분위기가 잦아들면 그때부터는 철면피한 책임회피와 국민 버리기에 앞장섰다. 그들에게 중요한 것은 자기 지위의 보전이며, 그 지위를 보장하는 자기 조직의 유지와 영속일 뿐이다.

현대사회의 어떤 사회체제에서건 관료주의는 문제적 현상이지만, 우리의 경우에는 식민지체제와 권위주의 군사독재체제에서의 군림형 관료주의와 문민화 이후의 보신형 관료주의가 고약하게 결합한 데다가, 책임정치 실현이 쉽지 않은 현재 한국의 5년 단임 대통령제 하에서, 정책의 지속성과 전문성을 관료들이 독점하는 데서 오는 전문가적 오만함까지 더하여 그 문제성이 더욱 심각하다고 할 수 있다. 분명히 이처럼 관료집단 전체가 세월호 참사의 전 과정에 참여했는데 정작 그 전체를 다 처벌할 수도, 그렇다고 직접적 계통으로 미분된 몇

몇 관련 공무원들에게만 그 책임을 다 지울 수도 없는 현실에서 사실상 이 '탁상 위의 살인자'* 집단은 끝내 살아남게 되어 있다. 이 관료주의의 문제는 세월호 참사가 남긴 어쩌면 가장 해결하기 어려운 난제일 것이다.

스페인 수도 마드리드에 있는 프라도 미술관에는 18세기 스페인의 대표적인 낭만주의 화가 고야의 그림들이 별도의 전시실에 모여 있는데 그 중에 그가 만년에 그린 〈사투르누스〉라는 끔찍한 그림이 있다. 자기 자식들이 자신을 죽일 것이라는 신탁을 두려워한 사투르누스(새턴)가 자기 자식을 태어나는 대로 먹어치운다는 그리스 신화를 모티브로 하여 그린 그림이다. 그 그림에서 사투르누스는 아이를 먹고 있는데 이미 머리는 먹어치웠고, 이제 막 팔을 먹어치우려는 순간이다. 원래 고야는 그 순간 나체인 사투르누스의 남근이 발기한 모습까지 그렸다고 했는데 나중에 그 부분은 검은 색으로 가렸다고 한다.

자식에 의해 죽임을 당하는 게 두려워 자기 자식을 먹어치우는 광기의 사투르누스 — 세월호 참사 이후 '국민'을 죽이고 차별하고 내버려 온 '대한민국'의 역사를 찬찬히 돌이켜보면서 나는 이 땅 위에 세워진 '대한민국'이라는 국가가 고야가 그린 사투르누스의 형상과 많이 닮아있다고 생각했다. '국민을 잡아먹는 국가, 대한민국', 이 상상이 너무 끔찍한가?

* 이충진, 『세월호는 우리에게 무엇인가 – 철학의 물음』, 이학사, 2015., 87면.

6. 국가를 어떻게 할 것인가

세월호 참사 이후 희생자 가족들의 이야기를 담은 다큐멘터리 영화 〈나쁜 나라〉에는 한 희생자 어머니가 예전에는 태극기를 보면 저절로 경건해졌는데 이제는 태극기를 보면 찢어버리고 싶다고 분노에 사무치는 목소리로 말하는 장면이 나온다. '국민을 버리는 국가'에 의해 버림받은 국민의 절규다. 못 사는 나라나 정정이 불안한 나라, 자연환경이 혹독한 나라에서는 어떻게든 살아갈 수 있지만 국가가 국민을 내팽개치는 나라에서 사는 것은 끔찍한 일이다. 다같이 시련을 겪을 때라면 "바람 부나 비가 오나 나라 사랑하세"가 가능하지만, 나라가 고통 받고 있는 나를 내버리고 심지어 말살하려 할 때 그 나라를 사랑할 수 있을까? 한강의 소설 『소년이 온다』에도 비슷한 구절이 나온다.

> 그 과정에서 네가 이해할 수 없었던 한 가지 일은, 입관을 마친 뒤 약식으로 치르는 짧은 추도식에서 유족들이 애국가를 부른다는 것이었다. 관 위에 태극기를 반듯이 펴고 친친 끈으로 묶어놓는 것도 이상했다. 군인들이 죽은 사람들에게 왜 애국가를 불러주는 걸까. 왜 태극기로 관을 감싸는 걸까, 마치 나라가 그들을 죽인 게 아니라는 듯이.*

광주항쟁에서와 마찬가지로 세월호 참사에서 가족을 잃고 국가로부터 버림받은 경험을 했던 사람들에게 가장 두드러진 변화는 이른바 '국가관'의 변화였다. 아니 비단 희생자 가족들만이 아니었다. 그

* 한강, 『소년이 온다』, 창비, 2014., 17면.

참사의 전 과정을 경악하며 지켜본 많은 사람들에게 가장 압도적으로 다가온 생각은 "이것이 나라(국가)냐?"하는 의문이었다. 참사와 그 뒤를 잇는 대처과정에서 이 '대한민국'은 무능할 뿐만 아니라 무책임했고, 심지어 교활하게 피해자를 배제하고 다른 '국민'들로부터 분리해서 '비국민'으로 만들어 국가의 경계 바깥으로 내몰았다.

처음엔 국가를 '개조'하겠다고 기염을 토하고 나섰던 자들이 국가개조는커녕 일차적 책임을 져야 할 행정부의 개조조차 '해경 해체'라는 터무니없는 꼬리자르기로 대신해 버리고 곧바로 희생자 가족과 국민들에 대항하는 정부수호 모드로 돌변하는 일련의 과정을 지켜보면서 나 역시 정말 이런 국가 따위는 차라리 없는 게 낫다고 생각했다. 아마도 모두가 같은 생각이었을 것이다. '참사 이후'에 발표되거나 간행된 인문사회과학적 응답들의 대부분은 '국가'의 본질과 존재형식에 대한 문제제기와 성찰을 담고 있다. 세월호 참사 이후 그 동안 압도적이었던 국가주의의 자장 속에서 거의 문제시되지 않았던 '국민국가의 자명성'이 심각한 회의의 대상으로 떠오르게 되었다. 이 응답들은 먼저 세월호 참사에서 드러난 국가의 민낯에 주목한다. 세월호 참사에서 국가의 민낯은 홉스적 의미에서의 기본기능의 실종으로, 나아가 국가에 원천적으로 내재된 폭력성의 발현으로 드러났다.

국가가 보호해야 하는 것을 홉스는 자연권이라 불렀고 그는 이 자연권을 생명 유지를 위해 무엇이든 할 수 있는 자유로 이해했다. 인간이 인간이란 이유만으로 가지고 있는 이러한 권리, 그것을 보호하는 것이 국가의 유일한 존재이유였고 국가의 최우선 과제였다. 홉스에 따르면 이러한 과제의 해결을 위해 필요한 것은 집중된 권력, 정확히 말해서 모든 국가 구성원의 힘의 총합을 능가하는 물리적 힘이었다. 홉스의 국가는 권력의 유일한 주체였고 국가 안의 모든 힘을 압도하는 괴물, 즉 '리바이어던'이었다. (…중략…) 중요한 것은 국민의 권리, 자신의 생명을 보호해 달라는 국가에 대한 국민의 권리 요구가 철저히 묵살되었다는 것이다. 4월 16일 대한민국에 '홉스의 국가'는 존재하지 않았다.*

국가의 배후에는 늘 죽음의 그림자가 어슬렁거린다. 후지타 쇼조는 이를 '홉스 구상의 가장 깊숙한 곳에 있는 국가의 불길성'으로 표기한 바 있다. 실제로 국가폭력은 대중의 학살을 낳는다. 그런데 신자유/신보수주의 시대 국가권력/폭력의 불길함은 세월호에서 전혀 다른 양상으로 확인된다. 권력을 독점한 국가가 그 권력을 공익을 위해 제대로 행사하지 않는 공백상태가 초래하는 치명적 폭력이다. (…중략…) 국민보호를 내세워 권력을 독점한 주권자가 막상 '국민'의 일부를 잡아먹는 국가/상태, 이를 '호러 스테이트Horror State'라 이름붙이면 과연 과장인가?**

국가에서 주체성이 줄어들고 심지어 소멸할 지경에 이르게 될 때, 국가에는 그 객체적 사물성만 남게 되며, 그때 국가는 적나라한 도구적 성격을 드러내게 된다. 그것은 강한 이들, 권력과 부를 소유한 이들이 손쉽게 활용하고 오용하고 남용할 수 있는 도구가 되며, 자신들의 질서를 유지하기 위해 가동할 수 있는 가장 강력한 폭력 기계가 된다.***

---

* 이충진, 『세월호는 우리에게 무엇인가 : 철학의 물음』, 이학사, 2015., 16~18면.

** 전규찬, 「영원한 재난상태 : 세월호 이후의 시간은 없다」, 『눈먼 자들의 국가』, 문학동네, 2014., 160~191면.

*** 진태원, 「세월호라는 이름이 뜻하는 것 : 폭력, 국가, 주체화」, 『팽목항에서 불어오는 바람』, 현실문화,

그리고 이러한 국가의 부재, 혹은 국가의 괴물화라는 상황에서부터 단지 현재의 행정부에 책임을 묻는 정도의 수준을 넘는 개인과 국가의 관계에 대한 본원적 성찰이 시작되어야 함을 말한다.

세월호의 침몰은 질곡의 근현대사를 거치며 우리 사회에 팽배했던 의식, 국가와 나는 운명공동체라는 의식에 치명적인 균열을 남겼다. (…중략…) 나의 생명은 가족의 손에, 가족의 안전은 나의 손에 맡겨짐으로써 우리는 개인, 가족, 국가 사이의 관계를 근본적으로 재정립해야 하는 과제를 갖게 되었다.*

우리는 특정 정권의 정당성에 대해 의심하는 수준 이상으로 국가라는 통치 형식의 정당성에 대해 의심해야 한다. 국가는 과연 민주정치의 요구를 충족시키기에 적합한 형식인가. 국가의 권위는 과연 아무 특권 없는 사람들의 공생과 양립이 가능한가. 국가는 과연 다른 모든 유형의 공동체보다 높은 충성을 요구할 자격이 있는가.**

국가와 사회는 다르다. 사회는 인간이 벗어날 수 없는 상호의존 관계다. 하지만 국가는 인간이 벗어날 수 있는 상호의존 관계의 한 가지 형태에 불과하다. 국가와 사회가 동일하지 않은 것임을 확인하는 그 순간, 유토피아의 의미는 달라진다. 국가에 대한 기대를 접는다면, 국가에 대한 기대를 접은 자들

2015., 144면.

* 이충진, 앞의 책, 117~118면.

** 황종연, 「국가재난시대의 민주적 상상력」, 『눈먼 자들의 국가』, 129면.

이 사회성을 조직화하는 데 나서는 구체적 상상이 절실히 요구된다.*

그렇다면 세월호가 국가의 중심에 존재하는 상징적 공백을 드러냄으로써 우리들 각자에게 호명하는 것은 주체적인 것으로서의 국가 또는 정치공동체를 어떻게 (다시) 구성할 것인가라는 질문이라고 할 수 있다. 이것은 '인민이여, 봉기하라!', '국민이여, 모두 거리로 뛰쳐나와라!' 같은 직설적인 구호를 통해 해결될 수 있는 질문이 아니다. 왜냐하면 이 구호들 모두는 봉기와 저항의 단일한 주체로서 인민과 국민을 가정하고 있지만, 과소주체화된 치안 기계의 작용은 바로 그러한 주체 자체가 이미 와해되어 있음을 입증하기 때문이다. 오히려 국가를 어떻게 (다시) 구성할 것인가의 문제는 주체화를 어떻게 (다시) 수행할 것인가의 문제 또는 주체화란 어떻게 (다시) 가능한가라는 문제와 다르지 않다.**

국가를 어떻게 할 것인가. 어떻게 해야 이따위 불량국가의 끔찍한 통치에서 벗어날 수 있을 것인가. 그러지 않아도 '대한민국 국민'으로 사는 일의 피곤함에 절어 있던 나에게 세월호 참사는 대한민국만이 아니라 국가라는 제도 자체에 대한 근원적 회의에 이르게 하였다. 그러나 대한민국 국가가 싫으면 다른 나라로 이주라도 하면 되겠지만, 국가 자체가 문제라면 어디를 가든 마찬가지일 것이다. 그리고 대한민국은 싫지만 이 땅과 이 나라, 그리고 이 땅의 사람들에 대한 사랑

* 노명우, 「역사가 될 수 없는 이야기의 묵시 : 2014년 4월 16일이라는 원년에 대한 기억」, 『팽목항에서 불어오는 바람』, 36면.

** 진태원, 앞의 글, 『팽목항에서 불어오는 바람』, 153면.

까지 버린 것은 아니므로 결국 어떻게든 이 국가를 어떻게 할 것인가라는 물음에 대한 답은 이 나라 안에서 얻어질 수밖에 없다.

우선 가장 손쉽고(?) 상식적인 방법은 정권을 바꾸는 것이라고 할 수 있다. 그리고 우리는 이미 권위주의 군사정권에서 자유주의 문민정권으로, 도둑정권kleptocracy*을 거쳐 유사권위주의 정권에 이르기까지 여러 번의 정권교체를 경험한 바도 있다. 만일 세월호 참사와도 같은 터무니없는 인재의 재발을 막는 것이 목적이라면 좀 더 민주적이고 부패 정도가 낮으며 관료사회에 대한 통제가 가능한 정권을 수립하는 것으로 어느 정도는 그 목적에 근접할 수 있을 것이다. 하지만 현재와 같은 부르주아 헤게모니가 철저히 관철되는 한국정치 상황에서 단순히 조금 더 개량적인 정권으로의 이행만으로는 '국민'에 대한 차별과 배제 및 그로 인한 국민 상당수의 '호모 사케르'화는 이른바 '경기'나 정세의 변동에 따라 언제든지 반복 재연될 수 있는 것이다.

그렇다면 그 다음에 상정 가능한 것은 국가 자체의 성격을 바꾸는 일이 될 것이다. 근대적 국민국가 체제가 수립된 이후에도 인류는 다양한 성격의 국가형식을 경험해 온 바 있다. 등 통치형태에 따른 입헌제국가, 민주공화제국가, 전체주의국가, 이념에 따른 사회주의 국가와 자본주의 국가, 시장에 대한 입장에 따른 개입주의 국가와 시장주의 국가, 민주공화제국가에서도 권위주의국가와 자유주의국가 등이 그것이다. 우리의 경우 그동안 자본주의와 민주공화제를 근간으로 하되, 과거 권위주의-개입주의 국가모델에서 점차 자유주의-시장주의 국가모델로 변화되어 왔다고 할 수 있다.

* 권력을 개인의 사욕을 채우는 수단으로 사용하는 정권, 이명박정권이 이에 근접할 것이다.

신자유주의 체제 이래로 자본과 시장의 지배력의 강화와 함께 국가의 역할은 점차 약화되면서 기존의 자유주의-시장주의 추세로는 설명할 수 없을 정도로 우리나라에서 국가의 존재감은 점점 더 희미해지는 중이라고 할 수 있다. 세계화의 심화와 더불어 국가가 자본이나 시장에 대한 통제력을 거의 발휘할 수 없는 상태에서 특히 친자본적인 권력의 경우 경제와 사회 전체를 아우르는 국가발전전략을 주도할 수 없게 되고, 따라서 국가는 관료체제를 지탱하거나 특정 집단의 정치적 지배권 자체만을 지키려는 '사익집단화'할 가능성이 높아진다고 볼 수 있다. 나는 이명박-박근혜 정권의 부패와 무능, 파당화는 이런 맥락에서 설명될 수 있지 않을까 생각한다.

그리고 세월호 참사도 단순히 정권 자체의 문제라기보다는 이처럼 대한민국 국가기능 혹은 성격 자체의 변질에서도 그 연원을 찾을 수 있다고 본다. 이러한 사익집단화한 국가가 국민의 생명과 안전을 나서서 책임질 리가 없기 때문이다. 그런 국가는 오히려 자신들의 사익추구에 방해가 되는 국민의 일부를 질서교란, 치안방해라는 명목으로 탄압하고 배제하는 '치안기계'로만 기능하게 된다.

> 국가에서 주체성이 줄어들고 심지어 소멸할 지경에 이르게 될 때, 국가에는 그 객체적 사물성만 남게 되며, 그때 국가는 적나라한 도구적 성격을 드러내게 된다. 그것은 강한 이들, 권력과 부를 소유한 이들이 손쉽게 활용하고 오용하고 남용할 수 있는 도구가 되며, 자신들의 질서를 유지하기 위해 가동할 수 있는 가장 강력한 폭력기계가 된다. —(중략)— 세월호 사건은 현재의 대한민국이라는 국가가 얼마나 무능한 존재인지 뚜렷하게 드러내주었다. 선진국에 진입했다고 무역 대국이라고 늘 자신을 홍보하지

만, 현실은 국민 한 사람의 생명도 제대로 구조하지 못하는 무능한 국가가 현재의 대한민국인 것이다. 따라서 세월호 참사에서 드러난 것은 전능한 것으로 믿었던 국가가 사실은 지극히 무능력한 어떤 것이라는 사실이다. —-(중략)—- 국가는 단지 구조할 능력이 없을 뿐 아니라 구조할 생각이나 의지가 없었던 것으로 보이며, 이 사건에 대해 책임지려는 의지를 보이지 않는다는 점이다. 치안기계로서의 국가가 가장 큰 관심과 공력을 기울이는 것은 더 이상 소란이 일어나지 않도록 질서를 유지하는 것이다.*

'대한민국'이 이렇게 자본에 완전히 포섭되어 단지 '치안기계'로서만 남은 국가라면, 그리고 그것이 신자유주의 지배체제 속에서 경향적으로 고착되어가는 현상이라면, 이런 국가의 통치 아래서 구성원 절대 다수의 행복은 절대로 보장될 수 없는 것이다. 그러면 이러한 국가를 어떻게 할 것인가. 여기서 정말 설득력 있는 대안을 제시하는 것은 내 능력 밖의 일이다.

다만 이제까지의 국가-시장의 이항적 인식에 '사회'라는 새로운 항을 개입시켜 "사회라는 실체와 거기에 담겨있는 인간의 자유와 가치와 이상을 틀어쥐고서, 국가와 시장을 그러한 목적에 복무할 수 있는 기능적 제도로서 제자리로 돌려놓는 것"으로서의 사회변혁의 방향성**에 원칙적으로 동의하면서 '국민'도 아니고 '소비자'등 단순히 '경제주체'도 아닌 '인민적 주체' 혹은 '사회적 주체'로서의 인간을 회복하고 국가-시장에 포섭되지 않고 오히려 국가-시장을 통제하고 인간

* 진태원, 앞의 글, 『팽목항에서 불어오는 바람』, 144~146면

** 홍기빈, 「옮긴이 해제」, 칼 폴라니, 『위대한 전환』, 도서출판 길.,2009., 633면.

화할 수 있는 기나긴 투쟁이 시작되어야 하는 것 아닐까 생각해 본다.

기왕 쉽지 않은 꿈을 꾸는 김에 여기서 한 걸음 더 나아가자면 우리는 어쩌면 '국가 없는 삶'을 꿈꿀 수도 있다고 생각한다. 국가를 절대이성의 구현체로 파악한 헤겔을 제외하면 홉스와 루소, 마르크스와 베버 등 다양한 국가이론의 주창자들 대부분에게 국가는 군대, 경찰 등 합법적 폭력기구에 의존하여 (선한 의도로건 악한 의도로건) 인민에게 강제력을 행사하는 일종의 '위험한 필요악' 같은 것이며 절대적 영속적이어서는 안 되는 '잠정적인 것'이었다. 나아가 크로포트킨에 의하면 그것은 무슨 계약이나 합의의 산물이 아니라 역사적으로 처음부터 인민의 자유로운 공동체들을 폭력적으로 짓밟고 형성된, 따라서 당연히 폐기되어야 할 제도였다. 다만 우리가 근대적 국민국가의 자장 속에서 오랫동안 살아오면서 이러한 국가의 기원이 은폐되었음을 깨닫지 못하고 그 존재를 절대화하고 있을 뿐이다.

앞에서 이미 등장한 선의와 호혜에 근거한 인간의 사회적 관계를 회복해 나가는 한편, 근대 자본주의가 이룩한 엄청난 생산력의 산물과 그 메커니즘을 보다 분산된 민주적 공동체(꼬뮌?)로 적절하게 재분배할 수 있다면 지금처럼 계급화된, 무능하고 무책임한, 하지만 동시에 무자비한 폭력기구일 뿐인 국가 없이도 살 수 있지 않을까? 그것이 당장은 힘들다 할지라도, 그렇게 살 수도 있다는, 아니 어쩌면 그렇게 살아야 한다는 생각으로 기획하고 실천해 나간다면 그 역시 전혀 불가능한 일은 아닐 것이다. 나에게 세월호 참사는 적어도 그 정도는 상상하고, 그 정도는 멀리 내다보며 살아야 한다고 가르쳐 주었다.

7. 새로운 인간, 새로운 삶을 향하여

세월호 참사는 우리에게 '이런 세상에서 살 수는 없다'는 간절한 사회적 열망을 심어준 것과 같은 무게로 '이런 인간으로 살아서는 안 된다'는 절실한 자기 성찰을 촉구하였다. 대한민국이 국가로서 어떤 임계치에 이르렀음을 보여준 것과 마찬가지로, 그 안에서 살아온 우리 자신들도 인간으로서 어떤 임계치에 이르렀다는 사실을 받아들이지 않는다면 세월호를 기억하는 일은 공허해 진다고 생각한다. '참사의 원인을 제공하고 구조도 하지 않은 국가'의 존재 앞에서 우리가 근대적 국민국가 체제를 발본적으로 성찰하고 그 전환을 상상하는 것과 똑같은 비중으로, 우리는 그런 국가와 공모하여 세상을 이 지경으로 만들고도 다시 망각과 무관심과 심지어 혐오로까지 나아가는 우리 자신의 비정한 심성구조 역시 제대로 성찰하고 그 전환을 생각하지 않으면 안 된다.

참사 이후 그나마 위안이 되었던 것은 아주 많은 사람들이 나와 같은 이런 생각을 공유하고 있음을 확인했다는 것이다. 내가, 또 하나의 무능하고 무책임한 방조자 혹은 범인으로서 이 참사에 연루되어 있다는 생각, 그리하여 내가 바뀌지 않으면 안 된다는 이런 생각은 희생자 가족들을 비롯하여 참사 현장의 수많은 자원봉사자들, 분향소와 서명대, 각종 집회장소에 단골로 나타나는 얼굴 없는 참가자들, SNS에 글을 쓰는 유무명의 시민들, 길을 가다 문득문득 만나는 노란 리본 스티커를 붙인 차를 운전하는 사람들, 기억을 위한 각종 재현의 작업들을 지금까지도 지속해 오고 있는 작가 시인들을 비롯한 다양한 장르의 예술가들, 이 참사를 학적 대상으로 삼아 그 원인과 결과와 의미를 탐색하고 그 기억과 지속을 고민해 온 인문·사회과학자들에게서 공통적으로 또 다발적으로 확인되어 왔다. 나는 이들의 생각과 말들의 다성적 울림 속에서 절실히 반성하고 기억하고 함께 싸움으로써 세상과 더불어 자신을 바꿔나가는 수많은 실천들과 그 약속들을 읽을 수 있었다.

그 중에서 가장 기본적인 것은 우선 이 참사에 자신의 이전까지의 삶도 연루되어 있다는 성찰이다. 이 성찰로부터 자기를 바꾸는 일이 시작되기 때문이다.

> 그래서 테이레시아스는 다음과 같이 말한다. "그대가 바로 그대가 찾고 있는 범인이란 말이오." 인간은 저절로 나아지며, 시간이 흐른다는 이유만으로 역사는 진보한다고 우리가 착각하는 한, 점점 나빠지는 이 세계를 만든 범인은 우리 자신일 수밖에 없다. 오이디푸스의 망각과 무지와 착각은 또한 우리의 것이기도 한다.*

> 세월호를 통해 우리가 쉽게 학습할 수 있는 바는 모두가 비국민 만들기의 잠정적인 피해자이자 가해자라는 점이다. 세월호 사고를 목격하면서 사람들은 참사의 희생자가 될지도 모른다는 공포와 함께 참사가 일어나는 데 기여하고 묵인했다는 가해자로서의 감각을 직감했다. 바다로 나가서는 안 되는 배가 바다에 나가도록 동참해온 결과, 많은 생명이 위험해졌고 버려지기까지 했다. 밀양과 용산, 쌍용을 떠올려보면 집과 마을을 빼앗기거나 부실 경영진과 '먹튀자본'에 직장을 빼앗긴 사람들이 죽임을 당하거나

* 김연수, 「그러니 다시 한번 말해 보시오, 테이레시아스여」, 『눈먼 자들의 국가』, 43면.

죽도록 내버려둔 것이다. 우리는 직접 그들을 희생자로 만들지는 않았지만 그들을 희생자로 지목하는 것을 묵인하고 동의하는 데 가담해 왔다.*

하지만 단순히 추상적인 연루의식에 머무르고 말 경우 그것은 '내 탓이로소이다' 투의 상투성을 못 넘게 되고 결코 시간의 침식을 이기지 못하게 된다. 중요한 것은 무슨 이유로, 어떤 맥락을 거쳐 내가 이 참사에 연루되었는가를 묻는 일이다.

국가를 시장으로 치환하고자 하는 신자유주의의 가시적인 수준에서의 실패는 분명해졌다. 그러나 신자유주의는 다른 곳에서 성공했다. 대안 부재가 합쳐진 결과 사유화가 가장 근본적인 수준에서 진행된 곳은 바로 사회였다. 오히려 사유화가 가장 성공적이었던 동시에 아직 이 사유화를 돌려놓을 대안이 분명치 않은 영역은 바로 주체성과 사회적 관계다. 신자유주의는 우리의 거의 모든 것을 사유화했다. 공적 능력이 결여된 주체성의 효과적인 생산은 사회적 관계에 대한 사유화와 분리될 수 없다. 정부 정책 수준에서의 신자유주의의 실패가 명백해졌음에도 불구하고 우리가 그것을 쉽게 극복하지 못하고 유력한 대안을 보여줄 수 없는 이유도 우리 자신이 사유화된 주체성으로 구성되어 있기 때문이다. 그리고 우리가 지금 목격하고 있는 무책임과 무능의 광경이 존재론적인 수준에서의 사유화의 결과들과 무관하다고 생각할 수 없다.**

---

* 권창규, 「세월호가 묻는다」, 『팽목항에서 부는 바람』, 275면.

** 홍철기, 「세월호 참사로부터 무엇을 보고 무엇을 들을 것인가」, 『눈먼 자들의 국가』., 206면.

이제 우리는 '나는 누구인가?'를 묻는 대신에 '어떻게 나를 시장이 요구하는 인간으로 계발할 것인가?'라고 묻는다. 이제 우리는 '정의로운 공동체는 어떤 공동체인가?'라고 묻는 대신에 '어떻게 국가를 시장이 요구하는 모습으로 개조할 것인가?'라고 묻는다. 우리에게는 공적 삶이 사라진 사적 삶만 남아 있으며 우리의 고민 속에는 인간다운 삶과 인간다운 공동체를 위한 공간이 없다. '지금 여기'의 우리는 그렇게 완벽한 신자유주의자가 되었다.*

앞에서도 이미 말했지만 경쟁만능과 승자독식의 이데올로기는 나를, 우리를 차별과 배제, 폭력과 혐오가 들끓는 정글로 내몰고 모든 것을 나 스스로의 책임으로 떠맡을 것을 강요해 왔다. 하지만 처음엔 이에 저항하던 주체들도 20년의 신자유주의 통치** 아래서 점차 이러한 이데올로기를 내면화하게 되었고 결국 우리에게서 공적인 주체성, 즉 개인의 문제를 공공적 차원에서 제기하고 해결하는 주체적 능력은 어느덧 사라지고 외부나 타자를 향해 지극히 폐쇄적이고 적대적인 사적 주체성만 남게 된 것이다. 눈앞에서 자행되는 불의에 저항하는 것은 자기계발, 자기경영을 위한 시간을 낭비하는 귀찮은 일이 되고 만다. 이런 포기된 공적 주체성의 그늘에서 세월호 같은 '유령선'이 만들어지고 세월호 선장과 같은 이해할 수 없을 정도로 공적 주체성이 결여된 '한계적 인간'들이 자라난 것이다. 한 걸음 더 나아가 이런 사적

* 이충진, 앞의 책, 65면

** 나에게 신자유주의의 정체가 최초로 각인된 사건은 1996년 겨울 김영삼정권이 정리해고를 합법화한 노동법개정을 단행한 일이었다.

주체성으로 구성된 인간은 질문하고 항의하고 저항하는 공적 주체성을 가진 인간들을 이해하지 못하거나 불편해 하거나 아니면 혐오하게 된다. 그들이 자기들의 '전도된 죄의식'을 자극하고 저 의식의 밑바닥에 꽁꽁 숨겨두었던 수치심을 불러일으키기 때문이다.*

하지만 우리가 이런 인간이 된 것이 순전히 신자유주의 때문이라고 하는 것은 옳지 않다. 이미 앞에서도 말한 것처럼 식민지시대 이래의 근대 강박과 60년대 이래 고착화된 물신주의, 그리고 민주화 국면에서 잠시 희석되었지만 냉전체제의 폭력적 지배질서 아래서 오랫동안 침전되어 온 공공적 참여에 대한 피해의식 역시 신자유주의 국면을 통해 다시 귀환하여 우리의 내면에 자리 잡은 것도 단단히 한몫했다고 할 수 있다.

그렇다면 우리는 침몰해 가는 세월호 앞에서 발을 동동 구르며 안타까워하고 분노하면서 맹세했던 것처럼, 우리가 이 참사에 깊이 연루되었다는 사실을 잊지 않을 수 있을까. 그리하여 우리 자신을 이전과는 다른 인간으로 변화시킬 수 있을까. 쉽지 않은 일이다. 애도와 죄의식의 지속을 통해 자기를 사적 주체에서 공적 주체로 바꾸어나가는 일이란 것은, 어쩌면 역사적 조건 속에서 결여되어 왔던 근대적 시민주체성을 확립하는 일이면서 동시에 근대적 시민주체에게 결여되어 있는 상호부조적 타자지향성을 우리 신체와 의식 안에 새겨 넣는, 나라는 개별적 존재 안에서 근대 이행과 근대 극복의 이중과제를 수행하는 일이기 때문이다.

* 권명아, 「사건 이후의 인간학 : 혼의 투쟁에 대하여」, 『팽목항에서 불어오는 바람』, 57면.

『안티고네』가 우리에게 요청하는 것은 내 직접적 행동과 무관하며 심지어 내가 태어나기 전에 자행된 범죄에 대해서도 책임을 지라는 것이다. 그러한 책임은 반드시, 내가 알지 못하는 사이, 내가 무심히 고개를 돌린 사이에 자행된 잘못들과 이 때문에 흐트러진 질서를 바로잡는 윤리적 행위와 연관되어야만 한다. 그것은 입을 열어 말하는 것이며, 잘못을 따져 진실을 드러내는 것이자, 신의 법을 받드는 일이다. 그것은 한마디로 '가만히 있지 않는 것'이다.*

국민은 대통령이 개혁에 나서지 않을 수 없도록 철저히 압박해야 한다. 이것은 민주공화국 대한민국 국민의 권리의자 의무이다. 왕조가 아닌 이상, 대한민국이라는 민주공화국의 존재 이유와 주권은 국민인 나와 당신에게 있을 뿐이기 때문이다. 국민의 생명과 재산과 자유의 보호와 앙양이 민주공화국의 존재 이유이다 국가가, 정권이 착각할 때, 이를 최우선의 가치로 간주하지 않을 때, 국민은 국가와 정권에게 이를 각성시킬 권리와 의무가 있다.**

이처럼 원론적으로 '가만히 있지 않는 것', 그리고 내 직접적 행동과 무관한 범죄에 대해서조차 책임을 지는 것, 그리고 구체적으로는 국민을 배반하는 국가나 정권을 뜯어고치는 일 같은 것이 아마도 근대적 주체성을 지닌 시민의 덕목일 것이다. 하지만 그것만으로는

---

* 김서영, 「정신분석적 행위, 그 윤리적 필연을 살아내야 할 시간 : 저항의 일상화를 위하여」, 『눈먼 자들의 국가』, 183면.

** 허경, 「세월호, 새로운 민주주의 담론의 시금석」, 『팽목항에서 불어오는 바람』, 293면.

부족하다. 나에게, 그리고 아마도 참사 이후 존재의 깊은 고통을 느껴 본 모든 사람들에게 세월호와 함께 살아간다는 것은 아마도 이런 근대적 '민주시민'을 넘어선 어떤 전혀 새로운 존재를, 이성이란 이름으로 모든 것을 분절하고, 타자를 만들어 대상화하지 않으면 주체를 보전하지 못하는 근대세계의 본질적 상호적대성을 넘어서는 존재를 꿈꾸는 데까지 나아가야 한다는 것을 의미할 것이다.

내가 가까스로 발견해 낸 건 만일 우리가 타인의 내부로 온전히 들어갈 수 없다면, 일단 그 '바깥'에 서보는 게 맞는 순서일지도 모른다는 거였다. 그 '바깥'에 서느라 때로는 다리가 후둘거리고 또 얼굴이 빨개져도 우선 서보기라도 하는 게 맞을 것 같았다. 그러니 '이해'란 타인 안으로 들어가 그 내면과 만나고, 영혼을 훤히 들여다보는 일이 아니라, 타인의 몸 바깥에 선 자신의 무지를 겸손하게 인정하고 그 차이를 통렬하게 실감해나가는 과정일지 몰랐다. 그렇게 조금씩 '바깥의 폭'을 좁혀가며 '밖'을 '옆'으로 만드는 일이 아닐까 싶었다.*

그 순간 인간에게만 영혼이 있는 것이 아니라 사회에도 영혼이 있는 게 아닐까 하는 생각이 들었다. 희생자들과 우리 하나하나는 뿌리가 같은 영혼의 나무처럼 서로 연결되어 있었다.**

아벨을 살해하고도 그의 행방을 묻는 질문에 "제가 아우를 지키는 사람

* 김애란, 「기우는 봄, 우리가 본 것」, 『눈먼 자들의 국가』, 18면.

** 김순천, 「세상이 절망적일수록 우리는 늘 새롭게 시작할 것이다」, 416 세월호 참사 시민기록위원회 작가기록단, 『금요일엔 돌아오렴』, 창비, 2014., 5면.

입니까?"라고 반문하는 카인은 보편적 연루체계가 마치 선택가능한 영역인 듯 간주한다. 하지만 바우만의 해석처럼 보편적 연루체계에 대한 인정은 무조건적이며, 타인에 대한 공감능력은 인간됨의 표식이다.*

그것은 아마도 이 인용문들이 말하고 있는 것처럼 고통 받는 타자에게 다가가 말 걸지 않고, 선불리 이해한다고 하지 않고, 돕겠다고 나서지 않고 조용히 옆에 서서 그의 존재를 느끼는 것, 우리 모두가 영혼의 나무처럼 서로 연결되어 있음을 깨닫는 것, '보편적 연루체계'를 인정하고 공감하는 능력을 키우는 경지에서부터 시작될 것이다. 어려울까? 아마도 어려울 것이다. 하지만 나는 그 어려움을 이기면서 그렇게 자신을 변화시켜 나가는 존재들을 알고 있다. 세월호 희생자 가족들이다. 이 참사와 참사 이후의 전 과정에서 세상과 인간은 바뀔 수 있다는 믿음을 준 것은 바로 가족들이다. 그들은 이 과정에서 자신들을 사적 주체에서 공적 주체로 바뀌어나가는 인간의 모습을 감동적으로 보여주었다. 사라진 자기 가족들을 위해 견디고 싸우는 그들은 동시에 이 무정한 세상에서 버려지고 내팽겨쳐진 모든 '호모 사케르'들을 위해 견디고 싸우는 우리 시대의 가장 슬픈 전사들이 되었다. 그들과 같은 세상을 살고 있다는 것은 슬픔 속에서도 하나의 축복이고 은총이라고 나는 생각한다.

특별법보다 중요한 소득은 유족들이 세상을 바라보는 관점이 바뀌고, 세월호 이전과는 다른 방식의 삶을 살기 시작했다는 것이다. 유족들은

---

* 노명우, 앞의 글, 『팽목항에서 불어오는 바람』, 35면.

2014년 가을부터 대학, 종교기관, 노동조합, 지역단체 등을 찾아다니며 전국 간담회를 진행하고 있다. 수십 명이 모여서 대화하고 경험을 나누면서 '기억투쟁'을 계속하고 있다. (…중략…) 부모들은 "엄마도 똑같은 어른이란 말을 들을까봐", "죽어서 내 아들 똑바로 보겠다는 일념으로" 악착같이 버티고 있다(4·16 참사 시민기록위원회 작가기록단, 2014). 이들은 재난을 겪으면서 자신들이 권력과 자본에 자발적으로 복종했다는 것을 깨달았다. 자신들이 돈벌이에만 몰두하고 가족의 안위만을 생각해 사회적 부패에 둔감했고, 그것이 세월호 참사의 원인이었다는 것을 인식했다. (…중략…) 또한 자신들도 마을공동체를 만들어 권력과 자본으로부터 자유로운 삶을 추구하기 시작했다. 이들은 소규모 협동경제, 공동교육, 문화공동체 운동을 추진하고 있다. (『프레시안』, 2015.1.25)*

8. 집에 가자, 이제 집에 가자

세월호 참사를 생애의 사건으로 받아들이고, 세월호와 함께 살아간다는 것은 그날 살려내지 못한 아이들을 진짜 우리들의 집으로 데려갈 때까지 나 자신을 길 위에서, 부두에서, 바다 위에서 방황하게 하는 일이다. 노란리본으로 가슴에 화인을 찍고 세상을 떠도는 일이다. 생각해 보라, 우리가 언제 집을 가진 적이 있었던가. 언제 정처를 가진 적이 있었던가. 우리가 집이라 여기고 살았던 것은 집이 아니다. 당장 내일이라도 짐을 싸서 훌쩍 떠날 준비를 하고 있어야 하는 임시천막들

* 조병희, 앞의 글, 『재난과 공공성의 사회학』, 27면.

이었고, 우리가 마을이라 여겼던 것은 악다구니같이 서로 흘기고 싸우는 난민촌이었다.

따뜻한 내 집 불빛 아래 가족이 무릎 맞대고 모여들어 달그락거리며 저녁을 먹으면, 마치 밤하늘 별빛이 켜지듯 이웃집들에서도 온화한 불빛들이 하나씩 켜지고 각자 식탁에 모여 저녁을 먹는, 그리하여 모두가 따로이지만 사실은 함께인 사람들이 모여 사는 아름다운 마을 속의 한 장소인, 그리운 그 집. 내가 시퍼런 바다 속에서 차디차게 얼어있던 가여운 아이들을 꺼내 데려갈 집은 대지에 제대로 뿌리박고 그리운 사람들끼리 가슴을 열고 사는, 환대와 사랑이 넘치는 그런 집이다.

집에 가자, 아이들아 이제 그리운 우리들의 집으로 가자. 그날까지 나는 너희들을 잊을 수 없다. 그날까지 나는 내가 만든 '마음의 감옥'에서 나오지 않겠다. 그것이 애도라면 애도를 계속하는 것이고, 그것이 정치라면 정치를 계속하는 것이다.

그것쯤은 아무 것도 아니다.

'동네촛불'의 사례는 프로이트가 말한 실패한 애도, 즉 우울증이 치료하거나 극복해야 할 그 무엇이 아니라 사회적 실천의 동력이 될 수도 있음을 보여준다. 자크 데리다는 프로이트가 말한 성공한 애도는 죽은 자에 대한 배반이며, 오히려 죽은 자를 내 "마음 안에 살아 있도록 하는 것"이야말로 타자에 대한 충실을 다 하는 태도이자 '살아남기(surviving)'를 모색하는 방법이 된다고 보았다. —-(중략)—- 이렇듯 주체의 '살아남기' 전략에서 우울증의 고통을 사회적 실천의 동력으로 전화시키는 것, 이것이 내가 생각하는 '애도의 정치'의 개념이다.*

(『황해문화』 2016년 여름호)

* 정원옥, 「'애도의 정치'에서 민주주의로」, 『팽목항에서 불어오는 바람』, 319면.

다시 민중을 부른다

87년 체제를 넘어, 신자유주의 시장독재에 맞서서

1987년 6월 항쟁 이후 20년을 이야기한다는 것이 그저 20년이 되었기 때문은 아닐 것이다. 지난 20년이라는 시간이 그 20년 전의 뜨거웠던 기억에 비추어 볼 때, 본질적으로 '불만의 시간'이었다. 그 시절 우리는 지금보다 분명히 더 가난했고 더 억압받았지만 지금보다는 행복했다. 변화에 대한 희망이 있었던 것이다. 하지만 지금은 조금도 행복하지 않다. 우리가 함께 지향했던 아름다운 민주적 공동체는 간데없고 대신 상품물신과 악무한의 경쟁과 승자독식의 이데올로기와 삶 전체의 자본화/식민화로 들끓는 시장의 정글만이 눈앞에 아득하게 펼쳐져 있는 것이다. 프라이팬에서 탈출했다 싶었더니 화덕 속으로 뛰어든 셈이다. 이 신자유주의 시장독재의 시대에도 희망은 있는가? 이 글은 그것을 묻는 글이 될 것이다.

이 글은 지난 20년이 어떻게 이런 오늘날의 삶의 황폐화를 낳게 되었는가를 살펴보고, 지금과 다른 삶은 어떻게 가능한가를 모색하며, 그러기 위해서는 우리가 무엇을 해야 할 것인가를 거칠게 묻고 대답하는 글이 될 것이다.

1. 그 20년 동안 무슨 일이 있었는가*

작은 혁명 뒤의 큰 반동

1987년에 일어났던 일련의 사건들이 혁명적 변화라는 사실은 틀림없다. 그해를 계기로 해서 권위주의가 혁파되고 정권교체의 길이 열렸으며 반민주악법들이 개폐되고 과거청산이 시작되는 등 정치적 민주화가 획기적으로 이루어진 것은 물론 사회 전반에 민주주의적 문화가 자리 잡고, 노동운동을 비롯한 다양한 계급계층운동들이 시민권을 부여받았다는 점에서 그렇다. 그것을 우리는 '민주화 혹은 문민화의 성취'로서 드높이 기렸고 이제 한국사회는 비로소 근대적 민주국가로서의 기본 골격을 갖추었다고 자부해 왔다.

하지만, 일국적 감각에 익숙해 있던 우리는 그 배후에 작동하고 있던 더 큰 세계사적 반동의 흐름을 인식하지 못했다. 민주주의의 정착과정으로 알고 있던 지난 20년은 사실은 '신자유주의 세계체제'가 남한사회에 관철된 과정이기도 했던 것이다. 70년대 오일쇼크 이후로 자기운동의 결정적 위협을 감지한 세계자본은 자본의 유동성을 전세계적 규모에서 획기적으로 강화하고 이제까지 자본의 논리가 가 닿지 않던 공공부문 등 사회 전영역을 상품화하는 새로운 노선을 개발하고 실현시키고자 하였다. 그것이 80년대의 레이거노믹스와 대처리즘이며 제3세계의 민주화 도미노이고 남한에서 독재자 박정희의 퇴출이었다.

결국 박정희의 죽음과 1980년 신군부의 집권은 신자유주의 프로

* 이 부분은 『황해문화』 2007년 봄호에 실린 졸고 「1987, 그리고 그 이후」를 요약한 것이다.

젝트가 수행한 남한 사회의 재편성과정이었으며 6월항쟁의 '성공'과 곧 이은 1987년 대선에서의 신군부잔재의 집권과정은 곧 군부독재의 형식으로는 자기 논리를 관철할 수 없었던 지배블록의 2차 재편성과정이었다고 할 수 있다. 그로써 지배블록은 민주주의를 정치영역으로 제한하고 민주세력을 분열시켰으며 헤게모니적 지배를 확립하여 기득권을 보다 공고히 할 수 있었다.

6공 정권의 뒤를 이어 등장한 문민정부는 민주개혁을 강도 높게 진행하기는 했지만 한편으로 OECD와 WTO에 가입하고, 국내적으로는 세계화-경쟁력 이데올로기를 확산시키고 공동체주의의 해체와 시장자유주의적 개인주의의 확산을 몰고 와 신자유주의 체제 정착을 위한 지반을 다졌다고 할 수 있다. 뒤 이은 국민의 정부는 IMF비상정권으로 출발하여 경제민주주의의 정착에 실패하고 그 결과 정치적 민주주의조차도 불구적인 것으로 만들었다. 햇볕정책의 정착을 최대 치적으로 삼고 있지만 이미 남북관계는 군사적 긴장을 통한 적대적 의존관계에서 교류협력을 통한 비적대적 의존관계 단계로 들어가지 않을 수 없었던 상황이었다. 현 참여정부는 국가사회발전의 장기적 전망 수립에 실패하고 지배블록과의 구조적 타협과 표면적 갈등을 왕복하는 동안, 시장독재체제를 완성시키고 한미 FTA를 체결하는 등 본격적으로 신자유주의적 개혁(?)을 밀어붙인 정권이라고 할 수 있다.

결론적으로 지난 20년 한국사회는 부르주아민주혁명의 성취과정을 겪었다고 할 수 있으며 1987년은 부르주아민주혁명으로 규정지을 수 있을 것이다. 하지만, 이렇게 형성된 부르주아민족국가는 신자유주의 드라이브에 의해 그 자주성과 자기결정력을 심각하게 상실하고 있어 사실상 해체될 운명에 놓여 있다고 할 수 있다.

공동체에서 개인으로

6월항쟁이라는 준혁명적 상황이 진행되는 동안 많은 급진주의자들이 기대한 것은 노동자계급의 본격적 변혁세력화였고 그해 7~8월에 전국에서 터져 나왔던 노동자들의 전면적인 투쟁은 그 기대를 현실로 만들어 줄 것처럼 보였다. 하지만 그 7~8월 투쟁은 혁명적 계급투쟁이 아니라 오랜 동안 최소한의 시민적 권리에서조차 소외되어 왔던 우리 노동자들의 기본권 요구투쟁이었고 성장한 한국자본은 유례없는 호황국면 속에서 그 정도의 요구를 들어줄 여유를 가지고 있었다. 87년 노동자대투쟁은 결국 부르주아 민주혁명에 포섭된 셈이었고 그것은 곧 한국 노동자계급의 자본에 대한 비적대적 의존관계의 본격화를 여는 계기가 되었다.

6월항쟁의 함성이 잦아들고 그해 대선의 뼈아픈 좌절과 더불어 '운동권'이라는 말이 생겼을 것이다. 그 말은 곧 변혁운동 혹은 민주화운동에 투신한 사람들이 대중으로부터 분리되어 타자화 되기 시작했다는 것을 의미한다. 그리고 1988년부터 1991년 이른바 강경대 정국에 이르기까지 운동세력 중의 일부는 극좌적 경향에 빠져 대중과 유리되고 현실사회주의의 몰락은 그 반대로 과잉 수용되어 청산주의의 유행을 몰고 온다. 그것은 명백한 하강기의 피로감이었다.

1990년대의 시대정신이라고 할만한 '개인'의 발견은 억압된 것의 회귀로서 의미가 있었다고 보아야 한다. 그것은 70년대까지의 '국민'과 '80년대의 '민중'이라는 집단적 정체성으로부터의 이중의 탈출의 결과였다. 하지만 그 개인은 국민됨을 충분히 극복한 결과도 아니고 민중됨을 충분히 실현한 결과도 아니었다는 점에서 여전히 불완전한 것이었다. 그리고 그렇게 과잉결정된 개인은 신자유주의적 시장체제 속에서 단자화된 소비주체, 혹은 고독한 경쟁주체로서만 남게 된다.

그리고 90년대 이후 운동주체의 성격에도 큰 변화가 있었다. 민중운동, 변혁운동이 퇴조한 자리에 다양한 시민운동이 자리 잡았지만 그것은 변화된 헤게모니도 뒤흔들지 못했고 사회전체의 신자유주의적 보수화도 막아내지 못한 채 정체성의 혼란을 겪기 일쑤였고, 전반적으로 자본에 기생하게 된 노동운동 역시 본원적 혁명성을 잃고 말았다.

그리고 국민의 정부에서 참여정부에 걸친 지난 10년의 세월 동안 우리는 20년 전에 가졌던 인간해방에 대한 희망을 신자유주의의 주구가 되어버린 제도권 민주화세력들에게 도매금으로 팔아 넘겨버리고 대부분 개인의 영역 속으로, 신자유주의 경쟁체제 속으로 도피하고 투항해 들어갔다. 그 대열에도 합류할 수 없었던 민중들은 양극화라는 길고 어두운 터널 속으로 몰아붙여져서 불안과 공포의 그늘 속에서 떠돌게 되었다.

2. 지금 무엇이 문제인가

신자유주의 시장독재가 지배하는 사회는 자본 상호간의 견제 외에는 자본운동에 그 어떤 시간적 공간적 정치적 견제와 장애도 용납하지 않는 사회이며, 자본이 운동하는 범주 안에 들어 있는 삶의 모든 영역을 상품화하고 모든 인간을 자본화하며 자본의 필요 아래 위계화하는 사회이다. 따라서 상품이 되지 못하는 삶의 영역, 자본화되지 않는(못하는) 모든 인간은 사회 밖으로 내몰려 존재가 부정되는 것이다. 오늘날 우리가 목도하고 있는 극단적 양극화와 불평등, 경쟁주의는 신자유주의 시장독재의 자연스러운 논리적 귀결이다.

무엇보다 더 심각한 것은 이러한 시장주의, 경쟁주의 논리가 우리 사회의 유일한 이데올로기이자 가치관으로 자리 잡아 다른 삶과 다른 생각의 선택을 제약하는 것이다. 지금 이 세상에는 세 부류의 인간만이 존재한다. 하나는 일상과 의식 전부가 시장논리에 사로잡혀 있는 철저히 시장적 인간, 일상은 시장규율에 사로잡혀 있으면서 의식은 그로부터 분리되어 있는 분열된 인간, 그리고 마지막으로 일상과 의식 양면에서 시장규율에서 벗어나 있는 탈주적 인간이 그것이다. 그 세 부류 모두 불행할 수밖에 없다.* 인간은 자신의 의사에 따라 삶의 방식을 선택할 수 있고 일정 시간의 노동과 사회적 기여를 제공하는 한 사회는 그에게 행복하게 살 권리를 보장해 주어야 한다. 신자유주의 시장독재 사회는 그러한 가능성을 봉쇄한다. 개인적 가능성을 봉쇄할 뿐만 아니라 자본과 이윤이 매개되지 않는 공공의 가치와 상호주체적 연대의식의 사회적 확인과 실천을 조직적으로 방해하기까지 한다.(교육, 의료, 복지 등 공공영역의 게토화를 보라).

어떻게 하면 이 점점 더 우리를 죄어오는 신자유주의적 시장독재의 압제와 질곡에서 벗어날 수 있을 것인가. 어떻게 하면 우리는 삶의 자기결정권을 회복하고 상호부조와 연대의식에 기초한 삶의 공공성을 지킬 수 있을 것인가. 어떻게 하면 우리는 자본과 시장논리에 휘둘

* '탈주적 인간'은 자발적으로 이 체제 밖으로 빠져나온 인간으로 가장 행복해 보이지만, 체제 안에 '불행한 형제들'을 남겨두고 나왔다는 점에서 여전히 행복할 수 없는 존재임에 틀림없다.

리지 않고 인간다운 삶을 지속시킬 수 있을 것인가. 그것이 진보라 불리든 아니든 우리가 처한 현상태status quo를 넘어서고자 하는 모든 노력은 이 물음에 대답하지 않으면 안 될 것이다.

과제들

신자유주의 시장독재로부터의 해방이라는 과제는 신자유주의가 현재로서는 근대자본주의가 고안해 낸 가장 최신의 전지구적 착취기계라는 점에서 전면적인 접근을 요구한다고 할 수 있다. 그것은 근대 이후에 대한 사유를 요구하는 세계-지구 전체가 당면한 보편적 문제이면서 동시에 한국사회의 근대성의 성취와 극복이라는 이중과제와 관련된 특수한 문제이기도 하기 때문이다.

일국적-근대적 과제들

한국사회에서 신자유주의 체제는 이미 지난 20년의 역사과정이 보여주었듯이 근대적 부르주아민족국가의 형성과 해체를 동시적으로 수행하면서 전개되었다고 할 수 있다. 신자유주의가 작동하기 위해서는 시장자유화가 선행되어야 하고 시장 자유화는 제도화된 정치적 민주주의를 상당한 필요조건으로 하기 때문에 지금의 제도적 민주화는 신자유주의 체제 수립의 부산물이라 볼 수 있다. 이러한 민주화 과정은 한국적 민주화의 오랜 전제조건들인 식민지유제 청산, 친일청산을 포함한 과거사 규명, 냉전이데올로기와 극우적 광기의 청산, 근대적 기본권의 법적·제도적 보장 등을 수반하게 되고 이는 곧 합리적인 근대적 시민사회 수립에 주요한 토대가 될 수 있다. 또한 이런 과정은 분단체제 극복을 위한 사회적 여건 마련에도 긍정적으로 작용하게 된다.

신자유주의는 자기 영역 확장에 필요하다면 낡은 이데올로기 대립이나 적대적 분단체제조차도 얼마든지 붕괴시킬 용의와 힘이 있는 체제이다.*

그러나 신자유주의 체제는 우리의 근대프로젝트가 강력한 민족국가의 형성이라는 지향을 갖는 것과는 상충한다. 민족적 국가적 장벽과 양립할 수 없는 신자유주의 세계화 프로젝트는 자본운동의 유동성이 작동하는 모든 공간의 정치사회적 이데올로기적 성격을 균질화시키고 그 고유성을 해체한다. 더군다나 미국의 절대적 영향력 아래서 신자유주의 프로젝트가 진행중인 한국의 경우 그 균질화는 경향적으로 미국화로 이어진다. 한미 FTA의 체결은 바로 그 균질화-미국화 프로젝트의 구조적 정착을 의미한다. 한국사회의 부르주아 민주혁명이 근대적 민족국가의 성취와 함께 사실상 해체될 운명에 놓여 있다는 말은 이런 맥락에서 나온 것이다.

민족주의를 혐오하는 입장에서 본다면 이러한 민족국가적 자기결정력의 해체는 반가운 일일지도 모르나, 그것이 미국화를 매개로 한 해체라는 점도 큰 문제일 뿐만 아니라, 신자유주의 체제에 대한 저항이라는 맥락에서 본다면 민족국가의 자주성은 여전히 유효한 매개가 되는 것이다. 더군다나 분단극복의 과정을 신자유주의 세계체제의 포섭으로부터 벗어나는 세계사적 기회로 삼는 기획이 가능하다면 '민

* 이를테면 지중해의 섬나라 키프러스의 경우 오스만투르크, 영국의 식민지배를 거쳐 1960년 독립을 했다가 1975년 북부 터키계와 남부 그리스계로 분단되었으나 EU통합과 더불어 자본이동이 활발해 지면서 그리스계 남부키프러스의 자본과 터키계 북부키프러스의 노동력 결합이 고도화하여 사실상 민족갈등에 의한 분단의 해체가 가속화되고 있는 것으로 관측되고 있다. 이러한 키프러스의 예는 신자유주의 지배하의 한반도 분단체제의 미래에도 시사하는 바가 적지 않다.

족적 자주성'이라는 것은 쉽게 포기할 수 없는 관건적 중요성을 갖는다고 할 수 있다.

지구적-탈근대적 과제들

현재 신자유주의적 세계화에 반대하는 지구적 움직임들에는 다양한 스펙트럼이 존재하지만 반자본주의적 정신을 근간으로 하는 강력한 탈근대적-근대비판적 경향이 주류를 이루고 있다고 할 것이다. 근대기획인가 탈근대기획인가는 아직도 논란의 여지가 있지만 자본주의의 폐절이라는 일관된 입장을 지닌 정통 맑시즘, 맑스-레닌주의의 중앙집권주의가 지닌 근대적 성격을 넘어서 노동계급 범주를 확대하고 탈집중화된 다중의 자율·자치에 무게를 두는 비정통 맑시즘, 상호부조와 자율자치, 진정한 평등에 무게를 두는 각종의 아나키즘, 근대적 인간중심주의를 역전시켜 지구적 생명론을 내세우는 환경·생태주의, 근대를 가부장제와 자본주의의 결합체로 파악하여 그 동시적 극복을 꾀하는 근본주의 페미니즘, 그리고 반신자유주의 투쟁 속에서 탈이데올로기, 탈권위주의의 공간정치학을 실현해 나가는 사파티즘 등은 공히 탈근대적 사유를 근간으로 하고 있다고 볼 수 있다.*

신자유주의 시장독재로부터 삶의 자유를 지키려는 이 모든 움직임들이 원하는 것은 자본의 이름이 되었건, 이성의 이름이 되었건, 국가와 민족의 이름이 되었건, 조직과 당파의 이름이 되었건, 종교의 이름이 되었건, 이데올로기의 이름이 되었건, 가부장의 이름이 되었건, 가족의 이름이 되었건 지구와 생명과 인간을 착취하고 끝없는 고갈과

* 사이먼 토미, 정해영 역, 『반자본주의』, 유토피아, 2007. 3장~4장 참조

파괴의 벼랑에 몰아넣는 그 어떤 개발도 성장도 발전도 '내 이름으로는 하지 말라'는 것이다. 그러한 운동들이 지향하는 과제들을 단순화하여 열거하자면 자본주의 생산양식과 생산관계의 폐절, 삶의 탈상품화와 탈물신화의 실천, 가부장제와 그에 근거한 성별제도 해체, 근대적 국가-민족기구의 해체, 모든 중앙집권적 권력기관과 교육기관의 해체, 반환경-반지구적 생산/유통/소비구조의 청산 등으로 정리될 수 있을 것이다.

또한 그것은 자본주의에 반대하고 자본주의 이후의 삶을 상상하되 근대적 제도나 패러다임, 사유에 의존함 없이 상상하고, 다른 대안을 모색하되 단수의 대안, 단수의 세계로 수렴하는 것이 아니라 복수의 대안, 복수의 세계를 인정하고 그 가능성을 열어 놓는 것이기도 하다. 근대적 동일성의 세계를 벗어나 차이와 복수성의 세계로 나아가야 한다는 것이다.

이러한 탈근대적 상상력과 운동적 실천들은 이미 1968년 혁명에서 태동하여 1999년 시애틀 WTO 반대시위를 계기로 세계적 규모로 확산되었고 그 이후 2000년 프라하 반 IMF 시위, 2001년 제노바 반 G8 시위, 2002년 워싱턴 반 IMF 시위, 2003년 칸쿤 반 WTO 시위, 2005년 홍콩 반 WTO 시위 등을 거치면서 신자유주의 세계화에 맞서는 강력한 저항의 힘으로 발전되어 갔다.

한국사회 역시 앞에서 살펴본 바와 같이 민족-국가 내의 다양한 특수한 근대적 과제들이 존재하지만 2000년대 이후 한국사회가 신자유주의 세계화 추세에 급격하게 수렴되어 가면서 신자유주의 세계체제의 규정력이 점차 전면적인 것이 되어감에 따라 그 어떤 일국적 문제들도 세계적 차원의 반 신자유주의적 실천을 통하지 않고는 해결될 수 없는 단계에 돌입하였다. 그리고 그것은 우리 역시 탈근대적 상상과 실천을 현실적인 것으로 받아들이지 않으면 안 된다는 것을 말해주고 있다.

조건들

객관적 조건

1997년 IMF 사태를 계기로 한국사회는 완전히 신자유주의 세계체제의 일부분이 되고 말았다. 박정희시대의 종언과 더불어 개방화라는 이름으로 시작된 이 새로운 자본주의 시스템은 비록 억압된 형태로나마 잔존했던 생산-유통-소비-투자의 민족경제적 순환구조를 완전히 해체했을 뿐 아니라 금융자본의 절대 우위성을 바탕으로 한국자본주의의 일국적 운동논리를 와해시켜 나갔다. 민족경제, 혹은 국민경제라는 개념은 거의 소멸되다시피 하였고 한국경제는 초국적 자본이 운동하는 한 말단부로서 존재할 수밖에 없게 되었다. 경제의 국적이 사라지면서 일국적 차원의 국민경제 경영은 불가능해졌고 그에 따라 생산과 유통, 소비와 투자부문뿐만 아니라 본질적으로 국가의 보호와 배려가 필요한 고용과 분배 부문 역시 오로지 시장의 논리에 내맡겨지게 되었다. '국민'의 기본적 생존권인 일할 권리, 굶지 않을 권리의 충족은 국가가 보장해 주는 것이 아니고 오로지 시장의 성장에 의존하지 않으면 안 되게 되었다. 하지만 신자유주의 시장논리에서 고용과 분배는 설 자리가 없다. 성장에 필요한 만큼만 고용하고 시장수요를 유지하는 만큼만 분배하면 되기 때문이다. 언제나 착취속도는 분배속도를 초과하게 마련이어서 고용과 분배는 항상적 결핍상태에 놓인다. 고용과 분배는 개인의 문제가 되어 버렸다. 국가가 할 수 있는 것은 그저 시장을 키우는 것밖에 없다.

한때 동북아지역의 미국패권주의의 교두보로서 한-미-일 삼각 경제구도에 의해 장기적 안정을 보장받았던 한국경제이지만 이제 미국이건 일본이건 한국은 세계적 자본각축이 일어나는 하나의 지역시장에 불과하고 미국은 자국 출신의 초국적 자본이나 자국 자본의 이익을 보장하는 만큼만 시장으로서의 한국지역에 관심을 갖게 되었다. 물론 한국은 미국자본의 이익을 실현하는 데 있어서 상당히 특권적인 경제적, 경제외적 기득권이 살아 있는 지역이기 때문에 미국은 중국 등의 영향력에서 한국시장을 독점적으로 방어하기 위해 노력하지 않을 수 없다. 그것이 한미 FTA의 한 본질이다. 분단문제는 단순히 경제적인 문제는 아니지만 결국 이제는 동북아지역에서의 미국자본의 이익이라는 관점에 의해 우선적으로 그 향방이 결정될 것으로 보인다. 미국의 영향력이 강력하게 유지되는 한, 분단의 극복은 결국 한반도의 미국화, 미국자본의 한반도에서의 우월적 지위의 반영구적 보장이라는 최종 목표와 일치될 때 비로소 가능해 질 것이다. 미국은 현재의 긴장상태를 유지함으로써 얻는 이득보다 그것을 해소함으로써 얻는 이득이 크다는 것을 확신할 때에만 분단체제의 변화를 용인할 것이다.

이러한 신자유주의 체제의 확립과정이 우리에게 좀처럼 위기로 실감되지 않는 것은 그것이 제도로서의 부르주아 민주주의의 정착이나 분단체제의 극복 혹은 평화체제의 구축이라는 수십 년 동안의 오랜 과제들과 그다지 상충하지 않으면서 동시에 '개혁'이라는 이름으로 진행되고 있어 불가피하거나 긴요한 것이라는 착각을 불러일으키고 있기 때문이다.

주체적 조건

최근 한 신문은 여론조사를 통해 우리 국민들이 경제, 외교 부문에서는 보수적이면서 인권, 복지 부문에서는 진보적인 경향을 보였다고 보도했다.* 인권 복지는 확대되어야 하지만 한편으로 개방과 성장은 필요하다는 논리인 것이다. 많은 사람들이 지금의 성장제일주의가 곧 복지의 확대와는 반비례 관계에 있다는 사실을 알지 못하고 있는 것이다. 일반 국민만 그런 것이 아니다. 정치 엘리뜨에서부터 자칭 진보 인사들까지 모두가 한편으로는 분배정의와 복지를 말하면서 또 한편으로는 성장동력 발굴론, 사회 전부문 경쟁력 강화론, 개방 불가피론 등을 말하고 있다. 신자유주의 세계화와 시장독재에 대항하는 주체를 구성하는 데 있어서 이러한 착종된 현실인식의 일반화는 큰 장애가 되고 있다.

수구세력이건 언필칭 진보세력이건 신자유주의 논리에 감염되어 '성장동력', '경쟁력' 지상주의에 매몰되어 있는 한, 현재의 제도 정치세력에서 신자유주의 체제에 대한 '저항동력'과 '경쟁력 있는' 대안 논리를 찾는 것은 우물가에서 숭늉 찾기가 아닐 수 없다. 정당정치의 복원을 주요한 정치적 과제로 내세우는 견해들이 있지만 신자유주의 이데올로기의 압도적 우위 아래 근본적으로 중산층 이상의 투표행동에 모든 것을 걸 수밖에 없는 제도정치권의 각축 속에서 과연 얼마나 변혁적인 정치역량의 형성을 기대할 수 있을지 의문이다.

현재 한국의 시민사회운동 영역들과 노동계급운동 영역들에게

* 「2007 한국사회 이념지도」, 한겨레, 2007년 5월 21일자

도 역시 가장 큰 문제는 주류 신자유주의 세력과의 광범한 이데올로기적·제도적 유착 상태라고 할 수 있다. 제도정치권이 그런 것과 마찬가지로 시민사회운동 영역과 노동계급운동 영역에서도 신자유주의 이데올로기의 감염과 투항, 그리고 민주화 이후 운동의 준 국가기구화와 관료화, 자기 재생산을 위한 보수화, 대중으로부터의 고립현상은 두드러진 현상들이다. 이를테면 '지속가능한 개발' 이데올로기 같은 것은 그 난맥상의 좋은 표현이라고 할 수 있다. 노동계급운동의 개량화와 동반성장론 등 자본에 대한 의존성 강화도 마찬가지 현상이다.

그보다 하위주체들-비정규직 노동자들, 농민들, 도시빈민들, 이민자들, 실업자들, 기타 각종의 소수자들의 경우 신자유주의 시장독재체제의 최하부에서 생존의 벼랑 끝에 내몰리면서 때로는 노골적 타자화와 식민화의 대상으로, 때로는 무책임한 동정과 시혜의 대상으로 무정한 세계의 바다 속에서 부침하면서 아무런 조직도 대변세력도 없이 맨몸으로 이 체제에 맞서고 있는 형편이다.

이른바 '진보적' 지식인사회의 정체성 혼란은 더더구나 문제적이다. 나 스스로도 참여한 바 있는 '선진대안론' 같은 것은 현재 한국 지식인 사회가 얼마나 그 본래의 변혁성을 잃고 신자유주의 시장독재라는 블랙홀에 무비판적으로, 또는 패배주의적으로 휘감겨 들어가고 있는가를 잘 보여주는 실례이다. 한국의 지식인 사회는 이제 신자유주의 시장독재를 용인하는가 거부하는가를 경계선으로 명확한 선을 그어야 할 시점에 와 있다.

3. 어떻게 해야 하는가: 다시 민중을 부른다

이상과 같은 주·객관적 조건 속에서 앞서 밝힌 당면과제들을 수행하기 위한 정치사회적 대안을 여기서 마련하는 것은 다분히 공상적일 것이지만 그럼에도 불구하고 하나의 제안을 시도해 보고자 한다.

올해는 대선이 있고 내년에는 곧 총선이 뒤따른다. 이번 대선의 중요성이 많이 거론되고 있지만 그 중요성에 비추어 결과는 전혀 희망적일 것 같지 않다. 총선의 경우도 현재로서는 보수화된 정치판의 지역 따먹기 놀이를 벗어날 기미가 보이지 않는다, 그럼에도 불구하고 제도정치권은 나름의 과제를 가지고 있고 그 과제나마 이행할 수 있으면 다행일 것이다. 이를테면 아직 충분히 성취되지 못한 제도적 민주주의의 완수, 남북한 긴장완화와 협력 및 평화체제 구축, 과거 유제들의 청산 등 부르주아 민족 민주주의의 과제들을 수행하는 일에 제도정치권의 역할을 제한적으로 기대할 수 있을 것이다. 물론 민족적 자주성과 자결주의에 기초하여 신자유주의 세계화의 파고에 저항하는 정치적 주체의 가능성과 역할을 부정할 수는 없는 일이다. 베네수엘라나 컬럼비아, 브라질 등 남미에서의 선거혁명과 그 이후의 전개과정은 좋은 시사가 될 수 있다. 하지만 그러기 위해서는 먼저 사회적 대항주체들에 의한 광범하고도 열정적인 반신자유주의 운동이 보다 강력하게 일어서면서 그것이 제도정치와 결합되는 과정을 겪어야 하며 그것은 현재 한국의 정당정치 구조의 근본적 변혁을 또한 전제로서 요구한다고 할 수 있다.

그 다음 시민사회운동 영역들과 노동계급운동 영역들의 분발이 무엇보다 요구되는 상황인데 그 첫 걸음으로 신자유주의 세계화와 시장독재 체제에 대한 결연한 투쟁의지와 친시장세력과의 이데올로기적·제도적 단절이 무엇보다 먼저 요구된다. 이것은 사회운동 각 부문에 공히 요구되는 것으로 예컨대 '지속가능한 개발' 이데올로기 등과의 단절과 투쟁, 기업기부금 의존으로부터의 단절, 신자유주의적 국가프로젝트 참여와 준국가기구화의 거부 등이 그것이다. 이런 바탕 위에서 보다 아래쪽으로 눈을 돌려 비참한 소외와 주변화, 타자화의 고통을 겪고 있는 사회적 하위주체들과 실천적으로 결합해 나가지 않으면 안 된다. 특히 노동계급운동은 800만 비정규직의 생존권 문제를 최우선의 과제로 설정하지 않는다면 이제 더 이상 그 진보적 정체성을 유지할 수 없을 것이다.

최근 양극화의 급격한 진전에 의해 중산층의 하향분해와 빈곤층의 궁핍화가 급격하게 진행함에 따라 형성되고 있는 사회적 박탈계층들을 통칭하여 70~80년대적 의미의 '생존권에 기반한 민중'으로 재호명하자는 논의가 있는 것으로 알고 있다.* 이런 맥락의 민중 재호명에 원칙적으로 공감하면서 나는 반신자유주의 투쟁 주체의 구성이라는 보다 적극적인 맥락에서 민중개념을 다시 복원해야 할 필요를 느낀다.

80년대까지의 민중론에서 민중개념은 사회적 존재태의 개념이기도 했지만 동시에 가능태의 개념이기도 했다. 흔히 노동자, 농민, 도시빈민 등 넓은 의미의 생산대중을 아우르는 포괄적 존재개념이면서도 분단된 신식민지 국가독점자본주의 체제를 극복하고 새로운 사회를 건설할 가능적 주체로서 적극적으로 호명된 바 있었던 것이다. 하

* 우석훈, 「87년 이후 20년, 민중의 시대가 다시 도래하는가?」, 『사회비평』 2007년 여름호.

지만 80년대 후반 급진적 사회주의 기획에서 내세운 노동자계급 당파성론에 의해 민중론 혹은 민중주체론은 소부르주아적 담론으로 매도·폐기되어 버렸으며 90년대 초반 사회주의적 변혁운동 일반의 급격한 쇠퇴와 더불어 노동자계급 당파성론과 동반 소멸해 버리게 되었다. 1990년대 이후 민중개념은 시민개념으로 대체되었고 다시 2000년대 이후에는 서구 탈근대 담론들의 수입과 더불어 소수자론, 다중론, 하위주체(서발턴)론 등에 가려 오랫동안 낡은 개념으로 버림받아 온 것이다.

하지만 신자유주의 시장독재의 전면화함에 따라 시민운동, 노동운동이 그 한계를 노정하며 정체성 위기를 맞게 되고 중산층의 급격한 양극분해 등 시민사회의 동요와 붕괴가 진행되는 상황에서 기본적으로 탈근대기획의 담론적 구성물들인 소수자, 다중, 하위주체 개념 등은 민족민주주의의 문제를 해결해 나가면서도 동시에 신자유주의 시장독재에 대항하는 보다 적극적이고 포괄적인 주체 개념으로는 부적당하다고 할 수 있다. 여기서 근대/탈근대 이중기획의 매개적 주체로서의 민중개념의 귀환이 적극적으로 검토되어야 할 필요가 발생한다.

많은 연구와 검토가 필요하지만 60년대에 탄생하여 70~80년대에 상당한 수준으로 발전한 민중론, 민중개념은 단순히 노동자계급의 지도를 필요로 하는 통일전선의 구성물로서가 아니라 그 자체로 근대 부르주아사회와 세계체제의 한계와 모순을 극복하는, 풍부한 정치·경제·사회문화적, 그리고 신학적 함의까지도 지닌 이념형적 주체개념이었다. 이러한 7~80년대적 민중개념은 한국사회뿐만이 아니라 신자유주의적 자본주의의 지구적 시장독재 체제에 반대하는 지구상의 모든 지역의 인민들 전체를 아우를 수 있는 개념으로 상당한 적합성을 지닌다고 할 수 있다.

실업자를 포함한 정규·비정규 노동자계급, 여성, 농민, 도시빈민, 이민자, 각종의 소수자 등 신자유주의 시장독재체제의 현재적·잠재적 희생자들이 민중의 이름으로 하나의 반신자유주의 '연합'을 이루어 신자유주의 시장독재에 전면적으로 또 세계적 규모로 저항운동을 전개하는 것이 지금 우리가 기대할 수 있는 최대치의 전망이고 희망이라고 할 것이다.

물론 그 저항투쟁은 그 안에서 동원이 아닌 참여로, 중심화가 아닌 탈중심화로, 위계화가 아닌 평등화로, 동일성이 아닌 차이의 힘으로, 자기가 존재하고 생활하는 바로 그 자리에서 남의 논리가 아닌 자기 삶의 논리와 요구에 의해, 그러면서도 긴밀한 네트워크적 연대를 통해 전개되어야 한다. 그리하여 이 신자유주의 시장독재 체제가 강요하는 획일적인 자본과 상품논리를 넘어서 민중의 자기결정권의 회복이라는 본원적 민주주의 원리를 회복하고 점점 사멸해 가는 지구환경을 살려내는 전면적인 근대극복 운동으로 확산되어 나가야 할 것이다.

또한 이러한 정치사회운동으로서의 민중운동과 병행되어야 할 민중문화운동에 대한 성찰도 긴요하다. 다만 21세기적 의미에서의 민중문화운동을 말하기 위해서는 90년대 이후 한국 문화에서 '운동'이라고 할 만한 것이 있었는가를 먼저 물어야 할 것이다. 다른 영역에서와 마찬가지로 문화 영역 역시 신자유주의 이데올로기의 범람 속에서 전부 생존을 위한, 혹은 상품적 변신을 위한 각개약진에 몰입하는 동안 파괴되어 가는 공동체의 문화적 생명력에 대하여, 마멸되어 가는 민중들의 삶에 대하여 공감과 연대의 움직임은 좀처럼 찾아볼 수 없게 되었다. 민중의 문화유산은 상품화 코드에 적응하여 컨텐츠가 되었고 상품화되지 못하는 문화는 전부 폐기처분되어 갔다.

문학 역시 90년대를 통해 여지없이 공동체적 문제의식에서 유리되어 개인화의 길을 걸어갔으며 그것은 상업화와 긴밀하게 대응되었고 그것은 이내 사회적으로 문학적 자원의 고갈로 이어졌다. 신자유주의체제의 도래와 더불어 점차 사회적 문제들이 문학 속에 귀환해 들어오고 있는 것으로 보이지만 그것은 아직 의식적인 것이라기보다는 징후적인 것에 불과하다.

문학을 포함한 문화영역 역시 역동적 운동성을 회복하여 이 신자유주의 시장독재체제에 대한 문화주체들의 동시다발적이고 확산적인 저항이라는 민중연합적 투쟁 속에서 다시금 재정립되어야 한다. 신자유주의 상품문화에 대항하여 민중문화 본연의 저항성과 창조성을 회복하고 그 민중적 소비와 유통구조를 다시금 창출해 내지 않으면 안 될 것이다.

(『민주화 20년 문화 20년』, 민주화운동기념사업회, 2007)

1987, 그리고 그 이후

혁명과 반동, 공동체와 개인 사이

1. 프롤로그 : 어떤 자화상

이렇게 살아도 되는 것인가?

약간 감상적인 물음이긴 하지만 적어도 30대 이후에는 한 번도 이 물음에서 자유로운 적이 없었다. 1987년 그해를 고비로 문학평론가로 세상에 이름 석 자를 알리고 대학원에 들어가서 석사, 박사가 되고 시간강사가 되고 계간지 주간이 되고 문학을 가르치는 대학교수가 되고 책을 일곱 권이나 펴냈지만, 한 번도 내가 잘 살고 있다는 생각을 해 본 적이 없다. 열심히 살지 않았다는 의미는 아니다. 세속적인 의미에서 나는 늘 열심히 살아 왔다. 때론 내가 동년배의 다른 사람들보다 두 배 정도는 더 살고 있는지도 모른다는 생각이 들 때도 있다. 하지만 열심히 사는, 혹은 열심히 살고 있다고 생각하는 그 때일수록 이렇게 살아도 되는 것인가 하는 물음은 더 자주 날카롭게 엄습해 왔고 악몽은 좀 더 자주 잠을 깨웠다.

대학교수가 된 지 이제 만 2년이다. 임용이 결정되었을 때, 나는 내가 방금 두 갈래 길의 어느 한 편으로 들어서 버렸다는 사실을 알게 되었다. 대학교수가 되는 순간 나는 더 이상 자유로운 룸펜쁘띠의 삶은 살 수 없게 된 것이다. 어떤 조직이나 위계에도 얽매이지 않고 자주적으로 상상하고 자율적으로 행동하는 삶은 이젠 물 건너갔다고 생각했다. 대학교수가 되면 대학교수의 길을 가는 것이고 되지 못하면 모든 공적 삶에서 철수하여 전혀 다른 삶을 살아보겠다고 마음먹은 게 그때였으므로 만일 임용이 되지 못했다면 나는 아마도 비로소 '이렇게 살아도 되는 것인가'라는 오랜 물음에서 자유로워질 기회를 잡았을지도 모르는 일이다.

하지만 나는 대학교수가 되었고, 이것이 내 길이라면 가지 못한 길에 미련을 두는 일 따위는 하지 않겠다고 생각했다. 기왕 이 길로 들어섰다면 대학교수로서의 삶을 제대로 살아보자는 생각을 했다. 그것은 공부하는 자이자 가르치는 자로서의 삶이며, 그 공부하는 일과 가르치는 일을 통해 나 자신을 전면적으로 실현하는 삶을 산다는 것을 의미했다. 그것은 당연히 구속받는 일이지만 그 구속을 능동적으로 받아들이고 승화시켜 새로운 자유의 영역을 개척하는 일이기도 했다. 그것을 직업적 인텔리겐차로서의 삶이라고 이름 붙일 수 있을지 모르겠다.

첫해는 성공적이었다. 강의시간은 늘어났지만 시간강사 때보다 훨씬 더 많은 책을 읽었으며 더 많은 글을 썼고 더 충실하게 강의준비를 했고 새로운 제자들과도 열렬하게 소통했다. 그러는 한편 오랫동안 안개처럼 불투명하던 나의 현실세계에 대한 입장도 더불어 명료해졌고 나의 지식기계는 마치 새롭게 윤활유를 주입받은 듯이 원활하고 역동적으로 움직이기 시작했다. 자정이 다 되어 종일의 익독溺讀에서 벗어난 어느 날, 캄캄한 연구실 창밖을 내다보면서 '사는 것 같다!'는 충만감에 몸을 떨기도 하였다.

그러나, 불행하게도 그러한 임용 첫해의 감격적 경험이 온전히 지속가능한 것이 아니라는 사실을 깨닫는 데는 오랜 시간이 필요하지 않았다. 대학은 더 이상 과거의 상아탑이 아니었다. 그처럼 충만감 넘쳤던 첫해를 지내고 둘째 해에 접어들면서부터 학과장직을 맡게 되어 각종의 학교 잡무와 부딪치게 되었고, 이런저런 연구프로젝트의 수주에 대한 유형무형의 압박과, 저서발간 논문발표 등 연구업적 목표달성에 대한 강박은 기묘한 반비례 관계를 형성하며 일상을 옥죄어 오기 시작했다. 각종 정부기관이나 학교당국으로부터 연구 프로젝트를 수주하기 위해 제안서를 만들고, 프로젝트를 수주한 뒤에 연구비를 관리하고 연구원이나 대학원생들을 독려하고 보고서를 만드는 등 프로젝트의 형식을 갖추는 일이, 정작 그 프로젝트의 본질인 연구 자체를 위해 투여하는 시간을 대부분 잡아먹어 연구의 질적 내용의 확보를 위협하는 본말전도의 상황 속에 어느새 진입하게 된 것이다. 작년부터 자의와 상관없이 이른바 'BK21 사업단 소속 교수'가 된 내게 이러한 상황은 일상적 현실이 되고 말았다.

지난 십년 사이에 국가는 학술진흥재단의 연구프로젝트, BK21 등의 차별적 지원사업 등을 통해 대학을 통제하고 대학은 소속교수들에게 그러한 프로젝트 수주를 강박하는 일관체제가 대학을 지배하게 되고, 한편으로 양적 연구성과에 따른 승진·승급체계와 재임용정책에 의한 대학교수의 신분적 불안정성이 증대됨으로써 대학은 결정적으로 시장시스템의 지배 아래 놓이게 되었다. 재작년에 임용된 나는 바로 그 시스템 속으로 직행해 들어온 것이다.

그뿐만이 아니다. 내가 재직하고 있는 사범대학은 또 다른 의미에서 한국 대학교육의 모순을 확대재생산하는 현장이었다. 대학보다 먼저 기능주의적 교육이론의 희생양이 되어버린 중등교육체제에 교사인력을 공급해야 하는 사범대학의 문학담당 교수로서도 나는 적지 않은 심적 고통을 느끼고 있다. 입시경쟁 위주의 반인문적 학교 풍토 속에서 고등학교를 마치고, 안정된 직업으로서의 중등학교 교사직을 얻기 위해 대학에 들어와 정교사 자격증을 따고, 임용시험에 합격하여 다시 반인문적인 학교 현장의 교사로 나가게 되는 학생들에게 인문학으로서의 문학을 가르치는 일은 곤혹스러운 일이 아닐 수 없다. 학생들이 고등학교에서 배운 것이나, 임용시험이 요구하는 것, 그리고 그들이 장차 나가게 될 학교현장에서 강제되는 것 모두 문학을 도구로 삼은 천박한 기능주의적 시험기술, 교육기술에 불과한 상황에서 나는 고리타분하게도 문학을 통한 세계에 대한 비판적 성찰과 인간에 대한 깊은 이해를 홀로 역설하고 있는 형편인 것이다.

이처럼 대학 전체가 국가와 자본에 의한 시장시스템에 장악되어 시장이 요구하는 '인적 자원'과 이데올로기를 생산하는 인간공장으로 전락해 가는 상황에서 과연 '대학교수로서의 삶을 제대로 살아보자'는 나의 임용 초기의 결심은 무슨 의미를 가질 수 있을 것인가를 심각하게 묻지 않을 수 없게 되었다. 연구실을 처음 배정받고 책상과 책장을 들여놓고 책을 있는 대로 가득 채워두고 의자에 앉았을 때, 이 여덟 평 남짓한 공간이 이제 참호가 될 것인가 감옥이 될 것인가 무덤이 될 것인가 하고 자문했었다. 다행히 아직 무덤은 되지 않았다. 내 의식만은 여전히 살아 있기 때문이다. 그리고 임용 첫 해를 보내고 나서는 어쩌면 참호가 될 수 있을 것이라는 생각도 들었었다. 하지만 두 해를 보내고 나니 이 공간이 감옥이 되어가고 있다는 생각이 강하게 고개를 들기 시작했다. 국가와 자본이 몇 푼의 돈을 쥐어주고 내게 시장 이데올로기를 받아들이고 그것을 재생산하라고 강제하고, 대학교수가 깨어 있는 하루의 반 이상을 재벌기업 사원처럼 숨 가쁘게 전화통에 매달리고 서류를 들고 종종 걸음치고 거듭되는 회의에 허덕여야 하는 상황이라면 이 연구실은 감옥이라 불리어도 마땅하다.

이렇게 살아도 되는 것인가?

교수 임용과 더불어 잠시 잠들었던 그 물음이 다시 살아나고 있다. 1987년 12월의 그 첫 좌절의 경험 이후, 그리고 1991년의 돌이킬 수 없는 몰락 이후 20년 가까운 세월 동안 나를 짓눌러왔던 악몽과도 같던 그 물음이. 그 20년 가까운 세월은 내겐 어떻게 살아도 제대로 산 것 같지 않은 세월이었다. 뭔가 근본적인 문제를 해결하지 못하고는 주변만 서성이는 삶의 연속이었던 것이다. 인생에서 해결하지 못하고 건너뛴 것들은 절대로 그대로 사라지는 법이 없다. 꼭 다시 돌아와 마치 피도 눈물도 없는 고리대금업자들처럼 채무 변제를 요구하거나 아니면 복수를 하게 마련이다. 지금 다시 저 문밖에 검은 가면을 쓴 생애의 채권자가 서 있다. 지난 20년간 나는 무슨 빚을 얼마나 진 것일까.

2. 그 동안의 세상 이야기 : 작은 혁명, 큰 반동

1987에 대한 성찰

돌이켜보면 1987년의 6월항쟁이 몰고 온 변화가 혁명적이었던 것은 사실이다. 4.19의 기억보다 광주항쟁의 기억이 더 가까운 나로서는 70년대 말부터 군부독재세력과 투쟁해 왔으면서도 이기는 싸움은 근본적으로 낯설었다. 박정희가 피살당한 후 전개되었던 이른바 '서울의 봄'이 단지 미구에 닥쳐올 신군부세력의 피비린내 나는 집권기획을 위한 전주곡에 불과했었다는 사실을 너무나 뼈저리게 깨달았던지라 박종철 고문치사, 이한열 최루탄피습 절명과 더불어 폭발적으로 고양된 전국적 민중항쟁이 결국 신군부의 항복을 받아내는 모습을 보고도 곧 다시 닥쳐올 반동의 그림자를 먼저 걱정하지 않을 수 없었다. 그러나 적어도 염려했던 폭력적 반동쿠데타는 일어나지 않았다. 즉 1987년을 계기로 한국사회는 군부쿠데타라는 후진국형 정치변동과의 단절에 성공했던 것이다. 이른바 정치의 문민화를 이루었다는 사실만으로도 혁명적 변화는 분명 혁명적 변화였다.

권위주의의 유습을 혁파하고, 대통령 직선제를 쟁취하고, 각종 반민주악법을 개폐하고, 과거청산에 착수하고, 평화적 정권교체를 이룬 것-이런 정치적 민주화의 불가역적인 쟁취만으로도 혁명이라고 불릴 만하다. 게다가 충분히 만족할만한 수준은 아니었지만 시민들에게 정치적 자유를 선물하고 사회심리적 해방을 경험하게 하여 아래로부터의 민주주의문화 형성의 토대를 만들었다는 사실, 그리고 노동운동 영역에서 정상적인 노조활동의 영역이 일반적으로 보장되었다는 사실 역시 1987과 그 이후의 변화를 혁명적이라 할 수 있는 커다란 이유가 된다.

하지만 이 6월항쟁과 그 이후의 변화가 보여준 혁명성은 그 배후에서 작동하고 있던 더 큰 반동성에 의해 그 궁극적 발현이 제약될 수밖에 없는 제한된 혁명성이었다. 6월항쟁을 거치면서 남한사회는 오랜 숙원이었던 정치적 민주화의 불가역적인 달성에 성공했고 그것은 일국적 관점에서 본다면 수많은 희생과 고통을 지불한 대단한 혁명적 성취임에 틀림없지만 자본주의 세계체제의 관점에서 거시적으로 본다면 1980년대 들어 본격화된 신자유주의 세계체제의 요구가 남한사회에 관철된 결과에 지나지 않았다. 세계자본주의가 자국보호주의를 기조로 하던 브레튼우즈 체제에서 1970년대 후반의 위기를 겪으면서 대처리즘, 레이거노믹스로 상징되는 세계적 규모의 자유무역체제로 변화하는 과정에서 일어난 부수적 효과중의 하나가 박정희-전두환 군부체제의 붕괴 및 정치적 자유화와 남한 자본주의의 개방화였던 것이다. 물론 여기에 1980년대 말, 90년대 초의 현실사회주의의 패배와 붕괴로 인한 냉전체제의 해체와 그로 인한 미국의 한반도 관리방식의 변화라는 상황적 조건도 빼놓을 수 없을 것이다.

신자유주의 세계체제는 70년대 후반 무렵부터 중남미를 비롯해서 자기운동의 전지구적 확장에 방해가 되는 세계 각국의 낡은 정치경제체제들을 하나씩 제거해 나가기 시작했는데, 남한의 경우는 미국의 동아시아 냉전전략상의 주요한 거점이라는 점에서 그 속도가 일정하게 지체된 점은 있지만 결과적으로는 같은 길을 걸을 수밖에 없었다. 일본으로부터 원자재 및 자본재를 수입하여 생산한 상품을 미국에 수출하여 지탱되는 남한의 삼각무역체제는 미국이 남한의 국가독점자본체제를 지탱해 주는 장치였고, 군부독재세력은 근본적으로 이러한 물적 기초에서만 존재가 가능했던 것이다. 하지만 냉전체제의 붕괴와 미국경제의 신자유주의로의 이행은 남한의 폐쇄적인 보호경제와는 양립할 수 없었고 이에 미국을 거점으로 하는 해외자본과 군사독재체제라는 인큐베이터에서 어느 정도 자생적 성장력을 확보한 국내의 독점자본들은 신자유주의 세계체제의 요구에 맞추어 남한의 낡은 정치적 파트너를 교체한 것이다.

물론 그 재편과정은 매끄럽지 못했다. 1980년의 광주학살-항쟁은 그 과정의 위기를 잘 보여준다. 권위적이고 폐쇄적인 군부독재의 관성은 여전히 강고한 힘을 유지하고 있었고, 이 관성을 급격히 무력화시키고 정치적 문민화(자유화)를 구축하는 과정에서, 4.19 이후 오랫동안 축적되어 온 남한 사회의 민족민주적 역량들이 어떤 변수로 등장하여 남한 지배블록의 순조로운 재편성을 방해할지 미지수였다. 또한 1980년 봄의 남한사회의 민중적 동향은 충분히 혁명적이라고는 할 수 없어도 그들에게 위협을 주기에는 충분했다고 할 수 있다. 광주학살-항쟁은 바로 이처럼 지배블록 재편의 속도를 조절하려는 미국의 의도와 그 틈을 이용하여 남한권력을 장악하고자 한 신군부세력의 욕망이 타협점을 찾은 곳에서 발생한 비극적 사건이었다.

이후 1980년대의 기본적 흐름은 이처럼 자기 재편과정을 완성하여 남한사회를 신자유주의 세계체제에 복속시키려는 지배블록의 의도와, 미국과 신군부세력에 의해 민주화의 열망을 박탈당하면서 민중민주주의적 급진화의 길로 들어선 피지배블록의 저항이 길항하는 과정이었다고 할 수 있다. 그리고 그 길항과 갈등이 다시금 폭발적 방식으로 터져 나온 것이 바로 1987년이고 6월항쟁인 것이다. 쿠데타와 학살을 통해 권력을 잡아 정당성을 확보하지 못한 신군부권력은 피지배민중의 점증하는 저항과 급진화해 가는 요구를 효율적으로 통제할 능력을 갖지 못했으며 이는 바로 박종철, 이한열의 살해와 어설픈 관제간첩 만들기, 직선제 고수 등의 무리수로 표현되었고, 이러한 정치권력으로는 체제안정을 유지할 수 없다고 판단한 지배블록은 다시금 제 2차 재편과정의 수순을 밟게 된다. 6.29선언과 개헌, 그리고 그해 겨울의 대통령 선거가 바로 그것이었다.

그해 대통령 선거에서 김대중-김영삼 두 후보가 단일화를 이루지 못하고 어부지리 격으로 어설픈 문민위장극을 벌인 신군부세력 노태우가 당선된 것은 이런저런 음모나 부정선거의 결과로 보건, 아니면 우연을 가장한 역사의 간지奸智로 보건 결과적으로 지배블록에게는 자신의 2차 재편성을 성공적으로 마무리한 '쾌거'라고 할 수 있다. 앞에서 나는 이 패배의 경험을 첫 좌절이라고 불렀지만 사실 그것은 단순한 개인적 좌절 이상의 역사적 의미를 갖는 사건이었다. 첫째, 이 대통령선거로 말미암아 지배블록은 4.19 이래 한국 민중의 오랜 민족적·민중적·민주적 염원을 절차적 민주주의의 실현이라는 제한된 범주로 수렴하는 데에 성공했다. 둘째, 이로써 지배블록은 군부독재에 의한 폭력적 지배방식에서 헤게모니적 지배방식으로의 성공적 전환을 이루었다. 세째, 그 반대로 이전까지의 반군부독재의 단일대오 아래 결집되어 있었던 민주화운동세력은 정국 주도권을 상실함과 더불어 점차 분열의 길로 들어서게 되었다.

그리고 선진국 진입의 환상을 불러일으킨 1988년의 서울올림픽과 해외여행 자유화 등 개방화의 시작, 부동산 붐과 전두환 정권 이래의 호황, 남북한 당국 간의 평화통일 3원칙의 선포, 언론·출판·집회·결사 등 정치적 민주주의의 표면적 보장 등 지배블록의 유연화 전략은 일반 국민대중들에게서 이제까지의 저항적 파토스를 상당 부분 앗아가 버리고 정치적 무장해제를 유도하는 데 성공했다고 할 수 있다. 그리고 공교롭게도 곧바로 전세계적으로 현실사회주의 국가들의 연쇄적 붕괴라는 대 사건이 일어남으로써 그러지 않아도 헤게모니 상실의 위기를 앓고 있던 민중민주주의 운동세력 내부에서는 청산과 분열, 전향과 급진화 등 파탄적 양상들이 나타나게 되고 이는 이데올로기전선에서 전면적인 수세화를 불러오게 된다.

역대 민주정권의 본질

1992년에 이른바 '문민정부'가 탄생했지만 주지하다시피 그 역시 흔히 '야합'이라 불리는 민자-민주-공화 3당합당이라는 변칙적 과정을 통과해야만 했고 그것은 이른바 민주화세력에게는 기존 지배블록의 헤게모니에 편승을 허락받기 위한 굴욕적 통과제의에 다름 아니었다. 이것은 지배블록의 균열이나 동요를 낳은 것이 아니라 민주화세력의 균열과 동요, 그리고 지배블록에의 투항을 낳았고 결과적으로 지배블록의 외연확대와 포섭이라고밖에 볼 수가 없다. 이렇게 탄생한 '문민정부'는 군부숙정, 금융실명제, 전직 대통령 구속 등 구체제의 청산과 민주화의 확장을 이루었지만 이 역시 길게 보면 신자유주의 체제 정착을 위한 정치사회적 지반 다지기의 과정이었고, 지배블록의 체질개선 과정에 불과했다고 볼 수 있다. 왜냐하면 그러한 조치들은 외견상 '민주개혁'의 양상을 띠었지만 사실상 남한사회가 국가독점자본체제로부터 신자유주의적 개방체제로 가기 위해서도 역시 필수적으로 필요한 '자유주의적 개혁'들이었기 때문이다.

사실 문민정부 시기의 가장 큰 변화는 이러한 '민주화개혁'들이라기보다는 이러한 정지작업을 바탕으로 OECD에 가입하여 '선진국' 대열의 말석에 끼어들고 1995년에 출범한 WTO에 가입하여 이른바 세계화의 흐름 속으로 편입해 들어간 것, 그리고 그에 맞추어 '경쟁력'과 '세계화' 이데올로기가 적극적으로 확산되기 시작한 것이라고 보아야 한다. 특히 '세계화를 전제로 한 국가경쟁력 강화' 이데올로기, '글로벌 스탠다드' 이데올로기의 확산과 주류담론화는 박정희식 국가통합 이데올로기에도, 그 대항담론이었던 민중민주주의담론에도 공히 존재했던 강한 집단주의, 혹은 공동체주의의 전통을 형해화하고 지금 남한사회를 지배하고 있는 시장자유주의적 개인주의를 발육시킨 이데올로기적 배양기였다. 이 문민정부는 결국 말년에 잇단 비리는 물론 노동법, 안기부법 날치기통과를 계기로 그 반민중성을 드러내 총파업이라는 민중적 저항에 직면하게 되고, 산업구조조정, 세계화 등 급격한 신자유주의 정책의 도입의 산물이자 신자유주의 세계자본의 한국경제 길들이기 프로젝트라고 할 수 있는 IMF 사태를 몰고 오기에 이른다.

1998년, 이번엔 이른바 '최초의 수평적 정권교체'를 통해 김대중을 수반으로 하는 '국민의 정부'가 들어선다. 물론 그 역시 김종필의 공화당과의 지역연합전술을 통한 것으로 '민주화세력'의 순수한 자력에 의한 것은 아니었다. 하지만 이 선거는 신군부 집권 이래 민정당-민자당-신한국당으로 이어지던 수직적 정권교체의 사슬을 끊어내고 권력이동을 달성했다는 사실만으로, 또 김대중 개인의 오랜 투쟁 동안 비장해 두었으리라 믿었던 '숨은 카드'에 대한 예감만으로도 적지 않은 기대를 불러일으켰던 것이 사실이다.

그러나 이러한 기대는 출발부터 어그러지기 시작했다. 초기 3년 동안의 '국민의 정부'는사실상 IMF 비상정권이었다. 3년만에 IMF관리체제에서 '졸업'을 하기는 했지만 그 과정에서 한국경제는 다시는 돌아오지 못할 강을 건너고 말았다. 기업의 연쇄 도산과 노동자들의 대량 해고, 기업 해외 헐값매각 등의 광풍을 거치고 난 다음, 한국경제는 신자유주의 세계체제의 지배에 완전하게 포섭되기에 이른 것이다. 이 과정에서 '민주적 시장경제론'이라는 이름의 이른바 디제이노믹스는, '민주주의와 시장경제의 병행발전론'으로 슬그머니 변질되었고 결국 국가와 사회의 시장경제에 대한 통제는 포기되기에 이른다. 그것은 시장에서의 경쟁에서 탈락하거나 탈락할 수밖에 없는 경제적 약자들에 대한 사회적 배려와 경쟁에서 이기거나 이길 수밖에 없는 경제적 강자들에 대한 사회적 견제의 동시적 포기이며, 이는 다른 말로 하면 경제민주주의에 대한 포기를 뜻한다.

그러면 '국민의 정부' 치하에서 경제 민주주의가 포기된 대신에 사회정치적 민주주의는 꽃을 피웠던가? 경제민주주의가 포기된 사회에서 다른 민주주의가 가능하다는 생각은 순진한 것이다. 민주주의는 직접민주주의건 대의민주주의건 간에 사회구성원들의 이해관계를 합리적으로 조정하여 최대다수의 최대행복을 추구하는 데에 있는 것이다. 여기서 최대행복의 절대조건이 삶을 위한 물질적 토대의 확보라고 할 때, 경제민주주의는 민주주의의 궁극적 성공을 위한 절대조건이다. 경제민주주의가 포기되고 승자독식의 경제체제가 고착되는 사회는 금권사회가 될 수밖에 없고 금권사회는 사실상 귀족정이지 민주공화정이라고 할 수가 없는 것이다. 이런 사회에서 정치라는 것은 지배층 내부의 권력과 금력의 배분게임에 지나지 않게 되고, 민주제도라는 것은 그 배분게임의 형식에 불과한 것이다. 국민의 정부가 시장의 사회적 통제를 포기했을 때 정치의 과두화와 민주주의의 허구화는 이미 예정되어 있었던 것이며, 민중의 삶은 정치판 바깥으로 내팽개쳐질 운명이었던 것이다.

지금 참여정부와 마찬가지로 국민의 정부도 보수언론을 비롯한 수구세력의 저항을 개혁실패의 큰 원인으로 내세웠지만, 이미 근본적인 혁명적 변화의 불가능성과 자신들의 물적 토대의 건재함을 간파한 수구세력들이 그 힘을 바탕으로 어떠한 물적 토대도 가지지 못하고 있는 허울뿐인 '민주정권'에 대해서 정치사회적 영향력을 강력하게 행사하여 사사건건 개혁정책에 딴죽을 거는 것은 너무나 당연한 일이라고 할 수 있다.

이처럼 경제와 정치 부문에서의 민주주의 실현에 실패한 국민의 정부가 그 대신 가장 공들인 부분이 바로 '햇볕정책'이라고 하는 대북한 화해정책이었다. 그리고 그것이 남북한의 긴장과 냉전적 적대성을 완화하고 평화적 방법에 의한 분단극복의 원칙을 확립했으며 한반도 문제에서 그동안 소외되어 있던 남한당국을 주변강국들과 대등한 주체의 위치에 올려놓았다는 점 등은 인정할만한 것이다. 그러나 이 부분 역시 무조건 높이 평가할 일만은 아니다. 우선 90년대 이후 북한의 사정은 그 이전과는 상당한 변화가 있었다는 점을 생각해야 한다. 90년대 초 소비에트 러시아와 동구사회주의 제국들의 붕괴를 고비로 하여 북한의 국력은 현저하게 약화되었으며, 이는 그들이 종전처럼 강력한 자주성을 견지한다거나 대외 적대정책을 고수하기가 불가능하게 만든 것이 사실이다. 따라서 북한은 자신들의 체제를 능동적으로 변화시키지는 못하더라도 이전까지 적대적이었던 상대들과의 대화와 화해를 모색하지 않으면 하나의 국가로서의 존립 자체가 어려운 상황이라는 사실을 역시 파악하고 있었다고 보아야 한다.

이런 점에서 '햇볕정책'이 정말 분단상황의 갈등과 난관을 돌파한 획기적인 전략이었는가에는 이론의 여지가 있다. 오히려 햇볕정책은 60~80년대 군부독재정권의 남북간 적대적 상호의존정책과 본질상 다를 바 없는 '비적대적 상호의존정책'이라는 생각이 든다. 그리고 그런 점에서 보면, 이 역시 분단체제의 관리전략의 하나일 뿐 분단체제 극복전략으로서의 적극적 의미는 가지지 못하는 것이 아닌가 하는 것이다. 냉전적 군부독재 시기에는 남북한 평화와 화해를 추구하는 것이 곧 남한의 반민주정권에 대한 저항이자 냉전체제에 대한 거부로서, 또 분단체제(분단에 의해 유지, 관리되는 체제라는 의미에서)에 대한 도전으로서의 의미를 가졌다고 할 수 있지만, 탈냉전기이자 북한정권이 결정적으로 약화된 조건에서의 문민정부 시기에는 평화와 화해의 추구라는 것은 더 이상 분단체제의 궁극적 지양을 위한 필요충분적인 전략이 될 수 없는 것이다.

궁극적 수준에서 분단이라는 조건이 남북한 양 체제의 성격을 규정짓고 있는 것은 사실이지만 분단극복이 양체제 내부의 모순을 해결하는 만병통치약일 수는 없다. 경우에 따라서는 분단상황의 해소 혹은 극복은 그것대로 진행이 되면서, 양체제 내부의 모순이나 문제들은 온존되거나 심지어 확대재생산될 가능성도 없지 않다고 본다. 분단체제론을 제출한 백낙청의 논리에 의하면 분단체제란 현재의 자본주의 세계체제의 하위체제인데 지금처럼 자본주의 세계체제의 결정력이 경우에 따라서는 분단상황조차도 해소시킬 수 있을 정도로 막강한 시기에는 분단극복운동이란 것도 세계체제의 운동논리에 포섭되어 그 진보성이 퇴색할 가능성이 높은 것이다. 단적으로 말하면 신자유주의 세계자본의 운동논리에 의해 남북분단이 해소되고, 남북한체제 모두 분단이라는 매개 없이 신자유주의 세계체제에 편입될 경우, 그동안 분단극복과정이 곧 세계체제에 대한 하나의 의미 있는 이탈과정이자 저항과정이 될 수 있으리라는 소박한 희망은 물거품이 되고 마는 것이다.

'햇볕정책' 등의 화해 협력정책은 더 이상 남한의 지배블록에 위협이 되지 않는, 남한사회의 본질적인 변혁과제와는 큰 관련이 없는 전략이 되어버렸다고 할 수 있다. 그렇기 때문에 국민의 정부는 신자유주의에 대한 전면적 투항과, 민주개혁의 실패에도 불구하고 '햇볕정책'에만은 커다란 저항 없이 전력투구할 수 있었고, 남북정상회담과 6.15선언이라는 결과를 만들어낼 수 있었던 것이다.

어쨌든 남한의 지배세력은 문민정부-국민의 정부 집권기간을 통해 이른바 '민주화세력'이라는 사회세력이 궁극적으로 기존 지배질서를 결정적으로 전복시킬 수 있는 힘과 의지를 지닌 세력이 아니라는 사실을 확인할 수 있었으며, 그런 한에 있어서는 그 세력이 집권을 하는 것이 불편은 해도 불리한 것은 아니라는 것도 잘 알게 되었다. 그리고 2002년의 대선 역시 그 극적인 전개과정에도 불구하고 결과적으로는 이러한 사실을 확인시켜 준 데에 지나지 않았다. 노무현 정권, 즉 참여정부 역시 한국사회의 기존 지배구조를 뒤흔들 수 있는 토대 차원의 변혁프로그램을 준비하거나 최소한 신자유주의적 기조를 거스르지 않는 한, 지배블록에게는 그 나머지 부분에서 일어날 수 있는 어떠한 사소한 갈등이나 분쟁 정도는 '찻잔 속의 폭풍'에 지나지 않는, 얼마든지 감당할 수 있을만한 것들이었다. 게다가 노무현 정권은 장기적인 사회적 의제나 국가적 전망을 제시하고 이를 단계적으로 추진해 나가지 못하고 지배블록과의 구조적 타협과 표면적 갈등 사이를 왕복하면서 민주정권의 가장 큰 토대라고 할 수 있는 윤리적 헤게모니와 도덕적 정당성마저 실추시켜 이른바 '민주화세력'의 파산을 불러왔다고 할 수 있다.

그렇다면 결론적으로 과연 지난 20년은 단지 '반동의 세월'이었을까. 그렇다고도 그렇지 않다고도 할 수 있을 것이다. 좀더 긴 안목에서 본다면 그 20년은 한국사회에서 비로소 부르주아민주주의혁명이 완성된 시기라고 볼 수 있다. '혁명은 경제적 토대와 상부구조의 부정합 상태를 교정하는 역사적 변동과정'이라는 고전적 정의를 따른다면 1987년의 시민항쟁은 한국자본주의가 비로소 그 발전에 걸맞는 정치사회적 제구조를 구축하는 확고한 계기가 되었다는 점에서 4·19혁명 이래의 부르주아민주주의혁명의 과제가 완수된 시점이라고 할 수 있을 것이다. 다만 그것이 너무 늦게 왔다는 점이 문제인 것이다.

한국의 부르주아 지배계급은 식민지 유제와 군부독재, 외세 등으로부터 배태되어 나왔으면서도 동시에 그것들과 나름대로 대립하면서 오늘날과 같은 자율적 영역을 확보하고 이제는 마침내 자신들의 헤게모니 아래 한국사회의 정치사회적 재편성을 이룩한 것이라고 할 수 있다. 학생과 지식인, 노동자·농민·도시빈민들은 때로는 이들 자본가계급과 대립하고 때로는 협력하면서 지난 수십 년 동안 낡은 상부구조의 해체(즉 민주화)를 이루었지만, 결국 그 최대 수혜자는 자본가계급임이 판명되었다. 그리고 지금은 자본가계급의 헤게모니에 정치사회적 상부구조(형식적·제도적 민주화)는 물론 이데올로기 영역(신자유주의적 시장주의 이데올로기)도 종속된 상태가 되어 버렸다.

하지만 이 혁명은 너무 늦었기 때문에 반동적일 수밖에 없다. 한국자본주의는 그 발전의 혜택을 민중적으로 공유할 어떤 사회적 견제 장치도 없이 곧바로 신자유주의적 세계체제 속으로 편입해 들어갔고, 그 결과 한국자본주의의 오늘을 만들어 낸 절대 다수의 노동자, 농민 등 민중들은 풍요 속의 빈곤이라는 나락으로 곧장 떨어져 가고 있는 중이다. 후후발 자본주의국가로서의 한국에서 근대적 부르주아민족국가로의 통합과정은 다름 아닌 곧 그 해체과정이었던 것이다.

3. 그동안의 나, 혹은 우리의 이야기 : 공동체에서 개인으로

희망과 피로의 기억

1987년에 나는 서른 살이었고 인문사회과학 전문출판사의 편집장이었으며, 문학평론가로 활동하고 있었다. 굳이 말하자면 범 민중민주주의계열(PD)적 성향을 지녔으나 특정한 정파나 운동조직에 소속되어 있지는 않았고 문인단체에 참여하면서 부문운동으로서의 문학운동에 복무한다고 자처하고 있었다. 박종철 고문치사 사건이 있었고 4.13 호헌조치가 있었으며 거리항쟁이 전개되다가 이한열의 죽음으로 그 항쟁이 극적으로 고양되고 마침내 6.29 선언으로 오랜 군부독재체제가 붕괴되는 동안 나는 한 사람의 시민항쟁 주체로서 그 국면 속에 참여하고 있었지만, 동시에 한 걸음 떨어져 그 상황을 관조하고 있었다.

당시의 내게 있어서 1987년의 시민항쟁은 아직은 본격적인 혁명적 고조를 알리는 사건은 아니었다. 비록 신군부정권은 위기에 봉착해 있고 대중의 반정부투쟁은 점점 더 과감하고 격렬해 지기는 했지만, 그 투쟁은 여전히 학생과 지식인, 재야세력 중심의 투쟁이었고 노동자계급을 비롯한 기층민중은 자신의 이해관계를 넘어서는 정치적 각성에는 미치지 못하고 있었기 때문이었다. 그리고 그런 투쟁의 열기는 신군부의 권력 상실과 더불어 금방 식어버리고 말 것이라고 생각했다. 그것은 이미 7년 여 전 박정희의 죽음과 그 이후의 상황이 가르쳐 준 바 있는 것이었다.

중요한 것은 노동자계급의 동향이었다. 나의 주된 관심사는 늘 언제 노동자계급이 계급적 각성을 통해 혁명적 조직을 일구어내고 마침내 혁명적 상황을 연출해 낼 것인가에 있었던 것이다. 4.19도 부마항쟁도 서울의 봄도 광주민중항쟁도 결국 노동자계급의 조직적 투쟁으로 이어지지 못해서 실패했다고 나는 굳게 믿고 있었다. 그해 6월도 노동자계급의 진출이 없이는 결국 단지 신군부정권의 실각과 또 다른 부르주아권력의 수립으로 귀결될 뿐이라고 나는 내다보았다. 6월의 아스팔트는 뜨거웠고 학생, 시민들이 어깨 걷고 나아가는 길, 귓가에 들려오는 〈아침이슬〉 합창소리는 내게도 황홀하고 아름답기는 했지만, 그것은 머지않아 오게 될 더 큰 해방의 교향악에 비하면 단지 가벼운 전주곡으로 그쳐야 했다.

6.29선언이 군부독재체제의 종언을 알리던 그 무렵, 거리마다 민주항쟁의 승리에 들떠 공짜 맥주가 넘쳐나고 새로운 세상에 대한 온갖 루머들이 자자하게 시정을 떠도는 동안, 나는 이제 이렇게 확대된 합법적 운동 공간을 통해 어떻게 하면 노동자계급의 혁명적 진출을 이끌어낼 수 있을까 골똘히 생각했다. 전선적 민중운동조직을 기초로 한 새로운 정치세력이 노동자계급의 진출을 위한 길을 열고, 그 조건 속에서 혁명적 노동계급운동이 폭발적으로 성장해야 했다. 그를 위해서는 이제까지 남한의 민족민주운동에 관철되었던 소시민계급의 주

도성은 한시바삐 민중의 주도성으로 대체되어야 했다. 나는 그 생각을 한편의 평론문에 담았다. 「지식인문학의 위기와 새로운 민족문학의 구상」이 그것이었다.

그 글을 탈고하던 그해 7월, 시민항쟁 승리를 알리는 나팔소리가 긴 여운으로 남을 무렵, 마침내 남한 노동자계급이 오랜 침묵을 깨고 역사의 전면에 등장하기 시작했다. 7,8월 노동자 대투쟁이 시작된 것이다. 나는 이처럼 극적으로, 그러면서도 제 때에 올 것이 오는구나 하는 생각에 목이 멜 지경이었다. 울산에서 마산에서 구로에서 인천에서 전국 각지의 크고 작은 공단과 공장에서, '특히 중화학공업 남성 노동자 집단들로부터'(계급혁명담론에까지 삼투된 이 완강한 남근주의의 흔적!) 거의 매일 민주노조 결성투쟁의 소식이 들려왔고, 각종의 소식지와 노보, 현장문예작품들, 현장문화공연들이 침묵의 바다에서 막 떠오르는 노동자문화의 싱싱하고도 강력한 힘을 고스란히 전해주었다. 이제 노동자계급은 이러한 투쟁 속에서 머지않아 오랜 동안 움츠렸던 허리를 활짝 펴고 위대한 도약을 할 것처럼 보였다. 비록 9월이 채 가기 전에 대투쟁은 정부의 탄압정책에 의해 소멸하고 말았지만 이 때 이루어진 노동관계법의 민주적 개정은 불충분하나마 이후의 계급운동의 전개과정에 요긴한 디딤돌이 될 것으로 예상되었으며, 무엇보다 노동자계급의 의식상의 변화에 거는 기대는 적은 것이 아니었다.

그런데 사실 그 노동자대투쟁은 내가 기대한 것처럼 계급투쟁의 전초전은 아니었다. 그것은 단지 일반사회에 비해 지체된 노동현장에서의 또 하나의 민주항쟁이었을 뿐으로 노동법 개정을 통해 형식적 민주주의가 노동현장에서도 일정하게 관철되기 시작하는 것과 함께 그 생명력도 곧 소멸되고 말았다. 그 역시 결국 부르주아민주주의

혁명으로서의 1987년 혁명의 본질적 성격에 포섭된 사건에 불과했던 것이다. 물론 이러한 민주적 토대의 확립은 계급투쟁의 전개과정에도 중요한 토대가 되는 것이지만, 그러기 위해서는 대단히 비약적인 양질전환의 계기가 절대적으로 요구되는 것이다. 하지만 한국자본주의의 지속적 성장은 자본가계급으로 하여금 노동자계급의 혁명적 전환을 한계적으로 억제할 정도의 여력은 계속 보장해 오고 있으며, 신자유주의 논리의 관철과 더불어 찾아온 노동유연화라는 악조건이 더욱 자본에 의한 노동의 포섭, 혹은 비적대적 의존관계를 강화하고 있는 상황에서 과연 노동자계급은 그 본질적 진보성을 유지할 수 있을 것인가 회의하지 않을 수 없는 것이다.

그해 12월, 개정된 헌법에 의한 대통령 직접 선거가 있었고 역사의 간지는 양김의 분열이라는 의장意匠을 하고 절묘하게 자기를 실현하였다. 그 새벽의 실망과 우울은 지금도 생생할 정도로 힘겨운 것이긴 했지만 양김 중 한 사람이 당선될 경우보다 어쩌면 더 빨리 혁명적 상황이 도래할지도 모른다는 생각으로 위안을 삼았다. 하지만 그 겨울이 지나고 신군부의 2인자가 '보통사람'을 자처하며 대통령이 되면서 어쩐지 모든 것이 전과 같지 않았다. 불과 몇 개월 전만 해도 대중의 절대적 지지를 받던 민주화운동세력은 다시 대중으로부터 고립된 채 민주화된 사회에서 턱없이 과격한 요구를 하는 급진세력으로 간주되기 시작했고, 대중들은 언제 그랬냐는 듯 일상으로 돌아가서 올림픽에 열광하고 치솟는 부동산 값에 온 신경을 곤두세웠다.

내 기억이 정확하다면 이때부터 '운동권'이라는 말이 등장하기 시작했다. 그것은 '우리'가 스스로를 명명하기 위해 만든 말이 아니라, 다른 누군가가 만든 말이다. 그 용어는 민주화운동세력, 혹은 그 이상의 근본적인 목적의식을 가지고 현상태(status quo)를 변혁하고자 하는 사회세력, 특히 지식인, 학생집단들을 일반시민대중들과 분리시켜 지칭하기 위해 쓰였다. 이 단어의 탄생 자체가 1987년 대선, 혹은 그 이전의 6.29선언을 고비로 남한의 지배블록이 저항세력으로부터 사회변화의 헤게모니와 대중의 지지를 탈환하고 대중으로부터 저항세력을 분리시키는 데 성공했음을 의미한다. 그 이후 지금까지 운동권은 한번도 대중들로부터 '우리들을 위해, 우리들 편에서' 싸우는 정의로운 사람들이라는 인식을 획득하지 못했다고 해도 과언이 아니다. 그 말과 함께 '우리'는 주체에서 타자가 되어 버린 것이다.

민주화와 민주화 이후의 변혁을 꿈꾸었던 이 '우리'들의 좌절과 상실감, 그리고 사회적 타자화는 의식과 행동에서의 급진 · 과격화로 이어지기 쉬운 것이다. 게다가 광주항쟁 이후 80년대 내내 신군부독재정권과의 투쟁에 거의 모든 것을 걸었던 우리 '운동권'들에겐 그 동안의 급진적 관성도 무시 못 할 것이었다. 정당성도 정통성도 갖지 못한, 지배블록의 입장에서는 보다 안정적인 부르주아 정권 이전의 과도적 정권에 불과한 5공화국 신군부정권과의 대결의 의미를 우리는 무한 확장했다. 이 정권과의 싸움으로 식민지시대 이래의 모든 계급모순과 민족모순은 끝장나야 했고 그 싸움이 끝나는 날 이 땅에는 '노동자계급이 주인이 되는 통일된 근대민족국가'가 수립되어 있어야 했다. 광주학살을 막지 못 했고, 그때 거기에 함께 있지 못했다는 부채감과 그에 정비례하는 전두환정권에 대한 증오감이 그렇게 만든 것이지만, 정서적 열정과 과학적 냉정은 못내 균형을 이루지 못했다. 우리는 그때 모두 정신적 가미가제들이었다.

이 시기 동안 통시적으로는 전 인류사의, 공시적으로는 전 세계의 혁명이론이 아마도 거의 전부 유입되었을 텐데 그 중에서도 가장 정통적이면서도 가장 속전속결적인 볼셰비즘과, 현실적 가능성이란 면에서 가장 그럴싸한 주체혁명이론이 양대 주류를 차지한 것은 이때의 우리들의 정신적 조급증에 비추어 볼 때 자연스러운 귀결이었다고 할 수 있다. 1991년 급진운동권의 목을 조여 오던 공안정국의 소용돌이 속에서 명지대생 강경대의 죽음을 필두로 이어지던 죽음의 행렬은 우리 내부에 잠재되어 있던 이 상처 입은 가미가제적 충동과 관련이 없다고 할 수 없다. 지금 다시 돌아보면 그때 김지하가 '죽음의 굿판을 집어치워라'라고 소리친 것은 우리 내부에 분명히 존재하던 그 목마른 타나토스에 대한 생명론자로서의 절박한 시적 경고로 충분히 수리될 만한 것이었다.

그 무렵 또 하나의 충격이 있었다. 바로 소비에트 러시아를 비롯한 동구 사회주의 제국의 연쇄적 붕괴였다. 그것은 사실 사회주의의 가면을 쓴 국가자본주의가 자본주의 세계체제의 역학관계 속에서 경쟁력을 상실하면서 야기된 일종의 연쇄적 국가파산 현상에 불과한 것이었지만 당시로서는 '현전하는 전망'이자 '실재하는 대안'이었던 사회주의 국가들의 몰락은 나와 같은 순진한 근본주의적 사회주의자들에게는 말할 수 없는 충격이었다. 그리고 그 충격은 마치 우리가 사회주의를 받아들일 때와 마찬가지로 과학적 검증과정 없이 하나의 파토스로 접수된 측면이 있었다. 말 그대로 울고 싶은데 뺨 때려준 격이었던 것이다.

그렇지 않아도 오랜 동안 절치부심했던 변혁운동이 지배블록에 의해 형식적 민주주의의 복원이라는 형태로 변질되고 운동세력들은 사회적 헤게모니의 상실이라는 곤경에 처해 있는 상태에서 이 현실사회주의 붕괴라는 소식은 '운동권'의 내적 해체를 가속화시키는 촉매제가 되었다. 사회주의가 붕괴되었고 그 때문에 전망을 잃어서 운동을 청산하는 것이 아니라, 운동을 청산하고 싶은데 마침 현실사회주의 붕괴라는 핑계거리가 생겼다는 게 사태의 본질이었다.

내 경우도 마찬가지였다. '민중적 민족문학'이라는 (내 관점에서는 가장 현실정합적이었던) 비평적 준거를 가지고 '(소)시민적 민족문학', '민주주의 민족문학-노동해방문학', 그리고 '자주적 민족문학' 등의 '우편향' 혹은 '좌편향'적 논리들(지금 생각하면 가소로운 분류이지만)과 논쟁을 벌이는 한편, 노동자계급 대중을 포함한 기층민중의 문학적·문화적 해방을 위한 실천적 기획을 모색했지만 늘 관념은 앞섰고 실천은 모자랐으며 현실은 전혀 다른 논리에 의해 진행되었다. 무엇보다 피로감이 문제였다. 하강기의 피로감이라고 말하면 너무 사치스러운 표현일지 모르겠지만 마치 전염병처럼 '우리들' 사이에서는 피학적이거나 가학적이거나 혹은 가학-피학적 증상들이 퍼져 나갔고, 허무와 냉소가 결의와 실천보다 늘 앞서 나갔다. 이러면 안 된다 싶으면서도 나 역시 자기학대와 자기연민 사이를 왕복하면서 공적 자아라는 오래도록 익숙했던 페르소나를 잃어갔다.

야만의 세상, 무력한 개인

오래지 않아 나는 어줍지 않은 '운동'과 그 '관계들'을 접고, 이윽고 비평을 접었다. 그리고 대학원이라는 내적 망명지를 선택했다. 다른 이들도 거개가 마찬가지였다. 회사에 취직하거나 장사를 시작하거나 고급전문직 시험을 준비하거나 유학을 가거나 정치판을 기웃거리거나 아니면 잠적을 하거나 다들 뿔뿔이 흩어져 각자도생의 길을 걸었다.

'각자도생各自圖生!', 각자 살 길을 찾는다!, 이 말처럼 당시 우리의 상황을 적나라하게 보여주는 말을 따로 찾기 힘들 것 같다. 이제 '우리'는 해체되고 모두들 '나'만 남아 살 길을 찾아 나섰다.

이 바뀐 세상을 살아나가기 위해선 공동체적 연대와 규율을 벗어던지고 홀홀단신 고립된 개인이 되어야만 했다. 새롭게 재편성된 지배블록은 자 여기 정치적 민주주의와 경제적 자유주의로 신장개업한 멋진 신세계가 펼쳐지고 있다고, 과거의 어두운 기억은 저 미끈한 기념탑들과 들큰한 보상금들 속에 묻어버리고 이제 그 멋진 신세계로 같이 나아가자고 유혹의 손길을 뻗쳐 왔다. 다만 그 신세계로 나아가기 위해서는 조건이 있었다. 개인자격이라는 조건이.

우리가 1980년대에서 1990년대로 넘어오는 과정은 곧 집단(공동체)에서 개인으로 넘어오는 과정이었다. 한국의 근대사를 돌이켜볼 때, 민족, 민중, 계급, 가족 등 집단적 주체의 운명도 가혹했지만 '근대적 개인'의 운명도 만만치 않게 험악했던 것은 사실이다. 우리는 근대를 생산해 내는 발랄한 부르주아적 개인을 가질 기회가 없었으며, 우리 각자는 끝없이 집단의 일원으로서만 호명되어 왔었다. 간혹 '개인'을 발견하고 주장하는 사상적, 문학적 돌출이 없었던 것은 아니지만 그 경우 대개 타매와 처벌, 혹은 저주가 기다릴 뿐이었다.

1990년대 이후의 개인의 발견, 혹은 발현은 이런 점에서 보면 '억압된 것들의 회귀'로서 절박성이 있다고 생각한다. 그러나 그 개인 발견의 전사와 후사를 살펴보면 그 '회귀'는 불행한 것이었다. 원래 근대적 개인의 탄생은 전근대적인 억압적 집단성으로부터의 탈출과 전복을 의미하는 것이다. 그러면 1990년대의 개인은 무엇으로부터의 탈출과 전복의 산물인가. 그것은 억압적 군부독재체제와 국가독점자본체제가 만들어낸 '국민'이라는 전체주의적 집단성과 그 전체주의와 맞서 싸우는 과정에서 형성된 '민중'이라는 집단성으로부터의 이중의 탈출의 산물이었다고 할 수 있다. 그렇다면 과연 1990년대의 '개인'은 국민됨과 민중됨을 진정 대자적으로 극복한 각성한 주체로서의 개인이었을까. 그 대답은 부정적이다. 국민됨은 충분히 극복되지 못했고 민중됨은 충분히 실현되지 못했기 때문이다.

그런 상태에서 섣부르게 과잉결정된 '개인'은 1990년대 이후 신자유주의적 시장체제라는 또 하나의 전체주의적 지배체제 속에서 고립된 노동자이자 소비자로서 근본적으로 타율적으로밖에는 자기를 실현할 수 없는 하나의 '단자'에 불과한 존재가 되었을 뿐이다. 이런 맥락에서 볼 때 나는 1990년대 이래 한국사회에서 거센 지적 조류를 형성해 왔던 각종의 포스트 담론들은, 그것이 근대의 피로에 지친 '탈근대적 개인'을 전제로 하고 있다는 점에서 우리에게는 여전히 시대착오적인 담론들이라는 생각을 지울 수가 없다.

한편 내가 대학원으로 망명하여 어떤 교의에도 의존하지 않은 채 오로지 실존적 주체의 힘만으로 세상의 하중을 견디겠노라는 낡아빠진 19세기적 개인훈련을 하고 있는 동안, 바깥 세상에서는 '시민운동'이라는 형식의 대중운동이 새롭게 자리를 잡아가고 있었다. 인권, 여성, 환경, 교육, 소비자, 다양한 형태의 정부감시 등 이른바 비정부기구 운동들과 다양한 방식의 시민 캠페인 운동들이 바로 그것인데 그것들은 빠른 속도로 과거의 민족민주운동을 대체해 나갔다. 그리고 많은 '운동권'들이 이 새로운 영역에서 민주화 이후 사회에서의 자기 역할을 발견한 것으로 보였다. 이 운동은 1990년대 초반의 '저주받은 전환기'(내 생각이지만)를 건너오는 동안 우리들이 빠져 있던 허무와 냉소, 무기력과 청산주의를 경쾌하게 극복하고 지배블록의 일방적 독주에 대한 견제체제를 구축했다는 점에서 결코 그 의의를 무시할 수 없는 운동형태였다.

하지만 그 이전의 운동들과 이 새로운 시민운동에는 결정적인 차이가 있었다. 그것은 본질적으로 계급운동도 혁명운동도 아니라는 점이다. 자본가계급의 궁극적 지배와 헤게모니에 도전하지 않고 '노동자계급적 당파성'을 받아들이지 않는다는 점에서 계급운동이 아닌 시민사회(부르주아사회)운동이며, 현상태의 급격한 변혁을 기대하지도 준비하지도 않는다는 점에서 혁명운동이 아닌 개량운동이라는 것이다. 그리고 한 가지 더 덧붙인다면 그것은 권력의 획득을 목적으로 하지 않는다는 점에서 정치운동도 아니다.

이 점에서는 90년대 이후의 노동운동 역시 마찬가지라고 할 수 있다. 노동자대투쟁과 그 결과인 노동법의 민주적 개정을 계기로 노동운동은 조직적으로 크게 성장했고 지난 1996년의 노동법 개악 저지 총파업을 수행하고 제도정당인 민주노동당을 건설해 내면서 높은 수준의 정치투쟁력까지도 갖추기는 했지만, 거기에는 확실히 80년대적 혁명성은 결여되어 있었다. 현재의 노동운동이 지금처럼 국가와 자본가계급에 포섭되어 자본가계급의 파트너로서의 사실상의 비적대적 의존관계를 재생산해 내는 데에 그치고 자본이 부단히 생성해 내는 새로운 주변부(비정규직 및 외국인 노동자, 제3세계의 노동계급들)에 대한 착취에 기생하는 현실을 바꾸지 못한다면, 그 역시 여러 시민운동 중의 한 분파를 넘지 못할 것이다.

물론 이러한 1990년대의 시민운동들과 제도화된 노동운동의 그 이전 운동과의 차이점을 그대로 뒤집어서 '권력 획득을 목적으로 하는 혁명적 계급운동'이라고 명명하고 그 이전의 운동들의 성격이 바로 이것이었는가 반문한다면 대답은 쉽지 않다. 그 이전의 운동들은 정서적 관념적으로는 과격했지만 본질상 민주화운동에 불과했고 그렇다면 민주화를 성취한 이후에는 보다 '쿨한' 시민운동적 전환은 자연스러운 것이기 때문이다. 그리고 사실상 '권력 획득을 위한 혁명적 계급운동'이라는 것은 80년대 급진운동권들에게 대내적으로는 공공연했지만 대외적으로는 은밀했던, 그리고 지금은 진부하고 낡아빠져 차라리 우스개가 되어버린 하나의 '몽상'에 지나지 않았던 것이기도 하다.

그렇지만 그 몽상 속에는 백 개, 천 개의 시민운동으로도 다 가름할 수 없는 강력한 힘이 들어있었다. 그것은 현상태에 대한 본원적 거부의 힘이다. 그것이 국가독점자본주의이건 신자유주의적 세계자본주의이건 인간이 인간을 착취하고 소외시키는 세상의 토대와 상부구조 전체를 총체적으로 변혁하지 않으면 안 된다는 비타협적 정신의 힘이 그 핵심에 들어 있었다. 1990년대 이후의 시민운동들에는 이런 힘이 결여되어 있다. 그리고 이런 힘이 결여되어 있는 한, 시민운동과 노동운동은 그 비판적·견제적 기능의 요긴함에도 불구하고 영원히 부르주아 지배사회의 주변부적 부속물로 존재할 수밖에 없는 것이다.

하긴 1990년대 거의 전부를 자폐적 상태로 보내고 2000년대에 들어와서야 겨우 조금씩 나 자신과 세계의 관계에 대한 구체적 성찰들로 나아갈 수 있었던 나 같은 존재에 비하면 그 기간 동안 헌신적으로 시민운동적 실천에 몸담았던 사람들은 훨씬 더 해방된 존재들이고 보다 주체적인 인간들이었다. 심지어는 상대적으로 개방된 현실정치의 영역에서 지배블록의 전횡을 견제하기 위해 정치판으로 뛰어든 전직 운동권들도 고작해야 일개 교수의 자리를 찾아 대학으로 들어와 앉은 나보다는 도덕적·윤리적으로 더 우위에 서 있음에 틀림없다. 나는 오히려 그러한 일상적 실천의 영역에서 한 걸음 물러나 있는 지적 관조자에 불과하다. 다만 나는 그 지적 관조를 통해 '현상태'를 긍정하는 데 머무를 수 없다는 결론을 내렸고 '현상태'를 넘어서야 한다는 전제 위에서 세상과 나 자신을 해석하고 재구성하고 있을 뿐이다.

지금 세계는 신자유주의적 자본주의체제의 전면적 지배 아래 놓여 있다. 그 지배는 무한개발과 무한경쟁이라는 시장자유주의 이데올로기를 전면에 내걸고 자본의 운동을 방해하는 모든 장애와 경계를 철폐하고 인간과 지구에 속한 모든 것들을 상품화하고 식민화하여 착취하고 있다. 어느 정도 일국적 자본주의의 상대적 자율성이 보장되던 이전 시기까지는 그나마 얼마간 가능했던 공동체적 감각과 그에 의한 시장에 대한 사회적 견제는 세계자본주의의 무차별적 확산과 공격에 의해 부단히 무장해제되고 일국적 규모의 부가 세계적 규모의 부로 확대재생산 되는 바로 그 정도로, 일국적 차원의 빈곤 역시 세계적 차원의 빈곤으로 확대 재생산되고 있다. 그리고 무엇보다 가장 큰 문제는 이러한 모든 것이 마치 '세상의 법칙 the way of the world'로 받아들여지고 많은 사람들이 이 법칙에 의문을 제기하기보다 이 법칙에 기꺼이 투항하는 편에 서고 있다는 사실이다.

물론 2000년대로 접어들면서 이러한 암담한 현실 속에서 이 야만의 세상을 거슬러서 새로운 세상의 윤리와 논리를 세우고자 하는 움직임들도 점차 힘을 얻어가고 있는 것으로 보인다. 전세계적으로 확산되고 있는 반세계화 혹은 아래로부터의 세계화 운동이나 반미운동, 에코페미니즘, 마이너리티 운동, 재해석되는 아나키즘이나 트로츠

키즘 등은 이 세계의 '현상태'를 넘어서기 위한 세계적 차원의 이론적 실천적 노력들로서 우리에게 시사하는 바가 크다. 뿐만 아니라 이 운동과 담론들은 우리 문제의 전세계적 연관성-해석과 실천 양면에서의-을 첨예하게 제기하면서 그간 우리가 지녀왔던 일국주의적 오만함과 무지함을 크게 일깨워주고 있기도 하다.

결론적으로 말해서, 지금 나와 우리는 압도적이고도 반동적임에 틀림없는 이 세계의 '현상태'를 받아들이는가, 아니면 거부하는가 하는 인식론적이고도 존재론적인 기로에 서 있는 것이다. 어느 쪽에 설 것인가?

4. 에필로그 : 다시 해방을 위하여

연애조차도 마음껏 못 했고, 좋아하는 음악에 푹 빠져보는 것조차도 때론 죄책감의 원인이 되던 젊은 날을 보낸 나로서는 거리낄 것 없이 자기 삶을 영위해 나가는 새로운 세대의 모든 발걸음 하나하나가 참 부럽다고 느껴질 때가 많다. 그리고 그런 생각이 들 때마다 그래도 나와 우리 세대가 목숨까지 초개같이 버려가면서 싸워 이만큼 세상을 바꾸어 놓았기 때문에 저런 자유로움이 가능하게 된 것이라고 자위해 본다.

그러다가도 정말 저 아이들이 자기 삶에 대한, 자기 운명에 대한 결정권을 가지고 있는가, 그것은 어쩌면 환상이 아닌가 하는 생각이 문득문득 고개를 든다. 이른바 일류대학을 나온 덕분에 운동을 해도, 감옥을 갔다 와도, 마음만 먹으면 다시 취직도 하고 대학원도 가고 교수, 전문직도 되고... 그렇기 때문에 자식들 역시 쁘띠 부르주아적 삶의 조건을 물려받아서 역시 자기가 하고 싶은 공부나 취미에 몰두하고 유학도 마음먹은 대로 가고 할 수 있는 것 아닌가 생각하면 갑자기 머리끝이 쭈뼛 솟아오른다.

지난 20년 전, 아니 30년 전에 가난하고 힘이 없기 때문에 같은 인간으로서 짓눌리고 멍들었던 그 사람들, 바로 '민중'들(!)과 그들의 자식들 역시 과연 거리낌 없이 자기 삶을 영위해 나갈 수 있게 되었는가 하는 물음에 얼마나 자신 있게 그렇다고 말할 수 있을 것인가. 무한경쟁과 적자생존의 논리만이 천지에 그득한 이 신자유주의의 지옥도 속에서 과연 그들과 그들의 2세, 3세들은 한번이라도 같은 출발선에서 본 적이 있었는가. 누군가는 너무 소박하고 감상적인 물음이라고 하겠지만, 나는 아직 이 물음 앞에서 한번도 떳떳해 본 적이 없었고, 지금도 전혀 달라진 것은 없다.

그리고 설사 부모 잘 만나거나 정말 목불인견의 극악한 경쟁을 통과해서 가까스로 이 2080사회의 상층 20퍼센트, 혹은 10퍼센트 안에 편입해 들어온 사람들이라고 해서 과연 행복할까. 그들의 삶과 의식 역시 80퍼센트의 불행과 맞바꾼 것이라면 결코 떳떳하고 행복할 리는 없지 않은가. 그리고 그 20퍼센트의 삶을 유지하기 위해서, 혹은 조금이라도 그 20퍼센트에 가까이 가기 위해서 인간이 마치 마소나 기계처럼 자기 삶의 모든 다른 가능성들을 저당 잡히고 자본의 노예가 되어 허덕거리는 삶이 지옥이 아니고 무엇인가.

이 세상이 구조적으로 절대다수의 불행과 절대소수의 행복, 그리고 궁극적으로는 모든 존재들의 불행을 생산해 내는 세상이라는 게 확실하다면 나는 이런 세상에 동의할 수 없다. 기껏 이런 세상을 만들기 위해 그토록 오랜 시간을 눈물 흘리고 가슴 아파하고 짓밟히고 고문당하고 감옥에 다녀왔는가 생각하면 다시금 견딜 수가 없어진다. 이렇게 살아도 좋은 것인가 하는 물음이 갈수록 더 자주 고개를 든다. 결코 이렇게 살아갈 수는 없는 것이다.

집단의 광기에 휘둘리지 않고 각성한 개인의 주체성을 견지하면서도 사람과 사람 사이, 사람과 모든 생명들 사이의 공동체적 연대의식을 다시 회복해 내는 것, 그리하여 인간을 사물화하고 지구상의 모든 것들을 착취와 상품화의 대상으로 삼아 궁극적으로 그 모든 존재들을 고갈시키고 황폐하게 만드는 이 거대한 야만의 흐름을 멈추지 않으면 안 된다. 인간도 다른 뭇 존재들도 자기의 삶과 타자의 삶의 자유와 해방을 획득할 때까지 더 싸우지 않으면 안 된다.

이제 지난 20년 동안 내 곁을 서성거리던 생애의 채권자에게 빚을 갚겠다고 약속해야 한다. 물론 일시불은 불가능하다. 하지만 그 세월 저편에 묻힌 희망의 휴면계좌를 복구하여 다시 우리들의 지울 수 없는 꿈을 증식시키고 실현시키다 보면 언젠가는 그 빚을 다 갚게 될 것이다. 그래도 미련이 남아 마지막으로 한번 묻는다. 중간의 선택은 없을까. 한편으로는 이 미친 세계의 대세를 인정하면서 그 안에서 차선책을 구하는 것은 불가능할까. 오랫동안 생각해 보았지만 그것은 불가능한 것 같다. 그 방법은 어느 길로 가든 위선이자 기만이 될 수밖에 없다. 세계를 바꾸어야 한다는, 현 상태를 거부해야 한다는 목적의식을 가지고 사는 것과 현 상태를 인정하고 바꿀 수 없다는 의식을 가지고 사는 것과는 너무 다르기 때문이다. 끝없이 이 세계의 바깥을 사유하고 다른 세계를 생각하지 않는 한, 그리하여 이 세계를 자기 자신의 내부로부터 거부하지 않는 한, 이 세계는 절대 나아지지 않기 때문이다.

이 세계의 바깥은 없다. 왜냐하면 우리는 사실상 이 범죄적 세계의 공모자이기 때문이다. 하지만 이 세계의 바깥은 있다. 왜냐하면 우리는 늘 회의하고 성찰하고 다른 세계를 꿈꾸는 존재이기 때문이다. 이것이 지난 1987년 이후 20년 가까운 세월 동안 나의 절박한 존재론이 가르쳐 준 교훈이다.

(『황해문화』 2007년 봄)